REINHARD KLEINDL
Stein

Reinhard Kleindl
Stein

Thriller

GOLDMANN

Der Ort Stein und alle in diesem Roman vorkommenden Personen sind fiktiv. Ähnlichkeiten zu realen Personen, so vorhanden, sind zufällig und ohne Bedeutung.

Sollte diese Publikation Links auf Webseiten Dritter enthalten, so übernehmen wir für deren Inhalte keine Haftung, da wir uns diese nicht zu eigen machen, sondern lediglich auf deren Stand zum Zeitpunkt der Erstveröffentlichung verweisen.

Dieses Buch ist auch als E-Book erhältlich.

Verlagsgruppe Random House FSC® N001967

1. Auflage
Originalausgabe September 2018
Copyright © 2018 by Reinhard Kleindl
Copyright © der Originalausgabe 2018
by Wilhelm Goldmann Verlag, München,
in der Verlagsgruppe Random House GmbH,
Neumarkter Str. 28, 81673 München
Umschlaggestaltung: UNO Werbeagentur, München
Umschlagmotiv: FinePic®, München
KS · Herstellung: kw
Satz: KompetenzCenter, Mönchengladbach
Druck und Bindung: GGP Media GmbH, Pößneck
Printed in Germany
ISBN: 978-3-442-48798-1
www.goldmann-verlag.de

Besuchen Sie den Goldmann Verlag im Netz

Für euch

1

Es ist ein herrlicher Tag. Ganz lau, nicht zu warm. Die Blätter rascheln, wenn der Wind hindurchfährt, sie sind jetzt ganz gelb. Die Brombeeren sind gerade reif, ich habe heute schon welche geerntet. Ich mag den Herbst am liebsten. Wenn man merkt, dass jede Stunde kostbar ist. Wenn man in der Sonne sitzt und die letzten Strahlen genießt, bevor der Winter kommt.

Schade, dass Sie das nicht sehen können. Ich habe schon überlegt, ob ich Sie in den Garten bringe, aber da ist leider nichts zu machen. Nicht, dass jemand Sie entdecken könnte, davor habe ich keine Angst. Meine Nachbarin ist heute nicht zu Hause, im Garten wären wir sicher. Es ist die Treppe. Ich weiß einfach nicht, wie ich Sie die Stufen hinaufkriegen soll, wo Sie doch nicht mehr gehen können. Ich werde Ihnen einfach erzählen, wie es draußen aussieht. Das bin ich Ihnen schuldig.

Wie die Zeit vergeht. Bald wird der Winter da sein. So lange sind Sie jetzt schon hier bei mir.

Mittwochvormittag

Symptome: Kopfschmerzen, Unwohlsein, flauer Magen. Chemische Ursachen: Dehydration, Dysäquilibrium, Denaturierung körpereigener Eiweiße durch Acetaldehyd. Letzteres entsteht, wenn der Körper Ethanol abbaut. Die Summe dieser Anzeichen wird in der Medizin Veisalgia genannt, besser bekannt unter dem Begriff »Kater«.

Anja Grabner wälzte sich aus dem Bett und landete auf einem Haufen benutzter Kleidungsstücke, die ihren Aufprall dämpften. Sie musste dringend auf die Toilette, doch als sie so auf dem Rücken lag, die Arme links und rechts ausgestreckt, ließ der Druck in ihrem Kopf nach, und sie gab sich dem Gefühl hin. Der Euphorieschub währte nur kurz, bevor ihr Magen rebellierte und sie feststellte, dass sie wirklich auf dem schnellsten Weg zur Toilette musste.

Mühsam kam sie auf die Beine, wankte nackt über den Flur und versuchte, die kreisenden Bewegungen ihres Kopfes unter Kontrolle zu bekommen. Er schien einfach zu weit oben zu sein, sie konnte ihn nicht ruhig halten. Schon als Kind war sie sehr groß für ein Mädchen gewesen. »Den Kopf in den Wolken«, hatten ihre Lehrer gesagt. Später bei der Polizei hatte ihre Größe ihr Autorität verschafft. Heute kam sie sich noch größer vor als sonst, wie ein schwankender Mast, der jeden Moment umzustürzen drohte.

Nachdem sie sich erleichtert hatte, ging sie in die Küche, um etwas zu trinken. Wasser, für alles andere war es zu früh. Auf dem Tisch standen benutzte Gläser, daneben lag ihr Handy und blinkte nervös. Sie nahm es und sah, dass sie eine Reihe neuer Facebook-Nachrichten erhalten hatte.

Super Bilder!!! :D :D schrieb Fred, ihr Arbeitskollege. Welche Bilder?

Als Anja auf ihre Timeline ging, starrte ihr ein Foto von ihr selbst entgegen: gerötete Augen, glänzende Haut, enthemmtes Lachen. Ihr langes dunkelblondes Haar war zerzaust, sah aber gar nicht schlecht aus, fand sie. Ihre Naturlocken hatten sich ohnehin noch nie bändigen lassen, ein geringer Preis dafür, dass sie durch ihre Mähne erheblich jünger wirkte – eine attraktive Mittdreißigerin in Partylaune. Der Hintergrund des Bildes war dunkel, vereinzelte bunte Lichter durchbrachen die Schwärze. Jemand namens *Mi Ka* hatte das Foto auf ihre Timeline gestellt, vor wenigen Stunden erst. Wer zur Hölle war Mi Ka? Laut Facebook war sie mit ihm befreundet.

Vor ihrem geistigen Auge tauchten Erinnerungsfetzen des vergangenen Abends auf. Anja ging zurück ins Schlafzimmer und stellte fest, dass jemand in ihrem Bett lag, den nackten Rücken und kurzhaarigen Hinterkopf ihr zugewandt.

Ja, da war etwas gewesen. Nun wusste sie es wieder.

Was genau passiert war, konnte sie nicht mehr sagen, aber sie hatte eine ziemlich gute Vorstellung davon. Das Prozedere war immer das gleiche, nur die Männer wechselten. Zumindest glaubte sie, dass es sich bei der halb zugedeckten Person in ihrem Bett um einen Mann handelte. Eigentlich stand sie auf Männer, möglichst so groß wie sie selbst oder größer, doch so genau konnte sie nie einschätzen, was ihr einfiel, wenn sie etwas getrunken hatte. Dann übernahm eine wildere, zwanzig Jahre jüngere Anja die Kontrolle. Eine Version ihrer selbst, auf die sie im Moment keine Lust hatte, obwohl der Typ, der sich gerade auf den Rücken drehte und zu ihr aufsah, ihr sogar gefiel. Wieder ein Junger. *Nicht schlecht, kleine Anja, du hast es immer noch drauf.*

Ihr fiel auf, dass sie nach wie vor nackt war, also griff sie nach dem schwarzen Slip, der vor ihr auf dem Boden lag, und zog ihn an. Dann trat sie mit verschränkten Armen näher an das Bett.

»Sorry«, sagte sie, »du musst jetzt gehen. Ich fliege in den Urlaub und muss noch packen. Nichts für ungut, aber ich sag's dir gleich. Ich habe keine Ahnung mehr, wie du heißt. Und was gestern passiert ist, hat nichts zu bedeuten. Ist nichts Persönliches, okay?«

Er rieb sich die Augen. »Okay«, antwortete er nach einer Schrecksekunde. »Kann ich noch aufs Klo?«

»Sicher kannst du aufs Klo. Du kannst auch ein Glas Wasser haben.«

»Danke.«

Fünf Minuten später stand er angezogen im Flur. Sie wich seinem Blick aus.

»Tschüss«, sagte er.

»Tschüss.«

Anja öffnete ihm die Tür. Sie hatte Angst, dass er noch etwas sagen, sie vielleicht umarmen oder sogar auf die Wange küssen wollte. Doch er trat einfach an ihr vorbei auf den Gang. Er hatte auch nicht nach ihrer Nummer gefragt. Von ihm würde nichts zurückbleiben als sein Geruch und das Gefühl der Leere, das sie so gut kannte.

Gedankenverloren schloss sie die Wohnungstür und ging zurück in die Küche. Sie warf einen Blick auf ihr Handy, das noch immer blinkte. Ein entgangener Anruf. Anja wunderte sich, dass sie das Klingeln nicht gehört hatte. Es war eine unbekannte Nummer. Wer konnte das sein? Hatte sie letzte Nacht etwa noch mehr Unsinn angestellt? Sie rief zurück.

»Hallo, Anja«, meldete sich eine vertraute männliche Stimme. »Geht es dir gut?«

Anja streckte die Hand aus, um sich an der Lehne eines der Küchenstühle abzustützen. Das Schwindelgefühl war wieder da, heftiger als zuvor. Es war Kaspar Deutsch, der Leiter der Abteilung für Gewaltverbrechen beim Landeskriminalamt. Ihr ehemaliger Kollege.

»Was willst du?«, fragte sie.

»Ich möchte mit dir reden. Kannst du vorbeikommen?«

»Wozu?«

»Es gibt da etwas, das ich mit dir besprechen muss«, sagte er. »Es ist wichtig.«

»Was ist so wichtig?«

Kaspar Deutsch zögerte. »Es geht um Stein«, sagte er dann.

Bevor er noch etwas hinzufügen konnte, drückte Anja ihn weg. Einige Sekunden lang klammerte sie sich an die Stuhllehne, um nicht das Gleichgewicht zu verlieren. Als das Schwindelgefühl nachließ, bemerkte sie, dass das Handy auf den Boden gefallen war. Sie hob es auf, legte es auf den Tisch und ging ins Badezimmer. In der Dusche drehte sie das kalte Wasser auf und hielt das Gesicht unter den Strahl. Die Kälte tat ihr gut und ließ das Schwindelgefühl endgültig verschwinden.

Anjas Vater lebte in einem Plattenbau im 10. Bezirk in Wien, zwanzig Minuten Autofahrt von ihrer Wohnung entfernt. Als Teenager hatte Anja selbst eine Zeit lang mit ihm zusammen hier gewohnt. Nach ihrem Auszug war ihr Vater geblieben. Ein in die Jahre gekommener Lift ohne Innentür brachte sie in das fünfte Stockwerk.

Ihr Vater umarmte sie kurz, als er ihr die Tür öffnete.

»Ich wollte nur ein paar Sachen holen«, erklärte sie. »Ich fliege nämlich in den Süden.«

Anjas altes Zimmer war praktischerweise zum Abstellraum umfunktioniert worden. Das Bett, das ihr Vater immer noch für sie frei hielt, war inzwischen von

Umzugskartons umstellt. Fairerweise musste man sagen, dass diese zum Großteil ihr gehörten. Zwischen Stofftieren und Sandspielzeug fand sie eine Taucherbrille mit Schnorchel und ein Paar Flipflops, das ihr noch passte, wie sie zufrieden feststellte. Die beiden Bikinis, die sie aus einem der Kartons angelte, rochen muffig, aber etwas Meerwasser würde Wunder wirken. In der Kiste befand sich auch ihr luftiges Strandkleid mit einer aufgedruckten Palme und der Aufschrift *Waikiki Bitch*. Anja musste lachen, als sie es sah. Sie trug selten Röcke oder Kleider, Jeans und T-Shirt waren eher ihr Ding, gelegentlich auch ein weißes Hemd. Für den Strand war dieses Teil aber perfekt.

»Und wo geht die Reise hin?«, fragte ihr Vater, der in der Tür stand.

»Sansibar.«

Er nickte beifällig. »Hast du so schnell Urlaub bekommen?«

»Ja«, entgegnete Anja lapidar.

»Toll, wenn das geht. Gefällt dir die neue Arbeit? Was machst du da noch einmal genau? Ich vergesse das immer.«

»Da, halt mal«, sagte sie und drückte ihm zwei Taucherflossen in die Hand, um sich nach einer Badetasche umzusehen. Sie fand eine und packte alles hinein.

»Kommst du noch mit raus auf den Balkon, bevor du gehst? Nimm dir einen Kaffee.«

Ihr Vater wandte sich um und ging in die Küche.

Anja war erleichtert. Sie hatte keine Lust, ihm von ihrem Job beim Sicherheitsdienst zu erzählen. Dass sie sich in zweitklassigen Techno-Clubs von besoffenen Halbstarken anmachen lassen musste, die ihr gerade mal bis zur Brust reichten. Ob sie nach ihrem Urlaub weiter dort arbeiten würde, hatte sie noch nicht entschieden. Vielleicht würde sie länger auf Sansibar bleiben als geplant.

In einer der Kisten fand Anja einen Plüschhund in Polizeiuniform.

»Officer Colin!«

Ihn hatte sie völlig vergessen. Ein Exfreund hatte ihr Colin geschenkt, als sie noch beim Landeskriminalamt gewesen war. Er sollte sie immer daran erinnern, die Polizeiarbeit nicht zu ernst zu nehmen. Es hatte nicht funktioniert. Weder Colin noch die Beziehung. Anja packte Officer Colin zu den anderen Sachen in die Tasche.

Nachdem sie sich vergewissert hatte, alles Wichtige beisammenzuhaben, zog sie ihre Softshelljacke wieder an und nahm sich in der Küche wie befohlen eine Tasse Filterkaffee, den ihr Vater immer bis zur Mittagszeit in der Kaffeemaschine warmhielt. Dann trat sie hinaus auf den Balkon, wo er vor einem überquellenden Aschenbecher in der Sonne saß. Er sah schmächtiger aus als das letzte Mal, als sie ihn besucht hatte, aber es schien ihm gut zu gehen. Er verließ die Wohnung immer seltener. Der Balkon, von dem aus er den Innenhof der Siedlung überblicken konnte, war für ihn die Welt. Vor einiger Zeit hatte er Anja anvertraut, dass er kein Problem damit hätte, einmal in einem Altersheim zu leben, woraufhin sie natürlich entschieden widersprochen hatte, es gäbe überhaupt keinen Grund, warum er in ein Heim ziehen sollte. Sie musste ihn wirklich öfter besuchen. Ihre Brüder kamen nur alle paar Monate vorbei, Martin lebte in München, und Anders war nach Kanada ausgewandert. Ihr Vater hatte nur noch sie.

Sie sahen zu, wie drei Jungs im Innenhof auf einer kleinen, von Gemüsebeeten umgebenen Rasenfläche Fußball spielten und dabei laut stritten. Neben ihnen ragten drei stark zurückgeschnittene Nussbäume empor.

»Du wirst dich verkühlen«, meinte Anja mit einem Blick auf die dünne Windjacke ihres Vaters, deren Reißverschluss er bis zum Kinn geschlossen hatte.

Er wischte den Kommentar mit einer Handbewegung beiseite.

»Vielleicht solltest du auch mal in Urlaub fahren«, schlug sie vor, als sie sich zu ihm setzte und die angebotene Zigarette mit einem Kopfschütteln ablehnte.

»Was soll ich denn im Urlaub? Ich hab hier doch alles«, antwortete ihr Vater.

Anja schmunzelte. Der wilde Nik Grabner mit seiner chromblitzenden Suzuki – was war aus ihm geworden? Wussten seine alten Motorradfreunde, dass er nichts mehr unternahm? Sie musste aber zugeben, dass sie genau das auch in Sansibar vorhatte: in der Sonne liegen und alle viere von sich strecken. Allerdings bei angenehmeren Temperaturen.

»Ich bin so froh, dass es dir wieder besser geht«, sagte ihr Vater.

Anja verzog das Gesicht. »Nicht, Papa. Müssen wir jedes Mal darüber reden? Es ist jetzt fünf Jahre her.«

»Ich weiß schon. Gönn deinem alten Vater die Freude.«

»Ich gönn sie dir ja«, gab sie kleinlaut zurück.

»Und es ist das erste Mal, dass du seitdem verreist. Stimmt's?«

Anja drehte die Kaffeetasse in den Händen. »Stimmt.«

»Es ist gut, dass du wegfliegst. Auch ohne Mann. Man muss das nicht erzwingen, du machst das genau richtig. Nur weil du jetzt zweiundvierzig bist ...«

»Noch ein Wort, Papa, und ich bin sofort weg.«

Er hob besänftigend eine Hand. »Ich hör ja schon auf.«

Sie saßen noch eine Weile schweigend nebeneinander und lauschten den Jungen im Hof und den Nachbarn, die in einer fremden Sprache stritten. Bevor Anja ging, umarmte sie ihren Vater und drückte ihn dabei ein wenig fester als sonst. Das Klingeln ihres Handys ignorierte sie.

Jetzt noch einmal schnell nach Hause und den Rest packen, dann konnte es losgehen.

Als Anja ihre Wohnung betrat, fiel ihr auf, dass sie

dringend aufräumen und putzen musste. Die Toilette begann zu riechen. Das musste sie noch erledigen, alles andere konnte warten.

In ihrem Schrank fand sie noch etwas frische Wäsche und packte alles, was keine Wintermode war, in eine Sporttasche – den alten Trolley konnte sie nirgends finden. Danach zog sie mehrere halb ausgelesene Bücher aus dem Regal. Sie war unentschlossen. In Wahrheit hatte sie seit geraumer Zeit keine Lust zu lesen. Sie konnte sich einfach nicht lange genug konzentrieren. Und würde sie in Sansibar überhaupt Zeit zum Lesen haben? Sie spielte im Kopf durch, wie der Urlaub verlaufen würde, und packte schließlich doch zwei Bücher ein. Allein sein, zur Ruhe kommen. Nur sie und das Meer, der weiße Sand, das Geräusch der Wellen. Cocktails mit viel Crushed Ice.

Als Anja fertig gepackt hatte, fiel ihr auf, dass für Officer Colin kein Platz mehr in der Sporttasche war. »Sorry, Officer, du wirst hierbleiben müssen. Wir sehen uns in zwei Wochen.«

Sie warf einen Blick auf die Uhr und war zufrieden mit sich. Ihr blieben noch drei Stunden bis zum Abflug. Wenn sie jetzt aufbrach, wäre sie viel zu früh am Flughafen.

Sie beschloss, noch etwas essen zu gehen, und fuhr zu ihrem Lieblingsrestaurant, einem kleinen Italiener, der eigentlich nicht auf dem Weg zum Flughafen lag und in dessen Kellerlokal die vermutlich besten Pizzen der Welt serviert wurden. Die Wände boten kaum Platz für die vielen Urkunden von internationalen Wettbewerben, bei denen die Pizzeria ausgezeichnet worden war.

Davide, der Besitzer, kam wie immer persönlich an ihren Tisch, um sie zu bedienen, und Anja wechselte einige Worte mit ihm in gebrochenem Italienisch. Es war zehn Jahre her, dass sie regelmäßig Italienisch gesprochen hatte. Damals war sie in einen Italiener verliebt gewesen, der ihre Liebe allerdings nur für kurze Zeit erwidert hatte. Inzwischen hatte sie viele Vokabeln vergessen. Davide sprach dennoch immer wieder Italienisch mit ihr, und sie konnte seinem harmlosen Machocharme nicht widerstehen. Sie bestellte eine seiner preisgekrönten Pizzen, eine Kreation mit Prosciutto di San Daniele und Spargel, und ein Glas Primitivo.

Während sie auf das Essen wartete, las sie noch einmal die Infos über das Resort durch, die sie zusammen mit dem Flugticket ausgedruckt hatte. *Bungalows unter Palmen für Naturliebhaber, die Ruhe suchen. Der Strand ist nur zwei Gehminuten entfernt. Es erwarten Sie glasklares Wasser und himmlische Stille. In der Bar bereitet man Ihnen rund um die Uhr Erfrischungen zu. Ein Traum für Sonnenanbeter und Chillaxer!* Es fühlte sich richtig gut an. Mit ihrem Gepäck im Auto war Anja nun offiziell auf Reisen.

Als sie die Pizza halb aufgegessen hatte, fiel ihr Blick auf ihr Handy, das sie neben den großen Teller gelegt hatte. Es blinkte unaufhörlich. Während der Autofahrt hatte es erneut geklingelt.

Sie bemerkte, dass sie zu kauen aufgehört hatte. Anja schluckte den Bissen hinunter, startete Facebook und schrieb auf ihre Timeline, dass sie die nächsten Tage nicht erreichbar wäre, weil sie Besseres zu tun hätte. Sie fügte einen Zwinker-Smiley hinzu, dann legte sie das Handy weg und aß weiter. Davide kam erneut an ihren Tisch und zog sie auf, weil sie während des Essens mit dem Handy spielte. Anja schenkte ihm ein Lächeln und erklärte, dass sie gerade mit all ihren Freunden geteilt hätte, wie großartig seine Pizzen seien. Davide versuchte, sich nicht anmerken zu lassen, dass er geschmeichelt war. Anja bestellte ein zweites Glas Wein sowie einen Espresso zum Abschluss.

Um Punkt 13 Uhr bezahlte sie und machte sich auf den Weg zum Flughafen. Sie hatte noch zwei Stunden, es blieb also genug Zeit. Morgen würde sie bereits ihre Füße in feinen weißen Sand stecken.

Gerade als sie den Zündschlüssel drehen wollte, klingelte ihr Handy erneut. Kurz überlegte sie, es endgültig auszuschalten, dann nahm sie den Anruf an.

»Anja, verdammt noch mal, warum hast du mich vorhin weggedrückt?«, schallte ihr die aufgeregte Stimme von Kaspar Deutsch ins Ohr.

»Ich will nicht mit dir reden, Kaspar«, entgegnete Anja knapp.

»Ist mir egal«, sagte er. »Du musst vorbeikommen.«

Anja schloss die Augen. »In zwei Wochen vielleicht«, schlug sie vor.

»Warum nicht heute? Ich bin mir sicher, es wird dich interessieren.«

»Vergiss es, ich muss zum Flughafen.«

»Was?«

»Sansibar.« Anja hörte etwas, das wie eine am Hörer vorbeigezischte Schimpftirade klang.

»Hör zu, wenn du nicht sofort zu mir ins Büro kommst, ruf ich die Kollegen am Flughafen an. Dann kannst du deinen Urlaub vergessen. Hast du verstanden? Bis gleich.«

Anja warf das Handy auf den Beifahrersitz und schlug mit der Faust auf das Armaturenbrett. Wütend startete sie den Motor und fuhr noch einmal in die Innenstadt.

Am Eingang des Landeskriminalamtes im 9. Bezirk wurde Anja von einem uniformierten Beamten empfangen. Mit gemischten Gefühlen betrat sie das historische Gebäude in der Berggasse, in dem seit über hundert Jahren Polizisten arbeiteten. Sie kämpfte die aufsteigende Wehmut nieder. Darauf hatte sie gerade überhaupt keine Lust. Der Beamte verhielt sich auffällig freundlich und zuvorkommend, als er sie am Portier vorbeiführte, wich ihren Blicken aber aus. Sie überquerten den Innenhof und nahmen im gegenüberliegenden Gebäudeteil den Lift ins obere Stockwerk. Anja kannte den Weg – das Büro, zu dem der Polizist sie führte, war einmal ihres gewesen. Er klopfte und öffnete die Tür, ohne auf eine Antwort von drinnen zu warten. Mit einem Nicken grüßte er Kaspar Deutsch, dann entfernte er sich.

Anja erkannte ihr altes Büro nicht wieder. Der Schreibtisch stand nun am anderen Ende des Raumes, und deutlich mehr Topfpflanzen schmückten das Büro. Eine Zimmerpalme war so groß, dass ihre ausladenden Blätter von an der Decke befestigten Schnüren gehalten werden mussten. Kaspar Deutsch hatte sich hier häuslich eingerichtet.

Er hatte sich verändert. Sein Haar war grauer, was ihm erschreckend gut stand. Die Gesichtszüge wirkten etwas härter, die Furchen um seine Mundwinkel waren tiefer geworden. Seine Miene strahlte Autorität aus, ebenso wie das gut sitzende Jackett. Deutsch hatte doch sonst immer nur Pullover getragen. Er fühlte sich sichtlich wohl in der Rolle des Chefs der Mordgruppe. Fast zu wohl für Anjas Geschmack. Sie überlegte, sich nach seinen Kindern zu erkundigen, entschied sich aber dagegen. Dafür hatte sie keine Zeit.

»Du hast zehn Minuten«, sagte sie grußlos.

Kaspar Deutsch stand auf, um die Tür des Büros zu schließen. »Wie geht es dir?«, fragte er. Dann setzte er sich wieder und musterte sie. »Meine Güte, ist das lange her.«

»Die Uhr tickt«, entgegnete Anja.

»Das ist alles, was du zu sagen hast? Fünf Jahre, und

du gehst mir immer noch aus dem Weg. Du drückst meine Anrufe weg. Was ist los mit dir?«

»Ich hatte Besuch«, sagte Anja.

»Wie, Besuch?«, fragte Deutsch.

Anja ließ ihren Blick über ein Regal hinter ihm schweifen. Sie entdeckte darin einen Pokal, den sie einmal bei einer Polizeimeisterschaft im Skifahren gewonnen hatte. Danach hatte ihr eine Woche lang das Knie wehgetan, aber das war es wert gewesen. Er stand nun an einem anderen Platz, aber es war definitiv ihr Pokal. Sie überlegte, Deutsch darauf anzusprechen, ließ es aber bleiben.

»Komm zur Sache«, drängte sie. »Was willst du?«

Kaspar Deutsch schluckte seinen Zorn hinunter. »Es gibt eine neue Entwicklung. Vielleicht eine Spur.«

Anja konnte es nicht glauben. Sie spürte, wie heißer Zorn in ihr aufstieg. »Geht es um Bert Köhler?«

»Nein, um den Weihnachtsmann ... Natürlich geht es um Bert Köhler!«

Anja sah auf die Uhr, die an der Wand hing. »Was ist es diesmal? Wieder ein Spinner, von dem sich dann herausstellt, dass er in Behandlung ist?«

»Diesmal ist es anders«, versicherte Kaspar Deutsch. »Die Jungs vom Verfassungsschutz haben etwas aufgeschnappt. Sie sagen, es könnte wichtig sein.«

Anja schwieg und wartete.

»Tu nicht so, als würde es dich nicht interessieren!«, setzte er nach. »Das kauft dir niemand ab.«

»Weißt du, dein schlechtes Gewissen interessiert mich einen Dreck«, gab Anja zurück.

»Mein schlechtes Gewissen?«, fragte Deutsch ungläubig.

»Kann ich jetzt gehen? Ich verpasse sonst meinen Flug.«

»Du gehst nirgendwohin!«, brüllte er.

Sie funkelten sich wütend an. Die Luft zwischen ihnen schien zu knistern.

»Eine Adresse«, sagte er etwas ruhiger. »Sie ist in versteckten Chats im Netz aufgetaucht. Erlenweg 16. Sagt dir das was?«

Der Boden unter Anjas Füßen schien plötzlich nachzugeben. Sie schloss die Augen und hatte das Gefühl, in einen schwarzen Abgrund zu stürzen. Da war nichts, woran sie sich festhalten konnte. Das Schwindelgefühl wurde übermächtig. *Reiß dich zusammen*, dachte Anja. *Du bist in Kaspars Büro.* Sie zwang sich zu einem Räuspern und öffnete die Augen.

»Nie gehört«, entgegnete sie. »In Stein?«

Kaspar Deutsch schien ihre Reaktion nicht bemerkt zu haben. »Wo sonst?«, fragte er.

»Und wo haben sie die Adresse her, deine Verfassungsschützer?«

»Aus einer Facebook-Gruppe«, erklärte er. »Es gibt nach wie vor Leute, die sich mit dem Fall beschäftigen. Wir haben doch immer vermutet, dass die etwas wissen könnten.«

Anja kratzte sich an der Nase und betrachtete ihre Fingerspitzen. »Und du glaubst, das ist der Ort, wo er gefangen gehalten wurde? Habt ihr euch dort schon umgesehen?«

»Ja, aber da ist nichts«, erwiderte Kaspar Deutsch enttäuscht. »Ich dachte, du weißt vielleicht etwas.«

Anja musste lachen. »Warum sollte ich etwas wissen?«

Er zuckte mit den Schultern. »Willst du es dir ansehen?«, fragte er.

Anja glaubte sich verhört zu haben. »Wie kommst du auf diese Idee?«

»Nur so. Warst du denn nie wieder in Stein?«

»Nie. Warum ausgerechnet ich?«

»Weil du die Beste warst«, meinte er und drehte scheinbar beiläufig seinen Kugelschreiber zwischen den Fingern. »Ich dachte, es interessiert dich vielleicht.«

Anja ärgerte sich über das Gefühl, das sein Kompliment in ihr auslöste. »Ich habe Urlaub«, entgegnete sie.

Deutsch lachte.

»Was ist daran so witzig?«

»Du fährst in den Urlaub. Schön! Und dann?«

»Was dann?«

Er ließ den Kugelschreiber auf den Tisch fallen und sah ihr in die Augen. »Schau dich doch an! Es lässt dir auch keine Ruhe, oder?«

»Du warst es, der die Ermittlungen eingestellt hat«, gab Anja zurück. »Kommst du jetzt damit nicht mehr klar?«

»Die Ermittlungen wurden nie offiziell eingestellt, das weißt du!«

Anja würdigte ihn keiner Antwort.

»Ist dir das nicht peinlich?«, fragte Kaspar Deutsch traurig. »Wir waren doch einmal richtig gut. Und jetzt ist dir alles scheißegal?«

»Ich bin nicht mehr bei der Polizei.«

»Das ließe sich regeln«, entgegnete er, ohne zu zögern.

»Im Ernst?«, lachte sie. »Ich dachte, da muss man von vorne anfangen. Zurück in die Polizeischule.«

Er schüttelte den Kopf. »Ein Anruf genügt.«

Anja verschränkte die Arme. Sie erkannte, dass er es ernst meinte.

Deutsch sah sie mit einer Mischung aus Ärger und Mitgefühl an. »Warum hast du damals eigentlich aufgehört?«, fragte er. »Ich habe es nie verstanden.«

Anja wandte sich zum Gehen. »Sind wir fertig? Ich muss jetzt los.«

»Wir sind noch nicht fertig!«

»Tschüss. Ich schick dir eine Postkarte.« Sie winkte über die Schulter. Seine Antwort hörte sie nicht mehr.

Anja lief zu ihrem Auto und ließ den Motor ihres Citroën aufheulen. Doch als sie wenige Minuten später an der Autobahnauffahrt im Stau stand und beobachtete, wie eine dunkle Wolkenfront aufzog, ahnte sie bereits, dass sie es nicht rechtzeitig zum Flughafen schaffen würde.

Zwei Sicherheitsleute des Flughafens begleiteten Anja aus dem Abflugterminal. Keiner von beiden wagte es, sie anzufassen. Das war auch gut so, denn sie hätte für nichts garantieren können. Damals bei der Polizei kursierte lange Zeit das Gerücht, dass sie in ihrer Jugend wettkampfmäßig Kickboxen betrieben hätte. Die Geschichte hatte sich hartnäckig gehalten, obwohl sie nicht stimmte. Anjas definierte Oberarme waren ein Andenken an ihre Jugend, als sie in bayerischen Bierzelten gekellnert hatte, und hatten nichts mit Kampfsporttraining zu tun. Wenn sie zuschlug, tat sie es ohne Technik, aber blitzschnell.

Fünf Minuten hatten am Ende den Ausschlag gegeben. Der Flieger stand natürlich noch auf dem Rollfeld, darum ging es nicht. Regeln seien Regeln, hatte die Mitarbeiterin der Airline gesagt, sie könne leider keine Ausnahme machen. Dabei hätte Anja ihre Sporttasche einfach stehen gelassen und wäre nur mit Handgepäck geflogen. Doch wie sie auch argumentierte und wie sehr sie bettelte und fluchte, es half nichts. Die Dame am Schalter blieb vollkommen ruhig und beteuerte, dass es ihr leidtue, doch ihr Blick sagte etwas anderes, dass ihr so etwas nicht zum ersten Mal passierte, was Anja nur noch mehr aufregte. Für 600 Euro könne sie ein Ticket für einen anderen Flug buchen, meinte die Mitarbeiterin der Airline, das sei ein Entgegenkommen der Fluggesellschaft. Anja erklärte, sie könne sich die 600 Euro sonst wohin stecken. Als sie laut wurde, kamen auf einmal die Securitys. Da wusste sie, dass sie verloren hatte. Die beiden geleiteten sie im einsetzenden Regen bis zu ihrem Auto. Der Himmel war inzwischen zur Gänze mit dunklen Wolken verhangen. Anja ging absichtlich langsam, damit die beiden Männer auch ordentlich nass wurden.

Kurz darauf saß sie in ihrem Wagen und wusste nicht, wie es weitergehen sollte. Der Regen prasselte heftig auf das Dach und die Windschutzscheibe. Der Urlaub war ein Strohhalm gewesen, an den sie sich geklammert hatte.

Erlenweg.

Kaspar hatte nicht bemerkt, wie sehr sie erschrocken war, diesen Straßennamen zu hören. Hätte sie etwas sagen sollen? Doch was? Die Sache war viel zu kompliziert, und es würde ohnehin zu nichts führen.

Anja überlegte, in eine Bar zu gehen und sich ein paar Cocktails zu genehmigen. Sie trank aus Prinzip nur Gute-Laune-Getränke, wenn sie wütend oder traurig war. Stattdessen blieb sie sitzen. Ihre Jacke roch noch nach dem Rauch in dem Club, den sie am Abend zuvor besucht hatte. Der Geruch glich dem eines feuchten Aschenbechers und ekelte sie an, doch sie zwang sich, ruhig weiterzuatmen. Von draußen drang das Dröhnen der Turbinen eines startenden Flugzeugs. Vermutlich handelte es sich um irgendeine x-beliebige Maschine, doch in ihrem Kopf war es der Flieger nach Sansibar. Eine Reise, die ohne sie begann. Erst nach einer Ewigkeit ließ sie den Motor an und fuhr los.

Der Regen hatte aufgehört und war in Schneefall übergegangen. Die zerbrechlichen Flocken landeten geräuschlos auf der Windschutzscheibe, bevor sie schmelzend nach unten glitten. Mit dem Motor war auch die Heizung ausgegangen. Anja hatte die Jacke fest um sich gewickelt und versuchte angestrengt, im Schneetreiben etwas zu erkennen. Ein kleines Einfamilienhaus zeichnete sich im trüben Licht ab. Sie glaubte sich daran erinnern zu können. Soweit sie es beurteilen konnte, sah hier alles noch so aus wie damals.

Sie hatte die richtige Abzweigung nach Stein mühelos gefunden. Die schmale Straße, die zuerst durch dichten Wald führte, bald darauf durch eine enge Schlucht mit hohen Felswänden, bevor sich diese öffnete und die ersten Häuser auftauchten. Nun parkte sie am Straßenrand und starrte auf die Adresse, die sie auf dem Handy notiert hatte. Nicht dass das nötig gewesen wäre.

Erlenweg 16.

Ihr war wieder übel geworden. Sie lehnte sich an die Kopfstütze, versuchte, ruhig zu atmen. Langsam ließ der Schneefall nach. Müdigkeit überkam sie. Es war Zeit, nach Hause zu fahren. Als sie zum Zündschlüssel greifen wollte, entdeckte sie ihn.

Ein Schatten, nicht weit von ihrem Auto entfernt.

Anja kniff die Augen zusammen und spähte in das Schneetreiben hinaus. Es war der Umriss eines Menschen, ihr zugewandt, regungslos.

Jemand beobachtete sie.

Panisch ließ Anja den Motor an und fuhr mit quietschenden Reifen davon.

2

Heute habe ich Grießbrei für Sie. Freuen Sie sich? Ich weiß, dass Sie den mögen. Vorsicht, er ist sehr heiß. Warten Sie, ich rühre ein wenig um, dann wird er kühler. Jetzt geht es. Mund auf, so ist es gut.

Gerade habe ich mit meiner Nachbarin gesprochen. Wir haben uns am Zaun unterhalten, nur über das Wetter, aber es war sehr nett. Sie wirkt immer fröhlich, aber ich weiß, dass ihr Vater sehr krank ist. Sie ist eine sehr starke Frau. Ich habe ihr eine Schüssel voll Brombeeren geschenkt. Die habe ich gestern gepflückt, und nachdem Sie sie nicht essen, wusste ich nicht, wohin damit. Sie hat sich sehr gefreut.

Wollen Sie einen Nachschlag? Ich habe noch Grießbrei oben, nicken Sie einfach. Nein? Ist gut. Ich werde ihn im Kühlschrank aufbewahren, dann ist morgen noch welcher für Sie da.

Ich verstehe meine Nachbarin. Natürlich darf ich ihr nicht sagen, wie gut ich sie verstehe. Wie es ist, einen Kranken zu pflegen. Uns beiden hat das Schicksal Prüfungen auferlegt, und wir müssen immer weitermachen, auch wenn es schwer ist.

Mittwochnachmittag

Anja schrak aus dem Schlaf hoch, drehte sich zur Seite und tastete die zerknüllte Decke ab. Neben ihr lag niemand im Bett. Ein milchiger Lichtschein fiel durch das Fenster ihres Schlafzimmers. Ihr wurde klar, dass es noch nicht einmal Abend war. Nach ihrer verfrühten Rückkehr in die Wohnung hatte sie sich ein Glas Gin Tonic genehmigt und musste dann eingeschlafen sein. Wie spät war es? Da erst bemerkte sie, dass ihr Handy klingelte. Von dem Geräusch war sie aufgewacht.

»Ja?«

»Anja Grabner. Sie sind es. Ich erkenne Sie.«

Es war die Stimme eines Mannes. Er schien älter zu sein und sprach sehr leise, sie verstand ihn kaum.

»Wer sind Sie?«

»Erinnern Sie sich nicht an mich? Ich war mir sicher, dass Sie sich erinnern.«

Anja unterdrückte den Impuls, sofort aufzulegen. Es war 16 Uhr, sie hatte gerade einmal eine Stunde geschlafen.

»Ist es wichtig? Ich habe gerade keine Nerven für solche Spielchen.«

Sie hörte ein heiseres Lachen.

»Eine lange Nacht gestern?«

»Was soll das? Sagen Sie endlich, wer Sie sind.«

»Der Fall Köhler. Denken Sie nach.«

Anja ertappte sich dabei, dass sie tatsächlich nachdachte. Sie legte sofort auf. Als sie aufstand, verlor sie beinahe die Balance.

Sie schloss die Augen und versuchte, ruhig stehen zu bleiben. Nach ein paar Augenblicken ging es ihr besser. Wenig später stand sie unter der Dusche und musste sich eingestehen, dass sie nicht aufhören konnte, über den Anruf nachzudenken. Woher sollte sie den Mann kennen? Hatte der Anruf etwas mit ihrer Fahrt nach Stein zu tun? Das war abwegig. Wer konnte davon wissen? So gut wie alle, die sie persönlich kannte, glaubten, dass sie gerade im Flieger nach Sansibar saß.

Als sie sich abgetrocknet hatte und im Bademantel vor ihrem kleinen Laptop saß, auf dem sie »Last Minute Urlaub« in Google eingab, fiel ihr ein, woher sie den Anrufer kannte.

Rolf Vychodil. Er war vor acht Jahren der Polizist gewesen, der die erste Anzeige im Fall Köhler aufgenommen hatte. Anja hatte in Summe vielleicht dreimal mit ihm gesprochen, kein Wunder, dass sie sich nicht an ihn erinnert hatte. Er musste längst im Ruhestand sein.

Sie nahm ihr Handy und rief ihn zurück.

»Was wollen Sie von mir?«, fragte Anja.

Der Mann räusperte sich. »Das möchte ich Ihnen lieber persönlich sagen.«

Das Haus lag im 22. Wiener Bezirk, versteckt zwischen Wohnblöcken und Reihenhäusern. Ein winziges, zweistöckiges Wohnhaus mit ungepflegtem Garten, ein Relikt zwischen den funktionalen, gepflegten Wohnbauten jüngeren Datums, deren kleine Gartenparzellen von jungen Familien gut in Schuss gehalten wurden. Davor stand ein Mann in einer ausgeleierten Strickweste und großen Filzpantoffeln und winkte Anja zu. Auf seiner Nase und seinen Wangen waren rote Äderchen zu sehen, unter seinen Augen wölbten sich eindrucksvolle Tränensäcke.

Vychodil begrüßte sie mit einem Nicken und führte sie ins Haus, das drinnen heimeliger war, als es von außen den Anschein hatte. Er schien sich von nichts trennen zu können. Das Wohnzimmer war vollgestellt mit zwei unterschiedlichen Sofas, hölzernen Skulpturen, die den Oberflächenspuren nach mit einer Motorsäge bearbeitet worden waren, und zwei Fahrrädern. Überall an den Wänden hingen vergilbte Nachdrucke von Van-Gogh-Gemälden, und Bücher, sehr viele Bücher, quollen aus den Regalen oder waren einfach auf dem Boden gestapelt. Anja entdeckte auf die Schnelle Ausgaben von Dostojewski, Nietzsche und Shakespeare. Ganz schön schwere Kost für einen kleinen Polizisten, dachte sie. Auf einem schmalen Schreibtisch stand ein Laptop, Facebook war geöffnet. Eine dunkle, warme Höhle, die trotz der Unordnung etwas Sympathisches hatte. Anja hielt nach leeren Schnapsflaschen Ausschau – aus irgendeinem Grund schien es für sie unvorstellbar, dass er ganz allein hier lebte, ohne zu trinken –, doch sie fand keine. Vychodil sah auch nicht aus wie ein Alkoholiker. Nur etwas zerknittert vielleicht, wie jemand, der zu viel Zeit in den eigenen vier Wänden verbrachte.

Anja setzte sich auf eines der Sofas und kam sofort zur Sache. »Woher haben Sie meine Nummer? Warum rufen Sie mich an?«

Rolf Vychodil setzte sich ihr gegenüber auf das andere Sofa. »Sie interessieren sich wieder für den Fall Köhler. Das ist gut. Ich wollte Ihnen persönlich mitteilen, wie sehr ich mich darüber freue. Ich finde, es war überfällig.«

»Wie kommen Sie denn darauf? Was wollen Sie überhaupt von mir? Wir kennen uns kaum.«

Er lächelte. »Der größte Kriminalfall der Republik, die Entführung des bekanntesten Bankiers dieses Landes«, sagte er mit glänzenden Augen. »Das war schon ein Ding, finden Sie nicht? Der abgetrennte Finger, der an seine Villa geschickt wurde. Zuerst wussten Sie nicht, wem er gehörte. Dann fanden Sie heraus, dass es Köhlers Finger war. Der Bankier war verschwunden. Alle warteten auf ein Bekennerschreiben, irgendeine Erklärung. Stattdessen tauchte das nächste Paket auf mit Köhlers Zeh. Die Medien stürzten sich darauf. Was haben Sie damals gedacht? Ich habe mich das immer gefragt. Sie wirkten so ruhig, souverän. Ich war mir sicher, dass Sie den Fall aufklären würden, aber der Täter gab Ihnen einfach zu wenige Anhaltspunkte, nur diese grässlichen Postsendungen. Noch eine, und noch eine. Später dann die Lösegeldforderungen, verwirrend, geradezu dilettantisch vorbereitet. Und schließlich die Stille, gespenstisch. Keine weiteren Nachrichten, kein Lebenszeichen von Köhler. Als hätte sich die Erde aufgetan und ihn verschluckt. Bis zu dieser mysteriösen SMS aus Stein. Sie wurden zur tragischen Figur, Ihr Name wird auf ewig mit diesem Fall verknüpft sein.«

Vychodil schien die Bilder von damals vor sich zu sehen. Sein Gesicht hatte einen verklärten Ausdruck angenommen. Anja hingegen fühlte sich beklommen.

»Sie haben sich Zeit genommen«, fuhr er fort. »Abstand. Das war richtig, finde ich. Da sieht man manche Dinge klarer. Haben Sie eine neue Theorie über die Entführung? Glauben Sie, es war ein Täter, oder mehrere? Es passiert immer wieder, dass man kein plausibles Täterprofil erhält, wenn es sich um mehrere Täter handelt. Haben Sie darüber schon einmal nachgedacht?«

»Nein«, entgegnete Anja und kratzte mit dem Fingernagel über die Lehne des Sofas.

Vychodil ließ sich nicht aus der Ruhe bringen. »Macht nichts. Was ist mit den Amputationen? Was denken Sie darüber, nun da Sie Zeit hatten?«

Anja sah aus dem Fenster. Eine Betonmauer nahm fast das ganze Blickfeld ein. Nur ein winziges Stückchen Himmel war zu sehen.

»Waren Sie wieder einmal dort?«, setzte Vychodil nach.

»Nein. Und ich habe es auch nicht vor.«

»Sie sollten wieder hinfahren«, sagte er mit Nachdruck.

Anja stand auf.

»Was tun Sie?«

»Ich gehe jetzt. Sie erzählen mir ja sowieso nicht, warum Sie mich angerufen haben.«

»Jemand hat Sie gesehen«, sagte er schnell.

Anja erschrak. Die Gestalt im Schneetreiben. Sie hatte schon daran gezweifelt, dass da wirklich jemand gewesen war. Doch sie versuchte, sich nichts von ihrer Überraschung anmerken zu lassen. »Wer?«

»Ganz Stein redet davon.«

Anja schüttelte ungläubig den Kopf und setzte sich wieder. »Ich saß im Auto! Woher wollen die wissen, dass ich es war?«

»Wer sonst?«, fragte er.

»Und da hat man gleich Sie angerufen, oder was?«

Vychodil wich ihrem Blick aus und verschränkte die Finger. Ihm war die Situation sichtlich peinlich. »Sie sind wieder hingefahren. Warum?«

»Ich habe einen Flug verpasst.«

Vychodil sah sie forschend an. Er verstand kein Wort. »Das war der Grund?«

»Genau.«

Er nickte langsam. »Ich verstehe.«

»Sie verstehen gar nichts.«

»Doch, natürlich. Sie können nicht wegfliegen. Weil diese Geschichte Sie nicht loslässt. Das ist doch ganz klar.«

»Es war ein Missgeschick.«

Er schien darüber nachzudenken, dann nickte er. »Ich habe etwas für Sie.« Er stand auf und zog einen Ordner aus einem der Regale, der aussah wie ein Fotoalbum.

»Was ist das?«

»Mein Hobby, wenn Sie so wollen. Informationen über den Fall. Hauptsächlich Zeitungsausschnitte, nicht alles, nur das, was ich für wichtig hielt. Hier, schauen Sie rein.« Vychodil hielt ihr den Ordner hin.

Zögerlich griff Anja danach. Als sie ihn aufklappte, sah sie vergilbte Kinderfotos und runzelte die Stirn. Vychodil sah sofort, dass etwas nicht stimmte, und nahm ihr den Ordner aus den Händen.

»Tut mir leid, das ist natürlich falsch. Der falsche Ordner. Das ist sehr peinlich, warten Sie, ich habe ihn hier irgendwo.«

Er klappte das Album zu und stellte es zurück an seinen Platz. Dann begann er, die Bücherregale zu durchsuchen. Anja sah, dass seine Hände zitterten.

»Er sieht genauso aus wie der hier. Deshalb habe ich sie verwechselt. Warten Sie einen Moment, das haben wir gleich.«

Anja wartete, doch der Moment dauerte länger und länger. Vychodil begann, die Bücherstapel zu verschieben, wobei einer umfiel. Er unterdrückte einen Fluch, während seine Suche immer verzweifelter und das Zittern seiner Hände immer stärker wurde. Also doch ein Trinker, dachte Anja.

Nach ein paar Minuten gab er auf. »Ich finde ihn nicht«, stellte er resigniert fest. »Es tut mir leid.«

»Was tut Ihnen leid? Dass Sie mich angerufen haben? Die Geheimniskrämerei?«

Er konnte es immer noch nicht fassen. »Ich habe alles gesammelt. Das hätte Ihnen geholfen. Bei Ihren Ermittlungen.«

Anja seufzte. »Ich habe einen Flug verpasst, und dann habe ich mich verfahren.«

Vychodil wischte ihre Rechtfertigung mit einer Geste beiseite. »Nach Stein kann man sich nicht verfahren. Die Straße dorthin ist eine Sackgasse.«

Sie sah ihm in die Augen. »Es gibt keine Ermittlungen«, sagte sie ruhig. »Ich habe mit der Sache abgeschlossen. Das sollten Sie auch tun. Es ist nur ein weiterer ungelöster Fall. Es gibt viele davon, Sie waren doch lange genug bei der Polizei, um das zu wissen.«

Vychodil schüttelte den Kopf. »Ich glaube nicht, dass das mit dem Flug ein Missgeschick war.«

Entnervt zuckte Anja mit den Schultern. »Glauben Sie, was Sie wollen.«

Sie schwiegen. Vychodils Miene war düster geworden. Er schien zu grübeln. Erst als Anja sich vom Sofa erhob, erwachte er aus seiner Trance.

»Sie sollten wieder hinfahren. Sie müssen sich erinnern.«

»Ich will mich nicht erinnern.«

»Die Leute dort haben eine hohe Meinung von Ihnen.«

»Machen Sie sich nicht lächerlich!«

»Natürlich! Nachdem Sie weg waren, hat sich niemand mehr um den Fall gekümmert. Viele haben Ihre Hartnäckigkeit geschätzt. Viele, die das nicht offen ausgesprochen haben, gerade in Stein. Gehen Sie zurück, es wird Ihnen guttun. Es wird Ihnen helfen.«

»Ich brauche keine Hilfe«, erwiderte Anja und wandte sich zum Gehen.

Vychodil musterte sie nachdenklich. »Haben Sie jemals darüber nachgedacht, warum Sie diesen Fall nie lösen konnten?«

Anja blieb mit dem Rücken zu ihm stehen. »Ich habe jahrelang über nichts anderes nachgedacht.«

»Sie hatten mit vielem recht. Stein ist für diesen Fall zentral, Sie haben das als Einzige gesehen. Dennoch sind Sie irgendwann nicht weitergekommen. Ich kann Ihnen sagen, warum.«

Sie drehte sich zu ihm um. »Tatsächlich?«

»Sie haben diesen Fall nie wirklich ernst genommen.«

Anja war perplex. »Das ist jetzt ein Scherz, oder? Nach allem, was passiert ist, unterstellen Sie mir, ich hätte nicht richtig ermittelt?«

»Sie waren so sehr mit sich selbst beschäftigt, dass Sie

keinen Blick mehr für den Fall hatten«, sagte er bestimmt.

Ihr wurde auf einmal ganz heiß vor Zorn. »Jetzt hören Sie mal zu, Sie Provinzpolizist! Während Sie auf Streife waren, habe ich Mordfälle aufgeklärt, und zwar eine ganze Menge! Und wenn man Erfahrung damit hat, weiß man, dass sich manche Fälle einfach nicht lösen lassen. Fälle ohne Verdächtige, ohne Motiv. Das hat nichts damit zu tun, dass man den Fall nicht ernst nimmt.«

Vychodil schien zufrieden mit sich zu sein, dass er sie aus der Reserve gelockt hatte. Er lehnte sich genüsslich zurück und schlug die Beine übereinander. »Sie haben sich nicht die nötige Zeit genommen. Einen solchen Fall kann man nicht mit dem Verstand allein lösen.«

»Ich habe alles getan, was nötig war. Kein Polizist hätte mehr tun können. Ich habe mir nichts vorzuwerfen.«

»Und doch werden Sie mit dieser Sache nicht fertig«, erklärte Vychodil. »Sie sind auf der Suche. Das ist offensichtlich.«

»Woher haben Sie eigentlich meine Telefonnummer? Sie haben mir doch nicht nachspioniert?«

»Ich habe darauf gewartet, dass Sie in Stein auftauchen«, antwortete er gelassen. »Ich wusste, Sie kommen irgendwann, wenn die Zeit reif ist. Gehen Sie dorthin zurück, sprechen Sie mit den Leuten.«

»Ich gehe bestimmt nicht wieder nach Stein.«

»Wie Sie meinen. Ich werde diesen Ordner suchen.«

Lächerlich.

Es war eine Frechheit, was Vychodil ihr unterstellte. Sie hätte viel schärfer reagieren sollen. Überhaupt war es ein Fehler gewesen, zu ihm zu fahren.

Anja war im Auto sitzen geblieben, nachdem sie vor ihrer Wohnung geparkt hatte, und hielt ihr Handy in der Hand. Seit zwanzig Minuten klickte sie sich schon durch Facebook. Vychodil hatte ihr inzwischen eine Freundschaftsanfrage gesendet, doch sie blockierte ihn sofort. Wieder einmal spielte sie mit dem Gedanken, ihren Account ein für alle Mal zu löschen. Was natürlich nie passieren würde.

Sie scrollte durch das Profil einer Freundin, mit der sie früher Volleyball gespielt hatte. Sie hatte sich schon vor Monaten bei ihr melden wollen, die Volleyballerinnen waren eine lustige Runde, und dank ihrer Körpergröße war Anja sogar richtig gut. Als sie noch bei der Polizei gewesen war, hatte sie sich immer fit gehalten. Unschlüssig ließ sie den Finger über dem Button für eine neue Nachricht kreisen, bevor sie das Smartphone wieder in die Tasche schob.

Was ist los, Anja? Warum gehst du nicht hinauf in deine Wohnung?

Weil da nichts ist, dachte sie. *Ich will da gerade nicht sein. Ich habe auch keine Lust auf Sport. In Wirklichkeit habe ich keine Lust auf irgendwas.*

Sie ließ den Motor an und fuhr los.

In der einsetzenden Dämmerung hielt Anja an der Schnellstraße direkt hinter der Abzweigung nach Stein. Ihr Citroën stand zur Hälfte auf dem Randstreifen und zur Hälfte auf der Straße. Sie ließ den Motor weiterlaufen und umklammerte mit beiden Händen das Lenkrad.

Inzwischen hatte der Schneefall aufgehört und war in Regen übergegangen. Ein Porsche Cabrio mit geschlossenem Verdeck schoss zu schnell um die Kurve, wich im letzten Moment ihrem Wagen aus und kam kurz ins Schleudern. Der Fahrer hupte und gestikulierte hysterisch, bevor er wieder beschleunigte. Das Gehupe riss Anja aus ihrer Trance.

Sie seufzte. »Anja, damit das klar ist: Du fängst auf keinen Fall an zu ermitteln. Mit dieser Geschichte bist du fertig.«

Entschlossen legte Anja den ersten Gang ein und fuhr los. Dorthin zurück, wo alles passiert war.

3

Überraschung! Ich habe etwas für Sie. Erraten Sie nie. Ich habe Ihnen ein Buch mitgebracht. Es ist ein Kinderbuch. Ich habe zuerst überlegt, eines für Erwachsene zu nehmen, aber da dauert das Lesen so lange. Außerdem finde ich Kinderbücher ehrlicher. Erwachsenenbücher erzählen oft auch ganz einfache Geschichten, aber sie verpacken sie oft so schrecklich kompliziert. Dieses hier handelt von einer Ente, die auf eine Reise geht. Sie lässt dafür ihre Freunde im Stich. Das ist natürlich eine ganz dumme Idee, und am Ende kommt sie zurück, worüber sich ihre Freunde unglaublich freuen. Sie sehen, ganz einfach. Komplizierter muss es gar nicht sein.

Sie weinen ja. Habe ich etwas Falsches gesagt? Nicht doch, hören Sie auf. Sonst muss ich auch weinen.

Na toll, jetzt haben Sie es geschafft. Sie wertloser Klotz, mit Ihnen kann man nicht einmal ein Kinderbuch lesen.

Mittwochabend

Es nieselte nur noch leicht, als Anja mit ihrem Citroën in die Schlucht fuhr. Die Abzweigung nach Stein war nur eine Dreiviertelstunde Autofahrt von Wien entfernt, lag aber so versteckt, dass kaum jemand aus der großen Stadt sich je hierherverirrte. Die Straße wirkte schmal neben dem kleinen Bach, der sich durch die Schlucht wand. Schwer vorstellbar, dass hier einst die LKW des Zementwerks durchgebraust waren. Die Felswände rechts und links der Straße stiegen steil an und waren zum Teil mit riesigen Schrauben und Netzen aus Stahlseilen gesichert. Die Schlucht maß nicht einmal dreißig Meter in der Tiefe, dennoch war sie an trüben Tagen wie diesem sehr düster, wenn es Abend wurde. Anja passierte eine Ausweiche, die in den Fels gesprengt worden war. An der Steilwand sah sie verblasste Graffiti und versuchte sich zu erinnern, ob diese das letzte Mal auch schon da gewesen waren.

Als die Felswände sich zurückzogen und den Blick auf das Tal freigaben, erschien ein Bild vor Anja, das sich auf verwirrende Weise vertraut anfühlte. Zur Rechten der riesige Steinbruch, der von Nebelschwaden halb verdeckt wurde und dessen Felsstufen aus Kalkstein durch die Nässe fast schwarz wirkten. Direkt darunter das stillgelegte Zementwerk mit seinen weißen Türmen und Förderbändern. Auf der anderen Seite des Tals ragte der Kirchturm mit seinem Zwiebeldach aus grünem Kupfer empor, rundherum verteilten sich kleine Häuser mit spitzen Giebeln auf dem Hang, der sanft anstieg, bis er in einen steilen, von Felspfeilern durchsetzten Wald überging. Das Tal endete wenige Kilometer weiter vor einem Wasserfall, der sich seinen Weg aus einer Lücke am Bergkamm über viele kleine Stufen bis ins Dorf suchte und es dabei oft in Dunst hüllte.

Stein.

Hier hatte sich nichts verändert. Anja erinnerte sich an das letzte Mal, als sie in dieses Tal gefahren war. An die Wut, mit der sie das Gaspedal durchgetreten hatte, neben ihr Kaspar Deutsch, blass und schwitzend, den Haltegriff an der Beifahrertür fest umklammernd ...

... um nicht mit dem Kopf gegen die Fensterscheibe zu knallen. Was ihm nicht immer gelingt.

»Anja, jetzt beruhig dich endlich. Das bringt doch nichts.«

Anja ignoriert Kaspar und nimmt einen Schluck aus ihrer Trinkflasche. Sie hat Aspirin darin aufgelöst, gegen die Kopfschmerzen. In einer Kurve quietschen die Reifen.

»Du fährst wie eine Irre! Du wirst uns noch umbringen«, brüllt Kaspar.

»Das ist sie«, sagt Anja nur.

»Was?«

»Unsere heiße Spur. Dieser Typ weiß etwas.«

Kaspar interessiert sich nicht für irgendeine Spur. Die Angst steht ihm ins Gesicht geschrieben. Schweiß rinnt über sein Gesicht, er trägt einen Mantel, Anja nur ein T-Shirt. Sie hat ihre Jacke vergessen, und die Heizung läuft auf Maximum.

»Dann wird er auf uns warten!«

Anja macht eine Vollbremsung. Nicht weil sie auf ihren Kollegen hört. »Hier ist es«, sagt sie und deutet aus dem Fenster.

Durch den Regen sehen sie undeutlich ein brachliegendes Feld. Auf der einen Seite steht ein seltsam trostloses Bauernhaus einsam in der Landschaft, auf der anderen Seite grenzt das Feld an den Wald. Zwischen aufsteigenden Dunstschwaden erkennen sie, dass da niemand ist. Das Feld ist verlassen.

Anja will es nicht glauben, sie steigt aus. Der Regen prasselt auf sie herab. Schon nach wenigen Sekunden kleben ihr die langen Haare am Kopf, ist ihr T-Shirt durchnässt. Sie geht auf die freie Fläche hinaus, fast knöcheltief sinkt sie in der matschigen Erde ein. Ihre Schuhe werden schwer, sodass sie humpelt.

Da ist niemand. Der Absender der SMS ist nicht da. Minutenlang bleibt sie auf dem Feld stehen, dreht sich im Kreis, sucht alle Himmelsrichtungen mit den Augen ab. Sie spürt weder Nässe noch Kälte.

Anja stand auf einem abgeernteten Maisfeld außerhalb des Ortes und blickte sich um. Der Boden mit den umgeknickten Maisstängeln fühlte sich unter ihren Schuhen hart an, nur an der Oberfläche hatte sich eine dünne Schicht Matsch gebildet. Weit und breit war kein Mensch zu sehen. Anja hatte den Reißverschluss ihrer Jacke bis oben geschlossen, doch ihre Haare wurden vom Nieselregen feucht. Sie war sich ziemlich sicher, dass dies die Stelle war.

Zu einer Zeit, als die Ermittlungen völlig festgefahren waren und Anja als Einzige wie eine Besessene Befragung um Befragung durchgeführt und die Nächte mit dem Lesen von Akten zugebracht hatte, war auf ihrem Handy eine SMS von einer unbekannten Nummer eingegangen. Jemand behauptete zu wissen, wo Köhler sich befand. Das war der Treffpunkt, den er genannt hatte. Ein Feld. Ein verlassenes Feld...

... das ihr wie ein Hohn erscheint.

»Vielleicht stimmen die Koordinaten nicht«, sagt Kaspar Deutsch, der zu ihr tritt.

»Die Koordinaten stimmen. Er ist nicht da. Ihm muss etwas passiert sein.«

»Was?«

»Wir müssen ihn suchen.«

Kaspar senkt den Kopf. »Anja...«

»Was?«, fährt sie ihn an.

»Es melden sich ständig Leute, die vorgeben, irgendwas zu wissen. Das sind Spinner!«

»Ich gehe ihn suchen. Jemand hat ihm etwas angetan.«

»Anja, da ist niemand! Finde dich damit ab! Es gibt keine Spur, es wird auch keine mehr geben.« Er beugt sich zu ihr, sieht ihr fest in die Augen. »Du reagierst völlig irrational, merkst du das nicht? Wir werden Köhler nicht finden, akzeptier es endlich! Der Staatsanwalt wartet nur noch darauf, die Ermittlungen einzustellen. Keiner glaubt noch daran. Es ist sinnlos, Anja!«

Anja packt ihn blitzschnell am Kragen. Er ist nur einen halben Kopf kleiner als sie und stärker gebaut, dennoch berühren nur noch seine Zehenspitzen den Boden, als sie ihn zornig zu sich zieht.

»Lass mich los!«, krächzt her.

Sie bleckt die Zähne, dann stößt sie ihn in den Dreck. Er sieht sie entgeistert an, Schock und Enttäuschung liegen in seinem Blick. Anja ist selbst erschrocken, doch sie will sich nicht von ihrem Vorhaben abbringen lassen, stapft zurück zum Auto.

»Bleib stehen, Anja. Stehen bleiben, sofort!«, ruft Kaspar. Sie dreht sich um.

Kaspar rappelt sich mühsam hoch. »Du bleibst jetzt hier. Und du gibst mir deine Dienstwaffe.«

»Warum soll ich dir meine Waffe geben?«, erwidert sie. »Bist du verrückt, oder was?«

»Du darfst da jetzt nicht hinfahren, du bist nicht bei Sinnen! Hör auf mich, gib mir deine Waffe, und dann fahren wir in aller Ruhe zurück nach Wien.«

Anja hört nicht auf ihn. Sie springt ins Auto und fährt los.

Mit einem hatte Kaspar recht. Sie war besessen gewesen. Sie hatte es selbst nicht bemerkt, weil sie den Grund dafür nicht verstand. Kaspar hatte sie einmal bei einer Weihnachtsfeier eine Gerechtigkeitsfanatikerin genannt, doch sie hatte das heftig geleugnet. Gerechtigkeitsfanatiker waren aus ihrer Sicht ernste Leute mit Prinzipien. Sie hingegen hasste alles Ernste und folgte nur ihrem Bauchgefühl. Sie war nicht aus Überzeugung Polizistin geworden. Freunde hatten sie dazu überredet. Warum hatte ausgerechnet sie die Distanz zum Job derartig verlieren können? Kaspar hatte es gesehen. Vielleicht hätte sie auf ihn hören sollen.

Anja stieg wieder in ihren Citroën. Langsam fuhr sie in den Ort und sah nicht weit vor sich einen Bus anhalten. Aus ihm stieg niemand Geringerer als Rolf Vychodil. Er musste unmittelbar nach ihrem Gespräch losgefahren sein. Sie verringerte die Geschwindigkeit und suchte nach einer Möglichkeit zum Wenden, doch er hatte sie bereits entdeckt und winkte aufgeregt. Also fuhr sie weiter bis zur Bushaltestelle und kurbelte die Scheibe herunter.

Er lächelte fröhlich, obwohl er inzwischen ganz nass war. »Schön, dass Sie so schnell gekommen sind. Darf ich einsteigen?«

»Wo bin ich hier?«, gab Anja zurück. »Ich habe mich total verfahren und suche einen Platz zum Umdrehen. Wissen Sie, ob es da vorne eine Gelegenheit gibt?«

»Ach, seien Sie nicht beleidigt. Sie müssen nicht zugeben, dass ich recht hatte, es reicht, dass Sie gekommen sind. Darf ich jetzt einsteigen?«

Anja kurbelte die Scheibe hinauf, legte den Gang ein und fuhr weiter. Im Rückspiegel sah sie den verdatterten Blick Vychodils. Sie passierte die Stelle, wo sie zuvor geparkt hatte. Ihre panische Flucht kam ihr nun lächerlich vor. Jemand hatte ihr Auto bemerkt und nachsehen wollen, welcher Fremde da in der Straße parkte. Wovor hatte sie sich gefürchtet?

Anja folgte der gewundenen Straße, die zwischen Häusern mit geschlossenen Fensterläden hindurchführte. Bei einem der Häuser waren die Fenster mit Brettern zugenagelt, ein kleiner Supermarkt schien geöffnet zu haben. In einem Geschäft daneben lagen geflochtene Körbe im Schaufenster, etwas weiter die Straße hinunter folgte ein Feinkostladen mit verblassten Postern von lachenden Menschen, die einen Schinken hielten. Anja fuhr kaum hundert Meter weit, als ihr von der anderen Straßenseite jemand zuwinkte. Sie kniff die Augen zusammen. War das möglich? Sie bekam eine Gänsehaut, als sich die Silhouette deutlicher abzeichnete. War das der Beobachter, den sie vom Auto aus gesehen hatte? Er trug einen Schirm und war viel jünger, als sie gedacht hatte, auf jeden Fall jünger als sie. Je näher sie kam, desto mehr zweifelte sie an ihrem ersten Eindruck. Es war unmöglich zu sagen, wen sie da gesehen hatte.

Anja bremste und kurbelte erneut die Scheibe herunter. Der Mann lächelte und kam auf sie zu, wobei er seinen Schirm über die offene Scheibe hielt. Er trug eine braune Lederjacke, die auf den Schultern dunkel war von der Nässe, und musste sich bücken, um durch das Fenster zu sehen. Er war fast so groß wie sie.

»Ich dachte nicht, dass Sie wiederkommen«, sagte er.

»Kennen wir uns?«

»Nein, tut mir leid. Rudi List, ich bin der Bürgermeister. Ich weiß natürlich, wer Sie sind. Willkommen in Stein.«

Anja musterte den Mann skeptisch. Er hatte graues Haar an den Schläfen, war aber noch keine vierzig, schätzte sie. Seine Stimme hatte etwas Einnehmendes. Sie konnte keine Spur von Ironie in seinen Worten entdecken.

»Danke«, sagte sie.

»Wo wollen Sie hin?«

»Eigentlich nur umdrehen.«

List schmunzelte. »Ach ja? Sind Sie dafür hergekommen?«

Anja suchte nach Worten, hob ausweichend eine Hand.

»Vychodil, nicht wahr?«, sagte er.

»Sie kennen ihn?«

»Natürlich. Er kommt oft hierher. Ich habe gestern mit ihm gesprochen. Er vermutete, dass Sie in dem Auto saßen.«

»Merken Sie sich jedes Auto, das hier am Straßenrand stehen bleibt?«

Er zuckte mit den Schultern. »Bei unserer Geschichte? Wir sind da vielleicht sensibel.«

»Er hat mich ausgetrickst«, sagte Anja. »Sie sollten wissen, dass ich nicht vorhabe, mich noch einmal mit dem Fall zu beschäftigen. Egal, was Vychodil Ihnen erzählt hat.«

List nickte. »Natürlich. Möchten Sie vielleicht einen Kaffee, wo Sie schon einmal hier sind?«

Anja zögerte.

»Verzeihung«, lächelte List. »Ich wollte Sie nicht überrumpeln. Sie sind jedenfalls herzlich eingeladen vorbeizukommen, falls Sie Zeit und Lust haben.«

»Nein, schon gut«, hörte sie sich sagen. »Ich trinke gern einen. Wohin?«

List beschrieb ihr den Weg, und sie fuhr voraus. Sie parkte vor dem Rathaus, einem weinrot gestrichenen alten Gebäude mit Stuckaturen und zwei Türmchen an den Ecken. Während sie auf ihn wartete, sah sie sich verstohlen um, ob jemand sie beobachtete. Was irgendwie lächerlich war. Doch sie konnte nicht anders.

Die Straße verbreiterte sich vor dem Rathaus zu einem kleinen Platz, der fast zur Gänze von zwei Reihen Parkplätze eingenommen wurde. Vor dem Gebäude war gerade noch Raum für einen schmalen Grünstreifen, auf dem zwei Birken standen.

Nun bist du hier, dachte Anja. *Was hast du erwartet?*

List machte einen sympathischen Eindruck. Es gab keinen Grund, seine Einladung auszuschlagen.

Wenig später sah Anja zu, wie List mit geübten Bewegungen eine silberne Espressomaschine bediente und zwei winzige Tassen mit einem cremigen Gebräu füllte, das so dickflüssig war, dass es sich fast nicht bewegte, als er es ihr hinstellte. Er hatte sie in den ersten Stock des Rathauses geführt, wo es eine eigene Wohnung für den Bürgermeister gab. Die Einrichtung aus dunkel gebeizten Eichenmöbeln war alt und passte nicht zu ihm, fand sie.

»Ich hoffe, Sie mögen ihn stark. Ich kann mit diesen Kapsel-Maschinen nicht umgehen.«

»Ich dachte, jeder kann mit den Kapsel-Maschinen umgehen. Das ist doch der Sinn dabei.«

»Schon, aber mir schmeckt der Kaffee nicht.«

»Dafür gibt es vielleicht andere Gründe.«

List schien kurz nachzudenken, dann lachte er. »Probieren Sie!«

Anja nippte. Der Kaffee war bitter, ungewöhnlich sauer und pelzig auf der Zunge. Sie konnte sich nicht erinnern, wann sie das letzte Mal so einen guten Espresso getrunken hatte. Jener bei Davide war nicht halb so gut.

»Ausgezeichnet«, sagte sie.

»Ja?«

Anja nickte.

List strahlte. »Ich mache meinen Kaffee gerne selbst. Verstehen Sie mich nicht falsch, wir haben gute Gastronomie hier in Stein. Beim *Kirchenwirt* wird ausgezeichnet gekocht, aber den Kaffee dort können Sie vergessen. Bis vor zwei Jahren hatten wir eine Konditorei, vielleicht erinnern Sie sich, die machten einen passablen Cappuccino mit Schlagobers, zu dem man Kuchen essen konnte. Leider ist die Pächterin in Pension gegangen. Bis jetzt hat sich noch niemand gefunden, der das Geschäft übernommen hätte.«

»Ich habe auf dem Weg einige leer stehende Häuser gesehen«, sagte Anja.

Ein Schatten legte sich auf sein Gesicht. »Sie haben recht, damit kämpfen wir. Viele junge Leute sind weggegangen. Sie haben keine Perspektive mehr gesehen, als das Zementwerk geschlossen wurde.«

»Damals waren Sie noch nicht Bürgermeister, oder?«

»Nein«, lächelte er. »Ich bin erst seit etwas mehr als zwei Jahren im Amt. Hatten Sie mit meinem Vorgänger zu tun?«

»Kaum«, sagte Anja. »Ich wüsste nicht einmal mehr, wie er aussieht.« Sie hoffte, dass List ihre Lüge nicht bemerkte. »Wir sind uns aber noch nie begegnet, oder?«

»Nein. Ich war damals in Wien.«

Er streckte ihr die Hand hin, und sie schüttelte sie.

»Stammen Sie von hier?«, fragte Anja.

Er nickte. »Sie wollen wissen, warum ich zurückgekommen bin. Ich war eigentlich schon weg. Hatte in Wien Wirtschaft studiert und einen passablen Job. Aber irgendwie hat mich das Schicksal nicht gehen lassen. Glauben Sie an das Schicksal?«

»Nein«, meinte Anja knapp.

List lachte. »Ich eigentlich auch nicht. Viele Leute haben Stein aufgegeben. Völlig ohne Grund.«

»Na ja, das Zementwerk wurde geschlossen. Sonst gibt es ja hier nichts.«

Ein kurzes Funkeln erschien in Lists Augen. »Das ist nicht wahr. Wir erleben eine Aufbruchsstimmung. Es gibt ein paar Leute, die Interesse daran haben, in Stein zu investieren.«

»Wer?«

»IT-Branche. Außerdem haben wir gute Chancen auf ein Förderpaket von der EU. Wir können Unternehmen attraktive Bedingungen anbieten.«

Anja warf List einen skeptischen Blick zu. »Nichts für ungut, aber Stein ist nur ein kleines Dorf am Ende eines Tals. Viele Orte, die besser gelegen sind, kämpfen mit Abwanderung. Warum sollte das bei Ihnen anders sein?«

List ließ sich nicht beeindrucken. »Kennen Sie Engelbert Rebhahn?«

»Der Name sagt mir irgendwas.«

»Ein Künstler.«

»Genau, jetzt weiß ich wieder. Sehr angesagt, oder? Exzentrisch. Arbeitet der nicht mit Blut?«

»So ähnlich! Wussten Sie, dass er in Stein wohnt?«

»Im Ernst?«

»Ist vor knapp vier Jahren hierhergezogen. Er wohnt in einem Haus ganz oben am Hang, direkt am Waldrand. Dort hat er seine Ruhe, sagt er.«

Anja zuckte mit den Schultern. »Wenn er meint.«

List grinste. »Sie sehen, es gibt keinen Grund, sich seinem Schicksal zu ergeben. Demnächst habe ich ein Treffen mit Investoren aus dem Silicon Valley. Die sind ernsthaft daran interessiert, hier ein Softwareunternehmen anzusiedeln. Verschlüsselungstools, geheim. Unsere Abgeschiedenheit hat auch Vorteile.«

Anja wusste nicht, was sie davon halten sollte. Aber sie hatte auch den Eindruck, dass List auf alles eine Antwort zu haben schien. Sie wünschte ihm, dass er recht behielt.

»Sie fragen gar nicht, warum ich hergekommen bin«, begann sie.

Er zuckte mit den Schultern. »Ich dachte mir, dass Sie irgendwann kommen.«

»Ach ja?«

»Es ist viel passiert«, sagte List nachdenklich. »Das war auch für uns schwer. Wir mussten uns erholen, genau wie Sie. Aber ich denke, nun ist es Zeit, nach vorne zu schauen. Dass Sie hier sind, halte ich für ein gutes Zeichen.«

Anja lachte. Sie konnte nicht anders, Lists Optimismus fand sie erfrischend. »Dabei sollte ich längst in Sansibar sein.«

»Wie?«

Anja wurde klar, dass sie sich verplappert hatte. Aber sie sah keinen Grund, List nicht davon zu erzählen.

»Ich hatte eine Reise dorthin gebucht. Ich hab nur meinen Flieger verpasst.«

»Sie hätten doch sicher einen neuen Flug bekommen.«

»Ja, aber was hätte das gekostet?«

List sah sie forschend an. Sie kam sich plötzlich dumm vor.

»Ich hatte da eine Auseinandersetzung mit einer Mitarbeiterin der Airline. Ich wollte nicht ...«

Da nickte er und machte eine wegwerfende Geste. »Wollen Sie noch einen Kaffee?«

Anja lehnte ab. »Noch so einen vertrage ich nicht. Vielen Dank. Er war köstlich.«

»Gern wieder, Sie sind jederzeit willkommen.«

»Das ist leider äußerst unwahrscheinlich«, entgegnete Anja.

List begleitete Anja zur Tür und verabschiedete sie mit einem festen Händedruck und einem gewinnenden Lächeln. *Politiker*, dachte sie. Aber sie musste zugeben, dass es funktionierte.

Inzwischen wurde es allmählich dunkel, die Straßenlaternen waren eingeschaltet.

»Wo waren Sie denn? Ich habe Sie die ganze Zeit gesucht!«

Vychodil stand bei ihrem Auto und wartete auf sie.

Anja marschierte geradewegs zu ihrem Citroën. »Geht Sie nichts an. Was Sie tun, fällt unter Stalking. Ich könnte Sie anzeigen.«

Ihm stand der Zorn ins Gesicht geschrieben. Er zitterte vor Kälte. »Das hier ist wichtig. Ich muss Ihnen etwas zeigen.«

Anja seufzte. »Na dann ... Worum geht es?«

Die Gaststube des *Kirchenwirt* war mit dunklen Holztäfelungen verkleidet und von ein paar Kronleuchtern mit schwachen Glühbirnen spärlich beleuchtet. Am Stammtisch saßen drei kräftige Männer unterschiedlichen Alters mit Bierbäuchen, sonst war das Gasthaus menschenleer. Alles sah noch genauso aus wie damals.

Anja gab sich einen Ruck und folgte Vychodil, der bereits an einem Tisch in der Ecke Platz genommen hatte, außer Sichtweite des Stammtischs. Die Kellnerin schien keine achtzehn zu sein und hatte ein sehr rotes Gesicht. Anja bestellte ein Glas Weißburgunder, Vychodil Wasser.

Er legte einen schweren Ordner auf den Tisch. »Hier sind sie«, erklärte er stolz. »Meine gesammelten Aufzeichnungen zum Fall Köhler.«

»Diesmal wirklich?«

Er nickte.

»Ich glaube, ich will sie nicht haben«, stellte Anja fest.

Vychodil war unerschütterlich. »Sie wissen doch gar nicht, was drinsteht. Ich bin mir sicher, da sind ein paar Dinge dabei, die Sie noch nicht kennen. Meine Unterlagen sind in manchen Punkten ausführlicher als die Ermittlungsakten der Mordgruppe.«

»Woher wollen Sie das denn wissen?«

»Weil ich sie gelesen habe.«

Anja wunderte sich. »Das durften Sie?«

Er lächelte dünn. »Kontakte«, sagte er und nippte an seinem Glas, das er mit beiden Händen hielt.

Anja bemerkte wieder das Zittern, nur ganz leicht diesmal. »Warum interessiert Sie das überhaupt? Ist Ihnen so langweilig? Genießen Sie doch einfach Ihren Ruhestand.«

»Irgendjemand muss das hier machen«, erklärte er.

»Ach ja?«

»Ich habe Ihre Laufbahn beobachtet, seit der ersten Anzeige. Wir haben damals nur ganz kurz gesprochen. Sie erinnern sich wahrscheinlich nicht daran. Aber ich sah sofort, dass der Fall bei Ihnen in guten Händen ist. Das war mir wichtig. Es war mein Revier damals, verstehen Sie? Dass Sie aufgehört haben, war falsch. Sie waren die Einzige, die das Zeug dazu hatte, dieser Sache auf den Grund zu gehen. Ich wusste, Sie würden irgendwann zurückkommen. Dafür wollte ich bereit sein.«

Sein Revier? Soweit Anja wusste, hatte er nie eine Leitungsfunktion bei der Polizei gehabt. Er war sein Leben lang ein einfacher Inspektor geblieben.

»Und was wollten Sie dann tun?«, fragte sie.

»Sie unterstützen und begleiten.«

Anja sah ihn fragend an. Meinte er das ernst? Er schien zu bereuen, dass er das gesagt hatte, und senkte den Blick.

»Es tut mir sehr leid, dass Ihnen so langweilig ist«, sagte Anja. »Warum suchen Sie sich nicht ein Hobby? Oder eine Freundin?«

Als sie keine Anstalten machte, den Ordner anzurühren, setzte Vychodil nach: »Sie werden irgendwann zu mir kommen und darum bitten, früher oder später. Am besten, Sie nehmen ihn gleich mit. Ich habe eine Menge Arbeit investiert. Es gibt nur wenige Menschen, denen ich diese Akten anvertrauen würde.«

»Ich bin so was von unzuverlässig.«

»Eine Lüge«, sagte er. »Ihre Arbeit als Polizistin spricht dagegen. Ich weiß, dass ich mich auf Sie verlassen kann.«

Dann stand er auf, wandte sich ohne einen weiteren Gruß ab und beglich bei der Kellnerin seine Rechnung, bevor er das Lokal verließ. Den Ordner ließ er vor Anja liegen. Sie blieb zurück und betrachtete die dicke Ringbuchmappe, als wäre sie ein krankes Tier.

Sie konnte sie einfach auf der Fahrt aus dem Auto werfen, dachte sie. Aber sie fürchtete sich davor, wie Vychodil reagieren würde. Es war nicht ganz klar, was diesem Mann alles zuzutrauen war. Seine Hartnäckigkeit wurde langsam unangenehm. Es war durchaus denkbar, dass er lästig wurde, wenn er realisierte, dass Anja nicht darauf einstieg.

Sie war so in Gedanken versunken, dass sie nicht bemerkte, wie ein Mann an ihren Tisch trat. Er schien nicht zu wissen, wie er sie ansprechen sollte, und wartete, bis Anja ihn bemerkte. Es war einer der Männer vom Stammtisch, der jüngste von ihnen.

Sie wandte sich ihm zu. »Ja?«

»Sie sind diese Polizistin«, sagte er.

Sie musterte den Mann. Er schien Ende zwanzig zu sein, trug eine Trainingshose und ein zu enges T-Shirt, das seinen Bizeps ebenso betonte wie seinen Bauch. Der Bizeps schien das Ergebnis wiederholter Besuche im Fitnessstudio zu sein, doch offenbar hatte er keine Lust gehabt, den Rest seines Körpers zu trainieren. Sein rundes Gesicht glänzte.

»Und Sie sind wohl der Dorftrottel«, entgegnete Anja fröhlich.

Er schien kurz verwirrt, ließ sich aber nicht aus der Ruhe bringen. »Ich habe schon gehört, dass Sie kommen. Sie haben damals geschossen, nicht wahr? Weil Ihnen niemand glauben wollte.«

Anja versuchte, sich darüber klar zu werden, ob sie seine aufdringliche Art als Provokation empfand, und kam zu keinem Ergebnis.

»Wir wollen Sie auf ein Bier einladen«, sagte er und deutete zu seinen beiden Freunden am Stammtisch. »Aber Sie müssen sich zu uns setzen.«

»Ich trinke nur Wein.«

Er überlegte kurz. »Das geht auch.«

Kurz darauf saß Anja tatsächlich mit den drei Männern am Stammtisch und trank bereits ihr drittes Glas Weißburgunder. Der Junge mit dem Bizeps hieß Joesy, ein etwas älterer Mann mit Halbglatze und dunklen Augenringen Franz, und den Namen des dritten Mannes, der von den dreien am ältesten war, hatte sie wieder vergessen. Anja hatte nach dem ersten Glas gehen wollen, doch die Männer hatten das nicht akzeptiert und ihr einfach ein neues hingestellt. Draußen prasselte der Regen gegen die Fenster des Wirtshauses.

Sie konnte es nicht genau erklären, aber sie fand die drei Männer sympathisch. Sie ließen sich von Anjas kompromissloser Ehrlichkeit nicht aus der Ruhe bringen, und ihre Flirtversuche hielten sich in Grenzen. Männer, mit denen man trinken konnte. Solche waren erstaunlich schwer zu finden. Außerdem sah sie bei keinem der drei die Gefahr, mit ihm im Bett zu landen. Auch dafür war sie dankbar.

Hinzu kam, dass der Älteste nicht auf den Kopf gefallen zu sein schien. Er ließ die anderen reden und beschränkte sich auf die eine oder andere spitze Bemerkung. Abgesehen davon war er ebenso betrunken wie die anderen beiden. Sie schienen schon den ganzen Tag da zu sitzen. Draußen war es dunkel.

»Der Rudi ist ein guter Mann«, sagte Franz. »Seit er da ist, ist viel vorangegangen.«

Joesy verzog das Gesicht.

»Was?«, sagte Franz. »Der Rudi holt das Geld in den Ort, der kann das.«

»Wo ist es denn, das Geld vom Rudi?«, fragte Joesy. »Hast du schon welches gesehen? Also ich nicht.«

»Das passt dir nicht, gell?«, mischte sich der Alte ein. »Dass der Rudi Computerfirmen holen will. Da gibt es keinen Job für dich. Du hättest lieber das Zementwerk zurück.«

»Ich kann auch mit einem Computer umgehen!«, ereiferte sich Joesy. »Ich hab einen!«

»Ja, zum Pornos schauen«, kicherte der Alte.

Joesy warf einen Seitenblick auf Anja und schien nach einer schlagfertigen Antwort zu suchen, doch es fiel ihm keine ein. »Ich glaub halt nicht, dass die wirklich kommen, diese Computerleute. Das sind doch alles nur Versprechungen.«

»Es gibt schon einen Termin«, sagte Franz.

Anja nickte. »List hat mir auch davon erzählt.«

Joesy sah sie verärgert an.

»Sie kommen ja aus der Stadt«, sagte Franz. »Was denken Sie wirklich? Sagen Sie es! Stein ist ein Kaff. Als wir das Zementwerk hatten, da waren wir jemand. Jetzt sind wir nichts.«

»Ich glaube, dass List das schaffen kann«, meinte Anja, weil sie das Bedürfnis hatte, etwas Positives zu sagen. »Mich kann man mit einer IT-Firma jedenfalls mehr beeindrucken als mit einem Zementwerk.«

»Ha«, stieß Joesy hervor und trank von seinem Bier. Er schien nicht überzeugt zu sein. Und vor allem schien ihm der Gedanke nicht zu gefallen, dass Anja von Computern beeindruckt war, von ihm jedoch nicht.

Anja musterte die drei Männer neugierig. »Ihr wisst schon, dass ihr nicht freundlich zu mir sein müsst. Seien wir doch ehrlich zueinander: Wir wissen alle, dass ich euch die Entführung Köhlers zugetraut habe, euch Steinern.«

Bei dem Namen »Köhler« zuckten die Männer sichtlich zusammen. Joesy warf ihr einen feindseligen Blick zu, der Alte hörte abrupt auf zu lachen, und Franz starrte betreten die Tischplatte an.

»Wir haben nichts gegen Sie«, sagte Franz schließlich, als er den Kopf hob.

»Sie sind heute der Zweite, der das sagt«, gab Anja zurück. »So gut, wie ihr lügt, solltet ihr ein Fremdenverkehrsort werden.«

»Sie haben wenigstens die Wahrheit herausfinden wollen«, erklärte er.

»Was, wenn ich das immer noch will? Vielleicht verdächtige ich euch ja immer noch.«

Franz sah Anja böse an, während der Ältere sich zu fragen schien, wie ernst sie das meinte.

»Wir haben überhaupt nichts getan!«, ereiferte sich Joesy. »Immer diese Unterstellungen!«

»Ich weiß nicht, vielleicht hatte er es ja verdient?«, stichelte Anja und wartete auf die Reaktion.

Joesy holte Luft und setzte zu einer Antwort an, aber Franz packte ihn am Arm und brachte ihn so zum Schweigen. Er sah Anja mit einem leichten Kopfschütteln an. »Wir wollen nicht mehr davon reden. Die Sache hat uns lange genug beschäftigt, jetzt haben wir einen neuen Bürgermeister, der nach vorne schaut. Wenn Sie nicht aufhören, gehen wir.«

Anja sah ihn schmollend an, bis sie sich nicht mehr halten konnte und in schallendes Gelächter ausbrach.

»Ihr solltet eure Gesichter sehen! Tut mir leid, ich hab nur Spaß gemacht. Ich bin nicht wegen ihm hier, ich hab Urlaub.«

Der Alte verstand als Erster und lachte mit ihr, die beiden anderen fanden Anjas Scherz nicht so komisch. Egal. Anja trank ihren Wein aus. Das war ein äußerst amüsanter Abend gewesen.

»Zahlen!«, rief sie und holte ihre Geldbörse aus der Tasche.

Franz hielt ihre Hand mit der Geldbörse auf dem Tisch fest. »Nichts da, das geht auf uns.«

Anja überlegte zuerst, darauf zu bestehen, aber sie wurde schwach. »Danke«, sagte sie und stand auf.

Als sie ihre Softshelljacke von der Garderobe nahm, kam der Alte auf sie zu.

»Ich muss Ihnen etwas zeigen«, sagte er.

»Ein anderes Mal«, antwortete Anja. »Ich bin müde.«

»Es ist gleich hier«, sagte der Alte. »Die Kugel«, fügte er mit leuchtenden Augen hinzu. »Sie steckt noch in der Wand.«

»Wovon reden Sie?«

Der Alte nahm sie am Arm und führte sie zur Flügeltür, die offen stand, in den Vorraum. Er schloss einen der Flügel. »Sehen Sie?«

Anja tastete mit dem Finger nach dem Loch in der Wand. Es sah aus, als hätte jemand mit großer Wucht einen spitzen Gegenstand in das Mauerwerk geschlagen und dann wieder herausgezogen.

»Die Kugel steckt immer noch drin«, sagte der Alte und kicherte. »Das hätten Sie nicht gedacht, was?«

»Ich muss jetzt nach Hause«, entgegnete Anja.

»Vergessen Sie Ihre Mappe nicht.«

Anja sog die frische Luft durch die Nase. Ihr war klar, dass sie in diesem Zustand unmöglich fahren durfte. Was tue ich eigentlich hier?, dachte sie. Sie hatte das vollkommen übersehen, die drei Männer hatten sie auf dem falschen Fuß erwischt. Sie zog ihr Handy aus der Tasche. Ein Taxi, es gab keine andere Möglichkeit. Sie würde sich zum nächsten Hotel bringen lassen. Und am nächsten Tag musste sie wieder zurück nach Stein, um ihr Auto zu holen. Mit dem Bus? Anja seufzte. Sie kramte den Autoschlüssel hervor und schloss die Fahrertür auf. Sie durfte sich einfach nicht erwischen lassen. Es war schließlich nicht das erste Mal, dass sie angetrunken Auto fuhr.

Dann hatte sie eine andere Idee. Sie war sich nicht ganz sicher, ob es tatsächlich ihre Idee war oder ob sie von der jüngeren Anja stammte. Während sie noch darüber nachdachte, läutete sie bereits an der Türglocke des Rathauses. Es dauerte einige Minuten, bis Rudi List die Tür öffnete.

»Das ist mir ziemlich peinlich«, sagte sie, obwohl es ihr gar nicht besonders peinlich war. »Sie hätten mich vor dem Stammtisch warnen sollen. Hätten Sie vielleicht ein Sofa, auf dem ich schlafen kann?«

Die Art und Weise, wie er grinste, ließ sie bereuen, dass sie bei ihm geklingelt hatte. Sie würde ganz bestimmt nicht in seinem Bett schlafen, das konnte er vergessen.

»Ich habe da etwas Besseres«, sagte er. »In Stein gibt es ein Gästehaus, das steht leer. Sehr hübsch. Ich hole Ihnen den Schlüssel.«

Sie war zu perplex, um zu antworten.

4

Jetzt halten Sie schon still, ich tue Ihnen nichts. Ich muss mir Ihre Beine ansehen, wir müssen sichergehen, dass sie gut verheilen.

Das ist nicht so einfach, wie Sie es sich vielleicht vorstellen. An einer solchen Wunde kann man sterben. Sie haben Glück, dass ich mich damit so gut auskenne. Ich weiß, Sie wollen davon nichts hören. Aber das ist egal. Sie werden mir irgendwann dankbar sein. Die Strümpfe sorgen dafür, dass die Stümpfe richtig geformt werden. Sie werden sie den Rest Ihres Lebens tragen.

Das sieht sehr gut aus. Sie müssen sich keine Sorgen machen. Die Prothesen werden hier gut halten. Vielleicht wollen Sie ja einmal in Ihren alten Job zurück. Im Ernst! Glauben Sie nicht, dass das möglich ist? Ich werde Sie nicht ewig hierbehalten. Warum auch? Irgendwann wird das auch mit dem Lösegeld klappen, und dann kommen Sie frei. Wir dürfen die Hoffnung nicht aufgeben.

Schauen Sie nicht so. Sagen Sie es mir ins Gesicht, wenn Ihnen etwas nicht passt.

Wirklich dumm, dass Sie nicht reden.

Donnerstagvormittag

Als Anja erwachte, war es draußen bereits taghell. Sie fühlte sich frisch und ausgeruht, vom Wein spürte sie keinerlei Nachwirkungen. *Ich muss nach der Marke fragen*, dachte sie. *Sensationell.*

Sie sah sich in dem kleinen Zimmer um. Letzte Nacht war sie so müde gewesen, dass sie von dem Gästehaus kaum etwas wahrgenommen hatte. List hatte sie an der Hand durch die Dunkelheit geführt und sie direkt in dieses Zimmer gebracht. Dieser Mann, den sie gerade erst kennengelernt hatte. Fehlte nur noch, dass er sie zugedeckt und ihr einen Gutenachtkuss gegeben hätte.

Sie lag in einem Bett mit geschnitztem Holzrahmen, das ihr zu kurz war, und einer quietschenden Federkernmatratze, in die sie tief einsank. Die Wand war tapeziert, an einer Stelle hatte einmal ein Bild gehangen, dort sah man einen helleren, rechteckigen Fleck. Alles ziemlich alt, aber es roch nicht muffig. Das wunderte sie, normalerweise rochen solche Räume sofort, wenn sie nicht bewohnt wurden. Vielleicht waren ja öfter Gäste hier.

Sie stand auf, zog ihre Hose an und trat auf den Gang hinaus, dessen Dielen knarrten, um ins Badezimmer zu gehen. Nachdem sie auf der Toilette war, sah sie sich um und bemerkte die Terrasse. Die hatte sie letzte Nacht gar nicht gesehen. Draußen herrschte traumhaftes Herbstwetter. Die vom Vortag regennassen Gärten der umliegenden Häuser trockneten in der Sonne, und Dunst stieg auf. Die Sonne stand knapp über dem Bergkamm und würde schon bald wieder dahinter verschwinden. Anja beschloss, die Gelegenheit zu nutzen und sich einen Moment ins Freie zu setzen. So konnte sie vielleicht noch eine Weile ignorieren, dass sie dringend frische Kleider brauchte.

Sie setzte sich auf einen der Terrassenstühle, hob das Gesicht gegen die Sonne und schloss genüsslich die Augen. Sie fröstelte ein wenig, wollte aber ihren Platz nicht aufgeben.

»Frau Grabner, guten Morgen!«

Anja zuckte zusammen, so nah war die Stimme. Sie öffnete die Augen. Vychodil stand direkt vor der Veranda.

»Sie verfolgen mich«, stellte sie fest. »Ich sollte Sie wirklich anzeigen.«

Er zuckte mit den Schultern. »Stein ist ein kleines Dorf, ich muss Sie nicht verfolgen.«

»Sie wohnen doch gar nicht hier. Sind Sie extra hergefahren?«

»Ich komme oft hierher, ich habe hier Freunde. Ziemlich klug von Ihnen, im Gästehaus einzuziehen.«

»Können Sie sich abschminken. Ich werde ganz bestimmt nicht hier einziehen. Ich brauchte nur einen Platz für die Nacht, weil mein Auto nicht anspringen wollte.«

Er nickte. »Selbstverständlich. Haben Sie meine Aufzeichnungen schon gelesen?«

»Keine Zeile. Aber ich habe sie als Türstopper benutzt. Diese dämliche Tür fiel immer zu. Sie haben mich gerettet.«

Das schien ihn dann doch zu beleidigen.

Er presste die Lippen zusammen und ging nicht weiter auf ihre Bemerkung ein. »Ganz vorne finden Sie eine Liste von Leuten, mit denen Sie sprechen sollten. Den Rest können Sie sich später ansehen. Nur bei Ganster müssen Sie aufpassen. Seien Sie rücksichtsvoll, aber sprechen Sie auf jeden Fall mit ihm.«

Anja seufzte. »Warum soll ich mit diesen Leuten sprechen? Wer sind die?«

»Das werden Sie dann schon sehen.« Dann ging er ohne Gruß.

Anja ging wieder in das Gästehaus und trat in das winzige Badezimmer. Ein paar Augenblicke später stellte sie mit Genugtuung fest, dass aus der Dusche heißes Wasser kam. Sie duschte ausgiebig, musste danach aber mit neu geweckten Lebensgeistern in die Kleider vom Vortag steigen. Ihr Reisegepäck befand sich im Auto, doch sie hatte ohnehin nur Sommerkleidung dabei. Sie musste zurück nach Wien.

Als sie nachsah, ob sie nichts vergessen hatte, fiel ihr Blick auf Vychodils Ordner. Den würde sie hierlassen.

Doch dann konnte sie nicht widerstehen und warf einen Blick hinein. Sie war überrascht, handschriftliche Aufzeichnungen vorzufinden, geschrieben in kleinen Druckbuchstaben, die wie gemalt aussahen. Die Schrift eines pedantischen älteren Herrn. Dazwischen eingeklebte Fotos wie aus dem selbst gebastelten Stammbuch eines Schülers. Beiläufig überflog Anja die Seiten auf der Suche nach irgendwelchen Adressen und fand einige Namen mit Anschrift, doch der Erlenweg war nicht darunter. Sie entdeckte die Seiten, die Vychodil gemeint hatte – die Leute, die sie treffen sollte. Seufzend klappte sie den Ordner zu.

Es blieb dabei, den Ordner würde sie nicht mitnehmen. Eines wollte sie aber überprüfen, bevor sie fuhr. Zeit für einen kleinen Morgenspaziergang.

Anja hatte zuerst Schwierigkeiten, die richtige Gasse zu finden. Sie wollte gerade Google Maps einschalten, als ein Teenager mit einer schiefen Schirmkappe an ihr vorbeiging, den sie ganz altmodisch nach dem Weg fragte. Fünf Minuten später fand sie das Straßenschild.

Der Erlenweg sah anders aus als damals. Sie versuchte, den Anblick irgendwie mit ihrer Erinnerung in Einklang zu bringen, doch es gelang ihr nicht. Die Häuser in Stein waren alle recht ähnlich gebaut mit ihren kleinen Grundrissen und ihren Steildächern – sie konnte nicht sagen, ob sie die Häuser im Erlenweg schon einmal gesehen hatte.

Das Haus mit der Nummer 16 war zweistöckig und eines der größeren in Stein. Es war in einem warmen Gelbton gestrichen und hatte ein neues, rot leuchtendes Ziegeldach. In einem der Fenster klebten bunte Sterne aus Seidenpapier an der Scheibe. Hier wohnte eine Familie mit Kindern.

Anja gab sich einen Ruck und läutete an der Tür. Von drinnen hörte sie Stimmen. Jemand schrie. War es ein Kind? Die Tür wurde geöffnet, und vor ihr stand ein junger Mann in einer Trainingshose. Hinter ihm sauste ein Kleinkind vorbei. Anja sah, dass es mit ein paar anderen Kindern spielte. Die Kleinen rutschten auf ihren Wollsocken über den Fliesenboden des Vorraums und trugen selbst gebastelte, bunt bemalte Masken aus Papier vor den Gesichtern. Anja glaubte, Vogelgesichter zu erkennen. Die Kinder schrien vor Freude.

»Ja?«, sagte der Mann.

»Tut mir leid«, begann Anja, »ich wollte nicht stören.«

»Kein Problem«, entgegnete er freundlich. »Wer sind Sie?«

»Ich bin nicht von hier. Anja Grabner, ich mache hier Urlaub. Ich wollte nur sehen, wer an dieser Adresse wohnt.«

»Familie Klaffer«, antwortete der Mann und strich einem etwa Fünfjährigen, der neben ihm aufgetaucht war und sich an sein Bein klammerte, über den Kopf. »Nicht wahr?«

Der Kleine trug eine Papiermaske und beobachtete

Anja durch die kleinen Augenlöcher. Sie konnte unmöglich sagen, was er dachte.

»Hier hat nämlich früher ein Freund von mir gewohnt«, log Anja.

»Hier?«, fragte der Mann. »Das kann ich mir nicht vorstellen. Wir wohnen schon lange hier. Wer soll das gewesen sein?«

Anja kratzte sich hinter dem Ohr. »Sie kennen ihn sicher nicht. Wahrscheinlich ist es das falsche Haus.«

»Wir haben vor vier Jahren zugebaut«, erklärte er. »Das obere Stockwerk. Meine Mutter lebte unten, aber leider ist sie letztes Jahr gestorben. Vielleicht kannten Sie sie? Juliane Klaffer?«

Anja schüttelte den Kopf. »Ich habe mich getäuscht.«

»Wie hieß er denn, Ihr Freund?«

Anjas Lügengeschichte fiel auseinander. »Eigentlich kein Freund«, entgegnete sie und warf einen Blick über ihre Schulter, »nur ein entfernter Bekannter.«

Klaffer schien zu wittern, dass etwas nicht stimmte. Und auch das Kind mit der Maske beäugte sie misstrauisch.

»Tut mir leid, dass ich Ihnen nicht helfen kann«, sagte er schließlich. »Ich hoffe, Sie haben einen schönen Urlaub.«

Anja bedankte sich, dann wurde die Tür geschlossen. Grübelnd stapfte sie davon. Hier war nichts. Nur eine Bilderbuchfamilie. Unvorstellbar, dass Köhler in deren Keller festgehalten wurde.

Als der Mann nach dem Namen ihres Freundes fragte, hatte sie sich im letzten Moment zurückgehalten. Kurz hatte sie mit dem Gedanken gespielt, ihm Köhlers Namen zu nennen – und sei es nur, um zu sehen, wie das Kind reagierte.

Sie beschloss, Vychodil eine Chance zu geben.

Anja setzte ihren Spaziergang durch Stein fort. Ein paar Minuten später blieb sie vor einem anderen Haus stehen. »Dabernig« stand auf dem Klingelschild am Gartentor. Sie holte einen Zettel, den sie aus Vychodils Ordner entnommen hatte, aus der Tasche und entfaltete ihn. Auch das war einer der Namen auf Vychodils Liste.

Es war ein normales Einfamilienhaus, kleiner als das im Erlenweg. Die Fensterläden schienen vor Kurzem frisch gestrichen worden zu sein, im Garten standen ein Tisch und Stühle aus Korb. Manches wirkte ein wenig in die Jahre gekommen. Anja sah eine ältere Dame mit Lockenwicklern und geblümter Schürze, die in den Garten ging, um etwas auf den Kompost zu werfen. Sie wollte sich abwenden, doch die Frau hatte sie bereits entdeckt und winkte ihr zu.

»Hallo! Schöner Tag, nicht wahr?«

Anja zwang sich zu einem Lächeln und nickte. »Sehr schön!«

»Wollen Sie auf einen Kaffee hereinkommen? Ich habe auch Kuchen.«

»Wir kennen uns doch gar nicht, oder?«

Da strahlte die Frau. »Ich weiß aber, wer Sie sind. Das

spricht sich hier schnell herum. Ich bin Gertrud Dabernig. Wir könnten uns in den Garten setzen. Nur einen Moment.«

»Ich habe leider wenig Zeit«, log Anja.

»Ach so«, sagte die Frau enttäuscht.

Anja gab sich geschlagen. »Also gut.«

Gertrud Dabernig klatschte in die Hände und verschwand ins Haus. Anja öffnete das kleine Gartentor, das nur angelehnt war, und betrat den Rasen. Sie setzte sich in einen Korbstuhl. Kaum zwei Minuten später tauchte die Frau ohne Lockenwickler und mit einem Tablett in den Händen wieder auf.

»Ich habe gehört, dass Sie im Gästehaus wohnen. Schön! Wir freuen uns immer über Gäste.«

»Ich habe nur dort übernachtet.«

Dabernig wischte das mit einer Handbewegung beiseite und reichte Anja einen kleinen Teller mit einem Stück Kuchen. Dann goss sie aus einer Thermoskanne Kaffee in zwei Tassen.

»Kennen Sie Rolf Vychodil?«, fragte Anja zwischen zwei Bissen Kuchen.

Dabernig nippte an ihrem Kaffee. »Wen?«

»Nicht so wichtig. Der Kuchen schmeckt sehr gut.«

Sie mochte ihn tatsächlich. Sehr butterig, mit Pflaumen und Rum.

»Habe ich selbst gemacht«, strahlte Gertrud Dabernig und zeigte stolz auf den Baum vor ihnen. »Eigene Ernte.«

»Fantastisch«, betonte Anja noch einmal, um der Alten eine Freude zu machen.

Sie nahm noch ein Stück von dem vorzüglichen Kuchen. Beim Kauen biss sie auf einen Pflaumenkern. Dabernig sah sie freudestrahlend an. Anja zwang sich zu einem Lächeln und schluckte den harten Kern hinunter.

»Leben Sie allein hier?«, fragte sie.

»Nein, mit meiner Tochter.«

»Wie alt ist sie denn?«

»Achtundzwanzig. Sie heißt Nicole.«

Anja nickte verständnisvoll. »Arbeitet sie hier in Stein? Oder auswärts?«

Dabernig wurde schlagartig ernst. Da entdeckte Anja auf einmal einen zusammengeklappten Rollstuhl.

»Oh, das tut mir leid«, sagte sie schnell. »Ist Ihre Tochter krank?«

Gertrud Dabernig sah den Rollstuhl ebenfalls an und schüttelte den Kopf. »Nicht das, was Sie denken. Den Rollstuhl habe ich besorgt, weil ich dachte, dass sie so öfter an die frische Luft kommt.«

»Darf ich fragen, was mit Nicole passiert ist? Sie müssen es mir nicht erzählen, wenn Sie nicht wollen. Eigentlich geht es mich ja nichts an.«

»Ach, das macht nichts.« Sie lächelte Anja leicht an. »Sie war so lebensfroh. Und hübsch. Die Burschen haben sie angehimmelt. Sie wollte immer Friseurin werden, und da habe ich mit Gabi gesprochen, der Chefin des Frisiersalons hier im Ort. Es war nicht leicht, eine Lehrstelle für sie zu bekommen hier in Stein. Friseurin ist ein sehr beliebter Lehrberuf bei Mädchen. Aber ich habe es geschafft, sie da hineinzubekommen. Sie war so glücklich!«

»Und dann?«

Gertrud Dabernigs Miene verdüsterte sich. »Kam alles, wie es eben kam. Krise hin, Pleite her. Die Leute hatten keine Arbeit mehr, jeder musste sparen, kein Geld für Frisuren. Da musste Gabi den Salon schließen.«

Anja nahm mit der Gabel ein weiteres Stückchen von ihrem Kuchen und kaute vorsichtig. »Und Ihre Tochter hat nichts anderes gefunden?«, fragte sie dann.

»Doch. Wir sind von einem Vorstellungsgespräch zum nächsten gegangen, überall Absagen. Dann hat sie endlich eine Stelle bekommen, aber in Wien. Also musste sie jeden Tag pendeln, das war hart. Die Kolleginnen waren nicht so freundlich wie bei Gabi, es gab auf einmal Konkurrenzdruck. Eine Kollegin hat Geschichten über sie erzählt, erfundene Geschichten.«

»Mobbing«, ergänzte Anja.

»So nennt man das heute, ja. Sie hat das kein halbes Jahr ausgehalten, dann ist sie zurückgekommen. Sie saß nur noch in ihrem Zimmer und weinte.«

»Hat sie sich sonst für nichts interessiert?«, fragte Anja ungläubig.

»Nicole ist nicht so schlau«, erklärte sie. »Das ist nicht

böse gemeint, es ist nur leider wahr. Friseurin zu werden war ihre Chance, ihre Leidenschaft. Etwas anderes kann sie sich einfach nicht vorstellen. Ich habe ihr gesagt, sie soll doch irgendwas mit Energiearbeit machen, Bioresonanz oder wie das heißt. Es gibt da Ausbildungen, viele ehemalige Friseurinnen gehen in diese Richtung. Doch das interessierte sie auch nicht. Seither sitzt sie nur noch vor dem Fernseher.«

Anja stutzte. »Sie ist hier?«

»Ja, sie geht nie raus. Wollen Sie sie kennenlernen?«

Damit hatte Anja nicht gerechnet. »Wenn es Ihnen nicht unangenehm ist?«

»Nein, gar nicht.«

Gertrud Dabernig erhob sich und ging ins Haus. Anja folgte ihr in ein abgedunkeltes Wohnzimmer, das von einem riesigen, gebogenen Flachbildfernseher beherrscht wurde, auf dem irgendeine amerikanische Comedy-Serie lief, in brillanter 4K-Auflösung. Das Gerät war gut zwei Meter breit und wirkte völlig fehl am Platz in dem rustikalen Wohnzimmer. Auf dem Sofa gegenüber saß ein Mensch von mindestens hundertfünfzig Kilogramm, der erst auf den zweiten Blick als junge Frau zu erkennen war. Auf ihrem Schoß lag eine leere Packung Pralinen. Die Frau war so dick, dass ihr Körper praktisch das gesamte Sofa einnahm.

Dabernig sah, wie schockiert Anja war. »Nicole ist fettsüchtig und außerdem zuckerkrank. Sie kann nichts dafür«, erklärte sie.

Anja hatte ihre Zweifel, ob das stimmte. »Sollte sie dann Süßigkeiten essen?«

»Ich schaue, dass sie immer ihre Spritze bekommt.«

Ihre Tochter riss den Blick von der Serie los, wo gerade ein Witz gemacht worden war und Hintergrundapplaus ertönte. Sie bedachte Anja mit einem Blick, der nicht verriet, was sie dachte oder ob sie überhaupt etwas dachte. Am ehesten wirkte er feindselig.

»Tollen Fernseher haben Sie«, sagte Anja.

»Der ist ganz neu«, erklärte Gertrud Dabernig.

Anja versuchte sich zu erinnern, was so ein Gerät kostete. »Sicher nicht ganz billig.«

»Fragen Sie nicht«, lächelte Gertrud Dabernig.

Anja wandte sich gerade zum Gehen, als ihr eine Dartscheibe auffiel, die an der Wand hing. Drangeheftet war das Foto einer Person. Um wen es sich handelte, ließ sich nicht mehr erkennen. Das Papier war von Dartpfeilen so durchlöchert, dass das Gesicht praktisch fehlte.

Dabernig folgte Anjas Blick. »Ach das, das muss ich endlich einmal wegräumen.«

»Wer ist das auf dem Foto?«

»Ich weiß es nicht mehr«, sagte Dabernig. »Das hängt schon seit Jahren hier.«

Anja nickte und verabschiedete sich. Sie hatte das starke Gefühl, dass Gertrud Dabernig wegen des Fotos gelogen hatte. Und sie war sich ziemlich sicher, wessen Gesicht das gewesen war.

Das Zementwerk von Stein war verlassen und zeigte deutliche Verfallserscheinungen. Das Gelände war mit Baugittern eingezäunt, aber Anja hatte keine Mühe, eines der Gitter aus seiner Verankerung zu heben. Einst glänzende Metallrohre waren stumpf geworden, der Putz der Werksgebäude wies Risse auf. Alles war nach wie vor von feinem weißem Staub bedeckt. Trotz der Stilllegung schienen sich hin und wieder Menschen an diesem Ort aufzuhalten. Anja stieß auf die unvermeidlichen leeren Bierdosen, aber auch auf Graffiti wie jene in der Schlucht sowie kleine farbige Kügelchen, die sie nach einigem Rätseln als Paintball-Munition identifizierte. Für das ehemalige wirtschaftliche Zentrum von Stein gab es also offenbar eine Nachnutzung.

Anja kam an eingeschlagenen Fenstern und verwahrlosten Hubstaplern vorbei. Hoch über ihr verliefen Förderbänder wie Brücken zwischen den Gebäuden. Durch offene Türen sah sie riesige Maschinen, die vor sich hin rosteten. Hier sah es aus wie in einem postapokalyptischen Science-Fiction-Film. Das Werk wirkte, als hätte man es fluchtartig verlassen. Oder aber, was wahrscheinlicher war: Niemand hatte sich eingestehen wollen, dass es vorbei war. Man hatte den Ausverkauf der Maschinen und Gerätschaft hinausgezögert und irgendwann vergessen.

Auf einem gemauerten Sockel entdeckte Anja ein kleines Kreuz. Daneben lag ein Strauß verwelkter Wiesenblumen, der nicht mehr als ein paar Tage alt sein konnte. Sie sah nach oben, wo ein Silo etliche Meter in den Himmel ragte. Anja, die während ihrer aktiven Polizeikarriere mehr als ein Dutzend Leichen gesehen hatte, erschauderte plötzlich. Sie hatte gehört, dass sich in Stein ein Junge in den Tod gestürzt hatte, aber sich nie dafür interessiert, wo genau es passiert war. *Ich werde auf einmal wieder sensibel,* dachte sie. *Wie ein normaler Mensch.*

Sie zog den Kopf ein, vergrub die Hände in den Jackentaschen und ging weiter auf den Steinbruch zu. Hier bot sich ein ähnliches Bild. Ein Bagger stand noch da, als wäre sein Fahrer gerade nur in der Mittagspause. Die Fahrzeugtür stand offen, was aber vermutlich eher auf spielende Kinder zurückzuführen war als auf einen Baggerfahrer. Anja passierte einige »Betreten verboten«-Schilder und schritt in den künstlichen Kessel, den man in den Berg gesprengt hatte. Der Kalkstein war sehr weiß, und sie wunderte sich, dass er sich für nichts anderes nutzen ließ als die Produktion von Zement.

Jemand hatte die Zahl 88 auf den Fels gesprüht. Ein paar Schritte weiter sah Anja auch schon ein Hakenkreuz. Langsam ging sie auf die Schmierereien zu und sah sich nach weiteren Graffiti um. Die restlichen Graffiti waren harmlos, sie entdeckte keine weiteren Nazi-Symbole. Mit den Fingern strich sie über die verblasste Farbe. Schwer zu sagen, wie alt es war. Neonazis in Stein? Warum nicht? So etwas gab es immer wieder auf dem Land.

Da stach ihr ein Satz ins Auge, der auf den Kalkstein gesprüht worden war und den sie zunächst übersehen hatte.

B.K. was here.

Anja musste lachen, als sie verstand, wofür B.K. stand. Da täuscht ihr euch, dachte sie. Bert Köhler war nie hier.

Sie spürte das Geräusch hinter sich mehr als sie es hörte. Ein leises Scharren, dann ein undefinierbares Klicken.

Anja drehte sich um und horchte. Nichts.

Instinktiv sah sie sich nach Fluchtmöglichkeiten um, doch sie fand keine, der Kessel war eine Falle. Die Polizistin in ihr war also doch noch am Leben – und überreagierte völlig. Wahrscheinlich war es nur ein Tier. Anja ging langsam los. Ihr Herz klopfte wie wild, und sie lauschte angestrengt, hörte aber nur ihre eigenen Schritte.

Beruhig dich, Anja, da ist nichts.

Doch ihr Körper hörte nicht auf sie und befahl ihr loszurennen. Nur mühsam widerstand sie dem Drang, setzte langsam einen Fuß vor den anderen und näherte sich wieder dem Zementwerk, wo das Gelände offener wurde. Aus den Augenwinkeln beobachtete sie die Umgebung und lauschte erneut.

Sie verließ den Steinbruch, ohne etwas Verdächtiges zu sehen oder zu hören. Trotzdem, das eigenartige Klickgeräusch ging ihr nicht mehr aus dem Kopf. Sie hätte schwören können, dass sie es schon einmal irgendwo gehört hatte.

»Ach, Sie sind das«, sagte Anja, als die Kellnerin des *Kirchenwirt* auf einen Mann am Stammtisch zeigte. Anja erkannte einen der drei Männer vom Vorabend wieder, derjenige mit dem Vornamen Franz.

»Mahlzeit. Haben Sie mich gesucht?«

Er sprach mit vollem Mund, sodass Anja ihn fast nicht verstand. Neben seinem Teller lag eine Zigarettenpackung einer Marke, die Anja aus Kindertagen kannte. Sie hatte nicht gewusst, dass die noch produziert wurden.

Franz Stifter, der zweite Name auf Vychodils Liste. An seiner Adresse hatte sie ihn nicht angetroffen, also hatte sie es beim *Kirchenwirt* versucht und die Kellnerin gefragt. Dort saß er und aß etwas, das aussah wie Schweinsbraten. Dazu trank er ein Bier, was Anja Respekt abverlangte, denn der Abend gestern war lang gewesen.

»Ich habe gehört, Sie haben im Gästehaus übernachtet. Haben wir Sie unter den Tisch gesoffen?«

»Nicht so schlimm. Ich vertrage einiges.«

Stifter steckte sich eine Gabel voll Braten in den Mund. »Wenn wir zusammensitzen, wird es oft länger.«

»Müssen Sie nicht zur Arbeit?«, fragte Anja und ließ sich auf einem freien Stuhl ihm gegenüber nieder.

Er trank einen Schluck Bier und musterte sie, als versuchte er herauszufinden, was sie von ihm wollte. »Nicht mehr.«

»Sie sind doch zu jung für den Ruhestand, oder?«

Er zuckte mit den Schultern. »Man lässt mich nicht. Dabei bin ich krank.«

»Sie wirken gar nicht krank auf mich«, stellte Anja fest.

»Mein Kreuz«, erklärte er, griff sich an den unteren Rücken und verzog vor Schmerz das Gesicht. »Zweifacher Bandscheibenvorfall.«

»Das tut mir leid.«

»Nicht so schlimm«, erklärte er. »Aber arbeiten kann ich nicht mehr.«

»Wie alt sind Sie denn?«

»Achtundvierzig.«

Seine Antwort überraschte Anja. Sie hätte ihn zehn Jahre älter geschätzt. »Und da wollen Sie in Pension gehen?«

Er legte das Besteck zur Seite, trank sein restliches Bier in einem Zug leer und hob das Glas in Richtung Bar, wo die Kellnerin ihm sofort ein neues zapfte. Anja entdeckte eine große Uhr mit Metallarmband an seinem Handgelenk. Als sie einen näheren Blick darauf werfen wollte, zog Stifter seinen Ärmel darüber.

»Ich habe im Zementwerk gearbeitet. Stellvertretender Abteilungsleiter. Habe mich hochgearbeitet, mein Vater hat mich da reingebracht. Alle haben gesagt, ich könnte das nicht. In der Schule schon, die Lehrer. Ich war immer der Dumme. Aber ich habe es bis zum stellvertretenden Abteilungsleiter geschafft.«

»Und dann ging das Zementwerk pleite. Pech gehabt.«

»Ich mach das nicht noch einmal, mich hocharbeiten.

Ich bin achtundvierzig. Soll ich mich mit Fünfundzwanzigjährigen um Jobs raufen?«

»Es gibt doch Auffangprogramme«, schlug Anja vor. »Umschulungen.«

Da wurde Franz Stifter laut. »Jetzt sag ich Ihnen einmal was, von wegen Umschulungen. Ich habe einen Beruf gelernt! Ich werde keinen neuen Beruf lernen, nur weil irgendwelche Deppen da oben nicht ordentlich wirtschaften können. Das schaffe ich nicht noch einmal. Ich habe mich darauf verlassen, dass meine Ausbildung etwas wert ist.«

»Ich dachte, Sie wollen wegen Ihrem Kreuz in Frühpension gehen.«

In diesem Moment kam die Kellnerin und stellte ihm das Bier hin.

»Elfi, zahlen!«, sagte Franz Stifter.

Anja blieb hartnäckig. »Sie machen also Bert Köhler für Ihre Situation verantwortlich. Ist das richtig?«

Er trank zu hastig von seinem Bier und verschluckte sich, was in einem Hustenanfall endete. Nachdem er aufgehört hatte zu husten, meinte er: »Die sind doch alle gleich, einer wie der andere.«

»Nur, dass er entführt wurde und die anderen nicht«, entgegnete Anja.

Franz Stifter stand auf und musste sich an der Sessellehne abstützen. Ob das an seinem Kreuz lag oder am Bier, das er zu hastig getrunken hatte, konnte sie nicht sagen.

»Leider«, sagte er und verließ die Wirtschaft.

Als er sich am Stuhl abgestützt hatte, war noch einmal seine Uhr unter dem Ärmel zum Vorschein gekommen. Anja kam das Modell bekannt vor, sie glaubte, es in einer Anzeige in einem Hochglanzmagazin gesehen zu haben.

Bei der Uhr von Franz Stifter musste es sich um ein billiges Imitat handeln.

Das Gespräch mit Stifter hatte Anja wütend gemacht. So einfach war das? Alles musste auf dem Silbertablett serviert werden, und wenn nicht, dann gab man einfach auf. Schuld waren natürlich die anderen. Wo wäre sie heute, wenn ihr Vater so gedacht hätte? In der schwierigen Zeit nach dem Tod ihrer Mutter?

Anja drückte den Klingelknopf des Bauernhauses mehrmals hintereinander.

Der Mann, der die Tür öffnete, trug einen Filzhut und war sehr kräftig, mit großen, knotigen Händen, deren Haut von schwarzen Rissen durchzogen war. Er musste an die sechzig sein, hatte aber die Statur eines Dreißigjährigen. Ihm gehörte das Feld, auf dem der Absender der anonymen SMS sich damals hatte treffen wollen. Er war in den Ermittlungen immer wieder als Verdächtiger geführt worden, an der Entführung zumindest beteiligt zu sein, aber es sprach einfach zu viel gegen ihn.

Sepp Ganster. Der Vater des Burschen, der sich von

einem Ofen des Zementwerks gestürzt hatte, weil er seinen Job verloren hatte. Sie kannte ihn als gebrochenen Mann, der mit dem Tod seines Sohnes nicht fertig wurde und auch Polizisten gegenüber gern einmal laut wurde.

Passen Sie auf, hatte Vychodil ihr geraten.

»Was wollen Sie von mir?«, fragte Sepp Ganster.

»Wissen Sie noch, wer ich bin?«, erkundigte sich Anja vorsichtig. Sein Blick zeigte ihr, dass er es wusste. »Ich möchte nur reden, wenn es Ihnen nichts ausmacht.«

Er hielt ihr die Tür auf und führte sie in eine nach altem Bratenfett riechende Küche mit ausgetretenem Fliesenboden und einem weißen, mit Holz befeuerten Herd, der Wärme spendete. Daneben lief ein Geschirrspüler. In der Ecke neben dem Esstisch war ein Herrgottswinkel und neben der Tür ein Waffenschrank, an dem eine doppelläufige Schrotflinte lehnte. Ob die legal war?

»Es tut mir leid, was mit Ihrem Sohn passiert ist«, sagte Anja, nachdem sie sich an den Tisch gesetzt hatten. »Ich weiß nicht, ob ich Ihnen das jemals gesagt habe.«

Er nickte. »Haben Sie nicht. Danke. Warum sind Sie gekommen?«

Sie schüttelte den Kopf. »Das war alles nur ein dummer Zufall, glauben Sie mir. Ich habe nur eine Nacht im Gästehaus geschlafen. Ich fahre noch heute zurück nach Wien.«

Er sah aus dem Fenster. Eine Pause entstand.

»Sie nehmen das auf die leichte Schulter«, sagte er schließlich, ohne sie anzusehen.

»Tue ich das?«

»Jeder weiß, dass sie ihn hier vermutet haben. Sie haben alles darangesetzt, ihn zu finden.«

»Jetzt nicht mehr. Ich bin fertig damit.«

Er lachte auf einmal freudlos. »Wissen Sie überhaupt, worauf Sie sich da einlassen?«

»Rudi List hat mir angeboten, im Gästehaus zu übernachten«, rechtfertigte sich Anja.

»Ach ja, der Rudi.«

»Worauf lasse ich mich denn ein?«, fragte Anja.

Ganster schien nachzudenken. Er starrte an Anja vorbei ins Leere.

»Glauben Sie immer noch, dass Köhler schuld ist am Selbstmord Ihres Sohnes?«, fragte Anja.

Er sah sie böse an. »Was bilden Sie sich eigentlich ein? Sprechen Sie in meinem Haus nicht von meinem Sohn! Gerade Sie.«

Das machte Anja wütend. Sie konnte nicht anders, sie musste aussprechen, was ihr schon die ganze Zeit durch den Kopf ging.

»Okay, das mit Ihrem Sohn tut mir leid. Aber finden Sie wirklich, dass Sie Köhler dafür verantwortlich machen können? Andere haben auch ein hartes Schicksal. Meine Mutter starb, als ich zwölf war, an Krebs. Mein Vater zog uns drei Kinder allein groß. Aber er wäre nie auf die Idee gekommen, die Ärzte oder das Krankenhaus dafür verantwortlich zu machen. Man muss irgendwann wieder nach vorne schauen.«

Seine Reaktion war so abrupt, dass sie Anja völlig unvorbereitet traf. Ganster sprang auf und stützte sich mit den Fäusten auf dem Tisch ab, bis sein Gesicht so nah an ihrem war, dass Anja seinen warmen Atem spürte, der nach Zwiebeln roch.

»Aufpassen«, sagte er.

Anja dachte nicht daran, sich einschüchtern zu lassen. »Warum so zornig? Haben Sie vielleicht Gewissensbisse, weil Sie nicht erkannt haben, dass er selbstmordgefährdet war? Oder weil Sie ihm nicht ermöglicht haben, diesem armseligen Ort zu entkommen?«

Für den Bruchteil einer Sekunde glaubte Anja, dass er sie angreifen würde. Eine einzige Bewegung seiner kräftigen Hände hätte genügt. Sie widerstand der Versuchung, die Hände vors Gesicht zu heben, und hielt seinem Blick stand. Doch er richtete seinen Blick gar nicht mehr auf sie. Ganster sah erneut über sie hinweg, und sie hatte plötzlich das Gefühl, dass er vorhin nicht ins Leere gestarrt hatte. Jemand war hinter ihr. Anja zog den Kopf ein und wagte nicht, den Blick von Ganster abzuwenden. Sie horchte, doch von hinten kam kein Geräusch. Ganster atmete schwer und schloss die Augen. Dann setzte er sich hin.

»Ich hoffe, Sie wissen, was Sie tun«, sagte er.

Anja verstand, dass das Gespräch damit beendet war.

Sie drehte sich um. Da war niemand. Dennoch hatte sie das dringende Bedürfnis, von hier zu verschwinden.

Erst als sie das Gästehaus fast erreicht hatte, fiel die Anspannung von ihr ab. War da wirklich jemand gewesen? Sie war sich plötzlich nicht mehr sicher.

Das Grab von Bert Köhler befand sich auf dem Wiener Zentralfriedhof, nicht weit vom Haupteingang. Es war umgeben von wuchtigen Familiengruften, manche schlicht und aus dunklem Granit, andere bewacht von imposanten Engeln aus Marmor. Köhler hatte ein eigenes Grab nur für sich. Es war in etwa gleich groß wie die benachbarten Gruften, aber noch einfacher gestaltet. Rechteckige Formen, polierte, spiegelnde Steinflächen. Kein Kreuz, keine Symbole. Nur eine einfache Inschrift: *In ewiger Liebe. Albert Antonius Köhler, 19.4.1948 – 2013.*

So ein großes Grab für einen einzigen Menschen, über den sich offenbar so wenig sagen ließ.

Liebe.

Anja versuchte sich vorzustellen, wer den Text ausgesucht hatte. Nach allem, was passiert war, stand ausgerechnet dieser Begriff auf dem Grabstein. Ein Wort, das der Tatsachen spottete.

Auf der dicken Steinplatte, unter der in Wirklichkeit nur ein paar wenige von Köhlers Körperteilen ruhten, lagen drei vertrocknete Rosen. Der Wind hatte die welken Blütenblätter auf der glatten Fläche verteilt.

Anja hatte aus den Medien erfahren, dass Köhler für

tot erklärt worden war. Alle waren unglaublich erleichtert gewesen, die Kollegen bei der Polizei ebenso wie die Mitglieder der Familie Köhler.

Anfangs war das ganze Ausmaß des Dramas nicht absehbar gewesen. Kaspar Deutsch war der Erste gewesen, der eine Ahnung gehabt hatte.

»Ach, Anja, was tun wir hier eigentlich?«

Deutsch hat den Kopf leicht nach links gedreht, was irgendwie komisch aussieht, als hätte er einen steifen Nacken. Dabei ist mit seinem Nacken alles in bester Ordnung. Er hält den Kopf so, um nicht ansehen zu müssen, was neben ihm auf dem Seziertisch aus Edelstahl liegt. Anja rollt mit den Augen, was Edith Hildebrandt, der Gerichtsmedizinerin, ein Schmunzeln entlockt.

»Unsere Arbeit, Kaspar. Was sollen wir denn sonst tun?«

Kaspar bedeutet ihr zu schweigen. »Siehst du nicht, was ich meine? Wir sind Polizisten. Einer haut dem anderen eins in die Fresse, wir verhaften den Kerl und übergeben ihn der Justiz. Das ist unsere Aufgabe. Eifersucht, Gier, Drogenmissbrauch, diese Dinge. Aber das hier?«

»Warum denn nicht?«, gibt Anja zurück und wartet vergeblich auf eine Antwort. »Das ist offensichtlich eine Drohung. Damit haben wir immer wieder zu tun.«

Kaspar ringt die Hände. »Siehst du es wirklich nicht? Keine Fingerabdrücke, keine DNA, nichts. Wer immer das getan hat, ist gut informiert. Die Täter von heute sind schlauer geworden. So etwas kannst du heutzutage googeln.«

Anja geht die Situation näher, als sie sich eingestehen will. »Du hast ganz einfach eine schlechte Phase«, *sagt sie.*

»*Sieh mich an*«, *erwidert Deutsch ruhig. Er hebt die Hände, um zuerst die eine, dann die andere und schließlich Anja anzusehen.* »*Sehe ich aus, als ob ich eine schlechte Phase hätte?*«

Tatsächlich ist Kaspar Deutsch bekannt dafür, dass ihn nichts aus der Ruhe bringt. Wenn alle die Nacht durchgearbeitet haben, ist er es, der nach fünf Minuten im Waschraum aussieht wie neugeboren, sich bei der Pressekonferenz vor die Kameras setzt und ruhig und konzentriert antwortet, um danach seine Kinder in die Schule zu bringen und weiterzuarbeiten bis es dunkel wird. Seine »deutsche« Gründlichkeit ist sprichwörtlich, die Kollegen vom Journaldienst nennen ihn Iron Man, er gilt als unzerstörbar. In letzter Zeit hat diese Perfektion allerdings Risse bekommen. Er wirkt nervöser. Anwandlungen wie diese wären früher undenkbar gewesen.

»*Im Gegenteil*«, *beantwortet er seine eigene Frage,* »*es geht mir gut. Ich sage dir nur, dass wir solche Dinge*« – *er deutet auf das Paket, das immer noch unschuldig auf dem stählernen Tisch steht wie das geöffnete Weihnachtsgeschenk eines Kindes* –, »*dass das nie Teil des Berufsbildes war.*«

Anja verschränkt die Arme und schweigt.

Hildebrandt beobachtet sie beide neugierig über den Rand ihrer Lesebrille hinweg. Das Gespräch scheint sie zu amüsieren.

»*Wir wissen nicht, von wem es ist*«, *gibt Anja zu.* »*Aber vielleicht überreagieren wir, vielleicht ist es ja nur ein Scherz.«*

Kaspar sieht zu Boden und schüttelt den Kopf, während er seinen Nasenrücken mit den Fingern massiert. »Ich überreagiere, aha. Der Finger in dem Paket ist also ein Scherz. Er ist gar nicht echt? Na, dann bin ich ja beruhigt.«

»Natürlich ist er echt, aber ...«

»Wenn er echt ist, gibt es dazu auch eine Leiche! Und einen Mordfall.«

»Unsinn. Es gibt viele andere Erklärungen«, hält Anja dagegen. »Der Besitzer könnte zum Beispiel noch leben.«

»Sag das nicht«, entgegnet Kaspar erschrocken.

Anja wendet sich an Hildebrandt. »Wie lange dauert die Untersuchung der Gewebeproben?«

»Ich erwarte die Ergebnisse noch heute.«

»Da, hörst du?«, sagt Anja, »Ich diskutiere nicht mit dir. Nicht bevor die Untersuchung abgeschlossen ist.«

»Das ist ein Mordfall. Ich sag es dir. Das hier ist erst der Anfang.«

»Schluss jetzt! Mal hier nicht den Teufel an die Wand. Die Sache wird sich vermutlich ganz einfach lösen lassen, wenn wir nur nicht die Nerven verlieren.«

Hildebrandt räuspert sich. »Sind Sie hier fertig? Dann packe ich das Paket wieder ein. Bis Weihnachten sind es noch zwei Monate.«

Weder Anja noch Deutsch lachen über ihren Scherz.

Drei Stunden später werden die Ergebnisse vorliegen, und dann wird sich zeigen, dass Deutsch unrecht hatte.

Es handelt sich nicht um einen Mordfall. Es ist viel schlimmer.

»Entschuldigen Sie.«

Der schlaksige Mann mit den tätowierten Unterarmen hörte auf zu kehren und drehte sich zu Anja um. Sein Lächeln schien freundlich, hatte aber im Zwielicht der Aufbahrungshalle etwas Unheimliches.

»Sie interessieren sich für Köhlers Grab«, sagte er, auf seinen Besen gestützt.

Anja nickte. »Ich habe die Blumen gesehen. Wird es oft besucht?«

»Schon, aber die meisten legen keine Blumen hin. Die Angehörigen kommen fast nie. Es sind meistens Leute wie Sie.«

»Ach. Wer bin ich denn, wenn ich fragen darf?«

»Neugierig.«

Anja hob die Hände. »Sie haben mich wohl erwischt. Wissen Sie denn, von wem die Blumen sind?«

»Polizei?«, fragte der Mann, ohne auf ihre Frage einzugehen.

Da musste Anja unwillkürlich lachen. »Nicht mehr.«

»Das Grab wurde gerade neu hergerichtet«, erklärte er. »Jemand hatte mit einem Meißel ein Stück vom Stein abgeschlagen.«

»Vandalismus?«

»Eher jemand, der ein Andenken mitnehmen wollte. Aber Vandalismus gab es auch schon. Graffiti.«

»Wirklich?« Anja versuchte, ihre Stimme beiläufig klingen zu lassen, und fuhr sich mit der Hand durchs Haar. »Konnte man die Täter schnappen?«

Der Mann zuckte mit den Schultern. »Nie. Unter uns gesagt, ich glaube nicht, dass die Polizei etwas tut. Sie machen Fotos, nehmen meine Aussage auf und gehen wieder.«

Anja dachte nach. »Gibt es Leute, die regelmäßig kommen?«

Er schüttelte den Kopf. »Wenn Sie keine Polizistin sind«, sagte er, »wer sind Sie dann?«

»Neugierig«, sagte sie und ließ ihn stehen.

Anja glaubte dem Friedhofsangestellten kein Wort. Er wusste mit Sicherheit, von wem die Blumen waren.

Die Sache ärgerte sie, während sie zurück zu ihrem Auto ging. Sie nahm einen Umweg, der sie noch einmal durch den Friedhof führte. Sie schlenderte den Schotterweg entlang, bis sie zu einem kleinen Gebäude gelangte, das offensichtlich ein Verwaltungsgebäude war. Anja ging zur Vordertür und drückte die Klinke nach unten. Die Tür war nicht verschlossen. Ohne zu zögern trat sie ein.

Drinnen roch es intensiv nach Moder. Eine Tür mit Sichtfenster führte in einen winzigen Büroraum, auf einer weiteren Tür ohne Fenster prangte ein Metallschild mit den Buchstaben »WC«. Anja wartete vor der Toilettentür, ob jemand ihr folgte. Einfach irgendwo hineinzugehen funktionierte ihrer Erfahrung nach sehr gut, solange man nicht zögerte. Zögern erregte immer Verdacht.

Alles war still, also inspizierte Anja das Büro. Sie fand einen großen Karteikasten und öffnete einige der Laden. Es dauerte einen Moment, bis sie ihre Vermutung bestätigt fand. Es war das Büro der Friedhofsverwaltung, hier wurde die Abrechnung für die Erhaltung der Gräber gemacht. Sie öffnete die Lade mit dem Buchstaben »K«. In diesem Moment hörte sie Schritte.

»Das ist nun aber dreist, finden Sie nicht?«, sagte der tätowierte Friedhofsangestellte.

»Ich war auf der Suche nach einer Toilette«, rechtfertigte sich Anja.

Er deutete auf die Toilettentür. »Lesen können Sie aber, oder? Sie waren doch bei der Polizei.«

Anja zeigte ihm ihr Verlegenes-Schulmädchen-Lächeln, das trotz ihrer Körpergröße meist ausgezeichnet funktionierte und sie schon vor vielen gefährlichen Situationen gerettet hatte. Der Mann gab sich davon völlig unbeeindruckt, was Anja irgendwie beleidigend fand.

»Ich habe Sie nicht gleich erkannt«, erklärte er. »Sie waren doch die Ermittlerin, oder? Im Fall Köhler. Ich kenne Sie aus dem Fernsehen.«

Anja wunderte sich über seine kühle Reaktion. »Das ist ewig her«, sagte sie.

Sie war im Begriff, sich für ihr Herumschnüffeln zu rechtfertigen, doch er schien plötzlich in Gedanken ganz woanders zu sein.

»Ob der Entführer auch hierherkommt?«, fragte er.

Anja war sich nicht sicher, ob er darauf eine Antwort erwartete. »Wer weiß?«, sagte sie und wandte sich zum Gehen.

»Wollen Sie gar nicht aufs Klo?«, fragte der Tätowierte.

»Ich war schon.«

Anja sah zu, dass sie auf schnellstem Weg zu ihrem Auto kam. So musste sie erneut an Köhlers Grab vorbeigehen. Dabei bemerkte sie einen alten Mann in einem Trenchcoat, der davorstand.

Noch ein Tourist, dachte sie. Doch etwas an ihm ließ sie zögern. Er trug eine gemusterte Strickhaube, die überhaupt nicht zu seinem Mantel passte. Vielleicht ein Obdachloser, überlegte Anja.

In diesem Moment passierte etwas, das so schnell ging, dass Anja im nächsten Moment daran zweifelte, ob sie es wirklich gesehen hatte. Erst als sie im Auto saß und zurück zu ihrer Wohnung fuhr, kam sie zu dem Schluss, dass sie es sich nicht eingebildet hatte.

Der Mann hatte auf Köhlers Grab gespuckt.

»Sind Sie die Besitzerin von Wohnung 15?«

Anja verstand nicht, was der Feuerwehrmann sagte. Sie war ganz gefesselt von der riesigen Drehleiter des Feuerwehrautos, die bis zum zweiten Stock des Hauses, in dem sich ihre Wohnung befand, hinaufreichte. Bis zu ihrem Balkon, um genau zu sein. Ein anderer Feuerwehrmann in Uniform trat durch ihre Balkontür ins Freie und hielt den Daumen hoch. Der Mann, der mit Anja gesprochen hatte, erwiderte die Geste. Er war so groß, dass Anja beinahe zu ihm aufsehen musste, und sehr stämmig.

»Wir haben die Ursache gefunden. Es war die Waschmaschine. Die Abwasserleitung war undicht, und das Wasser lief in die Wohnung. Riecht ein bisschen.«

Anja glaubte, sich verhört zu haben. »Die Waschmaschine? Sie war an?«

»Ja, das muss gestern gewesen sein. Wann haben Sie das letzte Mal Wäsche gewaschen?«

Vorgestern, dachte Anja. Aber da funktionierte noch alles. War jemand in ihrer Wohnung gewesen?

»Warum sind Sie mit der Leiter...«, begann sie.

»Wir wollten Sie anrufen, aber niemand hatte Ihre Nummer. Über den Balkon einzusteigen ist besser, weil dann nicht Ihre Haustür aufgebrochen werden musste. Außerdem ist die Balkontür oft günstiger.«

Anja kannte mindestens vier Nachbarn, die ihre Nummer hatten.

»Ihre Haushaltsversicherung wird eine Freude haben«, fuhr der Feuerwehrmann fort. »Sie haben doch eine, oder? Da war übrigens jemand von der Wohnung unter Ihnen bei mir, der wollte unbedingt mit Ihnen sprechen. Klein, gebrochenes Deutsch. Kennen Sie ihn?«

Anja nickte. Der Kubaner aus dem ersten Stock.

»Sie sollten sich bei ihm melden. Er hat gedroht, Sie zu verklagen. Neue Möbel, alle kaputt. Das Wasser ist die ganze Nacht in Ihrer Wohnung gestanden, zehn Zentimeter hoch. Irgendwann ist es bis zu ihm hinuntergeronnen.«

»Danke für die ausführlichen Informationen«, sagte Anja. »Darf ich Ihre Leiter benutzen?«

»Was? Warum?«

»Ich muss in meine Wohnung. Und ich möchte zuerst meinen Anwalt informieren, bevor ich meinen Nachbarn treffe.«

Da lachte der Feuerwehrmann. »Verstehe. Was brauchen Sie denn?«

»Ein paar Kleider. Aber ich hole sie mir gern selber.«

»Ich kann Sie nicht auf die Leiter lassen. Aber wenn Sie mir sagen, was Sie brauchen, hole ich es Ihnen.« Er zwinkerte ihr zu.

»Sie sind ein Engel«, sagte Anja.

»Vielleicht eher ein edler Ritter?«, schmunzelte er. »Der womöglich die Telefonnummer der holden Maid dafür haben möchte.«

»Wir werden sehen. Erst die Kleider.«

5

Heute geht es mir nicht so gut. Ich glaube, es liegt an Ihnen. Diese Situation zehrt an mir. Ich wollte es nicht wahrhaben, aber es ist so. Andere wären vielleicht längst daran zerbrochen. Aber ich mache weiter, wie ich es immer getan habe.

Ich bin einfach einsam, deshalb komme ich auch mit den Tabletten nicht mehr so gut klar. Ich brauche jemanden zum Reden. Jeder Mensch braucht jemanden, mit dem er reden kann. Nicht Sie, irgendjemand anderen. Jemanden, der mich versteht. Wissen Sie, wie lange es her ist, dass ich mit einem Mann außer Ihnen ein paar Worte gewechselt habe? Natürlich ist das auch wegen Ihnen. Ich gehe nicht mehr so oft aus dem Haus, weil ich ein ungutes Gefühl dabei habe, Sie allein zu lassen. Und ich traue mich auch nicht, jemanden nach Hause einzuladen. Nicht dass Sie jemand finden würde. Es hemmt mich einfach zu wissen, dass Sie da unten liegen.

Ich frage mich, wie es wäre, wenn Sie mit mir reden würden. Vielleicht würde es helfen. Sie sind ja nicht mein Typ, aber wir verbringen so viel Zeit miteinander. Ich kann nicht behaupten, dass das nichts mit mir macht. Letztens habe ich von Ihnen geträumt, da waren Sie noch ganz gesund. Sie sind mit mir durch einen Wald gegangen. Wir haben gelacht.

Es war fast so, als wären wir zusammen. Und es hat mich nicht schockiert, es war ganz normal. Seltsamer Traum, finden Sie nicht?

Es ist völlig in Ordnung, dass Sie nicht reden, wirklich. Ich würde nur gerne wissen, wie es wäre, wenn Sie es täten.

Donnerstagnachmittag

Anja hatte dem Feuerwehrmann ihre Nummer nicht gegeben. Stattdessen hatte sie nach seiner gefragt und danach sofort das Weite gesucht. Dabei war der Typ in Ordnung gewesen. Er hatte ihr sogar Officer Colin aus ihrer Wohnung mitgebracht, der zum Glück trocken geblieben war. Auf dem Weg zurück nach Stein hatte sie zwei Flaschen Merlot gekauft, mit denen sie heimlich ins Gästehaus geschlichen war. Hinter sich hatte sie sofort die Tür zugeschlossen in der Hoffnung, dass Vychodil oder sonst irgendjemand auf die Idee kam, ihr einen Besuch abzustatten. Zuerst hatte sie überlegt, zu ihrem Vater zu fahren, aber er glaubte immer noch, dass sie im Urlaub war, und irgendwie stimmte das ja auch. Nur war sie nicht in Sansibar, sondern in Stein. Sie wollte ihre Ruhe haben. Das Gästehaus in Stein war schön und kostete nichts. Warum also nicht? Sie schenkte sich ein großes Glas Wein ein und beäugte Vychodils Ordner.

Der abscheulichste Kriminalfall der Republik. So hatte man die Entführung des Bankiers Köhler genannt. Die öffentliche Stimmung war zwischen Schock und Lust an der Sensation hin- und hergependelt. Eltern hatten ihren Kindern Augen und Ohren zugehalten, wenn die Nachrichten liefen, um dann selbst gebannt hinzusehen, ob sie einen Blick auf das erhaschen konnten, was man nur aus Beschreibungen kannte. Selbst die Journalisten und Nachrichtensprecher hatten Mühe gehabt, die richtigen Worte für das Ungeheuerliche zu finden. Umso verrückter schien es, dass gerade die Familie des Opfers nicht heftiger reagiert hatte. Bert Köhlers Ehefrau und seine übrigen Verwandten waren gefasst gewesen, hatten mit der Polizei kooperiert, doch ihre Betroffenheit hatte sich in Grenzen gehalten. Während der Ermittlungen war Anja so auf die Fakten konzentriert gewesen, dass ihr das nicht aufgefallen war. Aber im Nachhinein fand sie das erschreckend.

Niemand von seinen Liebsten schien ihn zu vermissen.

Anja setzte sich auf das Sofa und klickte auf ihrem Laptop ein YouTube-Video von einem TV-Interview mit Bert Köhler an.

»Herr Köhler, Sie polarisieren wie kaum jemand in diesem Land. Sie werden geliebt und gehasst. Manche betrachten Sie als Vorbild, das es vom Arbeitersohn zum Millionär geschafft hat. Für viele andere sind Sie das Produkt eines, ich zitiere, ›völlig wild gewordenen Turbokapitalismus, der kurz vor dem Kollaps steht‹. Wie stehen Sie zu solchen Aussagen?«

Köhler verzog auf die Frage der Moderatorin hin keine

Miene. Er lümmelte lässig in dem seltsam geformten cremefarbenen Designersessel des Fernsehstudios, wo mehrere Scheinwerfer gnadenlos jede noch so kleine Falte in seinem Gesicht – und er hatte viele Falten – ausleuchteten. Im Gegensatz zur zierlichen Interviewerin, die sehr aufrecht an der Sesselkante saß, gab er eine eindrucksvolle Erscheinung ab, wie ein Renaissance-Heiliger aus einem Gemälde von Michelangelo, unförmig unter seinem Anzug und gerade deshalb unnahbar. Als Zuschauer erwartete man eine scharfe Antwort seinerseits, was sie sich erlaube, wer sie glaube, wer sie sei. Doch Köhlers Tonfall war mild, als er sprach.

»In meiner Position darf ich weder das eine noch das andere beachten. Mich davon abgrenzen zu können, gehört zu meinem Job. Wenn ich meinen Kritikern in einem zustimmen kann, dann darin: Ich glaube an Leistung. Ich bin der Meinung, dass ohne Leistung nichts von Wert entstehen kann. Hinter jeder gelungenen Herzoperation, hinter jedem Computerchip, hinter jedem wunderbaren Werk der Kunst etwa steht eine herausragende Leistung. Nichts Derartiges kann geschaffen werden, indem man sich zurücklehnt.«

»Nun sind Sie aber kein Chirurg oder Künstler und verdienen doch, wenn man der aktuellen Ausgabe des Citizen glauben darf, mehr als fünf Millionen Euro im Jahr. Finden Sie, dass das gerechtfertigt ist?«

»Natürlich.«

»Und doch hat kein Künstler des Landes ein vergleichbares Einkommen. Welche Leistung ist es, die da so hoch entlohnt wird?«

»Als ich von Kunst gesprochen habe, meinte ich Werke der Weltliteratur oder bedeutende Gemälde der Geschichte. Shakespeare, Rembrandt. Über die gegenwärtigen Künstler dieses Landes kann ich nicht viel sagen. Dieser Rebhahn scheint mir als einer von wenigen Potenzial zu haben, vielleicht steigt er einmal in diese Riege auf.«

Auf Köhlers Antwort hin ging ein aufgeregtes Raunen durch das Publikum im Studio. Ausrufe der Empörung waren zu hören.

»Bitte, beruhigen Sie sich, liebe Zuschauer. Sie werden gleich die Möglichkeit haben, Fragen zu stellen. Herr Köhler, Sie glauben also allen Ernstes, dass Ihre Entlohnung gerecht ist? Dass Sie das Zweihundertfache einer einfachen Bankangestellten verdienen?«

»Wenn eine einfache Bankangestellte einen Fehler macht, beträgt der Schaden vielleicht fünfzig-, hunderttausend Euro. Wenn ich einen Fehler mache, kann der Schaden in die Milliarden gehen. Ein Fehler von mir kann nicht nur meine Bank, sondern diese Republik in den Abgrund stürzen. Sie fragen mich, ob die Höhe meines Einkommens gerechtfertigt ist? Natürlich ist sie das.«

Angewidert schaltete Anja das Video mit dem Talkshow-Auftritt Köhlers aus und klappte ihren Laptop zu. Sie wandte sich erneut Vychodils Aufzeichnungen zu.

Grausiger Fund in Postsendung

Wien. In einem von der Post zugestellten Paket

wurde heute Morgen ein menschlicher Zeigefinger gefunden. Die Polizei steht vor einem Rätsel, das Landeskriminalamt hat die Ermittlungen aufgenommen. Wem der abgetrennte Körperteil gehöre, werde derzeit untersucht. Das Paket war in buntes Geschenkpapier verpackt und mit einer Schleife verschnürt. Es sei nicht auszuschließen, dass es sich um einen makabren Scherz handele, so die Ermittler. Was den Empfänger des Pakets angeht, hält sich die Polizei bedeckt und verweist auf ermittlungstechnische Gründe.

Anja nippte an ihrem Wein. Die Sache war zuerst nur eine Nebenmeldung, niemand konnte ahnen, was folgen würde. Als dann die Wahrheit noch vor der offiziellen Presseaussendung des Landeskriminalamts durchsickerte, ging ein mittleres Erdbeben durch die globalen Medien.

Breaking News –
Finger in Paket gehört Bankier Bert Köhler
Wien. Spektakuläre Wendung im Geschenkpaket-Fall. Der Finger, der gestern an die Villa des Bankiers Bert Köhler zugestellt wurde, gehörte Bert Köhler selbst. Das bestätigte die Polizei heute in den frühen Morgenstunden in einer eilig herausgegebenen Presseaussendung. Über den derzeitigen Aufenthaltsort Köhlers macht die Polizei keine An-

gaben. Laut der Pressestelle der Bank befinde er sich auf Dienstreise in China. Wie es möglich ist, dass sein Finger in einer Postsendung verschickt wird, konnte man sich dort nicht erklären. Man verweist auf die Polizei, die heute im Lauf des Tages in einer Pressekonferenz Details bekanntgeben will.

Anja erinnerte sich gut an diese Pressekonferenz. In einem bis auf den letzten Platz gefüllten Saal war die Nachricht wie eine Bombe eingeschlagen: Bert Köhler war unauffindbar, zwei Tage zuvor war er zum letzten Mal gesehen worden. Ein Verbrechen könne nicht ausgeschlossen werden. Der Justizminister hatte sich persönlich an die Medien gewandt: »Ich habe die Abteilung für Gewaltverbrechen des Landeskriminalamts Wien unter der Leitung von Frau Chefinspektor Anja Grabner mit den Ermittlungen beauftragt. Sie wird bis auf Weiteres über unbegrenzte Mittel verfügen. Ich darf Ihnen versichern, dass der Fall hier in guten Händen ist und wir alles in unserer Macht Stehende tun, um den Aufenthaltsort von Bert Köhler zu identifizieren. Anja Grabner hat sich als sehr hartnäckige und erfolgreiche Ermittlerin einen Namen gemacht. Ich bin mir sicher, dass Bert Köhler schnell gefunden und der Fall lückenlos aufgeklärt wird.«

Anja klappte den Ordner zu. Die Lobhudeleien waren ihr damals schon peinlich gewesen. Außerdem sah beileibe nicht jeder ein, warum der Sache eine solch große Bedeutung beigemessen wurde. Ermittlungen, natürlich, aber warum unbegrenzte Mittel? Andere Gewaltverbrechen wollten schließlich auch aufgeklärt werden. Hinter vorgehaltener Hand vernahm man, dass es ruhig ein wenig dauern durfte, bis Köhler gefunden wurde. Es war ein offenes Geheimnis, dass Köhler mit den Mächtigen des Landes auf Du und Du stand und dass es auch in der Regierung Leute gab, die hinter verschlossenen Türen Druck machten. Anja hatte sich dennoch gegen die Einrichtung einer Sonderkommission ausgesprochen. Zu viele Leute machten ihrer Erfahrung nach eine Ermittlung nicht besser. Erst nach monatelangen erfolglosen Ermittlungen hatte sie sich breitschlagen lassen. Genutzt hatte es ohnehin nichts. Die Ratlosigkeit der Polizei erfüllte manchen mit so etwas wie Genugtuung. Ein wenig Schadenfreude konnte man niemandem verdenken, schließlich ging es hier nicht um irgendjemanden, sondern um Bert Köhler.

Dann war das nächste Päckchen aufgetaucht. Bert Köhlers Ehefrau Cäcilia hatte es erhalten. Sie war nach ihrem Nervenzusammenbruch gleich nach Beginn der Ermittlungen in Behandlung gewesen und hatte ihr Penthouse nicht mehr verlassen. Das Päckchen hatte sie selbst geöffnet. Ein weiteres ging an Barbara Köhler, die Tochter, und auch Köhlers Bank erhielt eines. Da keine Ermittlungserfolge erzielt wurden, begannen irgendwann selbst die sensationsgeilsten Medien, sich auf andere Themen zu konzentrieren. In Polizeikreisen brachte schon die einfache Erwähnung des Namens Köhler die Stimmung auf den Nullpunkt. Außer einer Handvoll Verschwörungstheoretiker versuchte schließlich jeder, das Thema zu ignorieren.

»Kann man so etwas denn überleben?«, fragt Anja.

Gerichtsmedizinerin Edith Hildebrandt wirft einen Blick auf den Seziertisch und zuckt mit den Schultern. Auf der spiegelnden Edelstahlfläche liegen verschiedene größere und kleinere Körperteile des verschwundenen Bankiers: seine linke Hand, das rechte Ohr, der vollständige rechte Unterschenkel samt Fuß, zwei Zehen des linken Fußes, der Rest des linken Fußes, zwei kleine eiförmige Objekte – Hoden –, sowie der rechte Zeigefinger, mit dem alles begonnen hat. So, wie Hildebrandts Assistenten sie platziert haben, erinnern sie an das unvollständige Skelett eines Urmenschen in einer naturkundlichen Sammlung, fein säuberlich auf dem Tisch angeordnet, um die Körperform nachzubilden.

Das ist Bert. Er gehörte zur Gattung Homo oeconomicus. Seine Überreste sind in erstaunlich gutem Zustand erhalten. Bert lebte in der Zeit vor der großen Bankenkrise. Sein Lebensstil war parasitär, er ernährte sich hauptsächlich von Kleinsparern.

Anja weiß, dass Hildebrandts Assistenten einen anderen Namen für diese Sammlung von Körperteilen haben: Köhler-Bausatz. Als könnte man ihn wieder zusammensetzen.

»Wenn Sie mich vor zwei Jahren gefragt hätten, ob jemand so etwas überleben kann, dann hätte ich Ihnen gesagt,

dass das unwahrscheinlich ist«, *antwortet Hildebrandt. »Wenn die Amputationen nicht von Spezialisten in einem Krankenhaus durchgeführt werden. Aber wie Sie wissen, lebte er noch, als er diese Körperteile verlor. Auch die größeren Abnahmen scheint er gut überstanden zu haben.«*

Anja kann sich das kaum vorstellen. »Und da sind Sie sicher?«

Hildebrandt wiederholt geduldig alles noch einmal. »Bei Schnitten in lebendes Gewebe kommt es zu verschiedensten vitalen Reaktionen. Der Körper registriert die Fremdeinwirkung und fährt die Immunabwehr hoch. Normalerweise findet man Anzeichen dafür, ob der Kreislauf noch funktionierte. Blutungen oder Ähnliches. Diese wären jedoch nur am Stumpf nachweisbar, nicht jedoch in den Gliedmaßen. Dort muss man sich an die Entzündungsreaktionen halten. Die gibt es nur in lebendem Gewebe oder kurz nach dem Tod.«

»Und die haben Sie gefunden, diese Entzündungsreaktionen?«

»Leider ja«, sagt Hildebrandt. »Oder zum Glück, wie Sie wollen. Das Opfer war zumindest kurz vor der letzten Amputation definitiv noch am Leben. Dieser Eingriff war ja eher klein.«

Anja bemüht sich, nicht die beiden verschrumpelten Hoden anzusehen, die in einer kleinen Metallschale liegen wie eine Nachspeise. Stattdessen betrachtet sie den abgetrennten Unterschenkel.

Hildebrandt folgt ihrem Blick. »Unser Entführer wird

auch den letzten Eingriff gut hinbekommen haben. Köhler hat das bestimmt überlebt.«

»*Wer wäre in der Lage, so etwas durchzuführen?*«

Hildebrandt seufzt. Immer die gleichen Fragen. »*Der Schnitt wurde mit einer sehr scharfen Klinge ausgeführt. Das erkennt man an den Knochen, die feine Ritzspuren aufweisen. Die Knochen selbst wurden mit einer Säge durchtrennt. Die Spuren auf der Schnittfläche sind identisch mit denen, die unsere Knochensägen hier im Haus hinterlassen. Bei einer Amputation ist es sehr wichtig, den Knochen kurz abzusägen, damit aus den durchtrennten Muskeln ein schützendes Polster geformt werden kann, das dann über dem Knochenstumpf verwächst. Exakt das wurde hier gemacht. Sehr professionell.*«

Ein Chirurg, denkt Anja. Aber wir haben alle Chirurgen gecheckt.

Die Chirurgen-These erklärte außerdem nicht die Sache mit den Geschenkpaketen. Warum sollte ein Chirurg auf diese kranke Idee kommen? Und warum gab es keinerlei Erklärung, kein Bekennerschreiben? Auch die Lösegeldforderungen hatten keinerlei Statement dazu enthalten. Warum diese Geheimnistuerei? Etliche forensische Psychologen bissen sich an der Frage die Zähne aus. Es entwickelte sich ein regelrechter Gelehrtenstreit.

Nur wenige haben den Mut, sich abzuwenden, als die Bilder auf der Leinwand erscheinen, überlebensgroß. Im Hörsaal ist es so still, dass man den Lüfter des Laptops hören kann, als Kaspar Deutsch mit stoischer Ruhe durch die Aufnahmen der abgetrennten Körperteile klickt. Einige der namhaftesten Mordermittler und Kriminalpsychologen sind angereist, hinzu kommen sämtliche Mitglieder der inzwischen auf stattliche zehn Personen angewachsenen Soko, sodass man auf die Universität ausweichen musste. Natürlich wollten auch die Koryphäen der psychologischen Fakultät dabei sein. Anja war dagegen, doch von oben kam die Order, sie einzuladen. Viele Ermittlungsdetails kursieren inzwischen ohnehin in den Medien, und jede neue Idee ist willkommen, egal von welcher Seite. Es kann daher nicht schaden, die Psychologen einzuladen. Anja sitzt im Publikum, sie überlässt es Kaspar Deutsch, den Fall zu schildern. In englischer Sprache, womit Deutsch sichtlich kämpft. Der Grund des Treffens sitzt mit erhobenem Kopf und selbstgefälligem Lächeln in der ersten Reihe. Ihn scheinen die Bilder nicht zu beeindrucken. Sein Name ist Joseph Appelbaum, er ist extra aus den USA gekommen. Der Star-Profiler, der in den Staaten seine eigene Fernsehshow hat. Exzentrisch soll er sein, aber eben auch saugut.

Als sein Vortrag beginnt, lauschen alle gebannt, doch schon nach wenigen Minuten ist klar, dass die meisten Anwesenden, bis auf eine Handvoll Experten, ausgestiegen sind. Der Rest will es sich nicht anmerken lassen, versucht ernst und konzentriert zu wirken, hat aber keine Ahnung. Da ist viel von »Trauma« die Rede, von »Dimensionen«, von statistischen Verteilungen. Appelbaum bringt kein einziges Praxis-

beispiel, keinen Vergleichsfall, kein einziges Bild. Seine Folien zeigen Graphen, Tortendiagramme. Als er endet und um Fragen bittet, steht nur ein Angehöriger des psychologischen Instituts mit rotem Kopf auf und erhebt einen Einwand zu einer bestimmten Grafik, die Appelbaum gezeigt hat. Dieser lächelt, denkt nicht einmal daran, zur betreffenden Folie zurückzuklicken. Lapidar entgegnet er, dass abweichende Meinungen natürlich erlaubt seien.

Ein junger Psychologiestudent stellt die Frage, die auch Anja auf der Zunge liegt.

»Lebt er noch?«

Appelbaum antwortet ausweichend, zitiert einige Fachleute, die niemand kennt, bevor er den simplen Satz ausspricht, den niemand hören will.

»Es könnte sein. Der Fall muss daher so behandelt werden, als wäre das Opfer am Leben.«

Anja wirft Kaspar einen Blick zu, den dieser nicht erwidert. Sie weiß, dass er müde ist. Er sucht nur noch nach Anzeichen für Köhlers Tod, während Anja ihn immer wieder darauf aufmerksam macht, dass das Wunschdenken ist.

Schließlich ist es Kaspar, der fragt, wie ihnen das helfen soll, den Täter zu fassen. Gar nicht, erklärt der Experte, das habe er eben zu zeigen versucht. Normalerweise werde die Amputation von Körperteilen nur angedroht, niemand sei verrückt genug, das wirklich zu tun. Die Geschenkpakete, jene Spuren von dilettantischer und dann wieder hochprofessioneller Vorgangsweise, all das sei beispiellos und ergebe keinen Sinn. Es gehe hier offensichtlich nicht um Lösegeld.

Wenn keine weiteren Päckchen auftauchten, und danach sehe es nicht aus, sei die Chance, etwas Entscheidendes zu finden, bevor von Köhler nichts mehr übrig sei, gleich null.
»*You will never find him.*« *Ihr werdet ihn niemals finden.*

In der Nacht darauf waren Anja und Kaspar zufällig im Landeskriminalamt aufeinandergetroffen. Beide hatten nicht schlafen können und mussten trotz der angespannten Lage lachen, als sie einander sahen. Gemeinsam gingen sie noch einmal alle Akten durch, rekapitulierten den Fall von A bis Z. Sie hatten wieder den ersten Fahndungsaufruf in der Hand, der in diesem Fall ungewöhnlich schnell herausgegeben worden war, noch bevor der Finger identifiziert worden war. Normalerweise startete man nur bei Kindern sofort eine Fahndung, bei Erwachsenen wartete man ein paar Tage, da sie in der Regel wieder auftauchten. Sie sichteten die Protokolle der ersten Vernehmungen in Köhlers direktem Umfeld, gingen sie Zeile für Zeile durch. Viele der Passagen kannten sie inzwischen auswendig. Sie lasen erneut die gerichtsmedizinischen Urteile zu dem Finger und den anderen Gliedmaßen, die im Abstand von einigen Wochen bis Monaten geschickt worden waren. Ein weiteres Mal sichteten sie die Verdächtigen, die sie genauer unter die Lupe genommen hatten. Leute, die geschäftlich oder privat einen Groll gegen Köhler gehegt hatten. Da war ein ruinierter Geschäftspartner Bert Köhlers, dem Anja und Kaspar durchaus einen Mord zutrauten, der aber vom Profil her absolut nicht zum Tathergang passte und dem auch sonst keinerlei Verbindung zu den Paketen nachgewiesen werden konnte. Sie erinnerten sich gemeinsam an die Gespräche mit dem ehemaligen Geschäftsführer des Zementwerks, den sie für dringend verdächtig hielten, bis ihnen jemand hinter vorgehaltener Hand mitteilte, dass der gesamte Vorstand nach der Schließung eine üppige Abfindung bekommen hatte. Zwei weitere Päckchen tauchten auf, eines mit Köhlers Zeh, eines mit seinem Ohr, und der Druck auf die Ermittler stieg.

In dieser Phase war dann die erste Lösegeldforderung bei der Bank eingegangen, kurz nach Auftauchen eines weiteren Zehs. Plötzlich war Hoffnung aufgekeimt. Wer Lösegeld forderte, mit dem konnte man vielleicht verhandeln, auch wenn der bizarre Brief mit den aus Zeitschriften ausgeschnittenen Buchstaben manche Kollegen verunsicherte. Diese Art von Erpresserbrief hatte es seit vielen Jahren nicht mehr gegeben. Die Lösegeldforderung wirkte wie ein Scherz, so, als wollte sich jemand über sie lustig machen. Dennoch, es gab endlich einen konkreten Anhaltspunkt. Die Bank trieb die geforderte Million schnell auf, Köhlers Stellvertreter zuckte nicht einmal mit der Wimper, als er die Anweisung dafür gab. Da der Entführer keine Vorgaben gemacht hatte, wer das Geld überbringen sollte, machten sich Anja und Kaspar mit einer schwarzen Reisetasche voller Scheine auf den Weg. Als Übergabeort wurde eine

U-Bahn-Station in der Wiener Innenstadt genannt, die um diese Tageszeit sehr belebt war. Zwei Polizisten in Zivil stellten die Tasche ab, während Anja und Kaspar das Geschehen über die Überwachungsmonitore beobachteten. Doch nach drei Stunden wurde die Sache abgeblasen. Niemand kam, um die Tasche abzuholen. Der Entführer hatte offensichtlich kalte Füße bekommen. Die U-Bahn-Ausgänge waren natürlich von Beamten der stadteigenen Spezialeinheit WEGA gesichert gewesen, denn in dem Brief waren dazu keine Forderungen gestellt worden. Die Sache blieb mysteriös.

Als dann zwei weitere Lösegeldübergaben scheiterten, während Köhler seine Hand, seinen Fuß und seinen Unterschenkel verlor, stieg die Verwirrung nur noch. Nun wurde doch noch eine Soko gebildet, unter Anjas Leitung. Die Beamten, unter denen sich auch einige Offiziere befunden hatten, waren mit Elan an die Arbeit gegangen und hatten erste vielversprechende Fortschritte gemacht. Sie hatten sich vor allem auf die Krankenhäuser konzentriert und herausgearbeitet, welche Ärzte in Verbindung zu Köhler standen. Dabei waren sie sogar auf einen Arzt gestoßen, der wegen schwerer Körperverletzung verurteilt worden und überdies hoch verschuldet war. Sie hatten ihn zwei ganze Nächte lang in die Mangel genommen, nur um schließlich herauszufinden, dass er und Köhler sich nur vom Golfspielen kannten, die Körperverletzung ein ärztlicher Kunstfehler nach einer Zwölfstundenschicht gewesen war und

Köhler seinem Bekannten sogar bei den Anwalts- und Gerichtskosten finanziell ausgeholfen hatte. Man drehte jeden Stein um, fand aber keinen einzigen Ansatzpunkt. Die achtköpfige Soko hatte danach nur noch wütender und mit wachsender Verzweiflung Papier produziert, das immer weniger aussagte. Nach der dritten gescheiterten Lösegeldübergabe hatte es nur noch ein letztes Päckchen gegeben, das Köhlers Hoden enthielt – ein pikantes Detail, das man erfolgreich aus den Medien raushielt. Danach trafen keine weiteren Sendungen mit Körperteilen Bert Köhlers mehr ein.

Als die Ermittlungen völlig festgefahren waren, wurde Appelbaum eingeschaltet, der schließlich nach drei Jahren intensiver Ermittlungsarbeit nur noch das Offensichtliche feststellte: Sie hatten alles Menschenmögliche getan, doch der Fall war nicht lösbar. Das galt es zu akzeptieren, während man der Presse versicherte, dass man nie aufhören würde, nach Bert Köhler zu suchen. Einstellen konnte man das Verfahren nicht, bei derart schweren Verbrechen ist dies nicht möglich, aber was am Ende passierte, kam einer Einstellung ziemlich nahe. Dabei war es dann geblieben. Die Sache mit der anonym versendeten SMS war nur ein unerfreulicher Nachtrag gewesen, der nichts geändert hatte.

Anja seufzte. Was tat sie eigentlich hier? Sie wollte doch Urlaub machen.

Vychodils Worte gingen ihr durch den Kopf. *Sie waren zu sehr mit sich selbst beschäftigt.*

Sie leerte ihr Glas Wein, schenkte sich nach und wählte die Nummer ihrer Haushaltsversicherung. Zuerst gestaltete sich das Gespräch etwas schwierig, weil Anja ihre Kundennummer nicht auswendig wusste. Doch nach einigem Hin und Her fand die Dame am Telefon Anjas Kundennummer im System und riet ihr, von allen Schäden Fotos zu machen und diese mit der Schadensmeldung einzureichen.

»Ich muss also noch mal hin«, sagte Anja mehr zu sich selbst.

»Das ist doch Ihre Wohnung, oder?«, fragte die Angestellte der Versicherung. »Und ich dachte, die Balkontür ist aufgebrochen.«

Anja ging nicht weiter darauf ein, sondern bedankte sich und legte auf.

Vychodil, dachte sie. Wenn du irgendwas damit zu tun hast, bist du tot.

Da sah sie, dass sie während des Telefonats mit der Versicherung einen anderen Anruf erhalten hatte. Ihr Vater. Was er wohl wollte? Er dachte doch, dass sie in Sansibar war. Sie brachte es nicht über sich, ihm zu sagen, wo sie wirklich war, aber sie rief ihn trotzdem zurück. Er hob augenblicklich ab.

»Mädchen, wie schön, dass ich dich erreiche! Geht es dir gut?«

»Ja, alles bestens«, versicherte Anja.

»Genießt du den Urlaub? Wie spät ist es bei dir überhaupt?«

Seine Stimme hatte etwas Säuselndes, das Anja irritierte.

»Es ist sehr schön hier«, log sie. »Was willst du?«

»Ich wollte dir nur sagen, da ist was mit deiner Wohnung. Aber mach dir keine Sorgen. Ich habe alles unter Kontrolle.«

Anja bekam kalte Hände.

»Was ist mit meiner Wohnung?«, fragte sie.

»Du weißt doch, Onkel Peter. Bitte sei mir nicht böse. Ich habe ihm den Zweitschlüssel gegeben. Er hat nur einmal dort übernachtet.«

Anja schnappte nach Luft. »Du hast was? Nicht im Ernst!«

»Das hatten wir doch schon einmal so gemacht.«

»Ja, vor Jahren, als ich noch bei der Polizei war!«, gab Anja zurück, wobei sich ihre Stimme überschlug.

»Jedenfalls solltest du wissen... Peter hat irgendwas mit der Waschmaschine gemacht, und jetzt ist da Wasser ausgelaufen. Nicht viel. Es tut uns so leid. Wir machen das wieder gut.«

Anja schloss die Augen. Ihr Puls ging langsam und so schwer, dass sie ihn in den Ohren spürte.

»Anja, Mädchen, bist du noch da?«

»Ja.«

»Sei uns nicht böse, ich hätte vorher mit dir reden sollen. Aber ich habe es einfach vergessen. Mach dir keine Sorgen, wenn du zurückkommst, ist alles wieder wie neu.«

Das bezweifelte Anja allerdings. Sie schluckte ihren Zorn hinunter. »Danke fürs Bescheidsagen, Papa. Aber bitte lasst die Wohnung einfach so, wie sie ist, okay? Ich kümmere mich darum, wenn ich zurück bin.«

»Ich glaube nicht, dass das geht. Die Feuchtigkeit ...«

»Ich dachte, da ist nur wenig Wasser«, stichelte Anja.

»Ist es auch. Trotzdem, wir kriegen das irgendwie hin. Genieß du einfach deinen Urlaub.«

»Tu ich, danke. Und du, mach dir keine Gedanken, okay? Ich rufe einen Freund an, der kümmert sich darum.«

»Aber der Schlüssel ...«

»Es gibt noch einen anderen Schlüssel. Alles gut, Papa. Ich leg jetzt auf. Ich bin ja bald zurück, dann besprechen wir das. Kuss!«

Nachdem sie aufgelegt hatte, musste sie all ihre Kraft zusammennehmen, um nicht hysterisch zu lachen. Sie biss in ihre Fingerknöchel, sodass rote Abdrücke zurückblieben. Ihr chaotischer Onkel Peter, ausgerechnet. Kein Wunder, dass die Wohnung unter Wasser stand. Nie im Leben hätte sie ihm freiwillig ihre Wohnung überlassen.

Anja sah Officer Colin an, der neben ihr auf der Couch saß. »Du hättest unsere Wohnung verteidigen müssen, Colin. Von der Schusswaffe Gebrauch machen, wenn nötig.«

Sie beschloss, auf keinen Fall bei Tageslicht noch einmal dorthin zu gehen und so ihren Nachbarn zu meiden. Stattdessen wollte sie ihren Zorn abreagieren.

Sie hüpfte unter die Dusche. Als sie den Sack mit der Wäsche durchwühlte, den der Feuerwehrmann ihr aus ihrer Wohnung geholt hatte, fand sie ihre Laufhose. Der edle Ritter hatte sie eingepackt. Kluger Kerl, vielleicht sollte sie ihn doch anrufen. Sie erinnerte sich, dass in ihrem Kofferraum ein Paar Joggingschuhe liegen musste. Wenige Minuten später hatte sie unbemerkt den Ort durchquert und joggte auf einem Waldweg den Hang hoch. Der Zorn auf ihren Vater ließ nach. Sie konnte ihm nicht böse sein, es ging einfach nicht. Wenn sie an ihre Wohnung dachte, versetzte es ihr trotzdem jedes Mal einen Stich.

Der steinige, von Wurzeln durchzogene Weg war eher für einen Hindernislauf als zum Joggen geeignet, doch Anja dachte nicht daran aufzugeben. Der Tag war fast so schön wie der vorherige, und es war ungewöhnlich warm für diese Jahreszeit.

Während sie den immer steiler werdenden Hang hinauflief, musste sie an Kaspar Deutsch denken. Er wusste nichts von dem, was sie hier tat. Sollte sie mit ihm reden? Ihn nach dem Erlenweg fragen? Woher hatte der Verfassungsschutz überhaupt diese Information? Bestimmt konnte er ihr mehr darüber erzählen. Das war doch genau, was er wollte, dass sie sich die Sache genauer ansah.

Doch aus irgendeinem Grund widerstrebte es ihr, ihn anzurufen. Er glaubte ebenso wie alle anderen Menschen aus ihrem Bekanntenkreis, dass sie auf Sansibar war. Und Anja wollte, dass das so blieb. Warum, verstand sie selbst nicht so genau. Es fühlte sich nach Freiheit an. Keine Termine, keine Verpflichtungen, kein Facebook – niemand, der etwas erwartete. Wann hatte sie das zum letzten Mal erlebt? Hatte sie das überhaupt schon einmal erlebt?

Andererseits war es verrückt. Kaspar würde sie nicht unter Druck setzen, dafür war er nicht der Typ. Der Ton zwischen Anja und Kaspar war zwar manchmal rau, aber es hatte auch eine Zeit gegeben, da hatten sie einander blind vertraut. Sie waren als Team so eingespielt gewesen, dass ihre Aufklärungsrate über die Landesgrenzen hinaus Aufsehen erregt hatte, wovon sie selbst kaum Notiz genommen hatten. Zu sehr hatten sie sich auf die Arbeit konzentriert, um sich über solche Dinge Gedanken zu machen. Dabei waren sie so unterschiedlich wie Tag und Nacht: Anja, die impulsive Lebefrau, Kaspar der organisierte Familienmensch. Das hatte nie eine Rolle gespielt.

Paradoxerweise erinnerte sie sich am liebsten an die schwierigen Zeiten. Als sie es einmal im Herbst gleich mit mehreren komplizierten Fällen zu tun bekommen hatten, dem Mord an einer jungen Mutter und ihrem Kind, einem tödlichen Autounfall mit Fahrerflucht und schwerer Körperverletzung in einem Pflegeheim, ohne Zeugen oder Hinweise. Sie hatten so hart gearbeitet wie nie zuvor – Anja hatte mehrmals auf einer Yogamatte in ihrem Büro übernachtet –, und es war ihnen tatsächlich gelungen, noch vor Weihnachten die Täter in allen drei Fällen zu finden. Ihr Chef hatte ihnen praktisch befohlen, über die Weihnachtsfeiertage Urlaub zu nehmen, den ersten seit einem Jahr. Doch dann war pünktlich um 18 Uhr am Weihnachtsabend die Meldung eingegangen, dass eine Kinderleiche gefunden worden war, ein erdrosselter Junge von neun Jahren, und Anja und Kaspar hatten zusammen die Feiertage durchgearbeitet. Jemand von den Kollegen hatte ihnen etwas Gutes tun wollen und einen Weihnachtsbaum in Anjas Büro aufgestellt. Als ihr Chef Oberst Kramminger sich am späten Abend nach den Fortschritten erkundigen und seelischen Beistand leisten wollte, fand er sie beide über ihre Schreibtische gebeugt, wo sie eingeschlafen waren. Die Plastikbeutel mit den Beweisstücken hatten sie an den Tannenbaum gehängt, zwischen Christbaumkugeln und Lametta. Drei Tage später hatten sie den Fall gelöst.

Wenn Anja seither in eine Diskussion über Freundschaften zwischen Männern und Frauen verwickelt wurde und jemand feststellte, dass es so etwas in Wirklichkeit nicht gab, weil immer das sexuelle Element hineinspielte, musste Anja an Kaspar Deutsch denken. Nicht dass sie je wirklich mit ihm befreundet gewesen wäre. Sie hatten nie privat etwas miteinander unternommen. Doch sie war sich seither sicher, dass echte Freundschaften zwischen Männern und Frauen möglich waren.

Sie würde Kaspar dennoch nicht anrufen. Die Wahrheit war, dass sie nicht ermitteln wollte, nicht offiziell. Sie wollte sich nur ein wenig umsehen, das war alles. Als Privatperson.

Anja beschleunigte ihren Schritt. Vor ihr lichtete sich der Wald, und sie erreichte eine Weide, die nur noch sanft anstieg. Dort wurde sie von grellem Sonnenlicht begrüßt und mit einer atemberaubenden Fernsicht belohnt. Sie blickte auf bewaldetes Hügelland, in der Ferne ragte eine schneebedeckte Bergkette empor.

Hier oben war es deutlich kühler, ein strenger Wind blies über die Kämme hinweg. Anja hörte das Rauschen des Wasserfalls. Auf einem der umliegenden Hänge erspähte sie eine kleine Rasenfläche neben einem Auffangbecken, in dem sich das Wasser sammelte. Das sah gar nicht so unzugänglich aus. Anja beschloss, auf dem Rückweg einen Abstecher dorthin zu machen.

Eine Viertelstunde später fand Anja sich in einem Waldstück wieder, das so steil und felsig war, dass ihr mulmig zumute wurde. Vor ihr befand sich eine Abbruchkante. Schwer zu sagen, wie tief es an dieser Stelle nach unten ging. Wenn sie hier ausrutschte, war es aus und vorbei. Der Wasserfall würde warten müssen. Sie sah zu, dass sie schleunigst in sicheres Gelände zurückfand.

»Frau Grabner?«

Anja hielt im Laufen inne, drehte sich um und joggte auf der Stelle. Der Mann, der ihr nachlief, schien irgendwie aus der Zeit gefallen. Er trug alte Jeans, eine einfache Jacke und Lederschuhe mit einer dicken Sohle, die irgendwann in den Neunzigern in Mode gewesen waren. Er war Mitte fünfzig und schien lange Haare zu mögen, denn er konnte offenbar nicht darauf verzichten, auch wenn sein Haaransatz das mittlerweile nicht mehr hergab – zwischen seinen Geheimratsecken blieb nur ein dünnes Haarbüschel, das ein Eigenleben führte und in alle Richtungen abstand. Trotzdem strahlte der Mann das Selbstbewusstsein eines Menschen aus, der sich nichts aus solchen Dingen machte. Auch Geld schien ihm nicht wichtig zu sein, urteilte Anja angesichts seiner Kleidung.

Journalist, dachte Anja unwillkürlich. Sie sollte recht behalten.

»Schöner Tag, Frau Grabner, nicht wahr? Diese Sonnenstunden muss man nutzen.« Der Mann kam näher.

»Kennen wir uns?«, fragte sie zwischen zwei Atemzügen.

»Wir sind uns einmal kurz begegnet«, erklärte er freundlich. »Das war vor ein paar Jahren.«

Anja blieb stehen und atmete durch. »Journalist?«

»Gut geraten«, sagte er.

»Was wollen Sie von mir?«

Anja setzte sich wieder in Bewegung. Er begann, neben ihr mitzugehen.

»Ein wenig plaudern, wenn Sie nichts dagegen haben.«

»Das kommt darauf an, worüber«, gab Anja trocken zurück.

»Was Sie in den letzten Jahren so gemacht haben.«

Er hielt mühelos mit ihr Schritt. *Laufe ich so langsam?*, dachte Anja.

»Ich glaube, darauf habe ich keine Lust«, entgegnete sie.

»Sie müssen sich keine Sorgen machen«, beruhigte er sie. »Ich schreibe an keiner Story. Ich war nur zufällig in der Gegend.«

»Ach ja? Und da laufe ich Ihnen plötzlich über den Weg. So ein Zufall!«

Er lachte. Es hatte etwas Erfrischendes. Auf den ersten Blick hatte sie ihn anders eingeschätzt. Sie hatte ihn für ernst und verkrampft gehalten. Warum eigentlich?

»Ist gut, Sie haben ja recht«, gab er zu. »Ich habe gehört, dass Sie in Stein sind.«

Anja hob resigniert die Arme. »Das scheint ja bald die ganze Welt zu wissen. Sind Sie der Nächste, der mich aushorchen will?«

Langsam schien er doch ins Schnaufen zu kommen. »Ich verstehe, dass Sie das denken«, presste er hervor, »aber das müssen Sie nicht. Ich bin kein Journalist mehr.«

»Nein?«

»Zugegeben, ich schreibe einen Blog. Aber ich verdiene mein Geld mit anderen Dingen.«

Viel Geld scheint das nicht zu sein, dachte Anja.

»Wissen Sie was? Sie müssen gar nichts sagen. Ich erzähle Ihnen was. Wenn Sie dann immer noch nicht plaudern wollen, ist das auch in Ordnung. Okay?«

Anja antwortete nicht, und er fuhr fort.

»Ich war ein guter Journalist, denke ich. Einmal habe ich einen Skandal aufgedeckt, eine schadhafte Mülldeponie. Das Grundwasser war verseucht, viele Kinder im Umkreis der Deponie sind krank geworden. Hier in Österreich, in den Achtzigern. Das glauben Sie gar nicht. Man wollte sich das Geld für den Trinkwasseranschluss sparen. Ich habe Einzelfälle gesammelt, das Wasser analysieren lassen. Ich habe so sorgfältig recherchiert, dass sie nicht dagegen ankamen. Sie mussten zugeben, dass sie Scheiße gebaut hatten. Die Familien der Kinder erhielten eine Entschädigung. Eine echte Aufdecker-Reportage. Alle anderen Medien haben davon berichtet. Es war mein bester Artikel.«

»Klingt nach einer kurzen Karriere«, stichelte Anja.

Ihm blieb nun doch die Luft weg. Er musste anhalten und stützte sich auf seine Knie, um Atem zu holen, bevor er weiterging. Anja verlangsamte ihren Schritt, sodass er mithalten konnte.

»Ach, wissen Sie, die Erwartungen in einen selbst. Ich hatte tatsächlich Schwierigkeiten, daran anzuschließen. Das Problem bei Aufdecker-Geschichten ist doch, dass vieles gar nicht aufgedeckt werden will. Jeder Skandal hat eine Vorgeschichte, es gibt immer Leute, die davon wussten, aber es nicht der Mühe wert fanden, darüber Worte zu verlieren. Autoabgase sind schädlich? Wissen wir doch. Sexuelle Belästigung? Gab es schon immer. Man gewöhnt sich an die sonderbarsten Dinge. Deshalb sind ja Skandale so schön, wenn sie erst mal provoziert worden sind. Die Täter trifft es immer unvorbereitet, weil sie sich nicht vorstellen können, dass etwas, das so lange niemanden interessierte, plötzlich zum Gespräch wird. Es geht darum, diese Gleichgültigkeit zu durchbrechen. Mit der Grundwasser-Reportage habe ich das geschafft. Aber ich weiß heute nicht mehr, wie ich das gemacht habe.«

Anja musste grinsen. Der Mann wurde ihr zunehmend sympathisch. »Und Sie meinen, bei der Köhler-Entführung ist es das Gleiche? Niemand will wissen, was mit ihm passiert ist?«

Er dachte nach. »Das bei Köhler war etwas anderes.«

Anja warf ihm einen Blick zu. »Inwiefern?«

»Die Sache ist eingeschlafen. Was in meinen Augen ein Skandal für sich ist.«

»Und das wollten Sie aufdecken?«

Er wiegte den Kopf hin und her. »Sagen wir so: Ich hatte an einem Artikel gearbeitet, der mit Köhler zu tun hatte.«

»Und daraus wurde nichts?«

Zum ersten Mal während ihres Gesprächs war da etwas anderes in seiner Miene. Anja konnte es genau sehen. Der Mensch hinter der Maske erschien, und was sie sah, war hochinteressant: Wut.

»Die Geschichte wurde totgeschwiegen«, erklärte er.

»Warum?«

»Das ist die Frage, nicht wahr?«

»Die Sie mir jetzt gleich beantworten werden.«

Seine Freundlichkeit kam zurück. »Nein«, sagte er.

Anja war verblüfft. »Warum nicht?«

»Ich habe Ihnen nur etwas über mich erzählt, wie versprochen. Jetzt lasse ich Sie in Ruhe. Ich habe den Eindruck, dass Sie in Ruhe gelassen werden wollen. Schönen Tag noch.«

Erst als er außer Sichtweite war, fiel Anja auf, dass sie nicht einmal seinen Namen wusste, obwohl sie sich zu erinnern glaubte, dass sie ihn wirklich schon einmal irgendwo getroffen hatte. Sie wusste nur nicht mehr, wo.

Als sie unten im Ort ankam, taten ihre Knie weh, und sie spürte nun doch den Wein, den sie zuvor getrunken hatte. Kurz vor dem Gästehaus kam ihr Bürgermeister List entgegen.

»Sie sind noch hier«, stellte er lachend fest. »Ich habe Ihr Auto gesehen. Haben Sie alles, was Sie brauchen?«

»Erwarten Sie andere Gäste? Ihre Investoren?«

Er zwinkerte. »Die wohnen auswärts. Machen Sie sich keine Sorgen. Und Sie haben ja gesehen, dass wir hier nicht nur ein leer stehendes Haus haben.«

Da hatte er allerdings recht.

»Ich habe gehört, Sie haben schon ein paar Leute kennengelernt«, sagte List.

Anja atmete tief ein und stemmte die Hände in die Hüften. »Wer hat das erzählt?«

»Gertrud Dabernig. Sie war ganz begeistert von Ihnen.«

»Warum denn das?«, fragte Anja.

Er zuckte mit den Schultern. »Wie gesagt, Sie sind in Stein willkommen.«

»Es kann sein, dass ich noch ein wenig bleibe, wenn ich darf.«

»Sehr schön«, freute sich List, dann verabschiedete er sich.

Anja ging auf das Gästehaus zu. Rolf Vychodil wartete vor der Tür.

»Sie schon wieder.« Sie schnaufte durch und stützte sich am Türrahmen ab, um ihre Achillessehnen zu dehnen.

»Wie geht es Ihnen?«, fragte er.

»Ich bin müde vom Laufen, und meine Wohnung in Wien steht unter Wasser.«

Er ignorierte ihren scharfen Ton. »Haben Sie schon mit den Leuten gesprochen, die ich Ihnen aufgeschrieben habe?«

»Ja. Aber ich verstehe nicht, was das bringen soll. Ich habe nichts Wichtiges erfahren.«

»Das hat Zeit. Haben Sie nachgedacht, was Sie als Nächstes tun wollen?«

»Duschen«, gab sie zurück.

Er neigte den Kopf zur Seite. »Sie wissen, was ich meine.«

»Vergessen Sie es, Vychodil. Ich habe Urlaub. Ich werde sicher nicht diesen alten Fall wieder aufrollen. Sehen Sie es endlich ein.«

Die Enttäuschung stand ihm ins Gesicht geschrieben. »Warum sind Sie dann hier?«

Anja stieß sich von der Tür ab und drehte sich zu ihm. »Das war doch Ihre Idee.«

»Sie sind plötzlich in Stein aufgetaucht. Ich dachte, Sie sind bereit, sich mit der Sache auseinanderzusetzen. Aber ich habe mich getäuscht, Sie sind nicht bereit. Sie sind gestern aus einem anderen Grund nach Stein gefahren. Warum?«

Anja lachte gehässig. Er nickte nur, drehte sich um und ging. Da erst bemerkte sie, dass jemand etwas vor ihre Tür gelegt hatte. Es handelte sich um die Visitenkarte eines gewissen Anton Linder, Journalist. Er musste sie während ihres Gesprächs mit Rudi List hinterlassen haben.

Im Gästehaus googelte sie seinen Namen und fand einen Blog unter der Adresse *imsinn.at*, der schon länger nicht mehr aktualisiert worden war. Der Copyrightvermerk wies 2016 aus. Anton Linder hatte auf der Seite über alles Mögliche geschrieben, Filmkritiken verfasst, Kommentare zu gesellschaftlichen Problemen, solche Dinge. Was er schrieb, war weitestgehend nett und positiv, aber auch ein wenig langweilig. Erst als sie weiter zurückscrollte, wurde es interessant. Er hatte sich im letzten Jahr von Anjas Köhler-Ermittlungen für den Fall interessiert. Insbesondere hatte er einige YouTube-Videos eingebettet, die Anja noch nicht kannte. Sie öffnete eines davon.

Die Aufnahme ist mit einer schlechten Kamera gemacht, die immer wieder den Fokus verliert. Jemand steht in einer Menschenmenge und bemüht sich gar nicht erst, die Hand ruhig zu halten. Zuerst sind nur Köpfe zu sehen, dann wird das Bild hell, Transparente werden sichtbar. UNSER GELD – UNSERE ZUKUNFT steht da und: WIR WOL-LEN UNSER ZEMENTWERK ZURÜCK. Die Szene spielt nicht in Stein, sondern irgendwo in der Stadt. Die Kamera schwenkt kurz auf die glatte Glasfassade eines Bürogebäudes, in der sich die Gruppe Menschen spiegelt. Jemand schlägt eine Trommel, man sieht sie nicht, doch sie ist nicht zu überhören. Der Ton übersteuert bei jedem Schlag. Der Trommelspieler bemüht sich gar nicht erst, einen Rhythmus zu halten, er spielt, wie es ihm passt. Er hat das Recht dazu, das will er hier zeigen, wie er auch das Recht hat zu arbeiten. Vor der Menge steht ein junger Mann, der in ein Megafon brüllt und einen Sprechchor anstößt. Er versucht halbherzig, sich an die Trommelschläge zu halten: »WIR WOL-LEN UN-SER GELD ZU-RÜCK! WIR WOL-LEN UN-SER GELD ZU-RÜCK!«

Wer ganz genau hinsieht, kann neben ihm einen kleinen Mann mit schütterem Haar in einem Anzug erkennen. Er muss gerade eben aus dem Gebäude gekommen sein, über dessen Eingangstor in großen Lettern der Schriftzug WER-TEBANK prangt. Er versucht, abwechselnd mit der Menge und mit dem Megafon-Menschen zu sprechen, doch man versteht ihn nicht. Der Mann mit dem Megafon, dem die ganze Sache großen Spaß zu machen scheint, hält ihm den

Verstärker direkt ins Gesicht nach dem Motto: Ich bin lauter als du! Und du kannst nichts dagegen tun!

»WIR WOLLEN KÖHLER SEHEN!«, *schreit er nun. Der Kleine will etwas sagen, doch der Megafon-Typ übertönt ihn:* »WIR WOLLEN KÖHLER SEHEN!«

Das geht zwei-, dreimal so hin und her. Die Leute neben der Kamera zeigen mit dem Finger auf ihn und halten sich die Bäuche vor Lachen. Der Kleine wechselt zwischen Wut und Verzweiflung.

Das Bild wird unruhig. Kurz ist der Boden zu sehen, dann schwenkt die Kamera zur Seite. Blaulicht flackert, eine Reihe von Polizisten ist erkennbar. Sie haben schwere Helme auf dem Kopf und Schilde vor dem Körper, doch sie greifen nicht ein. Auch sie scheinen abzuwarten, was hier passiert.

Dann verändert sich die Geräuschkulisse. Das Lachen hört auf und geht in ein Zischen und Murmeln über. Die Kamera bewegt sich wieder schnell, jemand schaut in das Objektiv, dann wird sie hochgehalten. Eine zweite Person im Anzug ist aus dem Gebäude gekommen, sie scheint doppelt so groß und doppelt so dick zu sein wie der erste Mann. Mehrere Leute zischen: »Schhhh! Schhhh!« *Dann erstirbt das Gemurmel. Jemand sagt:* »Das ist doch Köhler.«

Bert Köhler schickt den Kleinen mit einer Geste davon. Er tut gar nichts, sondern wartet einfach. Erst als es ganz ruhig ist, beginnt er zu sprechen. Nicht laut, aber man hört ihn. »Sie haben nach mir verlangt. Was gibt es?«

Alle starren ihn verdattert an.

»Machen Sie schnell«, fordert er gereizt. »Ich habe nicht viel Zeit.«

»Das Zementwerk!«, ruft jemand. »Sie können es nicht zusperren! Was soll aus uns werden?«

»Was mit dem Zementwerk passiert, liegt nicht in meiner Hand«, erklärt Köhler kühl.

Tumult bricht aus. Beschimpfungen werden gerufen: »Lügner! Verbrecher!«

Mit einer einzigen Geste bringt Köhler die Menge zum Schweigen. »Lesen Sie die Zeitungen?«, fragt er. »Haben Sie gesehen, was eben passiert?«

Die Demonstranten sehen sich gegenseitig an. Bevor jemand antworten kann, fährt er fort: »Ganze Staaten stehen auf der Kippe! Einige Banken haben Fehler gemacht und reißen alles mit sich. Auch diejenigen, die immer sauber gearbeitet haben, kommen unter Druck. Wir tun, was wir können.«

»Lüge!«, brüllt jemand. »Sie wollen uns fallenlassen! Es geht nur noch um den Profit!«

»Wer hat das gesagt?«, ruft Köhler.

Ein paar Leute treten beiseite, eine Schneise entsteht. Köhler hat nun Blickkontakt mit dem Rufer.

»Ja, es geht um Profit!«, fährt er ihn an. »Wir sind ein Unternehmen! Das Zementwerk, von dem Sie sprechen, schreibt seit Jahren rote Zahlen. Die Lage ist schon lange angespannt, trotzdem haben wir neue Kredite genehmigt. Wissen Sie, warum? Weil wir langfristig denken! Wir glauben an den Standort in Stein.«

»Warum wollen Sie es dann schließen?«, ruft jemand anderes.

»Das wollen wir nicht«, widerspricht Köhler.

Erneut wird die Menschenmenge unruhig. Man glaubt ihm nicht.

»Wir kämpfen an vielen Fronten«, erklärt Köhler. »Das Zementwerk ist eine davon. Ob wir es retten können, kann ich nicht prophezeien. Das hängt vom Ausmaß dieser Krise ab.« Dann wird seine Stimme milder. »Aber ich kann Ihnen eines versprechen: Wir werden alles Menschenmögliche tun, um das Zementwerk zu erhalten. Alles, was wir können. Haben Sie das verstanden?«

Schweigen.

»Gut«, sagt er. »Dann bitte ich Sie, mich zu entschuldigen. Ich habe zu tun.«

Anja lehnte sich grübelnd auf dem Sofa zurück. *Leere Versprechungen,* dachte sie. Kein Wunder, dass die Leute wütend gewesen waren. Nachdenklich verließ Anja das Gästehaus und ging zum Auto.

»Nein, das passt auch nicht. Ich glaube, wir hängen es doch nach rechts.«

Es ist die nasale Stimme einer Frau. Als Anja aus dem Lift steigt, sieht sie zwei Männer in Arbeitshosen, die ein mehrere Meter breites Bild, das aussieht wie eine überdimensionale Kinderzeichnung, von einer Wandhalterung heben. Sie haben Mühe, die Leinwand an einem dunkel-

grauen Ledersofa vorbeizuhieven und dabei nicht auf den edlen Teppich zu treten, sondern auf einer ausgelegten Plastikplane zu bleiben. Beide haben ihre Schuhe ausgezogen und tapsen in Socken umher.

Anja ertappt sich dabei, dass sie selbst ihre Schuhe ausziehen will, besinnt sich aber eines Besseren. Ihr Blick fällt auf Bert Köhlers Ehefrau Cäcilia, die am anderen Ende des riesigen Wohnzimmers vor einer Glastür steht, die hinaus auf eine Terrasse führt. Jung, wallendes blondes Haar, lange Beine, die in körperengen Jeans stecken. Fast so groß wie Anja.

»Frau Köhler?« Als Anja näher kommt, erkennt sie, dass Cäcilia Köhler gar nicht so jung ist. Ihr Hals ist faltig und dünn, das Gesicht dagegen zu glatt. Anja tippt auf Botox.

»Ach, Frau Grabner«, säuselt Cäcilia Köhler und gestikuliert gekünstelt. »Kommen Sie herein. Ich muss Sie warnen, ich habe leider nicht lange Zeit. Sie sehen, die Bilder.«

»Sie sammeln?«, fragt Anja, während ihr Blick über die übrigen gerahmten modernen Gemälde an den Wänden schweift.

Cäcilia Köhler lächelt verträumt. »Das ist meine Leidenschaft. Gestern habe ich bei einer Auktion einen neuen Rebhahn erstanden, und der braucht Platz. Das ist ein schwieriger Prozess!«

»Kann ich mir vorstellen«, sagt Anja. »Was kostet so ein Rebhahn, wenn ich fragen darf?«

»Sie dürfen nicht«, entgegnet Frau Köhler keck und blinzelt mehrmals. »Das Geld ist aber gut angelegt, die Preise

steigen. Er malt ja kaum noch. Kommen Sie, gehen wir auf die Terrasse, da haben wir unsere Ruhe.«

»Was sollen wir tun?«, fragt einer der Arbeiter, die noch immer das Bild in den Händen halten und auf Anweisungen warten.

»Stellen Sie es inzwischen ab. Ich bin gleich wieder bei Ihnen.«

Die beiden ziehen Grimassen, als sie das Bild abstellen, doch Cäcilia Köhler beachtet sie gar nicht.

Draußen auf der Terrasse bietet sich ihnen ein atemberaubender Blick über die Altstadt von Wien. Blech- und Ziegeldächer, so weit das Auge reicht. Die Gebäude sind dank der strengen Bauordnung nahezu alle gleich hoch. Nur das Haus, in dem sich das Penthouse der Köhlers befindet, ist wie durch ein Wunder ein Stockwerk höher.

»Schön, nicht wahr? Sie sind nicht von hier, oder?«, fragt Cäcilia Köhler.

Anja geht nicht darauf ein. »Frau Köhler, wissen Sie, wo Ihr Mann ist?«

Frau Köhler lehnt sich mit den Ellbogen auf das Geländer und sieht auf die Stadt hinaus. »Auf Dienstreise natürlich. Das hat man Ihnen doch schon gesagt, oder?«

»Haben Sie in den letzten Tagen mit ihm telefoniert?«

Cäcilia Köhler schüttelt den Kopf. »Wir telefonieren nie miteinander, wenn Bert unterwegs ist. Ein ungeschriebenes Gesetz, an das wir uns halten.«

»Aber Sie haben seine Nummer, oder? Könnten Sie ihn anrufen?«

Sie dreht sich zu Anja um. »Warum?«
»Machen Sie sich keine Sorgen?«
»Warum sollte ich?«
Anja verschränkt die Hände und wartet.
»Ach, kommen Sie«, *fährt Cäcilia Köhler mit ihrer hohen Stimme fort.* »Bert hat so viele Feinde, er bekommt immer wieder Drohungen. Darüber mache ich mir keine Gedanken. Bert ist gut geschützt, dafür sorgt er.«
»Sie sind also sicher, dass es nicht sein Finger ist?«, *hakt Anja nach.*
Cäcilia Köhler sieht Anja staunend an, dann lacht sie herzlich. »Das ist doch Unsinn.«
»Wir müssen es ausschließen. Am einfachsten wäre es, wenn Sie Ihren Mann anrufen und überprüfen würden, ob es ihm gut geht. Dann sind Sie mich los und können weiter Ihre Bilder aufhängen.«
Cäcilia Köhler gefällt Anjas Ton überhaupt nicht. Sie hebt missmutig das Kinn. »Ich will ihn nicht anrufen. Und es ist auch nicht nötig, glauben Sie mir. Bert geht es gut.«
»Frau Köhler, wir müssen uns vergewissern, ob der Finger Ihrem Mann gehört. Es gibt noch eine andere Möglichkeit«, *erklärt Anja.* »Ich brauche Fingerabdrücke und eine Gewebeprobe von ihm.«
Frau Köhler scheint zu überlegen. »Wie soll das ablaufen?«
Anja erläutert, dass sie einen Spurensicherer schicken würde, eine Zahnbürste genüge, das Ganze dauere keine fünf Minuten.

Cäcilia Köhler seufzt. »Wenn es sein muss. Sind Sie dann zufrieden? Habe ich dann wieder meine Ruhe?«
»Versprochen.«
»Gut, dann schicken Sie Ihren Kollegen.«
Anja nickt. »Danke.«
In diesem Moment betritt jemand die Wohnung. Cäcilia Köhler dreht sich um und ruft nach drinnen. »Hallo, Kleines! Na, wie war es auf der Uni? Ich hab dir eine Pizza gekauft, ist im Kühlschrank.«
Anja sieht eine Gestalt durch den Raum huschen, eine junge Frau, die nicht auf die Worte reagiert und sie beide keines Blickes würdigt.
»Die jungen Leute«, *grinst Cäcilia Köhler und seufzt theatralisch.*
Die Tochter, *denkt Anja. Mit ihr muss sie auch sprechen. Sie wendet sich wieder Cäcilia Köhler zu.* »Nur noch eine Frage: Ihnen fällt niemand ein, der das Paket geschickt haben könnte?«
»Doch«, *sagt Cäcilia Köhler und geht zur Glastür.* »Das halbe Land. Gehen Sie auf die Straße und fragen Sie.«

Barbara Köhler lachte leise. »Der Spruch auf dem Grabstein ist tatsächlich von mir. Schon komisch.«
Sie hielt einen Säugling auf dem Arm, der gerade schlief. Anja saß mit ihr in einem gemütlichen Wohnzimmer neben einem lauwarmen Kachelofen. Barbara Köhlers Mann war inzwischen in den Garten gegangen, um Holz zu hacken.

Anja hatte nicht widerstehen können. Auf dem Weg zu ihrer Wohnung hatte sie einen Abstecher zu der Adresse gemacht, die sie auf dem Friedhof gefunden hatte. Barbara Köhler wohnte in einem Außenbezirk Wiens, das Haus lag praktisch auf Anjas Weg.

Barbara Köhler war Bert Köhlers Tochter. Bei näherer Betrachtung war es nicht überraschend, dass sie für die Erhaltung des Grabs aufkam und nicht ihre Mutter. Cäcilia Köhler hatte bald nach dem Gespräch im Penthouse einen Nervenzusammenbruch erlitten, als man ihr mitgeteilt hatte, dass der Finger tatsächlich ihrem Mann gehörte. Danach hatte Anja nur noch zwei-, dreimal mit ihr gesprochen, und auch nur in Gegenwart ihres Psychiaters und ihres Anwalts. Bei der letzten Befragung hatte Cäcilia Köhler einen solch verwirrten Eindruck gemacht, dass der Arzt das Gespräch abgebrochen hatte. Ein unabhängiger Experte hatte sie untersucht und bescheinigt, dass ihr Trauma echt war. Als sie dann auch noch ein Alibi vorweisen konnte, hatte sie in den Ermittlungen keine große Rolle mehr gespielt.

»Was ist komisch?«, wollte Anja wissen.

»Ich hatte völlig vergessen, dass das auf seinem Grabstein steht. In Wirklichkeit war ich nur so froh, als man meinen Vater endlich für tot erklärte. Ich hatte Angst, dass sich das ewig hinziehen könnte.«

Anja war irritiert. »Haben Sie ihn denn kein bisschen gerngehabt?«

Barbara Köhler seufzte. »Natürlich habe ich ihn gerngehabt. Ich war sein kleines Mädchen, er war mein Vater. Aber irgendwann war ich fertig mit ihm.«

Anja erinnerte sich. Barbara Köhler hatte die Nachricht von der Entführung ihres Vaters sehr gefasst aufgenommen. Sie hatte die Fragen der Polizei beantwortet, aber was sie über die ganze Sache dachte, hatte sie nicht durchblicken lassen. Sie war Anja sehr abgebrüht vorgekommen für eine Zwanzigjährige aus behüteten Verhältnissen.

»Wie meinen Sie das? Sie waren fertig mit ihm?«, bohrte Anja nach.

Das Baby hustete und begann zu weinen. Barbara Köhler wischte ihm den Mund ab und schaukelte es, bis es wieder einschlief.

»Es war sein Leben. Man wurde hineingezogen, ob man wollte oder nicht. Verstehen Sie mich nicht falsch, er war ein liebevoller Vater, wenn er da war. Zwei-, dreimal im Jahr war er zu hundert Prozent für mich da. Dazwischen hatte ich zu warten.«

»Das klingt hart.«

»Ja. Hart war, nicht zu verstehen, was ich falsch machte.«

Anja sah sie fragend an.

Barbara Köhler fuhr daraufhin fort: »Ich musste erst erwachsen werden, um zu akzeptieren, dass ich natürlich gar nichts falsch gemacht hatte. Er war einfach nicht da gewesen. Ich habe ihn vermisst, ich hätte hin und wieder einen Vater gebraucht.«

»Und Ihre Mutter?«

Ein verächtliches Lachen entfuhr ihr. »Vergessen Sie meine Mutter. Sie hat ihn nur wegen des Geldes geheiratet. Alles andere war ihr scheißegal, ich inbegriffen. Er dagegen liebte mich, glaube ich. Aber ich war eben nur eine winzige Variable in seiner großen Gleichung. Und das war für ihn völlig in Ordnung, so war sein Leben.«

Sie hatte aufgehört, das Kind zu schaukeln, als hätte sie es vergessen.

»Bei meinem Schulabschluss hatte er versprochen, zur Feier zu kommen. Als er kurzfristig absagte, rief ihn meine Lehrerin an und machte ihm die Hölle heiß. Wissen Sie, was er dann getan hat? Er hat seinen Stellvertreter geschickt.«

Anja wusste nicht, was sie sagen sollte.

»Kennen Sie den?«, fragte Barbara Köhler. »Walter Pechmann heißt der. Genauso charmant wie mein Vater, aber noch kälter.«

Anja nickte. »Ich verstehe, was Sie meinen. Und dann haben Sie mit ihm abgeschlossen?«

»Es war gar nicht so schwer. Ich habe mir vorgestellt, ich hätte keinen Vater, so war es leichter. Ich habe verstanden, dass es andere Menschen gibt, die mich wirklich lieben. Dann habe ich Paul kennengelernt. Wissen Sie, was er beruflich macht?« Barbara Köhler lachte. »Er arbeitet in einer Bank.«

Anja musste schmunzeln. »Warum also der Spruch?«, fragte sie. »›In ewiger Liebe.‹«

»Keine Ahnung. Ich weiß es nicht mehr. Ich glaube, Pechmann meinte, das wäre passend. Er zahlt auch für das Grab.«

»Nicht Sie?«

»Wo denken Sie hin? Wissen Sie, was so eine Gruft kostet? Pechmann will nur nicht, dass sein Name in den Friedhofsakten steht.«

»Das Erbe«, sagte Anja. »Kommen Sie da noch immer nicht ran?«

Sie erinnerte sich, dass Köhler sein nicht unbeträchtliches Vermögen in einer Stiftung geparkt hatte. Damit hatte er den sich bereits zu seinen Lebzeiten abzeichnenden Erbschaftsstreitigkeiten zwischen seiner Frau und dem Rest der Verwandtschaft den Wind aus den Segeln genommen. Seine Familie erbte also in Wirklichkeit nur den Begünstigtenstatus für die Stiftung, nicht das Geld. Und dadurch, dass Köhlers Tod nicht zweifelsfrei bestätigt werden konnte, war das Erbe sehr kompliziert geworden.

»Alles wie gehabt«, sagte Barbara Köhler. »Noch ist kein Cent geflossen. Vielleicht in zwei Jahren, sagt mein Anwalt.«

Anja nickte nachdenklich. Das Kind begann zu schreien. Barbara Köhler wiegte es erneut in den Armen.

»Ich kenne Ihre Geschichte«, sagte sie. »Die Sache lässt Sie nicht los, oder?«

Anja wollte widersprechen, doch etwas in der Miene der jungen Frau ließ sie zögern.

»Ich verstehe Sie«, meinte Barbara Köhler. »Ich kann auch nicht begreifen, wie das passieren konnte. Warum jemand so etwas tut.«

»Sie haben ja auch eines der Päckchen erhalten«, sagte Anja. »Wissen Sie, warum?«

»Das habe ich gleich von der Polizei abholen lassen«, erklärte Barbara Köhler schnell. »Ich weiß bis heute nicht, was drin war.«

»Aber Sie können es sich denken, oder?«, fragte Anja.

Barbara Köhler ignorierte die Frage. »Ich weiß nicht, warum ich es bekommen habe. Wirklich nicht.«

Sie schien auf einmal nachdenklich. Bis sie plötzlich ohne Vorwarnung in Tränen ausbrach. Sie schluchzte so heftig, dass sie nach Luft schnappte. Das Baby schrie. Anja verspürte das Bedürfnis, Barbara Köhler in den Arm zu nehmen, wagte es aber nicht. Da stürmte ihr Mann herein. Er hockte sich vor seine Frau und fragte, was los sei. Sie war unfähig zu antworten, so aufgelöst war sie. Da drehte er sich zu Anja um und forderte sie brüsk auf zu gehen.

Auf der Rückfahrt hatte Anja das Gefühl, dass es ihr den Hals zuschnürte.

Zum einen musste sie an Barbara Köhler denken, zum anderen aber auch an ihre Wohnung. Dort hatte es schlimmer ausgesehen als vermutet. Die Möbel waren von unten aufgeweicht, und es roch nach Kanal. Zum Glück war die Balkontür offen gewesen, so hatte zumindest die Luft durchziehen können. Ihr Nachbar tat ihr einen Moment lang fast leid. Wenn es bei ihm nur halb so schlimm aussah wie bei ihr, war es völlig gerechtfertigt, dass er die Nerven verlor. Eigentlich müssten sofort alle Möbel aus der Wohnung geräumt werden, dann müsste man den Boden trocknen und zwei Wochen lüften, bevor man die Wände neu strich. Wenn das nicht half, müsste der Parkettboden getauscht werden.

Anja hatte nicht vor, die Möbel aus ihrer Wohnung zu räumen. Also hatte sie den Boden gewischt, die Aktion aber vorzeitig abgebrochen. Stattdessen hatte sie mit einem Schlauch, den sie normalerweise zum Blumengießen benutzte, die Reste des Abwassers vom Parkettboden gespritzt. Das Parkett war wohl ohnehin verloren. Dann hatte sie das Wasser mit allen noch vorhandenen Handtüchern aufgewischt und sie draußen in die Mülltonnen geworfen.

Sie parkte in der Ortsmitte von Stein und merkte, wie hungrig sie war. Aus irgendeinem Grund hatte sie keine Lust auf den *Kirchenwirt*, also beschloss sie, dem kleinen Supermarkt, den sie auf der Hinfahrt gesehen hatte, einen Besuch abzustatten.

Anja betrat den Laden und schlenderte zwischen den Regalen umher, während sie sich fragte, worauf sie eigentlich Lust hatte. Sie sah Dosengulasch, Hundefutter, Marmorkuchen und andere Dinge, ohne etwas zu finden, das sie mitnehmen wollte, als sie unmittelbar hinter sich ihren Namen hörte. Sie drehte sich um und stand einer kleinen Frau gegenüber, die dünnes schwarzes Haar hatte. Ihr Gesicht glich dem einer Puppe und war durchaus hübsch.

»Endlich lernen wir uns kennen«, strahlte die Frau.

Sie hatte einen Karton voller Shampootuben auf dem Arm und räumte diese ins Regal. Anja versuchte sich zu erinnern, ob sie die Frau kennen sollte, kam aber zu keinem Ergebnis.

»Sind wir uns schon begegnet?«, fragte sie.

»Nein. Ich bin Frieda.« Sie stellte den Karton auf den Boden und streckte ihr die Hand hin. Anja ergriff sie. »Sie wohnen jetzt hier. Wie schön!«

»Oh, nein. Ich bin nur über Nacht geblieben«, erklärte Anja. »Rudi List hat mir den Schlüssel fürs Gästehaus gegeben.«

»Ja, der Rudi ist immer so nett zu allen Leuten.«

Die Frau lächelte die ganze Zeit. Ihr zuzusehen war anstrengend. Als Anja nicht reagierte, seufzte sie.

»Schade, dass er sich nicht für Frauen interessiert.«

Anja war irritiert. »Wie? Ist er schwul, oder was?«

»Nein, das nicht. Es ist ihm keine gut genug. Das würde er natürlich nie zugeben, er ist ein echter Gentleman. Aber die Frauen lässt er alle abblitzen, auch die schönsten. Sie brauchen es also gar nicht probieren.«

»Hatte ich auch nicht vor, aber danke.«

Die Frau berührte Anja sanft am Arm. »Ich will Sie nur warnen, damit Sie sich keine falschen Hoffnungen machen.«

»Schön haben Sie es hier«, sagte Anja, um das Thema zu wechseln. »Der Wasserfall ist malerisch.«

»Ja, nicht wahr?«

»Wissen Sie, ob man da irgendwie hinkommt?«

Sie verneinte entschieden. »Da ist es sehr unwegsam.«

»Gar keine Chance?«, versuchte Anja es erneut.

»Es ist zu gefährlich. Viel loses Gestein. Besser, Sie bleiben unten im Tal.« Die Frau hob den Karton wieder hoch und stellte die restlichen Tuben ins Regal.

»Aha, danke für den Tipp«, sagte Anja.

Sie kaufte zwei Dosen Gulasch und verließ das Geschäft, so schnell sie konnte.

Zurück im Gästehaus googelte sie Cäcilia Köhler, während sie das erwärmte Gulasch aß. Dabei fand sie mehrere Fernsehauftritte von ihr, ein Interview skurriler als das andere.

»Neid. Das ist es, womit mein Mann am häufigsten konfrontiert ist. Viele gönnen ihm nicht, dass er es bis ganz nach oben geschafft hat.«

»Frau Köhler, glauben Sie wirklich, dass sich das Phänomen darauf reduzieren lässt? Es gibt durchaus auch Kollegen und Finanzexperten, die einige seiner Aktionen für ethisch höchst bedenklich halten.«

»Natürlich sind die auch neidisch. Sie wissen, dass sie nie so gut sein werden wie er. Viele von ihnen hatten Freunde, die sie dahin gebracht haben, wo sie heute sind. Beziehungen. Mein Mann hatte nichts davon, er hat alles aus eigener

Kraft geschafft. Deshalb ist er auch besser als sie, kompromissloser, wenn Sie es so nennen wollen.«

»Das klingt nicht nach einem liebevollen Ehemann. Wie würden Sie Ihre Ehe mit ihm beschreiben, Frau Köhler?«

»Er ist der liebevollste Ehemann, den man sich vorstellen kann. So hart er nach außen sein kann, so sanft ist er zu Hause. Das Private ist sein Ruhepol. Er würde nie laut werden, das gibt es bei ihm nicht.«

»Das klingt nach absoluter Idylle.«

»Ist es auch.«

»Wie steht es mit den Anfeindungen, denen Ihr Mann ausgesetzt ist? Kaum jemand ist mit so vielen Drohbriefen und Beschimpfungen konfrontiert wie er.«

»Das belastet uns gar nicht.«

»Nehmen Sie das nicht ernst?«

»Nein, ehrlich gesagt nicht. Viele Leute sind nicht wirklich wütend auf ihn, sondern nur frustriert von ihrem eigenen Leben.«

»Sie fühlen sich also sicher?«

»Mein Mann hat die besten Leute eingestellt. Wir fühlen uns vollkommen sicher.«

Was für eine Familie, dachte Anja. Sie klappte ihren Laptop zu und dachte nach.

Was, wenn Bert Köhler wirklich von jemandem aus Stein entführt worden war? Wenn er wirklich hier gewesen war, in einem dieser kleinen Häuser? War das überhaupt denkbar? Für das, was ihm angetan wurde, brauchte es eigentlich die Infrastruktur eines Krankenhauses, einen voll funktionstüchtigen OP. Andererseits konnte man auf vieles verzichten, wenn man bereit war, das Leben des Patienten zu riskieren. Also doch eines dieser Häuser? Wie sollte das gehen? Hier kannte jeder jeden. Es gab streng genommen nur eine Möglichkeit.

Anja stand auf und sah sich im Gästehaus um, drückte die Klinke jeder Tür. Schnell stieß sie auf eine verschlossene.

Das musste es sein. In einem Keller konnte man jemanden verstecken, selbst in einem Dorf wie diesem, wo jeder jeden kannte. Dafür gab es genügend Beispiele.

In einer Küchenschublade fand sie ein Stück Draht und begann, das alte Türschloss zu bearbeiten. Sie hatte auf der Polizeischule einen Kurs bei einem ehemaligen Einbrecher belegt, der wichtige Tipps gegeben hatte. Später hatte sie beim Trinken mit Kollegen immer wieder an Schlössern herumgespielt. Es dauerte nicht lange, bis der Riegel zurücksprang. Hinter der Tür führte eine schmale Treppe hinab in die Dunkelheit.

Anja tastete nach einem Lichtschalter, doch es gab keinen. Wahrscheinlich unten. Vorsichtig stieg sie die Stufen hinab.

Am Fuß der Treppe wartete sie, bis sich ihre Augen an das schwache Licht gewöhnt hatten. Sie fand einen Lichtschalter, der allerdings nicht funktionierte. Doch das Licht, das durch die Tür oben einfiel, genügte, um zu erkennen, dass der Raum leer war. Es roch nach Feuchtigkeit und Gemüse, das hier vielleicht einmal gelagert worden war. Auf der anderen Seite des Raumes war noch ein Durchgang. Anja überlegte, ob sie das Haus nach einer Taschenlampe durchsuchen sollte, als es auf einmal dunkler wurde. Erst glaubte sie, es sich einzubilden, bis sie sich umdrehte und sah, wie das helle Rechteck über ihr schmaler wurde. Die Tür fiel zu.

Anja widerstand dem Drang, die Treppe hinaufzurennen, obwohl etwas in ihr danach schrie. *Du bist erwachsen, mach dich nicht verrückt.*

In aller Ruhe ging sie nach oben und drückte die Klinke hinunter. Ohne Ergebnis. Die Tür klemmte.

Die Angst kam erst nach einer halben Stunde.

Zum wiederholten Mal versuchte Anja, die Tür zu öffnen. Sie warf sich mit der Schulter dagegen. Die Tür hatte gar nicht so schwer ausgesehen, aber von der Treppe aus konnte sie nicht genug Anlauf nehmen. Immer wieder versuchte sie, mit dem Licht ihres Handydisplays zu erkennen, ob der Riegel geschlossen war. Das wäre zwar absurd, denn wie sollte sich die Tür von selbst verschließen? Doch sie wusste keine andere Erklärung, es war eigentlich nicht vorstellbar, dass eine Tür derartig klemmte. Das Stück Draht hatte sie im Vorraum auf dem Boden zurückgelassen. Telefonieren war ebenfalls unmöglich, sie hatte hier keinen Empfang.

Ich hab nicht einmal was zu trinken.

Anja schrie um Hilfe, bis sie heiser war. Nichts passierte.

Also ging sie wieder nach unten in den Kellerraum und suchte den Boden ab in der Hoffnung, etwas zu finden, mit dem sie das Schloss bearbeiten konnte. Ihr Akku war bereits halb leer, doch sie verzichtete darauf, sparsam mit ihrem Handy umzugehen. Wenn er leer war, konnte sie immer noch warten, bis irgendjemand sie befreite. Rudi List würde nach ihr sehen, bestimmt. Nur wann?

Sie ging in den Nebenraum, der so leer war wie der Hauptraum, und hielt das Handy hoch, um zu sehen, ob sie nicht doch irgendwo Empfang hatte.

Dabei entdeckte sie die Nische in der Wand, direkt unter der Decke.

Sie erkannte, dass da etwas mit einer Holzplatte abgedeckt war. Nur dank ihrer Körpergröße erreichte sie das Holz und versuchte, es mit den Fingern wegzuziehen. Einer ihrer Fingernägel brach, ohne dass sich die Platte bewegt hätte, doch als sie erneut probierte, spürte sie, dass sie das Holzbrett zumindest ein klein wenig zurückbiegen konnte. Dann gab das Brett mit einem Krachen nach, und der Raum füllte sich mit Licht. Sie suchte nach einem Gegenstand, um die Fensterscheibe einzuschlagen, entschied sich aber dagegen, weil sie fürchtete, sich an den Splittern zu verletzen. Es kostete sie eine weitere halbe Stunde, bis sie mit Holzspänen das Silikon aus den Fugen gekratzt und die Glasscheibe aus dem Rahmen herausgehoben hatte. Einen Moment überlegte sie, erneut um Hilfe zu rufen – nun würde sie bestimmt jemand hören –, doch dann zog sie sich mit aller Kraft an der Fensterbank nach oben und kletterte durch die schmale Öffnung ins Freie.

Wütend stürmte sie durch die Eingangstür zurück ins Gästehaus und zur Kellertür. Diese ließ sich mühelos öffnen.

Anja saß im *Kirchenwirt* und trank den guten Weißburgunder, den sie schon bei ihrem letzten Besuch bestellt hatte. Sie spürte, wie sie sich langsam beruhigte. Die Kellnerin hatte gefragt, ob sie auch etwas zu essen bestellen wollte, doch Anja verspürte keinen Hunger. Sie hatte nur gerade keine Lust, im Gästehaus zu sein.

Der *Kirchenwirt* war gut besucht. Franz und Joesy, der Alte und der Junge vom Stammtisch, waren wieder da, und an den Nebentischen saßen diesmal weitere junge Leute, die schon ziemlich angeheitert waren, Burschen mit Baseballkappen und Mädchen mit zu viel Schminke. Es wurde viel gelacht, wobei der Joesy der Mittelpunkt der Runde zu sein schien. Anja nahm ihr Glas und gesellte sich zu ihnen. Franz begrüßte sie.

»Was ist denn hier los?«, fragte sie.

»Joesy will Arm drücken, aber keiner will gegen ihn antreten«, lachte der Alte. »Dabei zahlt er eine Kiste Bier, wenn ihn einer besiegt.«

Anja grinste. »Das würde ich gerne sehen. Traut sich keiner?«

Alle Blicke richteten sich auf Anja. Man beäugte sie kritisch, schien aber nichts zu finden, das eine Trübung der guten Stimmung gerechtfertigt hätte. Jeder hier schien zu wissen, wer sie war. Ein hochgewachsener Bursche Anfang zwanzig mit einem Flesh Tunnel im Ohrläppchen, der so groß war, dass man durchsehen konnte, erhob sich von seinem Stuhl und baute sich vor Joesy auf. »So, jetzt bist du dran.«

Jubel brandete auf. Joesy grinste Anja an. Er schien der glücklichste Mensch der Welt zu sein.

Die anderen räumten einen Stehtisch frei, während Joesy und der Junge mit dem Ohrring die Arme auflockerten wie zwei Boxer. Die junge Kellnerin stand mit verschränkten Händen hinter der Bar und betrachtete das Schauspiel mit Skepsis.

Anja sah den Trick sofort. Der Wettkampf dauerte kaum zehn Sekunden, dann war der Herausforderer geschlagen. Joesy sprang auf und riss die Arme nach oben, wobei sein Bizeps noch größer wirkte. Er bedachte Anja erneut mit einem dümmlichen Grinsen, anscheinend in der Überzeugung, die schöne Fremde nun endlich beeindruckt zu haben.

»Schiebung«, meinte Anja nur.

Alle Blicke richteten sich auf sie. »Was?«, fragte jemand.

Anja nickte in Joesys Richtung. »So schaut kein fairer Wettkampf aus.«

»Joesy ist halt stärker«, meinte ein Mädchen.

»Glaube ich nicht«, sagte Anja. »Darf ich einmal probieren?«

Es wurde still im Raum. Joesy sah sie mit unverhohlenem Zorn an. »Ich würde dir wehtun. Und ich tu Frauen nicht weh.«

»Probier es aus«, gab sie zurück. »Mein Risiko.«

Einen Moment lang standen sie sich gegenüber. Joesy wirkte auf einmal verunsichert. Er schien zu ahnen, dass Anja etwas vorhatte, doch seine Fantasie reichte nicht aus, um sich vorzustellen, was das sein konnte. Allerdings stand nun seine Ehre auf dem Spiel, er konnte nicht zurück. Also nickte er.

Ein Raunen ging durch den Raum, die Gruppe johlte und klatschte. Jemand bestellte eine Lokalrunde. Anja und Joesy brachten sich in Position.

»Eine Kiste Bier?«, fragte Anja und nahm einen großen Schluck Wein. »Auch wenn wir mit links drücken?«

»Das gilt nicht!«, eiferte sich Joesy. »Das war nicht ausgemacht!«

»Dein linker Bizeps ist doch gleich groß wie der rechte«, bemerkte Anja.

Der Alte lachte. Joesy wusste nicht, was er von Anjas Bemerkung halten sollte. War das nun ein Kompliment gewesen?

»Okay«, sagte er.

Sie ergriffen jeweils die Hand des anderen. Anja sah, wie Joesys Ellbogen nach außen rutschte, damit er einen besseren Hebel hatte.

»Halt«, sagte sie. »Die Ellbogen in einer Linie.«
»Warum?«, fragte Joesy.
Da rutschte Anja mit ihrem Ellbogen ebenfalls nach außen. »Weil wir so nicht drücken können, siehst du?«
Joesy rückte mit dem Ellbogen nach innen. Man konnte sehen, dass das alles nicht so lief, wie er es sich vorgestellt hatte. Anja bat den Burschen mit dem Ohrring, das Kommando zu geben. Auf drei schaffte sie es, Joesys Handgelenk einen Zentimeter nach rechts zu drücken, das genügte. Unzählige verlorene Armdrückduelle mit ihren Brüdern hatten sie gelehrt, dass die erste Sekunde entscheidend war. Joesy wehrte sich, bäumte sich auf, brüllte, während sie seinen Arm Zentimeter für Zentimeter tiefer zwang. Als sein Handrücken die Tischplatte berührte, waren die Zuschauer außer sich, der Jubel war ohrenbetäubend. Man klopfte ihr auf die Schulter, während Joesy seine Hand betrachtete, als wäre sie ein Fremdkörper. Anja hielt sich zufrieden den Oberarm. Etwas zog bedenklich in ihrer Schulter. Vielleicht sollte sie sich das nächste Mal aufwärmen, wenn sie solchen Unsinn vorhatte, aber Joesys Blick entschädigte sie für die Schmerzen. Er tat ihr fast leid.

»Das war nicht fair!«, beschwerte er sich. »Links war nie ausgemacht! Das gilt nicht!«

Jemand zeigte mit dem Finger auf ihn und hielt sich den Bauch vor Lachen.

»Eine Kiste Bier«, sagte Anja. »Morgen beim Gästehaus.«

Joesy sagte nichts mehr. Er schien den Tränen nahe. Als einer seiner Freunde versehentlich Bier verschüttete und er etwas davon abbekam, war es zu viel. Er stolperte zum Ausgang, unter dem Gelächter der anderen.

Anja drängte sich durch die Leute und ging ihm nach. Joesy stand vor der Tür und weinte. Tatsächlich. Sie hätte es nicht für möglich gehalten.

»Ach komm«, sagte sie. »Hast du noch nie verloren?«

Er schüttelte den Kopf.

»Okay«, sagte sie. »Mit rechts.«

Er sah zu ihr auf, als würde er die Welt nicht mehr verstehen.

»Komm rein. Wir drücken noch mal mit rechts.«

Er wischte sich mit dem Handrücken über die Augen. »Im Ernst?«

»Kommst du jetzt? Bevor ich es mir anders überlege?« Sie lächelte ihm zu und ging wieder hinein. »Revanche«, sagte sie zu den anderen.

Joesys Freunde sahen sie an, als hätte sie plötzlich die Hautfarbe gewechselt.

Anja nickte ihnen zu. »Joesy ist mit links schwächer. Ich muss ihn auch mit rechts besiegen, sonst gilt es nicht.«

Als Joesy die Wirtsstube betrat, teilte sich die Menge. In seiner Miene lag eine Ernsthaftigkeit, die sie ihm nicht zugetraut hätte. Sie brachten sich erneut in Position, und im *Kirchenwirt* wurde es ganz ruhig. Das Gejohle war verstummt, die Spannung fast greifbar. Joesy achtete peinlich genau darauf, den Ellbogen auf Linie mit ihrem zu halten. Als das Kommando kam, war er so schnell, dass Anja keine Chance hatte. Er drückte ihren Arm so kräftig nach unten, dass sie nachgab, um sich nicht zu verletzen. Während die Menge Joesy feierte, blieb er ganz ruhig. Er bedachte Anja mit einem Blick, der Dankbarkeit zeigte, dann nahm er von dem Bier, das ihm in die Hand gedrückt wurde, einen großen Schluck.

Anja blieb noch bis in die Nacht im *Kirchenwirt*. Als er zumachte, musste sie von den anderen Gästen gestützt werden.

6

Schauen Sie, was ich gefunden habe: einen Zeitungsartikel! Die Zeitung lag unter dem Sofa, ganz hinten. Der Artikel handelt von uns, hören Sie zu: Die Umstände sind so rätselhaft wie damals.

Idioten. Sie hätten nur zahlen müssen. Es war nicht meine Schuld, dass die Übergabe nicht geklappt hat. Gut, beim ersten Mal vielleicht. Die U-Bahn war eine schlechte Idee gewesen, das war mein Fehler. Ich konnte dort nicht hingehen, zu viele Leute. Aber beim zweiten Mal? Was kann ich dafür, dass die Polizei das Päckchen nicht rechtzeitig findet?

Ob man noch an Sie denkt? Bestimmt. Die Leute vergessen nicht. Man muss sie nur ab und zu erinnern. Ich bin mir sicher, dass sie sich erinnern wollen.

Vielleicht könnten wir eine neue Lösegeldforderung stellen. Die Zeitungen würden wieder über uns schreiben. Was denken Sie? Wir dürfen nur keine Fehler machen, diesmal muss es perfekt sein. Ich habe da einen neuen Film gesehen, wo sie das Lösegeld in einen Mülleimer werfen. Todsicher, ich habe es mir genau aufgeschrieben.

Was? Warum verziehen Sie das Gesicht? Rieche ich etwa aus dem Mund, ist es das? Und wenn schon, es ist Ihre

Schuld! Ich muss Sie füttern, ich muss Sie waschen. Ich habe mir das nicht ausgesucht. Sie sollten längst weg sein. Meine kleinen Muntermacher sind mir ausgegangen, was soll ich denn tun? Nüchtern schaffe ich das nicht.

Eine neue Lösegeldübergabe, das ist es. Aber dafür müssten wir den Leuten helfen, sich zu erinnern. Wir brauchen etwas, das wir vorausschicken, zur Einstimmung.

Diesmal schaffen wir es. Es wird das letzte Mal sein, versprochen.

Freitagvormittag

Am nächsten Tag stellte Anja fest, dass man auch vom Weißburgunder im *Kirchenwirt* einen Kater haben konnte. Wenigstens konnte sie sich noch bruchstückhaft daran erinnern, wie sie nach Hause gekommen war.

Nach der üblichen Erstversorgung – Wasser, erst eine kalte, dann eine heiße Dusche, etwas zu essen gegen den Heißhunger – setzte sie sich auf das Sofa und gestand sich ein, dass sie selten mit Leuten so viel Spaß gehabt hatte wie mit den Steinern.

Gut, Armdrücken war vielleicht etwas primitiv, und sie war wohl immer noch nicht ganz nüchtern, aber das Gefühl ließ sich nicht abschütteln. Sie musste auf einmal an Vychodil denken. *Reden Sie mit den Leuten.* War es das, was Vychodil gewollt hatte?

Es war jedenfalls nicht zu leugnen, dass sie manche Dinge nun, da sie etwas Zeit in Stein verbracht hatte, mit anderen Augen sah. Die Steiner waren nicht die verbitterten Menschen, für die sie sie gehalten hatte. Es waren ganz normale Leute mit ganz normalen Problemen, die allen Grund hatten, aufgebracht zu sein, aber sich auch nach Normalität sehnten.

Das ließ den Fall Köhler, dessen herausragendes

Kennzeichen allen Experten zufolge ein geradezu übermenschlicher Hass war, noch sonderbarer erscheinen. Seit dem Mittelalter hatte es in diesen Breiten keine derart offene Unterstützung für ein so brutales, schauriges Verbrechen mehr gegeben.

Angefangen hatte es ganz harmlos. Selbst an den Wirtshaustischen hatte zuerst Betroffenheit oder zumindest mit Faszination gemischter Ekel geherrscht, bis der eine oder andere Steiner zugegeben hatte, dass er auch Genugtuung verspürte über das, was man Bert Köhler angetan hatte. Irgendjemand hatte dann einen Verein gegründet mit dem unscheinbaren Namen *Freunde Bert Köhlers*. Man hatte ein Zeltfest organisiert, um zu seinen Ehren einen zu trinken. Sogar eine Volksmusikgruppe sollte spielen. Die Nachricht hatte sich über Facebook verbreitet, was einen Besucheransturm ausgelöst hatte, mit dem die Organisatoren nicht gerechnet hatten. Die Polizei hatte die Veranstaltung schließlich beendet und dem Verein nahegelegt, sich aufzulösen. Die Meldung darüber zog im Netz einen über eine Woche andauernden Shitstorm nach sich, und es hatte nicht lange gedauert, bis die ersten offenen Unterstützungserklärungen für den Entführer auftauchten. Seither schwelte das Phänomen vor sich hin. Immer mehr Leute waren bereit, offen zuzugeben, dass sie das, was passierte, für gerecht hielten. Manche kühl und in klaren Worten, andere in wütenden Ausbrüchen.

Leute, die zum Teil immer noch aktiv waren, wie

Kaspar gesagt hatte. Vychodils Aufzeichnungen, auf die er so stolz war, bestanden aus einer umfangreichen Sammlung dieser Online-Kommentare, wie Anja beim Durchblättern herausgefunden hatte. Weil sie keine Lust hatte, in ihrem derzeitigen Zustand unter die Leute zu gehen, sah sie sich die Aufzeichnungen genauer an.

Vychodil hatte ganze Arbeit geleistet. Zwischen Fotos, ausgeschnittenen Zeitungsartikeln und diversen Stadtplänen und Landkarten mit Markierungen darauf fand sich eine unscheinbare Seite, auf der penibel etwa zwei Dutzend Nicknames gelistet waren: *derwutbürger*, *Order666*, *fußball_versteher*, *wi$$ender*, *ledahosn15*, *Sentinel* und so weiter. Der Name »Sentinel« war dick unterstrichen. Daneben standen die Namen realer Personen, einige mit einem Fragezeichen. Es folgten einige Seiten mit Screenshots von Aussagen dieser Personen. Sie hatte sich im Zuge der Ermittlungen natürlich mit diesen Posts beschäftigt, doch den Hauptteil der Analyse und Recherche dazu hatte eine junge Kollegin übernommen. Sie musste zugeben, dass sie das Ausmaß dieses Phänomens unterschätzt hatte. Je mehr dieser Posts sie las, desto übler wurde ihr.

Nicht wenige der aufgelisteten Personen stammten aus Stein. Ihre Übelkeit verwandelte sich in Wut.

fußball_versteher: Ich sag euch, es wird sich nie was ändern. Die da oben werden es sich immer richten!!!!! das gehört EIN FÜR ALLE MAL erledigt, ALLE AN DIE WAND und

fertig!!! Oder wenn einer scheiße baut einfach den finger weg. Wie beim köhler. Mal sehen ob wir dann noch bankenpleiten haben???? Traut sich halt keiner. Die politiker sind alle korrupt. Die tun doch auch nur was die da oben sagen.

Dieser Post stammte von Fritz Kaufmann. Laut seinem öffentlichen Facebook-Profil war er ein junger Mann mit sympathischem Lächeln, der sich für Motorräder, Fußball und Rockmusik interessierte und Vater eines Kleinkindes war, das er auf vielen Fotos stolz in die Kamera hielt, wenn er nicht Wange an Wange mit einer zierlichen Frau mit dunklen glatten Haaren und schwarz nachgezogenen Augenbrauen posierte. Er arbeitete seinen persönlichen Angaben nach als Elektrotechniker in Wien und fuhr einen neuen SUV. Ein glücklicher Mann, der in Stein wohnte und von der Pleite des Zementwerks scheinbar nicht betroffen war. Anja kannte ihn aus dem *Kirchenwirt*. Er war beim Armdrück-Wettkampf dabei gewesen.

Wenn Vychodil recht hatte, war er der Mann hinter dem Nickname *fußball_versteher* und einer der aktivsten Poster in der Gruppe *GerechtigkeitSiegt* gewesen. Ein Choleriker, der unter anderem die Wiedereinführung der Todesstrafe, die Internierung aller Banker in Arbeitslager sowie Straffreiheit für den Entführer Köhlers gefordert hatte beziehungsweise bemerkte, bei ihm hätte Köhler gar nicht erst so lange überlebt, weil er schon ganz am Anfang an seinen Eiern erstickt wäre. Jeden, der ihm widersprochen hatte, hatte er aufs Wüsteste beschimpft und zum Teil mit dem Tod bedroht. Anja sah, dass Vychodil die prägnantesten Zitate aus einem längeren Zeitraum zusammengesucht hatte. Der abgrundtiefe Hass, der ihr aus den Äußerungen entgegenschlug, schockierte sie. Kaufmann schien zu Köhler keinerlei Beziehung gehabt zu haben, weder beruflich noch privat. Weder hatte er im Zementwerk von Stein gearbeitet noch hatte er bei dessen Schließung Geld verloren. Er schien einer der wenigen Steiner gewesen zu sein, die in der von Köhler ausgelösten Krise mit heiler Haut davongekommen waren. Im Netz hatte er dennoch beim Thema Köhler sämtliche Hemmungen verloren.

Anja hatte solche Ausbrüche bereits am eigenen Leib erfahren.

»Anja, tu nicht so, als wäre dir das egal.«

»Es ist mir egal.«

»Du kannst das nicht auf die leichte Schulter nehmen!«

Kaspar Deutsch hält die Akte in der Hand, die ihnen ein Kollege vom Verfassungsschutz übermittelt hat. Dort sind Hasskommentare gesammelt, die gegen die Ermittlergruppe im Fall Köhler gerichtet sind. Etwa zehn Prozent der Gewaltaufrufe richten sich inzwischen nicht mehr gegen Bert Köhler und andere Banker, sondern gegen die Mitglieder der Soko, die meisten davon gegen Anja. Sie solle aufhören, nach Köhler zu suchen, das ist der Grundtenor.

»*Das ist ein gutes Zeichen*«, *sagt Anja und nimmt einen großen Schluck aus ihrer Trinkflasche.* »*Sie haben Angst, dass wir ihn finden könnten. Das heißt, wir machen Fortschritte.*«

Kaspar Deutsch wirkt verzweifelt. »*Die reden davon, dir die Kehle durchzuschneiden! Nicht einer, sondern circa hundert! Die Verfassungsschützer wissen nicht, was sie tun sollen, so viele können wir nicht festnehmen, sagen sie.*«

»*Und was sollen wir jetzt machen? Aufhören?*«

Kaspar antwortet nicht.

»*Das ist nicht dein Ernst, oder?*«, *sagt Anja.* »*Wir sind die Polizei. Sollen wir uns von irgendwelchen Verrückten unter Druck setzen lassen? Wir müssen dagegenhalten.*«

»*Ich mache mir einfach Sorgen um dich*«, *beteuert Deutsch.* »*Diese Ermittlung ist ein Albtraum, es geht nicht weiter. Du willst das nicht sehen, dabei siehst du scheiße aus. Schläfst du überhaupt noch?*«

»*Geht dich gar nichts an*«, *gibt sie zurück.*

Kaspar wedelt mit der Akte. »*Und jetzt auch noch das. Ich meine, du kannst mir nicht erzählen, dass es dir noch gut geht.*«

»*Was ist dein Vorschlag?*«, *will Anja wissen.*

Dabei weiß sie, was er sagen will. Als leitende Ermittlerin wird sie durchaus nicht von allen in der Soko so akzeptiert wie von Kaspar. Er weiß, dass Anja hartnäckiger ist als er, dass seine sprichwörtliche Belastbarkeit in Wirklichkeit eine Schwäche ist, weil er sich einfach nicht so intensiv mit den Fällen beschäftigt wie Anja, weil er nie so weit an seine Grenzen geht. Manche wünschen sich hinter vorgehaltener Hand einen Mann als Chef, jemanden mit mehr Erfahrung. Es wäre so einfach, jetzt auszusteigen.

Kaspar zögert, es auszusprechen. »Du könntest die Leitung der Ermittlungen abgeben. Ich habe mit dem Chef gesprochen, es wäre kein Problem.«

»Und wer soll sie übernehmen? Du etwa?«, fährt Anja ihn an.

Deutsch senkt den Blick.

»Du Arschloch«, sagt Anja.

»Du weißt, dass sie uns die Mittel kürzen wollen. Sobald die Sache abgekühlt ist, werden sie die Ermittlungen zurückfahren. Die Soko wird aufgelöst. Glaubst du, ich bin scharf auf diese Position? Tu dir selber den Gefallen, denk darüber nach.«

Anja verschränkt die Arme. »Keine Chance.«

»Kann ich Ihnen helfen?«, fragte Kaufmann, als er die Tür öffnete.

»Hallo, ich bin Anja Grabner«, stellte sie sich vor. »Ich wohne im Gästehaus.«

Kaufmann lächelte. »Ich kann mich schon erinnern.«

»Störe ich gerade?«

»Ich bin am Kochen. Wir haben Gäste. Ist es dringend?«

Anja dachte an die Zeilen, die sie eben gelesen hatte. Dann lächelte sie betont. »Ich wollte mit Ihnen über alte Zeiten plaudern. *GerechtigkeitSiegt*. Es war toll, was

Sie geschrieben haben. Sie hatten so recht! Niemand sonst hat das verstanden, am wenigsten die korrupten Politiker.«

Kaufmann erstarrte. Er sah aus, als hätte man ihm gerade den Boden unter den Füßen weggezogen. »Was wollen Sie?«, flüsterte er.

Anja wurde ernst. »Reden.«

»Jetzt?«

Anja spähte an ihm vorbei ins Haus. »Wissen Ihre Gäste denn nichts davon? Vielleicht interessiert sie das ja.«

»Scheren Sie sich zum Teufel«, murmelte Kaufmann.

»Was sonst?«, entgegnete Anja freundlich. »Stecken Sie mich in ein Arbeitslager? Oder stellen mich an die Wand?«

Kaufmann schlug ihr die Tür vor der Nase zu.

Aus irgendeinem Grund fühlte Anja sich richtig gut, als sie zurück zum Gästehaus schlenderte.

»Warten Sie, Frau Grabner!«

Anja drehte sich nicht um, als sie Fritz Kaufmanns Stimme hinter sich hörte, blieb aber stehen. Außer Atem kam er zu ihr.

»Jetzt warten Sie schon. Ich habe das nicht so gemeint.«

»Was? Das mit den Arbeitslagern? Oder das An-die-Wand-Stellen?«

Er sah sich verzweifelt um. »Bitte seien Sie still. Wir können ja reden. Aber nicht hier draußen.«

Wenige Minuten später saßen sie in einer Ecke des *Kirchenwirt*. Anja trank ein Glas Mineralwasser, Kaufmann kippte gerade den zweiten Schnaps hinunter. Er sah ganz und gar normal aus, fand Anja, mit seiner Kurzhaarfrisur, seinem gemusterten Hemd und den weichen Gesichtszügen. Ein Mensch, zu dem Lachen besser passte als diese Wehleidigkeit, die er nun zur Schau stellte.

»Bitte, Sie dürfen mich nicht bloßstellen«, jammerte er. »Ich habe Familie.«

»Niemand weiß etwas von Ihren Posts?«, fragte Anja.

Er schüttelte den Kopf.

»Ich habe gelesen, was Sie geschrieben haben«, sagte sie. »Warum haben Sie das getan?«

»Woher wissen Sie das überhaupt?«

»Das geht Sie überhaupt nichts an«, fuhr Anja ihn an.

Er verzog das Gesicht, als hätte er Schmerzen.

»Warum?«, fragte Anja.

»Das war doch nicht ernst gemeint. So bin ich nicht.«

»Ich habe schwarz auf weiß gesehen, wie Sie sind.«

»Ich dachte nicht, dass es jemand herausfindet«, bekannte er. »Es ging mir nicht so gut damals. Ich war wütend, hab mich abreagiert. Ist das so schlimm?«

Anja strafte ihn mit Schweigen.

»Ich habe niemandem etwas getan«, fügte er trotzig hinzu.

»Tatbestand der Verhetzung«, zitierte Anja den Begriff, der ihr aus der Zeit der Ermittlungen noch gut im

Gedächtnis war. »Mit bis zu zehn Jahren Freiheitsstrafe zu ahnden.«

Er schüttelte wieder den Kopf. Sein Zorn war verflogen, er war nur noch ein Häufchen Elend. »Ich verstehe nicht, was Sie von mir wollen. Warum gerade jetzt? Das ist lange her.«

Anja ließ ihn zappeln.

»Was werden Sie tun?«, fragte er.

Anja stand auf. »Nichts. Ich bin nicht wegen Ihnen hier.« Aus einer Laune heraus fügte sie hinzu: »Allerdings könnten Sie mir helfen. Sagt Ihnen diese Adresse was?«

Sie entsperrte ihr Handy und zeigte ihm die Notiz, die sie sich gemacht hatte. Er schüttelte den Kopf.

»Merken Sie sich die. Und finden Sie heraus, ob da irgendwas Interessantes ist. Und kein Wort zu irgendwem, klar?«

Er sah sie flehend an. »Wenn es sein muss ...«

Anja zuckte mit den Schultern und ging.

»Frau Grabner, bitte nur einen Moment. Darf ich reinkommen?«

Anja hatte sich gerade umgezogen, um joggen zu gehen. Sie war aufgewühlt und musste sich abreagieren. Die junge Frau vor der Tür des Gästehauses konnte sie nicht gleich zuordnen.

»Mein Mann hat mir alles erzählt.«

Da erst verstand Anja, dass sie Fritz Kaufmanns Ehefrau war. Sie bat sie herein, und sie setzten sich an den Esstisch.

»Sie wissen, was er geschrieben hat? Er hat es Ihnen gesagt, eben erst?«, fragte Anja.

Frau Kaufmann starrte die Tischplatte an.

»Da, hören Sie zu: ›*Das Establishment weiß doch genau wo Köhler ist*‹ – die Satzzeichen erspare ich Ihnen. ›*Die Medien tischen uns LÜGEN auf, damit wir die Wahrheit nie erfahren. Man kann auf den ersten Blick sehen, dass da nichts zusammenpasst. Köhler wurde Opfer einer Verschwörung der Bankenwelt und nun nimmt man Rache an ihm. Wahrscheinlich wollte er nicht mehr mitspielen. DAS SYSTEM KENNT KEINE GNADE.*‹ Der letzte Satz in Blockbuchstaben. ›*Es muss auf jeden Fall erhalten werden, die gehen über Leichen. Da handelt es sich um eine WARNUNG, das ist doch sonnenklar. Alles soll so weiterlaufen wie bisher.*‹ Von den Rechtschreibfehlern will ich nicht sprechen.«

Frau Kaufmanns Augen waren glasig.

»Und«, bohrte Anja nach, »was denken Sie darüber?«

Sie presste die Lippen aufeinander, wobei sich auf ihren Wangen Grübchen bildeten. »Ich wusste, dass er damals eine harte Zeit durchmachte. Aber ich wusste nicht … Ich bin froh, dass er es mir erzählt hat.«

»Sie sind ihm nicht böse deswegen?«

Sie schüttelte den Kopf. »Das war wegen seiner alten Firma, dort wurde er gemobbt.«

»Aber mit Köhler hatte das doch gar nichts zu tun, oder?«

Frau Kaufmann verneinte leise.

»Warum dann diese abscheulichen Sachen?«

»Er hatte so einen Hass auf die da oben, die sich alles richten. Er hat sich halt abreagiert, ich verstehe das.«

»Dass er alle Banker an die Wand stellen wollte?«

Nun kullerten Tränen über Frau Kaufmanns Wangen. »So ist mein Mann nicht, das schwöre ich! Er ist ein guter Vater, wir sind so glücklich.«

»Kein Zorn mehr? Auch keine Gewalttätigkeiten? Gegen Sie vielleicht?«

Sie schüttelte heftig den Kopf. Anja wusste nicht, was sie davon halten sollte.

»Es geht ihm ganz schlecht«, beteuerte Frau Kaufmann. »Er hat solche Angst, dass Sie es jemandem erzählen.«

»Darüber denke ich nach«, erwiderte Anja trocken.

»Ich bitte Sie, warum? Wollen Sie unsere Familie zerstören? Er hat Angst, dass er seinen Job verliert deswegen. So etwas ist ein Kündigungsgrund, sagt er.«

Anja musterte Frau Kaufmann nachdenklich. »Für Sie hat das also wirklich keine Bedeutung? Dass Sie mit jemandem zusammenleben, der so etwas geschrieben hat?«

»Die Leute schreiben so viele Sachen. Er kann sehr emotional sein.«

»Und das lieben Sie an ihm, oder?«

Sie nickte unter Tränen. »Bitte, sagen Sie mir, dass Sie es niemandem erzählen«, flehte sie. »Versprechen Sie es mir!«

Anja seufzte. Sie gab ihr das Versprechen. Und sie musste zugeben, dass sie beeindruckt war. Dass er es ihr sofort erzählt hatte.

Liebe. Selbst die größte Dummheit war machtlos dagegen.

Sie sollte sich auch einmal wieder darauf einlassen. Irgendwann.

Als Frau Kaufmann gegangen war und Anja vor die Tür trat, stolperte sie beinahe über die vor dem Haus abgestellte Bierkiste. Sie sah den kleinen Blumenstrauß, der darauf lag, und musste sich ein Lachen verkneifen. Den Blumenstrauß legte sie schnell in den Flur, bevor ihn noch jemand sah, dann lief sie los.

Schon die ersten Schritte durch den Ort fand sie mühsam. Ihre Beine waren wie aus Blei. Sie musste aufhören, so viel zu trinken. Ihr Körper vertrug Alkohol generell ziemlich gut, abgesehen von diesen lästigen Filmrissen, deshalb dachte sie nur selten über ihren Alkoholkonsum nach. Aber nun, da sie sich an die letzten Tage erinnerte, musste sie feststellen, dass sie über die Stränge geschlagen hatte. So konnte es nicht weitergehen, so kannte sie sich nicht. Das war nicht mehr sie.

Aus Zorn über diesen Kontrollverlust weigerte Anja sich, ihr Tempo zu verlangsamen, obwohl ihr Körper danach schrie. Ihr Herz raste, und ihre Kehle brannte, doch sie kämpfte sich weiter den Hang hinauf. Sie hatte sich vorgenommen, den Weg zum Wasserfall zu finden. Die Straße führte an der Kirche vorbei, und zum ersten

Mal hatte sie Gelegenheit, einen genaueren Blick darauf zu werfen. Das Gebäude war gut in Schuss, schien vor Kurzem renoviert worden zu sein. Vor dem Haupteingang parkte ein Lkw, Arbeiter luden große Kartons aus. Anja versuchte zu erkennen, worum es sich handelte, doch die Kartons wurden ungeöffnet durch das Portal getragen. Sie nahm sich vor, die Kirche später genauer unter die Lupe zu nehmen.

Die Straße wurde steiler und enger. Das schien der älteste Teil von Stein zu sein. Sie fühlte sich an ein italienisches Bergdorf erinnert. Dann endete die Straße an einem winzigen Parkplatz, der gerade mal Raum für zwei Fahrzeuge bot. Sie konnte das Wasser rauschen hören. Von dem Parkplatz aus führte ein ausgetretener Pfad zwischen Büschen hindurch in den Wald. Anja überquerte einen Hang. Das Rauschen wurde lauter. Plötzlich spürte sie einen warmen Luftzug. Sie entdeckte einen mit Moos bewachsenen Betonquader auf der Hangseite, dann ein Metallgitter. Nun verlangsamte sie ihr Tempo doch und sah sich um. Es handelte sich um einen Stollen, der in den Berg hineinführte. An diesem kalten Tag war ihr die Luft aus dem Stollen warm erschienen.

Anja überlegte, womit sie es hier zu tun hatte. Es war anscheinend keine natürliche Höhle. Zuerst dachte sie an Bergbau, doch der Beton machte sie stutzig. Er ließ sie an ein Kriegsrelikt denken. Aber hier in der Abgeschiedenheit?

Sie folgte dem Weg weiter und näherte sich dem Rauschen, das nun ganz nah zu sein schien. Als sie plötzlich vor einem großen Rohr stand, das aus dem Hang ragte, war sie enttäuscht. Der Bach schien weiter oben gefasst zu werden und wurde durch das Rohr geleitet. Sie blickte hinauf, sah aber nichts als steiles, felsiges Gelände. Ihre Muskeln brannten. Hier hatte sie eine Pause einlegen wollen, doch die Enttäuschung ließ sie ihren Weg fortsetzen.

Das Gelände wurde plötzlich wieder flacher, und weitere Betonelemente tauchten auf. Es waren die Überreste von Gebäuden, die man später offenbar gesprengt hatte. Dahinter entdeckte sie einen Tunnel, dann noch einen. Ihre Neugier siegte.

Anja blieb stehen, um einen Augenblick durchzuatmen, dann inspizierte sie die Tunnel. Einer der beiden war mit einem Gitter verschlossen, der andere war offen. In seinem Inneren stieß sie auf einen Haufen aus Schutt und Erde, der fast bis an die Decke reichte und nur einen kleinen Durchschlupf frei ließ. Sie überlegte umzudrehen, doch dann sah sie, dass ein Trampelpfad den Schutthaufen hinaufführte. Sie bereute, ihr Handy nicht dabeizuhaben, sie hätte gern die Lampe benutzt. Aber es würde auch so gehen.

Anja erkannte, dass die Öffnung größer war, als sie zuerst geglaubt hatte. Sie musste sich ducken, passte aber problemlos hindurch. Auf der anderen Seite war es vollkommen dunkel, nur der Lichtschein aus dem Loch gestattete ihr, ein paar Konturen zu erkennen. Nach einer Minute begannen ihre Augen, sich an die Dunkelheit zu gewöhnen, und sie folgte dem Tunnel, der eben war und tiefer in den Berg führte. Sie war überzeugt, dass er bald enden würde, so weit wollte sie noch gehen. Sie nahm sich vor umzukehren, falls sie auf eine Abzweigung stoßen sollte.

Als sie tatsächlich auf eine Abzweigung stieß, wurde sie stutzig: Ein Gang führte im rechten Winkel vom Hauptgang weg – nach oben. Anja konnte nun kaum noch etwas sehen. Sie beschloss dennoch, von ihrem Vorsatz abzuweichen, und folgte dem Seitengang. Eine Geröllhalde stieg steil an.

Ziemlich dumm, was du da tust, dachte Anja. Aber sie konnte nicht umdrehen, sie war neugierig herauszufinden, wo der Gang hinführte.

Nach etwa zwanzig Metern Geröll, das sie nur noch ertasten konnte, wurde der Boden wieder fest und eben. Und dann sah sie einen Lichtschimmer.

Der Ort, an den Anja gelangte, hatte etwas Magisches, trotz der herumliegenden Bierdosen. Sie befand sich auf einem Plateau von vielleicht zwanzig mal zwanzig Metern, das vom Tal aus nicht einsehbar war. Von hier war das Rauschen gekommen: Es war kein Wasserfall im strengen Sinn, das Wasser strömte vielleicht zwanzig Meter eine Felswand hinab und sammelte sich in einem kleinen Becken, bevor es durch ein Rohr im Berg verschwand, doch Anja fühlte sich entschädigt.

Auch dieses Plateau schien nicht natürlich zu sein. Sie entdeckte Spuren betonierter Bodenplatten im hohen Gras.

Anja hätte sich gerne ins Gras gelegt und eine Weile gerastet, doch dafür war es zu kalt. Sie nahm sich vor, so bald wie möglich noch einmal herzukommen. Als sie sich umsah, entdeckte sie einen Weg, der nach unten führte. Sie war froh, nicht durch den Stollen zurückklettern zu müssen. Als sie das Plateau verließ, fiel ihr Blick auf ein benutztes Kondom, das neben anderem Müll im Gras lag, und sie musste schmunzeln.

Der Weg führte wieder durch dichten Wald und war in erstaunlich gutem Zustand. Es ging leicht bergab, und Anjas Körper bedankte sich für die Erleichterung mit einem Energieschub. Sie verstand, dass sie nun das Tal quasi umrundete und irgendwann auf jenen Weg stoßen würde, den sie das letzte Mal genommen hatte.

Anja erreichte eine asphaltierte Straße, die ersten Häuser tauchten auf. Es handelte sich nicht um spitzgiebelige Einfamilienhäuser wie im Ortskern, sondern um neuere Gebäude. Unauffällig, aber sichtbar teurer. Ein flacher weißer Designerbau inmitten eines verwilderten Gartens kam in Sicht. Anja versuchte, einen Blick durch eines der Fenster zu erhaschen, während sie vorbeilief. Sie folgte der Straße nach unten, kam an einigen hohen Hecken vorbei, als sie beinahe ein entgegenkommendes Auto übersah, eine riesige graue Limousine mit breitem verchromtem Kühlergrill und getönten Scheiben. Der Koloss rollte so leise, dass sie ihn nicht hatte kommen hören. Anja versuchte zu erkennen, wer darin saß, doch die Scheiben waren einfach zu dunkel.

Als sie schließlich das Gästehaus erreichte, fühlte sie sich völlig erschöpft. Heute kein Alkohol mehr und morgen kein Sport, nahm sie sich vor.

In der Kirche roch es nach kaltem Weihrauch und nach abgestandenem Weihwasser. Statuen mit pathetisch verzerrten Gesichtern blickten auf Anja herab, und die Altarbilder der Seitenaltäre waren so nachgedunkelt, dass man nichts mehr darauf erkennen konnte. Es handelte sich um eine ganz gewöhnliche barocke Dorfkirche, soweit sie das beurteilen konnte.

strafe.gottes war in der Zeit der heißen Phase der Köhler-Ermittlung eine der beliebtesten Facebook-Gruppen gewesen. Die Kirche hatte sich bedeckt gehalten, was den Fall Bert Köhler anging. Man hatte keinen Grund gesehen, sich von der Diskussion im Netz zu distanzieren.

Anja hielt nach den Kartons Ausschau, die zuvor in die Kirche getragen worden waren, doch sie konnte sie nirgends entdecken. Als sie schon aufgeben wollte, richtete sie den Blick nach oben und sah, dass auf dem Chor ein Gerüst stand. Eine neue Orgel wurde eingebaut, die Arbeiter schienen für heute schon fertig zu sein. Eine Seite war bereits mit glänzenden Metallpfeifen ausgestattet, auf der anderen Seite fehlte noch die Hälfte der Orgelpfeifen.

Als Anja nach dem Aufgang zum Chor Ausschau hielt, entdeckte sie eine brennende Kerze in einer Wandnische. Sie stand auf einem Podest, in das in goldenen Lettern *Mea maxima culpa* eingraviert war. *Durch meine größte Schuld.* Sie war lange nicht mehr in die Kirche gegangen, aber was das hieß, wusste sie. Der Sockel war zentimeterdick mit geronnenem, unterschiedlich farbigem Wachs überzogen.

Anja hörte Schritte hinter sich.

»Ich habe schon viel von Ihnen gehört«, sagte ein mittelgroßer Mann mit schwarzem Hemd und dunklem Kraushaar. »Aber begegnet sind wir uns noch nicht, oder?«

»Ziemlich sicher nicht«, gab Anja zurück.

»Anton Blaha, ich bin der Pfarrer. Was führt Sie in meine Kirche, wenn ich fragen darf? Sind Sie gekommen, um zu beten?«

Anja war nicht sicher, ob er es ironisch meinte oder ob es sein voller Ernst war. »Beten ist nicht so meine Sache«, erklärte sie. »Ich finde mich bei Joggen und Yoga.«

»Beten wäre viel einfacher«, antwortete Anton Blaha und zwinkerte.

»Für mich nicht. Ich habe dabei immer diese philosophischen Fragen im Hinterkopf, ob Gott einen Stein erschaffen kann, den er nicht heben kann, und solche Dinge. Das finde ich total anstrengend.«

Der Pfarrer ließ sich nicht aus der Ruhe bringen. »Warum sind Sie dann hier?«

»Ich weiß auch nicht. Neugier. Schöne Orgel, die Sie da bekommen.«

Seine Augen leuchteten auf. »Darüber sind wir sehr glücklich! Die alte war rein pneumatisch, die hat überhaupt nicht mehr funktioniert. In den letzten Jahren mussten wir dann auf ein Keyboard zurückgreifen. Dabei kommt keine besinnliche Stimmung auf.«

»Sicher sehr teuer«, meinte Anja.

»Das muss uns der Glaube wert sein«, sagte Anton Blaha bestimmt.

»Was hat es eigentlich mit der Kerze auf sich?«

»Die?«, fragte er und deutete auf die Nische. »Das ist ein Brauch bei uns im Ort. Nach der Beichte zünden viele von uns eine Kerze an.«

»Es gibt wohl viel zu beichten hier in Stein«, stichelte Anja.

»Alle haben Dinge zu beichten. Die Leute beichten zu wenig. Sie mögen es nicht, sich schuldig zu fühlen, dabei wird die Schuld ja von ihnen genommen.«

Anja verschränkte die Arme. »Oder es fehlt ihnen an Glauben. Dass man seine Sünden so leicht loswird. Ist das dann eigentlich auch eine Sünde, wenn man so wenig Glauben hat? Kann man die auch beichten? Wieder eine philosophische Frage, davon wird einem ganz schwindlig.«

Der Priester musterte sie. »Eine Menge Sarkasmus.

Sie haben kein gutes Verhältnis zur Kirche, habe ich recht?«

»Nicht unbedingt«, gab sie zu. »Ich bin mir auch nicht sicher, ob man Sünden vergeben sollte. Ist das nicht eine Einladung, immer neue zu begehen?«

Blaha wirkte zunehmend gereizt. »Ich weiß, dass Sie Polizistin waren. Sie glauben natürlich an eine Gerechtigkeit in dieser Welt. Aber wahre Gerechtigkeit gibt es nur bei Gott.«

»Die Gesetze des Staates gelten also für Gläubige eigentlich nicht. Wollen Sie das damit sagen?«

»Natürlich nicht. Ich muss jetzt in den Beichtstuhl, bald werden die ersten Leute kommen. Vielleicht sehe ich Sie ja einmal in der Messe.«

Anja schüttelte den Kopf. »Das glaube ich weniger.«

Beim Hinausgehen hielt sie Ausschau nach einer Spendenbox für die neue Orgel, doch sie konnte keine entdecken. Die Finanzierung dieser kostspieligen Anschaffung schien keine Probleme zu bereiten.

Auf dem Rückweg ins Gästehaus musste sie wieder an den Journalisten Linder denken. Insgeheim hatte sie gehofft, dass er ihr noch einmal auflauerte. Sie würde ihn wohl anrufen müssen.

Eine Stunde später saß Anja in einem Café in Wien und wartete auf Linder, der sich verspätete. Sie fühlte sich unwohl, kam sich vor, als säße sie auf dem Präsentierteller. Ein am Fenster vorbeigehender Mann hatte ihr zugenickt. Sie überlegte, woher er ihr bekannt vorkam, bis sie feststellte, dass es sich um einen stadtbekannten Politiker handelte. Er grüßte wohl aus Gewohnheit alle, die ihn länger ansahen.

Sie ärgerte sich über sich selbst, dass sie um dieses Treffen gebeten hatte. Normalerweise ging sie mit Journalisten anders um. Bei der Polizei war sie geradezu gefürchtet gewesen für ihre knappen, schnippischen Bemerkungen, aus denen sich beim besten Willen keine großen Schlagzeilen formulieren ließen. Aber dieser Typ hatte sie weich werden lassen. Sie war einfach zu neugierig zu erfahren, was er zu sagen hatte. Vermutlich war es gar nichts. Dennoch, sie wollte sichergehen.

Als Linder zwanzig Minuten zu spät auftauchte, dachte er gar nicht daran, sich zu entschuldigen, sondern nickte ihr nur zu und setzte sich ihr gegenüber.

»Sie haben gewusst, dass ich mich melde«, stellte Anja fest.

Er lächelte verständnisvoll und etwas stolz, während er seinen Schal ablegte.

»Jetzt sagen Sie schon«, begann Anja. »Wer hat Ihre Aufdecker-Geschichte torpediert? Und warum?«

Linder sah sie an. »Ich erzähle Ihnen das gerne. Aber vorher würde ich Sie gern etwas fragen, wenn es Ihnen nichts ausmacht.«

Anja zögerte. Er hatte sie übers Ohr gehauen. Wie war das möglich? Sie sollte sofort aufstehen und gehen.

»Jetzt kommen Sie schon«, sagte er. »Ich beiße nicht.

Ich bin nur neugierig. Was verschlägt Sie nach Stein? Sie müssen es nicht erzählen. Aber es wäre fair, finden Sie nicht auch?«

»Sie haben mich nicht etwa verfolgt?«, fragte Anja und fixierte ihn. »Im Steinbruch? Erinnern Sie sich?«

Er schien ehrlich erstaunt. Das passte nicht zu seinem sonstigen Auftreten. Sie glaubte nicht, dass er es gewesen war, der sie verfolgt hatte. Doch wer dann?

»Egal«, sagte Anja. Dann erzählte sie ihm von ihrem geplanten Urlaub, den sie verpasst hatte. Währenddessen kam ein griesgrämig dreinblickender Kellner an den Tisch, und sie bestellten Kaffee.

»Warum?«, fragte Linder.

Sie zuckte mit den Schultern. »Ich war zerstreut.«

Er grinste. Er wusste, dass da mehr war.

»Na gut«, gab sie zu, »ich wurde aufgehalten ...«

Linder wartete.

»Von Kaspar Deutsch.«

Er lehnte sich zufrieden zurück. »Na sehen Sie, war doch gar nicht so schwer. Er hat etwas Neues entdeckt, nicht wahr? Etwas, das den Fall weiterbringt?«

Anja seufzte tief.

»Was?«, fragte er. »Ich habe doch recht?«

»Er glaubt, da ist was«, sagte sie schnell, »aber es ist eine Sackgasse, wie alles andere.«

Linder lehnte sich leicht vor. »Warum sind Sie dann in Stein, wenn es eine Sackgasse ist?«

»Weil ich mich gut mit den Leuten verstehe.«

Er lachte schallend. Ein paar Leute vom Nebentisch drehten sich zu ihm um.

»Sie verstehen sich gut mit den Leuten«, wiederholte Linder. »Das ist doch schön!«

»Was haben Sie?«, fauchte sie. »Ich kann Urlaub machen, wo ich will! Und die Steiner sind wirklich nett.«

Er beruhigte sich. »Gut, Sie wollen es nicht erzählen. Das respektiere ich. Ich glaube, ich habe genug gehört.«

»Genug wofür?«

»Ich wollte wissen, warum Sie in Stein sind und wie es Ihnen geht. Jetzt bin außerdem ich dran. Ich hatte Ihnen versprochen zu erzählen, was ich weiß.« Er lächelte geheimnisvoll.

Anja ging diese Dramatik zunehmend auf die Nerven. »Jetzt spucken Sie es schon aus.«

»Ich weiß zum Beispiel, dass es Leute gab, die überhaupt kein Interesse an den Ermittlungen hatten. Die wollten, dass das einschläft.«

»Vielleicht wollte ich das auch«, entgegnete Anja.

»Ja, genau!«, lachte Linder. »Das können Sie Ihrer Großmutter erzählen.«

»Meine Großmutter ist tot.«

»Sie hören nicht zu, oder?«, sagte er gereizt. »Jemand hat die Ermittlungen *absichtlich* verschleppt.«

»Warum sollte jemand das tun?«

Er hob den Zeigefinger wie ein Oberlehrer. »Ja, das ist die Frage, nicht wahr?«

Anja gähnte betont.

Linder blieb hartnäckig. »Wollen Sie gar nicht wissen, wer?«

»Wer?«, fragte sie beiläufig.

»Jemand in einer hohen Position bei der Polizei.«

Anja schnitt eine Grimasse. »Kommen Sie, das ist doch lächerlich. Wir haben uns den Arsch aufgerissen, irgendwann ging es nicht mehr. Man kann das nicht erzwingen.«

»Ich spreche nicht von Ihnen oder von Ihrem Kollegen Deutsch.«

»Exkollegen.«

»Wie auch immer. Es war jemand weiter oben.«

Anja stand auf. »Danke für den Kaffee!«, sagte sie. »Sie laden mich doch ein, oder?« Sie lächelte halbherzig, dann wandte sie sich ab, ohne auf seine Antwort zu warten.

Das Video zeigt eine Gartenparty. Menschen in Abendkleidung flanieren über den Rasen, Fackeln beleuchten das Gelände. Rund um das Buffet sind große Feuerschalen aufgestellt, neben denen jeweils zwei Männer wie aus einer anderen Zeit stehen, kostümiert mit historischen Uniformen, die an Hotelpagen oder englische Palastwachen erinnern. Die Gelöstheit der Gäste steht in Kontrast zu ihrer strammen statuenhaften Haltung. Auf einer kreisförmigen Bühne spielt eine Band Cool Jazz. Alles strahlt nobles Understatement aus.

Die Kamera fängt das Treiben einige Minuten lang still

ein, dann bewegt sie sich durch die Menge. Menschen drehen sich zu ihr um, ihre Mienen versteinern, Frauen in Abendkleidern wenden sich ihren Männern zu und flüstern ihnen etwas ins Ohr.

Der Rücken eines großgewachsenen Mannes kommt ins Bild. Er scheint zu spüren, dass ihn jemand ansieht, ihn aufnimmt. Seine Schultern ziehen sich zusammen, dann blickt er sich um. »Was wollen Sie hier?«

»Herr Köhler, nur ein kurzes Statement«, sagt der Mann hinter der Kamera. Die Stimme gehört Linder. »Was sagen Sie zur Lage Ihrer Bank? Es scheint wieder aufwärtszugehen.«

Bert Köhler scheint zu überlegen, ob er antworten soll. Kurz sieht er sich um, vielleicht prüft er, ob die Securitys schon auf dem Weg sind.

Wieder ist Linders Stimme zu hören. »Ihre Sparmaßnahmen haben gefruchtet, die Leute bringen ihr Geld zu Ihnen, weil sie glauben, dass es bei Ihnen sicher ist. Gratulation! Verbuchen Sie das als persönlichen Erfolg?«

Köhler lächelt. Er würdigt den Journalisten keiner Antwort, aber seine Körpersprache spricht Bände. Die Partygesellschaft feiert hier nicht ohne Grund, während andere noch die Nachwirkungen der Krise spüren, scheint die Wertebank aus dem Schlimmsten raus zu sein. Da darf man sich schon ein paar Flaschen Champagner genehmigen.

»Was sagen Sie zu dem Zementwerk in Stein?«, fährt Linders Stimme fort. »Stimmt es, dass es nun endgültig geschlossen wird?«

Köhler lächelt immer noch, aber sein Lächeln erscheint plötzlich maskenhaft, nicht mehr echt.

»Sie haben doch versprochen, es zu erhalten«, setzt Linder nach.

Nun kann Köhler sich nicht mehr zurückhalten. »Ich habe überhaupt nichts versprochen«, *erklärt er.* »Das Werk ist nicht zu retten.«

»Es gab doch einen Sanierungsplan«, *erinnert Linder.* »Sie haben ihn abgelehnt. Warum?«

»Ich habe nur getan, was notwendig war«, *sagt Köhler.*

»Notwendig für wen?«

Inzwischen haben sich die umstehenden Leute zu ihnen umgedreht und beobachten die Szene. Manche grinsen neugierig, andere scheinen genervt von dem ungebetenen Gast. Jemand legt Köhler eine Hand auf die Schulter. Köhler schüttelt sie ab.

»Ich agiere im Interesse meiner Bank. Das ist meine oberste Priorität.«

»Wegen der fünf Millionen Jahresgehalt?«, *stichelt Linder.*

Ein Raunen geht durch die Menge. Man schüttelt den Kopf über diese Frage. Das Wort »Neid« *wird irgendwo gemurmelt.*

»Verschwinden Sie«, *flüstert Köhler drohend.*

»Aber was wird nun aus den Menschen in Stein?«, *fragt Linder.* »Sie haben ihnen versprochen, alles Menschenmögliche zu tun.«

Jemand fasst Köhler am Arm und zieht ihn davon. Im

Gehen wirft Köhler noch einen wütenden Blick in Richtung der Kamera. Er scheint einen heiteren Abend verbracht zu haben, der ihm nun verdorben wurde. Ein Security erscheint im Bild, das plötzlich zu wackeln beginnt. Linder flüchtet. Dann bricht die Aufnahme ab. Das Datum des Hochladens war zwei Wochen vor Köhlers Verschwinden.

Anja schloss das Browser-Fenster mit Linders Blog und legte den Laptop neben sich auf den Autositz. Konnte Linder recht haben? War da noch mehr, hinter all der Müdigkeit und Ausweglosigkeit, hinter dem verständlichen Wunsch, die Sache endlich zu den Akten zu legen? Was natürlich nicht möglich war. Fälle in dieser Größenordnung wurden nicht eingestellt. Mehr noch: War das vielleicht der Grund, warum sie irgendwann keine Fortschritte mehr gemacht hatten? Hatte jemand von oben die Ermittlungen behindert? Doch wie hätte er das tun sollen? Wie kann man eine Ermittlung behindern, die nie in Gang kam?

Vielleicht, indem man Erpresserbriefe verschwinden lässt. Oder indem man Zeugen unter Druck setzt.

Doch, es gab Möglichkeiten. Doch wer könnte daran Interesse haben? Und warum?

»Wenn dieser Pechmann nicht bald auftaucht, geh ich mit der Glock da rein«, sagt Kaspar Deutsch.

Anja und er sitzen im Vorraum des Büros von Walter Pechmann, der eine hohe Position in Köhlers Bank hat. Er ist Bert Köhlers Stellvertreter. Am Telefon sagte man ihnen, dass sie sich bei allem, was Bert Köhler betreffe, am besten direkt an Pechmann wenden sollen. Als sie dann am Empfang des Hauptquartiers der Bank nach ihm fragten, hieß es, ohne Termin gehe da nichts. Erst als Deutsch laut wurde, griff die junge Dame zum Telefon. Jemand von der Gebäudesicherheit brachte sie mit dem Lift bis ins vorletzte Stockwerk des Wolkenkratzers, wo sie nun seit zwanzig Minuten auf einem einschläfernd weichen Sofa sitzen. Den angebotenen Kaffee hat Deutsch inzwischen geleert. Anja hat nur daran genippt, das Gesicht verzogen und den Rest stehen lassen. Zu ihrer Rechten sitzt Pechmanns Sekretärin und tippt etwas in ihren Rechner, ohne die beiden zu beachten.

Plötzlich geht die Tür auf und ein hochgewachsener Mann um die fünfundvierzig mit schmalen Schultern und sanften Gesichtszügen erscheint.

»Sind Sie die beiden Polizisten?«, fragt er, um dann beiden die Hand zu geben. »Tut mir leid, dass Sie warten mussten. Bitte kommen Sie doch rein.«

Walter Pechmann führt sie in ein geräumiges Büro mit Glasfront, dessen Einrichtung auf das Wesentliche reduziert ist. Der Schreibtisch ist leer bis auf ein alt aussehendes hölzernes Gerät mit beweglichen Kugeln, die auf fünf Stifte gefädelt sind. Vermutlich eine antiquierte Rechenmaschine, als Symbol für Pechmanns Tätigkeit. Dieses windschiefe Ding ist der einzige Lichtblick in dem ansonsten kalt wirkenden, spärlich eingerichteten Raum. Das abstrakte grau-

blaue Bild an der Wand sieht aus, als hätte es der Innenausstatter selbst gemalt.

Pechmann bedeutet ihnen, auf zwei gepolsterten Stühlen Platz zu nehmen. »Bitte, wie kann ich Ihnen helfen?«

»Es geht um Ihren Chef Herrn Köhler«, beginnt Anja. »Sie sind sein Stellvertreter, wenn ich das richtig verstanden habe?«

Pechmann nickt freundlich. »Und sein Freund. Seit gut zehn Jahren.«

Sein Lächeln sieht aus, als wäre es mit Photoshop bearbeitet worden. Es ist zu glatt, jeder Zweifel perlt davon ab. Nur die Augen sind anders, härter.

»Was denken Sie über das Päckchen, das an Bert Köhlers Adresse geschickt wurde?«

Pechmann legt seine perfekte Stirn dramatisch in Falten. »Sehr ungemütlich, die Sache. Ich hoffe, Sie finden denjenigen, der das getan hat. Wenn ich Ihnen dabei irgendwie helfen kann, sagen Sie es mir.«

»Sie wissen also nicht, wer dafür verantwortlich sein könnte?«, fragt Anja.

»Leider nein«, sagt Pechmann.

»Was will der Absender erreichen? Haben Sie eine Idee?«, schaltet sich Deutsch ein.

Pechmann sieht ihn fragend an.

»Ist das eine ernst zu nehmende Warnung«, erklärt Deutsch, »oder eher ein Scherz?«

»Herr Köhler ist immer wieder Anfeindungen ausgesetzt«, antwortet Pechmann. »Es ist alles dabei, von Laus-

bubenstreichen bis hin zu echten Morddrohungen. Jeder Topbanker bekommt zig Hass-E-Mails in der Woche.«

»Verständlich«, sagt Deutsch.

Pechmanns Teflonmaske bekommt einen Riss, er wirft Anjas Kollegen einen kurzen, bösen Blick zu. »Berufsrisiko. Die Frage ist doch wohl, wessen Finger das ist.«

Anja nickt. »Das wissen wir noch nicht. Deshalb frage ich Sie ganz direkt: Wissen Sie, wo sich Bert Köhler derzeit aufhält?«

»Selbstverständlich.« Pechmann dreht mit dem Finger an einer der Kugeln der Rechenmaschine.

»Und Sie wollen es uns nicht sagen?«

Pechmann reißt den Blick von der Maschine los. »Nein, wenn es nicht sein muss. Es tut mir leid, die Angelegenheit ist etwas sensibel.«

»Aber Sie wissen, dass es ihm gut geht?«, fragt Deutsch.

»Natürlich«, sagt er und verschränkt die Finger vor sich auf dem Tisch. »Ich stehe mit ihm in ständigem Kontakt.«

»Sie haben mit ihm telefoniert?«

»Erst heute Morgen. Es ist alles in bester Ordnung.«

Anja ist erleichtert.

»Sie haben ihn also schon informiert über das, was passiert ist?«, hakt Deutsch noch einmal nach.

Pechmann nickt.

»Wissen Sie«, schaltet sich Anja ein, »wir würden das eigentlich gern selbst mit Herrn Köhler besprechen.«

»Das geht nicht. Nicht wenn keine unmittelbare Gefahr besteht, und die sehe ich hier nicht.«

»Vielleicht sollten wir das besser beurteilen«, sagt Deutsch scharf.

Anja legt ihm beruhigend die Hand auf den Arm. »Mein Kollege hat recht. Sie sollten kein Risiko eingehen.«

»Ich kann Ihnen leider nicht weiterhelfen«, sagt Pechmann. »Aber machen Sie sich nicht zu viele Gedanken. Es ist nicht der erste derartige Vorfall.«

»Erstatten Sie in solchen Fällen keine Anzeige?«, will Kaspar Deutsch wissen.

»Nein. Das ist Köhlers Entscheidung. Er ist kein ängstlicher Typ, er kann mit so etwas umgehen. Außerdem hat er sein eigenes Sicherheitspersonal.«

»Leibwächter? Das wusste ich nicht«, sagt Anja.

»Jetzt wissen Sie es«, sagt Pechmann freundlich. »Ich verstehe ja, dass Sie diese Fragen stellen müssen, aber ganz unter uns: Glauben Sie wirklich, jemand würde Bert etwas antun wollen? Weshalb? Er tut nur seine Arbeit, sonst nichts.«

Es sollte das letzte Mal sein, dass Anja dieses souveräne Lächeln an ihm sieht.

Das Hauptquartier der Bank war in einem der wenigen echten Wolkenkratzer Wiens untergebracht. Anja stand auf der gegenüberliegenden Straßenseite und musste den Kopf in den Nacken legen, um den Himmel zu sehen. Die Chefetage befand sich im dreißigsten Stockwerk.

Nur wenige Stunden nach ihrem Gespräch hatte

Walter Pechmann zugeben müssen, dass er gelogen hatte. Er konnte nicht zu der angegebenen Zeit mit Köhler telefoniert haben, da war dieser bereits verschwunden gewesen. Was geschehen war, wo Köhler doch Leibwächter beschäftigte, konnte Pechmann nicht erklären. Erst nach und nach hatte sich schließlich herausgestellt, dass Köhler ohne seine Leibwächter unterwegs gewesen war. Er war früher von seiner Dienstreise zurückgekehrt. Aus welchem Grund, wusste niemand. Bis zu diesem Tag gab es dafür keine plausible Erklärung, nur eine Reihe von Theorien.

Pechmann rechtfertigte sich mit Vorgaben, die er direkt von Köhler erhalten hatte, und arbeitete von da an vorbildlich mit den Ermittlern zusammen. Persönlich getroffen hatte Anja ihn nur dieses eine Mal, er war bald in der Bank aufgestiegen.

Was, wenn jemand aus seiner eigenen Bank Bert Köhler hatte loswerden wollen? Diese Theorie hatten sie natürlich bei den Ermittlungen thematisiert. Das Finanzgeschäft war beinhart, nicht erst seit der Bankenkrise. Gekämpft wurde mit allen legalen Mitteln. Ob ein Kollege von Köhler so weit gehen würde, wagte Anja nicht zu sagen, aber ausschließen konnte sie es nicht.

Dennoch ergab es keinen Sinn. Warum diese entsetzlichen Verstümmelungen? Warum die Lösegeldforderungen? Ein Konkurrent hätte Köhler vermutlich einfach verschwinden lassen.

Im Erdgeschoss des Gebäudes befand sich eine Filiale

der Wertebank. Anja trat ein und wandte sich an die Frau am Schalter. »Guten Tag. Ich möchte Ihnen mein Geld schenken.«

Die junge Frau, deren ansehnliche Kurven sich unter einem engen und gerade geschnittenen Kleid abzeichneten, wirkte verunsichert, doch sie hielt an ihrem einstudierten Lächeln fest. Sie trug goldene Kreolen im Retrolook, die jedoch nicht stylish, sondern langweilig wirkten. »Sie möchten Ihr Geld anlegen?«, fragte sie.

Anja nickte. »So nennt man das, glaube ich, ja. Für die Pension.«

Die Bankangestellte legte den Kopf schief und machte eine einladende Geste. »Folgen Sie mir bitte.« Sie führte Anja in ein Besprechungszimmer mit matten Glaswänden und bot ihr etwas zu trinken an, was Anja dankend ablehnte.

»Ich möchte ein Sparbuch eröffnen«, erklärte Anja. »Es sei denn, Sie können mir eine bessere Möglichkeit empfehlen.«

Die junge Frau stellte ein paar allgemeine Fragen, ob Anja bereits Kundin sei, schon eine private Pensionsversicherung abgeschlossen habe und dergleichen. »Um welche Summe handelt es sich?«, erkundigte sie sich dann.

»Fünfzigtausend Euro«, log Anja. »Ich habe das Geld angespart. Es war hart, aber ich will es schön haben, wenn ich alt bin.«

Die Bankangestellte nickte verständnisvoll. »Ein

Sparbuch zu eröffnen, ist kein Problem. Aber bei dieser Summe sollten Sie überlegen, ob Sie nicht andere Anlageformen nutzen wollen. Die Zinsen sind derzeit extrem niedrig.«

»Wie? Ich gebe Ihnen mein Geld, das muss doch etwas wert sein.«

»So einfach ist das leider nicht, wir sind an die internationalen Leitzinsen gebunden. Aber es gibt zum Glück andere Möglichkeiten. In Ihrem Fall würden sich Fonds anbieten.«

»Wie funktioniert das?«

Die Dame fischte eine Broschüre unter dem Tisch hervor und lächelte schwesternhaft. »Ich habe da etwas, das genau richtig für Sie ist. Bei dieser Summe empfiehlt sich eine Aufteilung. Ein Teil davon wird in unseren besonders sicheren Basic Fonds investiert, ein Teil in den Advanced Fonds. So erzielen Sie den höchsten Ertrag bei minimalem Risiko.«

Anja gab sich überrascht. »Warum habe ich denn ein Risiko? Mir ist wichtig, dass mein Geld sicher ist.«

Die Bankangestellte hob beruhigend die Hand. »Unser Basic Fonds enthält nur die besten, stabilsten Aktien, von unseren Experten ausgesucht.«

»Und der ist vollkommen sicher?«

»Leider ist nichts im Leben vollkommen sicher«, entgegnete die Mitarbeiterin der Bank mit einem Seufzen.

Anja überflog die Broschüre und tat so, als würde sie nachdenken. »Aber beim Basic Fonds sind die Zinsen auch sehr niedrig. Warum kann ich nicht ein Sparbuch mit ganz normalen Zinsen haben?«

Die Frau lächelte geduldig. »So etwas gibt es leider nicht mehr. Aber wenn Sie wollen, kann ich Ihnen einen geschlossenen Fonds mit attraktiven Zinsen anbieten.«

»Und der ist sicher?« Anja zog skeptisch die Brauen nach oben.

Die Bankangestellte lehnte sich verschwörerisch vor. »Unter uns gesagt, dürfen wir Ihnen das nicht versprechen, aus rechtlichen Gründen. Aber ich habe auch Geld so angelegt. Der Fonds ist mindestens so gut wie das gute alte Sparbuch.«

»Warum dürfen Sie das nicht versprechen? Weil es nicht wahr ist? Oder weil es da diesen Skandal gab, wann war das noch gleich...«

Die junge Frau presste die Lippen aufeinander. »Ich versichere Ihnen, so etwas wie damals kann nicht mehr passieren«, sagte sie. »Die Regeln sind extrem streng. Unsere Experten suchen nur die besten Aktien aus.«

»Schiffsfonds«, sagte Anja. »Die sollen gut sein, hab ich gehört. Todsicher.«

Die Augen der jungen Dame funkelten böse. »Sie wollen in Wirklichkeit kein Sparbuch eröffnen, oder? Sie spielen doch nur mit mir. Warum sind Sie hier? Sind Sie von der Presse?«

Du bist gar nicht so dumm, wie du aussiehst, dachte Anja. »Lars Ingels. Kennen Sie ihn? Er arbeitet hier im Haus.«

»Flüchtig«, erwiderte die Frau. »Er ist in einem der oberen Stockwerke beschäftigt, Strategie-Entwicklung.«

»Könnten Sie ihn anrufen und ihm sagen, dass Anja Grabner da ist?«

Lars Ingels und sie hatten einander seit fünf Jahren nicht gesehen. Dennoch kam er nur wenige Minuten später ins Erdgeschoss und begrüßte Anja mit einer Umarmung.

Lars stammte aus Dänemark, hatte strohblonde Haare, blaue Augen, ein intelligentes, selbstsicheres Lächeln und war etwa eins siebzig groß. Anja hatte ihn vor fünf Jahren bei den Ermittlungen zu Köhlers Verschwinden in der Wertebank kennengelernt. Er war dort als Programmierer angestellt, einer von vielen hundert Angestellten. Eigentlich hatte er Mathematik studiert. Anja vermutete, dass das nur die halbe Wahrheit war, dass er einer dieser *Quants* war, die mit Computermethoden irgendwelche Risiken ausrechneten. Die Arbeit schien ihm ziemlich leichtzufallen, sodass er genügend Zeit hatte, sich mit allem Möglichen zu beschäftigen, was ihn interessierte, darunter Indie-Musik und Windsurfen.

Sie gingen gemeinsam in die Kantine des Gebäudes, wo zahlreiche gleich aussehende Yuppies mit weißen Essenstabletts umherstolzierten. Lars nahm an der Getränkeausgabe einen Orangensaft, Anja wählte ein kleines Mineralwasser.

»Ich hätte nicht damit gerechnet, dass ich wieder von dir höre«, sagte Lars.

Anja senkte den Kopf. »Es tut mir leid, ich ...«

Er unterbrach sie mit einer Handbewegung. »Ist schon in Ordnung. Was hast du die ganze Zeit gemacht?«

Anja erzählte ihm eine geschönte Version der letzten Jahre. Das mit dem Zusammenbruch kannte er aus der Zeitung. Die kurze Beziehung zwischen Lars und ihr, mehr eine Affäre, war kaum zwei Monate davor eingeschlafen, danach hatte sie auf seine gelegentlichen Anrufe nicht reagiert.

Lars nickte verständnisvoll, als sie geendet hatte. »Bei mir gibt es nicht viel Neues. Ich füttere immer noch Computer mit Daten. Ziemlich langweilig. Aber eine neue Band habe ich. Wir haben sogar ein Album aufgenommen.«

»Du spielst Bass, oder?«

Lars grinste. »Schlagzeug.«

»Wusst ich's doch!« Auch Anja musste grinsen.

Sie hörte ihm geduldig zu, als er über seine Musik redete, und stellte interessierte Zwischenfragen. Sie brachte es nicht übers Herz, ihn zu unterbrechen. Er schien das zu bemerken, und irgendwann schwiegen sie beide.

»Es geht um Köhler, nicht wahr?«, fragte er auf einmal in die Stille.

Anja sah ihn an. »Wie kommst du darauf?«

»Nur so ein Gefühl. Er ist immer noch nicht aufgetaucht. Du meldest dich auf einmal aus dem Nichts. Nicht schwer zu erraten.« Er zuckte mit den Schultern und nahm einen Schluck von seinem Orangensaft.

Anja wand sich. »Ach, ich weiß auch nicht.«

»Was willst du wissen?«, fragte er ohne die geringste Enttäuschung in der Stimme.

Anja überlegte, drehte das Fläschchen Mineralwasser in den Händen. »Ich habe nie wirklich verstanden, was genau Köhler eigentlich verbrochen hat. Okay, reicher Banker, arme Geschädigte. Aber das gab es auch anderswo. Was war so schlimm daran?«

Lars' Augen wurden schmal. »Du weißt, womit seine Bank das meiste Geld verdient hat?«

»Nein, eigentlich nicht«, gab Anja zu.

»Stell dir vor, da kommt ein Dachdecker, der etwas für seine drei Kinder gespart hat. Er will ein Sparbuch anlegen. Dann ist da einer am Schalter, der sagt, da gebe es eine bessere Möglichkeit, die mehr Zinsen bringt. *Sparbuch Plus* nannte Köhler das. Vollkommen sicher, es gebe bereits viele Tausend zufriedene Kunden. Der Dachdecker interessiert sich nicht besonders für Risiken oder Prozente, aber mehr Geld, das versteht er. Also investiert er seine Kohle in die Aktien. Schifffahrtsaktien, der letzte Schrei. Die Frachtschifffahrt boomt, die Schiffe sind alle versichert, was kann schon passieren? Alles geht gut, der Kunde kriegt seine Zinsen, die Bank verdient gut dabei. Köhler war hier seiner Zeit voraus.

Dann kam 2008, wir alle wissen, was passiert ist. Die Anlageformen waren vielleicht doch nicht so sicher, die Schiffe liegen unbenutzt in der Werft, müssen schließlich verschrottet werden, Totalausfall, Pech gehabt, stand alles im Kleingedruckten. Die Zukunftsvorsorge für die Kinder des Dachdeckers ist weg.«

»Gut, davon habe ich auch schon gehört. Das machte aber nicht nur Köhler, hast du gesagt.«

Lars kam mehr und mehr in Fahrt. Das Gespräch machte ihm sichtlich Spaß.

»Stimmt. Köhler hat noch zwei Dinge anders gemacht als alle anderen: Er hat offensiv Bestandskunden auf neue Anlagemodelle umgestellt. Vor allem ältere Sparer, ganz gezielt. Sparbücher wurden in Aktienpakete umgewandelt, weil die Kundenberater das forciert haben.«

»Und das Geld war dann weg?«

Er nickte. »Ein Großteil. Das Interessante war, dass dadurch seine Bank weniger unter Druck geriet, als sich die Krise in ihrem ganzen Ausmaß zeigte. Man hatte weniger Kundengeld gebunkert, aber mehr Provisionen kassiert, stand also gut da.«

Anja verstand allmählich. »Okay. Das alles hat Köhler persönlich entschieden?«

»Mehr oder weniger, ja. Er hat also, wie die Medien richtig geschrieben haben, die Kleinsparer über die Klinge springen lassen. Mit Erfolg: Wir erholten uns schneller von der Krise als andere Banken. Als die

Aktienkurse wieder nach oben gingen, weißt du, was wir da gemacht haben?«

Er ließ die Frage genüsslich im Raum stehen.

»Nein.«

»Wir haben wieder begonnen, Aktien an Sparer zu verkaufen. Das Geschäft läuft weiter, als wäre nichts gewesen.«

Anja nickte. »Ich habe es eben ausprobiert!«

»Ach, deshalb hat die Kollegin so böse geschaut?«, lachte Lars.

»In der Zeitung stand aber etwas von strengen Regeln«, bohrte Anja nach.

»Das sind Spitzfindigkeiten. Es gibt ein Protokoll, das du als Kunde unterschreiben musst. Aber wer liest schon Geschäftsbedingungen? Die Zinsen sind so gering, dass trotz des Risikos viele Kunden wieder Aktien kaufen. Und auf das Platzen der nächsten Blase warten. Das Geschäft läuft jedenfalls besser denn je.«

Anja nahm einen Schluck Mineralwasser und wünschte sich in diesem Moment, sie hätte doch etwas anderes bestellt. »Okay, das verstehe ich. Aber was ist mit Stein? Gut, das Zementwerk. Aber Pleiten gibt es auch woanders, der Ort liegt nahe bei Wien, es gibt eine Menge Möglichkeiten.«

Lars senkte verschwörerisch die Stimme. »Stein ist etwas Besonderes. Tatsächlich gewährte Köhlers Bank hohe Kredite. Es gab aber nicht nur das eine Werk, sondern drei, die zusammengehörten, alle in der Nähe von

Wien. Das in Stein warf am wenigsten ab. Als Anfang 2010 die Betreiberfirma unter Druck kam, schaltete Köhler auf stur, eine Rettung interessierte ihn nicht. Er drehte den Geldhahn zu. Es kam zu einer Übernahme, die anderen beiden Zementwerke wurden weitergeführt, nur das in Stein wurde geschlossen. Das ist nur die eine Hälfte des Problems. Die andere Hälfte ist, dass viele Menschen in Stein ihr Erspartes in das Zementwerk gesteckt hatten.«

Anja machte große Augen. »Daran erinnere ich mich gar nicht. Wirklich?«

»Du hast richtig gehört: Sie haben Anleihen gekauft. Regionalpatriotismus und so. Viele haben ihren Kindern dort Jobs verschafft, sie hatten Interesse an dem Werk. Auch hier waren Köhlers Kundenberater beteiligt, die Geschäfte wurden in Köhlers Bankfilialen abgewickelt, die Bank verdiente dabei. Und das, Anja, ist der eigentliche Skandal.«

Anja nickte nachdenklich. »Es gibt viele, die meinen, Köhler hätte verdient, was ihm angetan wurde.«

Lars' Augen verengten sich. »Keine Ahnung. Vieles in dieser Branche ist echt grenzwertig, wenn du mich fragst. Man hätte ihn vor Gericht stellen müssen. Ihn und einige andere. Aber es gibt kein Gesetz dafür.«

»Selbstjustiz als einzige Möglichkeit, wenn das Rechtssystem nicht funktioniert, meinst du das?«

»Vielleicht«, sagte er. »Ich habe Verständnis dafür, dass einige sauer sind. Richtig sauer. Vor allem die Leute in Stein. Auch wenn das, was passiert ist, natürlich Wahnsinn ist.«

»Hast du je darüber nachgedacht, wo Köhler an diesem Tag gewesen ist, als er früher aus China zurückkam?«

Lars lachte. »Was wohl? Wilde Sexpartys feiern.«

Anja winkte ab. »Dafür war er wohl nicht der Typ.«

»Im Ernst? Wach auf, Anja! Jeder ist der Typ dafür. Man muss es sich nur leisten können.«

Nun musste auch Anja lachen. »Schließ nicht von dir auf andere!«

Als sie Lars in die Augen sah, spürte sie plötzlich die alte Vertrautheit wieder. Ihm schien es genauso zu gehen.

»Ich kenne eine Bar in der Innenstadt«, begann er, »da warst du sicher noch nie. Die machen fantastische Cocktails. Darf ich dich später auf einen einladen?«

Anja seufzte. Die Verlockung war groß. Sie glaubte fast, seine Haut spüren zu können. Die Gänsehaut, die sie bekam, irritierte sie. Es ging alles zu schnell.

»Heute nicht«, sagte sie leise. »Ich ... ich weiß auch nicht.«

»Kein Problem«, entgegnete er sanft.

Sie sprachen noch eine Weile über belanglose Themen, dann wandten sie sich zum Gehen.

»Kannst du mir einen Gefallen tun?«, fragte Anja am Ausgang.

Lars nickte ernst. »Was du willst, Anja.«

»Kannst du mich kurz drücken? Einfach nur so?«

Er nahm sie in die Arme. Sie schloss die Augen. Die Berührung fühlte sich richtig gut an. Nach einem Moment lösten sie sich voneinander.

»Danke, Lars. Bis bald.« Anja hob zum Abschied die Hand. »Ich melde mich bei dir.«

»Ja, bis in fünf Jahren«, lächelte er und ging zurück ins Gebäude.

Das hätte wirklich etwas werden können mit uns, dachte Anja auf dem Weg zum Auto. *Wenn du nur etwas weniger brav wärst. Und fünfzehn Zentimeter größer.*

»Das kann doch nur ein Scherz sein.«

Anja hält den Brief zwischen den Fingerspitzen. Sie trägt Gummihandschuhe, neben ihr steht ein kleines Päckchen. Sie hat das gelbe Geschenkpapier, in das es eingepackt war, aufgerissen, das Schlimmste befürchtend. Doch das Päckchen enthielt nur diesen Brief. Die Kollegen von der Spurensicherung werden sich später bitterlich beschweren, dass sie das Papier aufgerissen hat. Aber hier kann jede Minute entscheidend sein.

Packen Sie drei Millionen Euro in kleinen Scheinen in eine Sporttasche und fahren Sie zum Parkhaus in Oberlaa. 3. Stock. Dort erhalten Sie weitere Instruktionen.

Eine neue Lösegeldforderung, endlich. Sie hatten darauf gewartet. Es ist die dritte, acht Monate nach der ersten. Nach dem Scheitern des ersten Übergabeversuchs, als in der

U-Bahn-Station niemand auftauchte, wurde beim zweiten Mal an der angegebenen Position in einem belebten Wiener Park tatsächlich ein weiteres Päckchen gefunden, das sie an den Donaukanal schickte. Dort herrschte dann wieder Ratlosigkeit: kein weiterer Hinweis. Ein paar Tage später entdeckte ein Passant eine leere Kartonschachtel im Wasser. Anjas Team stellte schnell fest, dass es sich um dasselbe Fabrikat handelte, das der Entführer verwendete. Falls sich darin ein Brief befunden hatte, war dieser verloren gegangen. Der Wind musste das Päckchen in den Donaukanal geweht haben.

Nun also eine neue Nachricht. Das Päckchen stand morgens vor dem Haupteingang der Bank. Zwei Tage zuvor war ein Paket mit dem Unterschenkel des Bankers vor dessen Penthouse abgelegt worden. Die Buchstaben sind wie schon bei den ersten beiden Lösegeldforderungen aus Sudokus und Kreuzworträtseln ausgeschnitten. Man wird sie später Frauenzeitschriften, Angelmagazinen, einem großen deutschen Nachrichtenmagazin und einer Autozeitschrift zuordnen. Nichts, was irgendwie einen Hinweis geben könnte. Es zeugt nur von einem völlig kranken Humor, der sich schon in den Geschenkpaketen gezeigt hat. Welcher Kriminelle schneidet in Zeiten von Laserdruckern noch Buchstaben aus? Dennoch, die Hoffnung ist groß.

Der Inhalt ist eine Enttäuschung: mehr Anweisungen.

»Warum schickt er uns durch die Gegend? Was hat das für einen Sinn?«

Anja stieg wieder ins Auto. Das Parkhaus sah noch genau so aus wie damals, selbst der Sicherungskasten war noch da, auf dem das nächste Päckchen gelegen hatte. Das galt nicht für alle Stationen der Schnitzeljagd, auf die der Entführer sie geschickt hatte. Die Kirche existierte noch, aber der kleine Park war von neuen Häusern umgeben und kaum wiederzuerkennen.

Der Wind rüttelte an ihrem Auto. Dunkle Wolken am Himmel sorgten für eine unwirkliche Lichtstimmung. Bald würde der Regen einsetzen.

Die Autos hatten mittlerweile das Licht eingeschaltet, und Anja wurde von den Scheinwerfern eines ihr entgegenkommenden Fahrzeugs geblendet, deshalb war sie sich nicht ganz sicher. Sie warf einen Blick in den Rückspiegel.

Ein blaues Auto.

Es schien ihr zu folgen.

»Das kann nicht sein. Such weiter!«

Anja spürt, wie sie panisch wird. Es ist die vierte Station. Mit seinem letzten Brief hat der Entführer sie zu einem verlassenen Krankenhaus geschickt, das in Kürze abgerissen werden soll. Kaspar Deutsch und sie haben sich aufgeteilt und die leeren Räume durchsucht. Man erkennt noch die ehemaligen Operationssäle, in manchen Zimmern stehen nach wie vor Krankenbetten. Obdachlose haben ihre Spuren hinterlassen, ein paar Wände sind mit Graffiti beschmiert. An einigen Stellen hat es durch das Dach geregnet. Sie haben das gesamte Gebäude abgesucht, aber weder sind sie auf den Entführer gestoßen noch haben sie eine weitere Nachricht gefunden. Nun stehen sie auf einem der Gänge.

»Da ist nichts, Anja«, sagt Kaspar.

»Ruf Verstärkung! Wir müssen ihn finden, er muss hier irgendwo sein.«

»Aber die Spurensicherung ... Wenn der Entführer hier war, müssen wir die zuerst rufen.«

Anja antwortet nicht. Sie hat plötzlich eine Gänsehaut. Ihr Bauchgefühl sagt ihr, dass sie nicht allein sind.

»Anja, hör zu ...«

»Still!«, zischt sie und horcht.

Auch Kaspar Deutsch hält inne und lauscht. Von draußen dringt Straßenlärm herein. Ein Auto hupt. Anja sieht sich um. Ihr Blick bleibt an einer Lache auf dem Boden haften, es tropft von der Decke. Sie begreift, was ihr Unterbewusstsein ihr sagen will.

»Kaspar, bist du ins Wasser getreten?«

Er versteht nicht, was sie ihm sagen will. Sie sieht gleich, dass die Frage sinnlos ist. Die nassen Fußabdrücke auf dem Boden sind halb getrocknet, sie können nicht von ihrem Kollegen stammen, sie beide haben sich gerade erst wieder hier im Erdgeschoss getroffen. Doch die Abdrücke trocknen schnell. Jemand war hier, vor wenigen Minuten erst.

In diesem Moment hören sie Schritte.

Anja dreht sich um die eigene Achse. Sie will herausfinden, woher das Geräusch kommt. Nun hört sie es deutlich, jemand läuft davon. Sie schickt Deutsch mit einer Geste nach links, während sie selbst nach rechts läuft, in die Richtung, aus der sie die Schritte gehört hat.

Und da sieht sie ihn. Jemand mit einer Kapuze rennt zum Eingang, gebückt und wackelig auf den Beinen, doch er hat die Ausgangstür fast erreicht. Anja zieht ihre Waffe.

»Stehen bleiben, Polizei!«, schreit sie.

Der Flüchtende dreht sich um, stolpert, fällt hin. Der Mann robbt zur Tür und greift hoch zur Klinke. Als er sie aufstößt, ist Anja bereits bei ihm. Sie verpasst ihm einen Fußtritt in die Rippen und richtet die Waffe auf seinen Kopf.

Sie haben ihn.

»Anja, was tust du?«

Anja ist so angespannt, dass sie kaum hört, was Kaspar Deutsch hinter ihr sagt.

»Nimm die Pistole runter.«

»Was?« Sie fährt herum und sieht ihn an.

Erst da wagt er, den Arm auszustrecken und die Mündung ihrer Glock nach unten zu drücken. Dann wendet er sich dem auf dem Boden Liegenden zu, der sich vor Schmerzen krümmt und den Mund verzieht. Dabei entblößt er braune Zähne und eine Zahnlücke. Anja erkennt, dass der Mann nur ein Obdachloser ist. Er kann unmöglich der Täter sein, mit diesen zitternden Händen lassen sich keine professionellen Amputationen durchführen. Sie werden ihn dennoch festnehmen, schon allein wegen der Schaulustigen, die sich vor der offenen Tür versammelt haben und zusehen. Ein Mann mit grün gefärbten Haaren filmt sie mit dem

Handy. Bei seiner Befragung später wird sich herausstellen, dass er mit der Sache nichts zu tun hat. Er wird zu Protokoll geben, dass er noch jemand anderen im Gebäude gesehen hat, aber keine Beschreibung abgeben könne. Anja hätte es früher merken müssen. Die nassen Fußspuren passten nicht zu dem Obdachlosen. Sie sind zu klein.

Anja wendet sich ab. Sie beordert jeden Streifenpolizisten der Stadt in das Krankenhaus. Einen halben Tag lang wird man dort jedes Stückchen Müll umdrehen, jede Ecke ausleuchten. Man wird damit keinen Erfolg haben.

Das Päckchen im Krankenhaus wird nie auftauchen.

Anja stand vor einem neu gebauten Wohnhaus am Stadtrand Wiens, das an der Stelle des alten Krankenhauses errichtet worden war. Schlank ragte es auf dem großen Grundstück empor, umgeben von frisch gepflanzten Büschen, die noch wachsen würden. Eine noble Immobilie, perfekt als Kapitalanlage. Anja war fast froh, dass es das Krankenhaus nicht mehr gab. Sie hätte vermutlich den Rest des Tages damit verbracht, das Päckchen zu suchen. Es ergab einfach keinen Sinn. Warum hatte der Entführer sie mehrmals quer durch die Stadt geschickt und dann den letzten Hinweis – die Konditionen für die eigentliche Lösegeldübergabe – vorenthalten? Sie hatten lange darüber diskutiert, waren aber zu keinem Ergebnis gekommen. Manche hatten gemeint, der Entführer spiele mit ihnen, das sei alles so gewollt gewesen. Doch Anja war nicht überzeugt. Die

Presse hatte ihre eigenen Theorien gesponnen, und schließlich war der Druck auf die Ermittler so groß geworden, dass doch eine Soko ins Leben gerufen wurde.

Sie war so in ihre Gedanken vertieft, dass sie das blaue Auto völlig vergaß. Auch als durch den rauschenden Wind leise ein Klickgeräusch zu ihr drang, reagierte sie nicht sofort. Erst beim dritten Klicken hielt sie den Atem an. Sie hatte es sich nicht eingebildet.

Da war jemand.

Sie beobachtete die Umgebung aus den Augenwinkeln, konnte aber nichts Verdächtiges erkennen. Dabei musste die Quelle des Geräuschs direkt in ihrer Nähe sein, sonst wäre es im Pfeifen des Windes untergegangen. Und sie kannte dieses Klickgeräusch: Es war jenes, das sie im Steinbruch gehört hatte.

Sie bemühte sich, keine auffällige Bewegung zu machen, und ging zurück zu ihrem Citroën. Da hörte sie das Klicken erneut. Als sie ihr Auto erreichte, ging sie neben der Fahrertür in die Hocke, schlich geduckt zum Heck und spähte um die Ecke.

Noch immer sah sie nichts Außergewöhnliches. Nur ein paar Fußgänger. Zu gern hätte sie gewusst, was das für ein Geräusch war. Da entdeckte sie das blaue Auto, das ihr gefolgt war, einen kleinen Kia. Er parkte etwa hundert Meter von ihr entfernt.

Anja schlich in gebückter Haltung auf der Straße die Reihe der parkenden Autos entlang. Einige Autofahrer mussten ausweichen, doch zum Glück hupte niemand.

Sie erreichte den Kia und blickte über die Motorhaube. Niemand war zu sehen.

Sie seufzte und wollte sich gerade aufrichten, als sie in ein Objektiv starrte.

Der Mann mit der umgehängten Spiegelreflexkamera schien mindestens so überrascht zu sein wie sie. Nach einer Schrecksekunde machte er kehrt und lief so schnell davon, dass er bereits einige Meter Vorsprung hatte, als Anja aus ihrer Erstarrung erwachte.

»Halt! Halten Sie den Mann fest!«

Der Wind trug ihre Worte davon, während sie losrannte.

Das geht sich nicht aus, dachte sie. *Niemals.*

Instinktiv griff sie rechts an ihren Gürtel, bis ihr klar wurde, dass sie seit Jahren keine Dienstwaffe mehr trug. Nicht dass sie schießen hätte können. Hier waren überall Leute, die sich gegen den Wind stemmten und sie beäugten.

Sie sah ihn zu einer Gruppe von Schülern rennen, angeführt von einer Frau mit Brille. Die Gruppe teilte sich und verschluckte ihn. Anja umrundete die Schüler, doch sie konnte den Mann nirgends mehr entdecken. Stattdessen war da plötzlich ein Polizeiauto, das auf der Straße auf sie zukam und rechts ranfuhr. Offenbar hatten die Beamten die Verfolgungsjagd bemerkt. Anja war so auf das Auto konzentriert, dass sie beinahe mit ihrem Verfolger zusammenstieß.

Sie sah ihm in die Augen, und er starrte böse zurück.

Ihr wurde klar, dass er kein Interesse hatte, die Aufmerksamkeit der Polizei auf sich zu ziehen. Anja ging es ähnlich. Fast eine Minute standen sie so da, bis der Streifenwagen wieder weiterfuhr. Beide verfolgten, wie er wegrollte. Als er außer Sicht war, wollte der Mann erneut losrennen, doch Anja schnappte sich blitzschnell seinen Arm.

»Lassen Sie mich los!«, schimpfte er.

Anja packte ihn fester. »Nichts da.«

Sie wusste, wer der Mann war. Sie kannte sein Gesicht aus den Ermittlungsakten. Axel Jasper hieß er. Sie entriss ihm die Kamera. Er sprang auf und zerrte an dem Umhängeriemen, den er immer noch in der Hand hielt, doch Anja hielt die Kamera so fest, dass der Riemen riss. Einen Augenblick schien Jasper zu überlegen, ob er weglaufen sollte, entschied sich aber dagegen.

»Geben Sie mir meine Kamera zurück.«

Anja funkelte ihn wütend an. »Ich denke nicht daran.« Sie schaltete den Bildschirm an, um nachzusehen, welche Fotos er gemacht hatte.

»Halt, Sie können nicht…« Er streckte den Arm nach der Kamera aus, doch Anja drehte sich ein wenig zur Seite, und er griff ins Leere.

»Was sagt eigentlich Ihr Bewährungshelfer dazu, dass Sie Leute ausspionieren?«, fragte Anja, in die Bilder vertieft, die alle von den letzten Minuten stammten und sie zeigten. »Findet der das lustig?«

Jasper presste die Lippen zusammen.

Anja sah ihn herausfordernd an. »Wir gehen jetzt in aller Ruhe einen Kaffee trinken, und Sie erzählen mir, was Sie von mir wollen. In Ordnung?«

Jasper hustete heftig. Er widersprach nicht.

»Das können Sie nicht machen«, wimmerte Jasper, der den Kopf in die Hände stützte. Er schien den Tränen nahe zu sein und hustete immer wieder. Er klang erbärmlich, nur noch ein Häufchen Elend.

Anja sah vom Display der Kamera auf und musterte ihn, dann lachte sie über ihn. Wie er da saß, in seinem Norwegerpullover, den ihm wahrscheinlich seine Mutter gekauft hatte. Mit seinem geraden Seitenscheitel, der sich am Hinterkopf in Unordnung verlor, dort, wo er sich nicht im Spiegel sehen konnte.

Vor einigen Jahren hatte Jasper noch bei seiner Mutter gewohnt und vom Kinderzimmer aus eine der bekanntesten Websites des Landes für Verschwörungstheorien betrieben. Nun musste er an die vierzig sein. Die Geheimratsecken waren tiefer geworden, doch sonst schien alles beim Alten zu sein. Sein Gesicht, das offenbar nur selten die Sonne sah, wirkte nach wie vor jugendlich. Er wirkte weder jung noch erwachsen, war irgendwo auf dem Weg vom Kind zum Mann verloren gegangen.

»Sie waren das im Steinbruch, nicht wahr?«

Er antwortete nicht. Sie sah, wie sich seine Kiefermuskeln bewegten.

Die Fotos, die er gemacht hatte, erschienen auf den

ersten Blick harmlos. Es waren ausschließlich Aufnahmen von diesem Abend. Anja zog dennoch die Speicherkarte aus dem Gerät, bevor sie es ihm zurückgab.

Axel Jasper, besser bekannt als *gandalf_der_blaue*, war der Einzige, der es geschafft hatte, aufgrund seiner Posts zu Köhlers Entführung wegen Verhetzung verurteilt zu werden.

»Jasper, was wollen Sie von mir?«, fragte Anja, während er umständlich seine Kamera einpackte.

»Ich musste wissen, was Sie vorhaben«, erklärte er trotzig. »Aber jetzt weiß ich es.«

»Aha. Was habe ich denn vor?«

Er schwieg und wippte nervös mit dem Fuß. Als er sah, dass Anja es bemerkte, hörte er sofort auf.

Sie zog eine Braue hoch. »Es würde mich interessieren, weil ich selbst nicht ganz sicher bin, was ich eigentlich vorhabe.«

»Ich habe Stein schon lange im Visier«, sagte er und verengte die Augen zu schmalen Schlitzen. »Dass Sie dort auftauchen, war keine Überraschung.«

»Was wollen Sie in Stein?«, fragte Anja. »Weiß Ihr Bewährungshelfer davon? Kann ich mir nicht vorstellen.«

»Ich habe nichts verbrochen«, beteuerte Jasper.

»Sie haben Menschen mit dem Tod bedroht.«

»Nie persönlich.«

Anja verschränkte die Arme. »Nur online, oder wie? Ist das etwas anderes?«

Jasper bekam einen neuen Hustenanfall. »Ich war ein Bauernopfer«, schmollte er, als er sich wieder beruhigt hatte. »In den Foren waren Leute unterwegs, die viel schlimmere Dinge gepostet haben. Ich habe nur die Wahrheit gesagt! Da waren Leute, die wirklich etwas gewusst haben. Die nicht zur Polizei gegangen sind, weil das, was Köhler passierte, gerecht war.«

»Lassen Sie mich raten: Das sind dieselben Leute, die auch das World Trade Center gesprengt haben. Die in Flugzeugtoiletten Chemikalien pissen, damit diese schönen Kondensstreifen entstehen«, stichelte Anja genüsslich.

»Sie haben ja keine Ahnung«, erwiderte Jasper angriffslustig. »Haben Sie sich in Stein mal umgesehen? Glauben Sie, ich hätte nicht mit verschiedenen Leuten von dort gechattet? Also ich würde nicht in Stein leben wollen, wenn ich Sie wäre.«

Anja überlegte, ob sie das ernst nehmen sollte. Sie hielt sich vor Augen, dass sie mit einem Mann sprach, der auf jede noch so absurde Verschwörungstheorie hereinfiel, die im Netz geteilt wurde.

»Stein ist der Schlüssel zu der ganzen Geschichte«, fuhr er bestimmt fort. »Aber das wird Ihnen nichts nutzen.«

»Was nutzen?«

»Ich bin der Lösung viel zu nahe. Da stecken viele Jahre Arbeit drin. Das können Sie nicht in ein paar Wochen aufholen.«

»Sagen Sie bloß, Sie wissen vom Erlenweg Nummer 16«, fragte Anja.

Er starrte sie auf eine Weise an, die sie nicht deuten konnte. Kannte er die Adresse und versuchte, sich keine Blöße zu geben? Oder wollte er nicht zugeben, dass er keine Ahnung hatte, wovon sie sprach? Anja kam zum Schluss, dass sie es besser dabei beließ, bevor Jasper wirklich neugierig wurde.

»Wenn Sie mich noch einmal ohne meine Zustimmung fotografieren, informiere ich die Polizei«, warnte sie. »Dann gehen Sie wieder ins Gefängnis. Klar?«

Jasper hielt die Tasche mit der Kamera so fest gepackt, dass seine Knöchel weiß wurden. Anja fürchtete fast, er könnte sie zerdrücken.

»Stein ist der Schlüssel, aber ich bin Ihnen einen Schritt voraus. Ich weiß Dinge, die Sie nicht wissen«, entgegnete er.

Anja machte eine wegwerfende Handbewegung. »Schön.«

Er hob das Kinn mit dem Stolz eines Menschen, der sich vollkommen überlegen wähnt.

»Ich weiß, wer *Sentinel* ist.«

Er bereute sofort, was er gesagt hatte.

Als Anja wieder in ihrem Auto saß, sah sie auf ihrem Handy zwei verpasste Anrufe, einer von Vychodil und einer von ihrem Nachbarn. Der Nachbar hatte auf die Mailbox gesprochen. Sie legte das Handy auf den Beifahrersitz und startete den Motor. Eine Stunde später blätterte sie im Gästehaus von Stein Vychodils Unterlagen durch.

Sentinel...

Jasper hatte, nachdem er ihn erwähnt hatte, hartnäckig geschwiegen. Und Vychodil hatte diesen Namen unterstrichen. Warum? Sie musste ihn danach fragen. Aber nicht jetzt, sie hatte keine Lust, ihn zu treffen.

Sie musste an das Plateau beim Wasserfall denken. Yoga, dachte sie. Laufen wäre zu anstrengend, aber Yoga würde ihr guttun. Es war schon ein paar Wochen her, dass sie Yoga gemacht hatte.

Eine Stunde später stand sie auf dem Plateau neben dem Wasserfall und nahm die erste Position ein, wobei es sie fröstelte. Sie trug nur die dünne Softshelljacke, zu wenig, um sie in der kalten Luft warmzuhalten. Am Morgen hatte die Sonne auf diesen Ort geschienen, doch sie war längst hinter den Bergkämmen verschwunden. Anja versuchte abzuschalten, doch es gelang ihr nicht. In Wirklichkeit gelang es ihr seit vielen Monaten nicht mehr. Das war auch der Grund, warum sie so selten Yoga praktizierte. Also hielt sie die Positionen und ließ ihren Gedanken einfach freien Lauf.

Was machst du hier eigentlich?, schoss es ihr durch den Kopf. *In deiner Wohnung in Wien gibt es einen Wasserschaden, bald wird dort alles zu schimmeln beginnen, wenn du dich nicht darum kümmerst. Du hast deswegen wahrscheinlich demnächst eine Klage am Hals, und was tust du? Du ziehst in ein Gästehaus am Arsch der Welt, zu Leuten, die du gar nicht kennst und die im Internet Morddrohungen aussprechen, wenn ihnen langweilig ist. Versteckst dich im Wald und machst Yoga. Du läufst vor deinen Problemen davon, wie immer.*

Anja wechselte die Position. Sie spürte, wie sie sich verkrampfte, und musste von vorn beginnen.

Nein, das stimmte nicht. Sie lief nicht davon. Eine feuchte Wohnung war nicht ihr größtes Problem. Es gab da andere Dinge, die erledigt werden mussten, und obwohl sie nicht genau wusste, was sie hier tat, hatte sie das Gefühl, der Lösung des Rätsels endlich näherzukommen.

Sie dachte an das Armdrücken am vorherigen Abend und musste schmunzeln. Es ließ sich nicht leugnen: Stein tat ihr gut.

Plötzlich konnte sie sich doch entspannen und tauchte ab in ihren eigenen Körper. Die Außenwelt verschwand für einen Moment.

Bis sie von etwas Hartem unter der Yogamatte aus ihrer Trance gerissen wurde. Es fühlte sich wie ein Stein an, der sich in ihr Knie gedrückt hatte. Sie hob die Matte hoch und sah, dass es gar kein Stein war. Neugierig nahm sie den Gegenstand in die Hand und betrachtete ihn genauer, als sie ein Geräusch hörte. Schnell steckte sie den Gegenstand in ihre Jackentasche. Jemand kam den Weg herauf, mit langsamen Schritten, schwach zu vernehmen bei dem Rauschen des Wassers. Es war kein

Schleichen, sondern der Gang von jemandem, der sich unbeobachtet fühlte.

Anja hielt den Atem an und drehte den Kopf in Richtung des Weges, um zu sehen, wer es war. Hinter dem Schutthaufen tauchte das Gesicht eines jungen Mannes mit kurzen Haaren auf. Als er sie sah, erschrak er, und das Gesicht verschwand sofort wieder. Anja dachte kurz daran, ihm nachzulaufen, doch sie hörte keine Schritte. Er war immer noch da.

»Jetzt komm schon raus«, rief sie. »Ich tu dir nichts.«

Es dauerte einige Sekunden, bis der Bursche mit der Stoppelfrisur auf das Plateau trat. Anja musterte ihn, er war am letzten Abend nicht bei der Runde im *Kirchenwirt* dabei gewesen. Dennoch kam er ihr bekannt vor, doch sie hatte keine Idee, woher sie ihn kannte.

»Hab ich dir deinen Platz weggenommen? Tut mir leid. Ist sehr schön hier.«

Er reagierte nicht auf ihr Lächeln.

»Ich wollte nur ...«

»Ein wenig deine Ruhe haben? Ich auch«, erwiderte er.

Der Junge wollte sich umwenden, doch Anja hielt ihn auf.

»Jetzt warte doch. Du musst nicht gehen. Ich bin gleich fertig.«

Er kam ihr sehr hager vor. Mit eingefallenen Wangen, auf denen unzählige Pickel sprossen. Ob das normal war? Es konnte auch an seinem Alter liegen. Vielleicht zu schnell in die Höhe gewachsen. Und er war wirklich noch sehr jung, so, wie er auf den Boden starrte und nicht wagte, sie anzusehen. Wie er wartete, dass man ihm sagte, was er tun sollte.

Anja lächelte ihm aufmunternd zu. »Wie heißt du?«

»Patrick.«

»Kommst du oft hierher?«

Er nickte.

»Du weißt, wer ich bin, oder?«

Wieder nickte der Junge. »Sie wollten das Schwein befreien, das meinen Bruder auf dem Gewissen hat«, sagte er. Dann wandte er sich ab und verschwand.

Anja hielt es nicht länger auf dem Plateau aus. Sie wusste nun, woher sie ihn kannte. Patrick war Sepp Gansters zweiter Sohn. Es war sehr kalt geworden.

Anja nahm sich vor, die Heizung des Gästehauses voll aufzudrehen, wenn sie zurückkam, und heute nicht mehr aus dem Haus zu gehen, sondern zu lesen. Sie machte beim Supermarkt halt und kaufte Brot, Wurst und ein paar Tomaten, die sie in einen Plastikbeutel packte. Auf dem Weg zum Gästehaus traf sie auf Rudi List.

»Hallo. Was machen Sie denn hier?«

Anja deutete auf ihren Einkauf. »Ich war nur auf dem Weg zurück ins Gästehaus.«

Er nickte verständnisvoll. »Kaffee?«

Sie wollte reflexartig ablehnen, überlegte es sich aber anders. »Warum nicht?«

Kurz darauf hatte sie wieder eine von Lists winzigen Tassen vor sich stehen.

»Sie haben schon die Gegend erkundet. Schön, oder?«

Anja nippte an ihrem Kaffee und bekam eine Gänsehaut, weil er so köstlich war. Sie nickte stumm, um die wohlschmeckende Flüssigkeit noch einen Moment länger im Mund behalten zu können.

»Hier unten kann es etwas dunkel werden im Winter«, sagte List, »aber oben haben wir den besten Ausblick.«

»Der Ort ist auch schöner, als ich ihn in Erinnerung habe«, gab Anja zu. »Nichts für ungut, aber ich hatte damit gerechnet, dass alles verkommt nach dem Bankrott des Zementwerks. Davon ist nicht viel zu merken.«

»Wir strengen uns sehr an«, meinte List ausweichend.

Anja spürte, dass sie deutlicher werden musste. »Ist überhaupt genug Geld dafür da? Sie nehmen doch bestimmt viel weniger Steuern ein. Trotzdem sind die Leute nicht arm, sie können sich die neuesten Plasmafernseher leisten.«

»Die Steuern reichen natürlich nicht«, bestätigte List. »Es gab viel Solidarität nach dem, was passiert ist.«

»Soll heißen?«, fragte Anja nach.

»Es gibt private Förderer. Und zum Glück einige wohlhabende Bürger, die aushelfen. Die ein Interesse daran haben, dass wir wieder auf die Beine kommen.«

»Rebhahn, der Künstler?«

List nahm einen Schluck von seinem Kaffee. »Zum Beispiel.«

Anja war zufrieden. Sie hatte es sich nicht eingebildet.

»Waren die Investoren schon da, von denen Sie erzählt haben?«

Sein Lächeln sah nicht mehr ganz so entspannt aus. »Es verzögert sich ein wenig. Aber das macht nichts. Sie werden kommen. Gehen Sie heute wieder zum *Kirchenwirt*?«

»Das muss ich mir noch gut überlegen«, lachte Anja.

»Immerhin müssen Sie nicht heimfahren«, erinnerte sie List.

»Gehen Sie heute auch in den *Kirchenwirt*?«

Er schüttelte den Kopf. »Ich habe zu tun.«

»Wegen dem Gästehaus ...«, begann sie.

»Schön, oder?«

Anja senkte den Blick. »Es gab da ein Missgeschick. In meiner Wohnung.«

»Noch ein Missgeschick?«, lachte List.

»Kann ich vielleicht wirklich noch eine Weile bleiben?«, fragte Anja.

»Habe ich Ihnen doch angeboten.«

»Es ist nur, in meiner Wohnung gibt es einen Wasserschaden. Ich weiß nicht genau, wie lange es dauert, bis er behoben sein wird. Ich zahle auch Miete.«

List hob abwehrend die Hand. »Kommt nicht infrage. Bleiben Sie, so lange Sie wollen. Ich melde mich rechtzeitig, falls wir das Haus für andere Gäste brauchen.«

Anja war ihm ehrlich dankbar.

»Wenn Sie schon hier sind, kommen Sie doch sicher auch zu dem Konzert, oder?«

»Welches Konzert?«

List sah sie mit gespieltem Erstaunen an. »Sie haben noch nichts davon gehört? *Epic Fail* spielen im Steinbruch. Die müssen Sie kennen! Werden im Radio rauf und runter gespielt.«

»Ich höre kein Radio«, lächelte Anja.

Er grinste. »Morgen Abend, dürfen Sie auf keinen Fall verpassen!«

Anja versprach hinzukommen. Sie zog ihre Windjacke an, die über der Sessellehne hing. Als sie eine Hand in die Tasche steckte, fühlte sie den kleinen Gegenstand, den sie am Wasserfall aufgehoben hatte. Ihn hatte sie schon fast vergessen. Sie zog ihn heraus.

»Was haben Sie da?«, fragte List.

Anja hielt den Gegenstand hoch. Es war ein kleiner silberner Anhänger für eine Halskette. Er trug eine Gravur: *HT*. »Das habe ich auf dem Plateau gefunden. Schön, nicht? Dinge, die Leute verlieren, wenn sie im Dunkeln aneinander rumspielen. Wer weiß, wenn man dort gräbt, findet man vielleicht noch mehr.«

List starrte entgeistert Anjas Fund an.

»Sie brauchen gar nicht so zu starren«, lachte Anja. »Es gehört mir, ich habe es gefunden! Oder wissen Sie, von wem es ist?«

Da stimmte List in ihr Gelächter ein. »Keine Ahnung. Behalten Sie es!«

Das Gästehaus gefiel ihr wirklich. Es war nicht zu groß und von einem Garten umgeben, der nur ein wenig Pflege brauchte. Den Keller wollte sie fortan meiden, aber sonst? Vor dem Haus wuchsen Sträucher, an deren Zweigen kleine verschrumpelte Früchte hingen, die nie abgeerntet worden waren. Manche waren von Vögeln angepickt worden.

Brombeersträucher, dachte sie, während sie die Bierkiste, die immer noch vor der Tür stand, ins Haus trug. *Im Sommer kann ich hier Brombeeren ernten.* Sie schüttelte den Kopf, als ihr bewusst wurde, was sie da gerade gedacht hatte.

Als sie die Tür schließen wollte, sah sie Joesy winkend auf dem Gehweg herankommen. Er sah verändert aus. In seinen Haaren war zu viel Gel, und er trug eine schwarze Bomberjacke, enge Jeans und teure Sportschuhe. Die Jacke stand ihm, weil sie seinen Bizeps und Bauch kaschierte.

»Frau Grabner!«

»Hallo, Joesy. Was tust du denn hier?«

Er machte eine abwehrende Geste. »Ich bin nur zufällig vorbeigekommen.«

»Und was willst du?«

»Ich habe mich gefragt, ob wir mal was zusammen trinken gehen.«

Anja musste lachen. »Wohin? In den *Kirchenwirt*?«

Er trat verunsichert von einem Fuß auf den anderen. »Wir können auch woanders hingehen.«

Das war also dein Plan, dachte sie. *Mehr hast du nicht zu bieten? Du weißt doch gar nicht, was du mit mir anfangen sollst.* Sie seufzte. »Ich denke darüber nach, okay?«

Er nickte, konnte aber seine Enttäuschung nicht verbergen.

»Wir müssen auf jeden Fall noch ein Entscheidungsmatch austragen«, fügte sie schnell hinzu. »Es steht eins zu eins.«

Da grinste er. »Wenn Sie wollen. Muss aber nicht sein.«

Als sie die Haustür hinter sich schloss, fiel ihr Blick auf Officer Colin, der sie vom Sofa aus ansah. »Was für ein Kerl, Colin. Lass ihn auf keinen Fall hier rein, hörst du?«

Sie nahm Officer Colin und setzte sich mit ihm auf die Couch. Ihr fiel auf, dass sie sich schon seit Tagen nicht mehr in Facebook eingeloggt hatte. Die Erkenntnis machte sie stolz. Sie hatte schon des Öfteren probiert, ihre Internetsucht in den Griff zu kriegen, die sie vor allem dann überkam, wenn es ihr schlecht ging. Bisher hatte sie kein Rezept gefunden, umso mehr erstaunte es sie, dass sie es in den letzten Tagen komplett vergessen hatte.

Sie beschloss, sich eine kleine Dosis soziale Medien zu genehmigen. Als sie Facebook öffnete, war sie überrascht. Sie hatte nicht weniger als fünfzehn neue Freundschaftsanfragen. Sie klickte sich durch die Profile und stellte fest, dass einige davon offen einsehbar waren. Es handelte sich zum größten Teil um junge Leute aus Stein, wie sie den angegebenen Wohnorten und Geburtsdaten entnehmen konnte. Einige der Gesichter erkannte sie sofort, sie waren Zuschauer des Armdrück-Wettbewerbs gewesen. Offenbar hatte sie ein paar Fans gewonnen. Auch Kaufmann war darunter. Nach kurzem Zögern bestätigte sie sämtliche Anfragen.

Und als sie so dasaß, den Officer an sich gekuschelt und irgendwie glücklich, musste sie sich eingestehen, dass sie sich selten zuvor in ihrem Leben an einem Ort so willkommen gefühlt hatte wie in Stein.

Anja wusste nicht, wo sie war. Sie konnte sich nicht bewegen. Der Raum war mit Neonröhren beleuchtet und schien keine Fenster zu haben. Die Wände waren weiß, in einer gefliesten Ecke befand sich ein Waschbecken. Sie lag in einem Bett mit verchromtem Rahmen, es sah aus wie ein Krankenbett. Ein Klappern war zu hören.

Warum war sie nicht im Gästehaus? Wie war sie hierhergekommen?

Jemand stand direkt hinter ihr am Kopfende und hantierte mit etwas Metallischem. Es klang wie das Klappern von Essbesteck. Anja wusste auf einmal, wo sie hier war. Dies war der Keller, in dem Bert Köhler gefangen gehalten wurde. Auf einer Bank neben der Wand saß Officer Colin und schüttelte bedauernd den Kopf. Plötzlich war da eine Tür zum Nebenraum, vorne neben dem Waschbecken. Anja sah den Metallrahmen eines weiteren Betts. Sie wusste, dass dort Köhler lag. Sie konnte ihn beinahe sehen. Was von ihm übrig war. Er war also wirklich noch am Leben.

Anja schloss die Augen, doch das Bild Köhlers verschwand nicht. Panik erfasste sie. *Was ihm passiert ist, wird auch mir passieren. Weil ich nicht aufgepasst habe. Weil ich nach Stein zurückgekommen bin. Das war ein Fehler.*

Als sie die Augen öffnete, stand jemand vor ihr. Der junge Mann mit entblößtem Oberkörper sah ihr in die Augen. Sein Gesicht war blutüberströmt, auf seinem kahlen Schädel klaffte ein kleiner schwarzer Punkt, die Quelle des Blutes. Sein Mund bewegte sich, aber die Stimme schien dennoch nicht aus seinem Körper zu kommen, sondern von allen Seiten.

Wir müssen uns treffen. Es ist wichtig. Du kennst die Adresse.

Er unterbrach den Augenkontakt, blickte auf etwas, das weiter unten auf dem Bett lag. Anja folgte seinem Blick und sah dort, wo ihre Hände gewesen waren, nur zwei dick mit weißen Mullbinden umwickelte Stümpfe.

Ich träume, dachte Anja. *Das muss ein Traum sein.*

Sie schrie. Zuerst passierte nichts, ihr Schrei war stumm, doch als sie es wieder und wieder versuchte zu schreien, spürte sie, wie ihr Kopf klarer wurde. Der Traum löste sich auf.

Anja erwachte heftig atmend. Sie setzte sich im Bett auf. In dem Zimmer war es so dunkel, dass sie die Hand vor Augen nicht sah. Vom Fenster hörte sie ein Pfeifen, der Rahmen schien undicht zu sein. Draußen tobte ein Sturm.

Anja schaltete ihr Handy ein, und das Schlafzimmer des Gästehauses wurde in ein gespenstisches blaues Licht getaucht. Es war vier Uhr nachts. Erschöpft ließ sie sich auf das Kissen zurücksinken.

Ruhig, Anja. Du verarbeitest da was, deshalb bist du hier. Lass es geschehen.

Das Licht des Mobiltelefons ging aus.

Trotz des Blutes hatte sie das Gesicht in ihrem Traum sofort erkannt.

Anja fand keinen Schlaf mehr, bis es draußen dämmerte und sie aufstand.

Während sie in der Küche Kaffee trank, sah sie aus dem Fenster Rudi List, der mit einer Schaufel über der Schulter die Straße entlangging.

7

Amputation. Das ist die vielleicht am meisten unterschätzte Kunst in der Medizin. Gibt es seit der Steinzeit. Schon damals wusste man, dass die Abnahme eines Körperteils lebensrettend sein kann.

Sie müssen die Augen nicht öffnen, ich weiß, dass Sie wach sind. Wenn Sie nicht zusehen wollen, Ihr Problem. Sie müssen nicht. Ich werde Ihnen die einzelnen Schritte so erklären, dass Sie sich alles vorstellen können.

Es tut fast gar nicht weh, wenn eine Amputation professionell gemacht wird. Das Skalpell muss nur richtig scharf sein. Lokale Betäubung wäre für die meisten Patienten völlig ausreichend, aber alle wollen eine Narkose, trotz der Risiken. Aber was erzähle ich Ihnen das? Sie wissen ja, es geht auch ohne Betäubung. Der Knochen ist das einzige Problem, aber mit etwas Übung ist das ganz schnell erledigt. Wie beim Zahnarzt. Aber Sie kennen das ja.

Was sollen wir uns als Nächstes vornehmen? Einen Finger? Oder etwas Größeres? Wenn Sie mich darum bitten, nehme ich Ihnen nur einen Finger ab. Kommen Sie schon! Aber nein, Sie reden ja nicht. Wie schade. Vielleicht würde ich Ihnen sogar die Freiheit schenken, wenn Sie mich darum bitten. Nur ein einziges Wort, dann würde ich es mir über-

legen. Nein? Ich würde zu gern damit aufhören. Glauben Sie, mir macht das Spaß? Das ist harte Arbeit. Aber Sie reden ja nicht. Egal was ich mache. Sie schweigen, um mich zu quälen. Geben Sie es zu. Es ist Ihre Rache für das, was ich getan habe.

So, jetzt können wir beginnen. Ich habe eine Entscheidung getroffen, und es wird kein Finger sein. Sie hatten die Wahl. Sind Sie bereit? Dann los.

Samstagvormittag

Anja war auf dem Rückweg von ihrer Laufrunde. Sie hatte die ganze Zeit über den Traum nachdenken müssen. Wollte ihr Unterbewusstsein ihr etwas sagen? Sie war zu keinem Schluss gekommen. Sie war zu schnell gelaufen, hatte starkes Seitenstechen, das einfach nicht mehr weggehen wollte, und war froh, bald das Gästehaus zu erreichen. In Gedanken versunken, bemerkte sie die Limousine erst, als diese langsam und fast geräuschlos an ihr vorbeirollte. Hundert Meter weiter vor ihr stand eine junge Frau auf dem Gehweg. Sie war hübsch und trug ein dunkles figurbetontes Kleid. Als die Limousine neben ihr hielt, öffnete sie die Tür und stieg ein.

Anja verlangsamte ihren Schritt. Sie glaubte zu träumen. Die Szene wirkte vollkommen surreal, etwas daran passte überhaupt nicht. Bis sie dahinterkam, woran das lag.

Anja rannte zu ihrem Citroën.

Zwanzig Minuten später steckte sie auf dem Weg nach Wien im Stau und umklammerte das Lenkrad. Das zähe Stop-and-go machte sie fast wahnsinnig, aber sie ließ die Limousine nicht aus den Augen.

Anja fragte sich, ob sie sich wirklich sicher war. Die junge Frau, ihr Gesicht mit den großen, dunklen und irgendwie traurigen Augen. Das natürlich nicht genau so aussah wie damals auf dem Foto, schließlich waren Jahre vergangen. Aber das Alter schien zu passen. War so ein Zufall vorstellbar? Dass eine Person, die dem Mädchen auf dem Foto so täuschend ähnlich sah, plötzlich in Stein auftauchte?

Alles war vorstellbar. Es gab die kuriosesten Zufälle.

Die Geschichte war während der Ermittlungen um Köhlers Verschwinden von einem Journalisten einer großen Tageszeitung aufgebracht worden. Laut Insiderinformationen hätte sich Köhler mehrmals mit einer Prostituierten namens Diamond getroffen. Es hatte bereits seit einiger Zeit Gerüchte um eine neue Edelnutte in der Wiener Unterwelt gegeben, die jeden betörte. Selbst die Bosse der Russenmafia sollen glänzende Augen bekommen haben, wenn die Sprache auf sie kam. Zwei unscharfe Bilder zeigten eine flüchtige Umarmung zwischen ihr und Köhler in einer Seitengasse. Damit nicht genug, der Insider hatte außerdem behauptet, die junge Dame wäre noch minderjährig. Ein echter Skandal, hatte der Journalist gewettert, einer der bestbezahlten Manager des Landes spielte seine Macht aus und traf gerade die Schwächsten der Schwachen.

Doch es hatte keinen Skandal gegeben, kein anderes Medium hatte die Geschichte aufgegriffen. Offiziell hatte Köhler auch nicht gegen die Behauptung geklagt. Auffällig war nur gewesen, dass der Artikel plötzlich nirgends mehr im Netz auffindbar und der Journalist bei der Zeitung fortan für administrative Aufgaben zuständig war.

Die Ermittlungen waren im Sand verlaufen. Einer der befragten Bordellbetreiber mit dem Namen Dragan Sitka hatte Anja damals im Vertrauen erzählt, die Sache sei natürlich wahr, und man habe unter Kollegen herumgefragt, ob es etwas mit der Entführung zu tun habe, aber da sei nichts, sie könne sich die Mühe sparen. Für wen Diamond arbeitete, wollte auch er nicht sagen. Er wisse es nicht, behauptete er.

Die Prostituierte, um die sich alles drehte, Diamond, hatte Anja nie getroffen, nur die beiden Fotos, die der Journalist verwendet hatte, existierten. In den Akten hatte man die Dame nicht gefunden, ihr wirklicher Name konnte nicht herausgefunden werden. Wenn sie wirklich aus Albanien stammte, wie der ominöse Insider behauptet hatte, so war sie illegal eingereist und nirgends registriert worden. Keine heiße Spur also, eher ein Randthema, das in keiner Weise ein Motiv für die Entführung Köhlers und die außerordentliche Brutalität des Verbrechens lieferte.

Es hatte einfach keinerlei Verbindung zum Fall gegeben.

Die Limousine fuhr immer noch im Schritttempo in der mittleren Kolonne, die sich etwas schneller bewegte als die Autos auf den beiden anderen Spuren. Anscheinend würde sie nicht von der Tangente abfahren.

Als sie auf einmal doch auf die rechte Spur wechselte, ging alles so schnell, dass Anja keine Zeit zum Nachdenken hatte. Sie hatte die Abfahrt übersehen. Die Limousine wechselte abrupt auf die Abbiegespur und beschleunigte. Nach wenigen Augenblicken war sie verschwunden.

Anja fluchte so laut, dass sich die junge Familie im Auto rechts neben ihr zu ihr umdrehte. Dann scherte sie aus, fuhr in die Lücke zu ihrer Linken, die von den anderen Autofahrern für Einsatzfahrzeuge freigehalten wurde, und drückte das Gaspedal durch. Links und rechts wurde gehupt, jemand lenkte sein Auto ebenfalls in den Freiraum, um ihr den Weg abzuschneiden, aber Anja kam mit hohem Tempo daher, und er schien nicht den Mut zu haben, wirklich eine Kollision zu riskieren.

Sie fand tatsächlich einen Weg auf die Abbiegespur. Anja jagte den Motor hoch, nahm die Abfahrt und ordnete sich in den Stadtverkehr ein. Doch sie kam zu spät.

Die Limousine war nirgends mehr zu sehen.

Das *Faun* sah anders aus als noch vor ein paar Jahren. Es war aufwändig umgebaut worden, mit Säulen, Freitreppen und ernst dreinblickenden Marmorstatuen ohne Arme, um sich zu bedecken. Das Gebäude erinnerte eher an einen Tempel, einen Palast vielleicht. Prostitution als Luxus für Leute, die es einmal treiben wollten wie Milliardäre, mit Zigarre in der Hand – hey, man gönnt sich ja sonst nichts.

»Ich will zu Dragan Sitka«, erklärte Anja der Dame am Empfang, die High Heels trug und ein wenig aussah wie eine aufwändig geschminkte Gummipuppe.

»Der Chef ist heute leider nicht im Haus«, säuselte sie. Sie hatte einen leichten Akzent, ohne dass man heraushören konnte, woher sie ursprünglich stammte.

»Wo ist er dann?«

»Das kann ich Ihnen leider nicht sagen«, antwortete sie mit zuckersüßer Stimme.

Anja schnaubte verächtlich. »Sie können nicht, oder Sie wollen nicht?«

»Auch mein Chef hat ein Privatleben.«

Da platzte Anja der Kragen. Sie packte den dünnen Oberarm der Frau, die einen Kopf kleiner war als sie, und zog sie zu sich heran. »Diamond – was wissen Sie über sie? Sagen Sie nicht, Sie kennen sie nicht. Ich weiß, dass sie für Sitka gearbeitet hat.«

Wie aus dem Nichts tauchten zwei bullige Typen in Anzügen auf und kamen näher. Anja ließ die Frau wieder los, doch die beiden achteten gar nicht darauf. Einer trat vor sie, der andere wollte hinter sie gehen, um ihr den Arm auf den Rücken zu drehen. Anja kannte den Trick und ging einen Schritt zur Seite, sodass sie beide wieder vor sich hatte.

Die geschminkte Frau hielt sich den Arm und beobachtete in aller Ruhe, wie die beiden Schlägertypen sich vor Anja aufbauten.

»Ich gehe damit an die Presse!«, schnauzte Anja sie

an. »Das wird Ihrem Chef gar nicht gefallen. So ein Pech, dass Sie mich weggeschickt haben!«

Die Frau funkelte sie böse an, zog dann aber ein Handy aus der Tasche und bedeutete den beiden Typen zu warten. Mit dem Telefon am Ohr wandte sie sich ab. Was sie sagte, konnte Anja nicht hören, aber als die Frau zurückkam, wandte sie sich an die beiden Anzugträger.

»Boris, du begleitest sie. Herr Sitka ist gerade beim Essen, aber sie soll zu ihm kommen.«

Anja wurde in den hinteren Teil des Lokals geführt. Boris öffnete eine große, zweiflügelige Tür. In dem opulent mit Stuckaturen und Spiegeln ausgestatteten Raum stand nur ein einziger Tisch, an dem ein Mann und eine Frau saßen. Der Mann drehte sich zu ihr um.

»Anja Grabner, ich erinnere mich an Sie!«

Sitka trug einen weißen Anzug mit einem Schal um den Hals. Er hatte eine pechschwarze, penibel kurz geschnittene Frisur, die ein wenig wie ein Helm aussah. Ihm gegenüber saß eine Dame in einem Abendkleid, die sich nach ein paar geflüsterten Worten gehorsam entfernte. Sitka wandte sich wieder an Anja.

»Wie schön, Sie wiederzusehen! Sie sehen wunderbar aus. Genau wie damals.«

Anja setzte sich kommentarlos zu ihm.

»Etwas Wein?«, fragte Sitka und schenkte, ohne eine Antwort abzuwarten, in das Glas seiner verschwundenen Begleiterin ein.

Anja beschloss, ruhig zu bleiben und seinem aggressiven Charme keine Angriffsfläche zu bieten. »Danke, dass Sie Zeit haben. Sie erinnern sich, dass ich Sie damals zu Diamond befragt habe?«

Er legte nachdenklich den Zeigefinger an die Oberlippe. »Zu wem? Ich weiß nicht mehr, worüber wir gesprochen haben. Nur Sie sind mir in Erinnerung geblieben. Ihre Haare waren kürzer. Und Sie waren sehr gestresst.«

»Ich habe Diamond heute gesehen.« Anja würdigte das Glas Wein keines Blickes. »Sie sagten, sie wüssten nicht, für wen sie arbeitet. Ich weiß jetzt, dass Sie gelogen haben. Sie arbeitet für Sie. Nach wie vor.«

Sitka runzelte die Stirn. »Ich weiß wirklich nicht, wovon Sie reden.«

»Verarschen Sie mich nicht!«, gab Anja zurück. »Ich gehe der Sache auf den Grund. Ich wende mich an die Presse, wenn nötig.«

Sitka starrte Anja an, dann brach er in schallendes Gelächter aus. »Sie wollen mir doch nicht wirklich drohen? Glauben Sie, irgendjemand interessiert sich für diese alte Geschichte?«

»Sie geben also zu, dass Diamond für Sie arbeitet?«

Sein Lachen erstarb. »Selbst wenn das der Fall wäre, was ich Ihnen damals gesagt habe, stimmte. Es hatte mit Köhler überhaupt nichts zu tun. Sie werden da nicht weiterkommen.«

»Ich will mit ihr reden.«

»Keine Chance.«

»Ich werde sie finden. Und das mit der Presse war kein Scherz.«

Da wurde Sitkas Blick eisig. »Noch eine Drohung und Sie bekommen es mit meinen Anwälten zu tun. Und jetzt verschwinden Sie, bevor mir der Appetit vergeht.«

Der Security, der in der Nähe gewartet hatte, war plötzlich bei ihr und bedeutete ihr aufzustehen.

»Ich habe sie gesehen. Das hat etwas zu bedeuten, und ich werde herausfinden, was.« Anja stand auf, schüttelte die Hand des bulligen Typen ab und stapfte davon.

»Wenn Sie einen Job brauchen, melden Sie sich«, rief Sitka ihr nach. »An Frauen mit Feuer und Charakter bin ich immer interessiert.«

»Leck mich«, schrie Anja zurück.

»Anja, was machst du denn hier?«

Anja erschrak. Sie war so mit ihrer Wut beschäftigt gewesen, dass sie den Mann nicht bemerkt hatte, der vor dem Eingang des *Faun* stand.

»Hallo, Kaspar.«

»Ich dachte, du bist im Urlaub. Wolltest du nicht nach Sansibar?«

»Lange Geschichte«, winkte Anja ab.

»Du warst doch nicht etwa bei Sitka?«, fragte er und deutete zur Tür des *Faun*.

»Vorstellungsgespräch«, versuchte sie zu scherzen. »Er hat mir einen Job angeboten.«

Deutsch sah sie entgeistert an. Anja kannte ihn gut genug, um zu verstehen, dass Leugnen keinen Zweck hatte.

»Schwer zu erklären«, sagte sie.

Deutschs Blick wurde hart. »Nicht im Ernst. Es geht doch nicht etwa um Köhler, oder?«

Anja suchte nach einer Antwort, doch ihr Zögern verriet sie.

»Hinter meinem Rücken? Warum sagst du denn nichts?«, ereiferte er sich. Er äffte ihre Stimme nach: »*Ich habe keine Zeit, ich muss nach Sansibar!* Und jetzt ermittelst du, ohne mir ein Wort darüber zu sagen?«

Sie seufzte. »Ich habe heute jemanden von damals wiedererkannt. Und dem habe ich nachgehen müssen.«

»Wen?«

»Erinnerst du dich an die Prostituierte? Diamond?«

Kaspar schnaubte. »Das war doch ein Rohrkrepierer.«

»Ja, aber auch deshalb, weil wir sie nicht gefunden haben. Wir konnten diese Spur nicht überprüfen. Du wirst es nicht glauben, aber ich habe sie heute gesehen.« Anjas Stimme klang fast flehentlich.

»Anja, du kannst nicht einfach so ermitteln«, rügte Deutsch. »Du hast keine Befugnis! Ich hab dir doch gesagt, ich kann das arrangieren. Aber doch nicht so! Wir können Probleme bekommen.«

Anja ließ sich nicht beirren. »Willst du gar nicht wissen, wo ich sie gesehen habe?«

Er steckte die Hände in die Hosentaschen. »Wo?«

»In Stein!«

Kaspar war fassungslos. »Du warst wieder in Stein?«

Anja wusste nicht, was sie sagen sollte. Sie konnte ihm kaum erzählen, dass sie momentan dort lebte.

Kaspars Gesicht war rot vor Zorn. Er schien tief beleidigt, dass sie ihm nichts von ihren Nachforschungen erzählt hatte.

»Du kommst jetzt sofort mit mir mit!«, befahl Kaspar und zog Anja am Arm zu seinem Dienstwagen. »Steig ein, Anja. Ich sage es dir nicht noch einmal!«

Anja kannte diesen Ton. Sie hatte ihn bei Kaspar nur sehr selten gehört. Meistens bluffte er – man konnte seine Drohungen nicht ernst nehmen. Jetzt klang er anders.

»Ich nehme dich fest, ich schwör's dir!«

»Und aus welchem Grund würdest du mich festnehmen?«, entgegnete sie.

»Du behinderst die offiziellen Ermittlungen.«

Anja prustete vor Lachen. »Welche Ermittlungen?«

»Steig jetzt ein, verdammt noch mal!«

Schweigend saßen sie kurz darauf in Kaspars Dienstwagen. Anja hatte die Arme verschränkt, während er wild an dem Lenkrad riss und jeden anhupte, der nicht sofort Platz machte. Er hätte ein Blaulicht auf das Dach setzen können. Dass er darauf verzichtete, verhieß nichts Gutes. Was immer er vorhatte, war offenbar nicht so offiziell, wie er vorgab. Nach einem kurzen Stau erreichten sie das Landeskriminalamt in der Berggasse.

An dem Weg, den Kaspar durch das Gebäude nahm,

erkannte sie, dass er sie nicht in sein Büro brachte. Sie wollte ihn danach fragen, entschied sich dann aber dagegen. Je weniger sie sprach, desto besser. Sie wollte die Sache nur so schnell wie möglich hinter sich bringen. Ohnehin dämmerte ihr bald, dass sie auf dem Weg zu Oberst Michael Hacker waren, Kaspars Vorgesetzten, der die Abteilung für Gewaltverbrechen leitete.

Anja hatte gemischte Gefühle, was Hacker anging. Sie kannte ihn noch aus ihrer Zeit als Mordermittlerin: ein beleibter, lebenslustiger Typ aus Innsbruck, wenig älter als sie, einer, der vieles nicht so ernst zu nehmen schien. Selbst in der intensivsten Phase der Köhler-Ermittlungen, als es in der Soko drunter und drüber gegangen war, hatte er sich die Laune nicht verderben lassen. Sie hatte damals nicht viel von ihm gehalten, doch er hatte sich als Offizier stetig im Landeskriminalamt hochgearbeitet. Den Leitungsposten, den er nun innehatte, hatte er kurz vor ihrem Abgang übernommen. Anja hatte sich gewundert, dass er die Stelle bekam, ihr wären eine Handvoll gute Polizisten eingefallen, die sich für den Job sehr eigneten und mit erheblich mehr Ernsthaftigkeit an die Arbeit gingen. Doch irgendwie hatte man sich für Hacker entschieden.

Hackers Büro war förmlicher als das von Kaspar Deutsch: weniger Krimskrams, ein paar rechtsphilosophische Bücher im Regal, ein Schreibtisch aus schwarzem Granit, ein großer Besprechungstisch. Hacker begrüßte sie mit offenen Armen.

»Anja, schön dich zu sehen!«, sagte er mit starkem Tiroler Akzent. »Was führt dich hierher?«

»Ich möchte Anzeige erstatten«, sagte Anja kühl. »Kaspar Deutsch hat mich entführt.«

Hacker lachte herzhaft und sah Deutsch an, der das gar nicht komisch fand. »Stimmt das, Kaspar?«

»Er hat mich bedroht«, führte Anja aus. »Darf er das überhaupt? Wie sind denn da meine Rechte? Das ist so lange her ...«

»Komm schon, Michael«, fuhr Kaspar dazwischen. »Du weißt, worum es geht.«

Hacker hörte auf zu lachen und bot den beiden mit einer Geste die Stühle an einem großen Tisch am Ende des Raumes an. Er selbst erhob sich von seinem Schreibtisch und nahm eine halb leere Tasse Kaffee mit, um sich ihnen gegenüberzusetzen.

»Wie kann ich euch helfen?«, fragte Hacker.

Hackers Sekretärin erschien mit einem Blatt Papier in der Hand in der Tür.

»Nicht jetzt!«, sagte Hacker, und sie zog sich zurück. Er war angespannter, als es den Anschein gehabt hatte. »Schießt los.«

»Du weißt von den jüngsten Hinweisen, die wir erhalten haben? Adressen, Namen. Dinge, die mit dem Fall Köhler zu tun haben könnten.«

Hacker nickte und wartete, dass Deutsch fortfuhr.

»Anja hat vielleicht etwas gefunden.«

Anja wollte widersprechen, doch Deutsch bedeutete

ihr mit einer Geste zu schweigen. »Sie hat sich privat in Stein umgesehen. Und, na ja, vielleicht gibt es eine neue Spur.«

Hacker blickte an den beiden vorbei zur Wand. Nachdenklich griff er nach seiner Tasse und nahm einen Schluck. »Privat?«, fragte er.

»Das ist das Problem«, erklärte Kaspar. »Ich wusste nichts davon.«

»Du hast mich doch darum gebeten!«, gab Anja zurück.

»Kommt zur Sache!«, fuhr Hacker dazwischen. Diesen Ton hatte sie bei ihm noch nie gehört. »Welche Spur hast du gefunden, wenn ich fragen darf?«, wandte er sich an sie.

Sie zuckte mit den Schultern. »Gar keine, vermutlich. Und Kaspar übertreibt maßlos. Ich ermittle nicht, ich mache nur Urlaub.«

Kaspar lachte ungläubig. »In Stein?«

»Ist das etwa verboten?«

»Sie gibt vor, ihren Flug verpasst zu haben!«, ereiferte sich Kaspar und zeigte mit dem Finger auf sie.

»Geht's noch?«, gab Anja zurück. »Ich hab den Flug doch wegen dir verpasst!«

»Welche Spur?«, fragte Hacker erneut.

Kaspar schlug mit der Faust auf den Tisch. »Sag es, Anja. Erzähl ihm von der Prostituierten!«

»Du hast doch gesagt, das ist eine Sackgasse«, stichelte Anja.

»Diamond?«, vergewisserte sich Hacker.

Niemand widersprach, und Hacker nickte. Er schien das Gehörte zu verarbeiten. »Sonst etwas?«, fragte er.

»Da ist noch mehr«, beharrte Kaspar. »Nicht wahr, Anja? Du bist da an etwas dran.«

Sie schwieg.

»Siehst du?«, triumphierte Kaspar. »Deshalb möchte ich auf das zurückkommen, was wir unlängst besprochen haben.«

Hacker lehnte sich zurück und verschränkte die Hände. »Was meinst du?«

»Dass Anja wieder in den Dienst gestellt wird.«

Anja wollte gerade widersprechen, als Hacker das Wort ergriff. »Das ist nicht möglich, und das weißt du.«

Kaspar fiel aus allen Wolken. »Was? Ich dachte… Wir hatten doch… Warum denn auf einmal?«

»Du weißt genau, dass wir strenge Vorgaben haben. Wer draußen ist, ist draußen. So ist das nun mal. Tut mir leid.«

Anja konnte sich ein Schmunzeln nicht verkneifen. Hacker lächelte nicht zurück.

»Du hast gesagt, wenn sich etwas Neues ergibt…« Kaspar war noch nicht bereit aufzugeben.

»Dann kann es sein, dass wir ein neues Team aufstellen, richtig«, fiel ihm Hacker ins Wort. »Mit neuen Leuten. Aber doch nicht Anja. Es interessiert sie doch gar nicht, sagt sie.«

»Stimmt«, bestätigte Anja.

Deutsch erkannte allmählich, in welche Richtung das Gespräch ging. Er konnte es immer noch nicht glauben. Ein letztes Mal bäumte er sich auf. »Anja ist da an etwas dran«, erklärte er. »Und selbst wenn nicht, was kostet es uns? Gar nichts. Im schlimmsten Fall kommt nichts dabei raus. Bitte, Michael!«

Hacker schüttelte bedauernd den Kopf. »Tut mir leid. Ich hätte vielleicht etwas tun können, bevor dieser Artikel erschienen ist. Aber das hat einigen Leuten nicht gepasst.«

»Welcher Artikel?« Kaspar Deutsch fiel aus allen Wolken. Er sah Anja an, die mit den Schultern zuckte. Auch sie wusste nichts von einem Artikel. »Du hast mit der Presse gesprochen? Bist du nicht mehr ganz dicht?«, wandte er sich an Hacker.

»Ich musste mir Fragen gefallen lassen«, fuhr Hacker fort. »Das Thema ist erledigt.« Er wandte sich an Anja. »Und du hörst auf, deine Nase in diese Geschichte zu stecken, okay? Es hat dich lange genug beschäftigt, sieh zu, dass du das endlich hinter dir lässt. Klar?«

»Sonnenklar.« Sie nickte.

»Gut«, sagte er, trank seinen Kaffee aus und stand auf. »Dann raus, ihr beiden.«

Schweigend verließen sie das Landeskriminalamt. Kaspars Kopf war rot. Es sah aus, als würde er die Luft anhalten. Als sie auf der Straße waren, konnte Anja sich nicht beherrschen.

»Ein Anruf, oder wie?«, ätzte sie.

»Das verzeih ich dir nie«, entgegnete Deutsch. »Weißt du was? Mach deinen Urlaub und lass mich in Ruhe. Ich warne dich nur: Wenn ich dich noch einmal beim Ermitteln erwische, sorge ich dafür, dass du die Arbeit beim Sicherheitsdienst vergessen kannst. Dann putzt du in Zukunft nur noch Klos!«

»Ich wollte dort sowieso aufhören«, sagte Anja und ging.

Später fragte sie sich, ob das wirklich notwendig gewesen war. Es stimmte ja, sie hatte sich umgehört. Und sie war auf interessante Dinge gestoßen. Nur ärgerte sie sich, dass ihre Nachforschungen plötzlich auf Anklang stießen. Jetzt, so spät. Kaspar hatte die Ermittlungen einschlafen lassen, und nun hatte er ein schlechtes Gewissen. Anja hatte nicht vor, ihm dabei zu helfen, es loszuwerden. Sie fühlte Genugtuung bei dem Gedanken, ihm die Suppe zu versalzen. Schließlich hatte sie wirklich wegen ihm den Flug verpasst.

Jedenfalls hatte Hacker es ernst gemeint. Er hatte von einem Artikel gesprochen – was zur Hölle hatte er gemeint? Anja beschlich eine böse Vorahnung. Während sie mit der U-Bahn zurück zu ihrem Auto fuhr, googelte sie ihren Namen und fand die Meldung. Sie stutzte und sah sich nach einer der Gratiszeitungen um, die in den Wiener U-Bahnen ausgegeben wurden. Eine Sitzreihe weiter las ein junger Bursche in einer.

»Darf ich kurz?«, fragte sie ihn und entriss ihm das Blatt, ohne auf seine Antwort zu warten.

»Geht's noch?«, schimpfte der junge Mann, hatte aber nicht den Mut, sich zu wehren.

Anja ignorierte ihn und blätterte die Zeitung durch. Plötzlich sah sie sich selbst. Es war ein altes Foto, sie wirkte verbissen. *Kann diese Frau das Geheimnis lüften?*, prangte darüber.

Hektisch überflog Anja die Meldung. Erst als sie den Artikel dreimal gelesen hatte, beruhigte sie sich. Linder hatte nichts Wichtiges zu sagen. Er hatte geschrieben, dass Anja nach Stein zurückgekehrt war, dass sie ihren Job gekündigt hatte – was einfach nur schlampig recherchiert war –, und dann hatte er dieselbe mysteriöse Andeutung gemacht, mit der er auch ihr gegenüber hatte punkten wollen: dass es bei der Polizei Leute gab, die alles vertuschen wollten. Die Argumentation, Anja ermittle deshalb allein, war so fadenscheinig, dass sie den Artikel getrost ignorieren konnte. Eine Geschichte für eine U-Bahn-Zeitung, mehr nicht. Nicht die große Aufdecker-Story, von der Linder träumte. Dennoch, der Journalist hatte sie reingelegt.

Anja ließ die Zeitung aus ihren Fingern gleiten, sodass sie neben dem jungen Mann auf den Boden fiel. Er verschränkte die Hände. Die Lust aufs Zeitunglesen war ihm offensichtlich vergangen.

Okay, sie musste vorsichtiger sein. Aber aufhören, wie sie es Hacker versprochen hatte? Sie dachte gar nicht daran.

Diamonds Auftauchen hatte etwas zu bedeuten, davon war sie überzeugt. Es war ein Gefühl, das sie noch nicht ganz verstand. Ein Gedanke, den sie nicht fassen konnte. Sie musste mit jemandem darüber reden.

Vychodil blieb der Mund offen stehen, als er die Tür öffnete und Anja sah.

»Einen Kaffee? Gern, natürlich mache ich Ihnen Kaffee.«

Wenig später trug er vorsichtig ein Tablett mit zwei dampfenden Tassen in das Wohnzimmer. Anja bemerkte wieder das Zittern seiner Hände.

»Soll ich Ihnen helfen?«, fragte sie.

»Es geht schon«, gab er zurück. »Ich muss das alleine machen.«

»Was fehlt Ihnen denn?«

Vychodil atmete erleichtert auf, als er das Tablett abgestellt hatte, und setzte sich hin. »Parkinson«, erklärte er knapp. »Aber ich habe noch Zeit. Wenn ich aufgeregt bin, ist es schlimmer. Wie laufen die Ermittlungen?« Er schien vor Neugierde zu platzen.

»Ich ermittle nicht, Vychodil, das habe ich Ihnen doch schon erklärt. Ich mache Urlaub.«

Vychodil lächelte mild. »Gut, Sie ermitteln nicht. Wie geht es Ihnen bei Ihren Nicht-Ermittlungen?«

»Ich habe Mist gebaut«, sagte Anja. Sie erzählte ihm von der Sache mit Linder, einfach, um es loszuwerden.

»Halten Sie sich von dem fern! Der macht nur Probleme!«, beschwor Vychodil sie.

»Also, ich fand ihn nett«, erwiderte Anja.

»Sie haben ihm doch hoffentlich nichts erzählt?«

»Nein, zum Glück. Dabei hat er mir versprochen, nichts darüber zu schreiben.«

Vychodil lachte freudlos. »Wer's glaubt!«

»Egal, deshalb bin ich nicht hier.«

Er beruhigte sich. »Ach ja?«

»Ich habe heute in Stein jemanden gesehen.« Anja erzählte ihm von der jungen Frau, davon, wie sie die Limousine verfolgt hatte, und von ihrem Gespräch mit Sitka.

Vychodil wusste über Diamond genau Bescheid.

»Was wollen Sie jetzt tun?«, fragte er.

»Ich könnte die Wiener Bordelle abklappern und mich umhören, ob jemand etwas weiß. Oder ich versuche, diesen Journalisten von damals zu finden.«

Vychodil stutzte. »Haben Sie es immer noch nicht kapiert?«

»Was?«

»Der Journalist von damals ... Das war Linder!«

Anja war wie erstarrt. Sie konnte ihre eigene Dummheit kaum fassen. Dann sprang sie auf und verließ Vychodil ohne Gruß.

Im Auto fingerte sie Linders Visitenkarte aus ihrer Tasche. Da war doch tatsächlich eine Adresse aufgedruckt. Linder wohnte in Wien. Anja startete den Motor und brauste los.

Sie parkte im 19. Bezirk vor einem Gemeindebau, der

aussah wie eine Festung. Sie musste zweimal läuten, bis sich eine verzerrte Stimme durch die Gegensprechanlage meldete.

»Ja?«

»Anja Grabner. Ich muss mit Ihnen reden.«

»Ich kann gerade nicht«, entgegnete Linder nach einer kurzen Pause.

»Doch, Sie können«, erwiderte Anja.

Kurz dachte sie, er würde sie ignorieren, doch dann ertönte der Türsummer.

Anja lief die Treppe hinauf und ärgerte sich darüber, nicht nach dem Stockwerk gefragt zu haben. Im dritten Stock war eine der Wohnungstüren offen, durch die Licht nach außen drang. Im Rahmen stand Linder im Bademantel und wartete auf sie. Eine einzelne Haarsträhne klebte feucht auf seiner Stirn. Er beäugte sie wachsam.

»Ich dachte nicht, dass wir uns so schnell wiedersehen. Hat Ihnen der Artikel gefallen?«

»Sie Arschloch«, schimpfte Anja. »Sie haben mich angelogen.«

Er zuckte mit den Schultern. »Finden Sie? Es ist für mich immer wieder verwunderlich, welches Mitteilungsbedürfnis die Leute haben. Sie erzählen mir alle möglichen Dinge, und dann beschweren sie sich, wenn ich es schreibe.«

»Ja, weil Sie versprochen haben, es nicht zu schreiben!«, gab Anja wütend zurück.

Er hob das Kinn. »Das habe ich so nie gesagt.«

Anja versuchte, sich zu beruhigen. »Ich bin wegen etwas anderem hier. Die Aufdecker-Geschichte, von der Sie gesprochen haben, die totgeschwiegen wurde. Dabei ging es gar nicht um den Köhler-Fall, nicht wahr? Es ging um eine Prostituierte namens Diamond.«

Als er den Namen hörte, zuckte er sichtbar zusammen und zog den Kopf ein.

»Sie haben deshalb sogar Ihren Job verloren«, stellte Anja fest. »Darum schreiben Sie heute für Gratiszeitungen. Die Sache hat Sie Ihre Karriere gekostet.«

»Darüber will ich nicht reden.«

Anja blieb hartnäckig. »Wer steckte dahinter? Sie wissen es, oder?«

»Das ist unwichtig«, erklärte er trotzig.

»Aha. Und was ist Ihrer Ansicht nach wichtig?«

Linder spähte in den Flur, prüfte, ob noch jemand anders im Treppenhaus war. Dann sagte er leise: »Köhler selbst hat dafür gesorgt, dass meine Karriere den Bach runterging. Er oder jemand von der Bank. Wichtig ist, dass Sie herausfinden, wer die Ermittlungen behindert hat.«

»Und wer soll das Ihrer Meinung nach gewesen sein?«

»Jemand bei der Polizei, das sagte ich doch schon.«

Anja wartete, ob er noch einen Namen hinzufügte. Als er schwieg, hakte sie nach: »Sie wissen nicht, wer?«

Er schüttelte den Kopf.

Anja befürchtete, dass er sich zurückziehen könnte,

und bemühte sich um einen diplomatischen Ton. »Ich suche nur einen Kontakt zu dieser Prostituierten«, sagte sie. »Deshalb bin ich hier. Wissen Sie, wo ich sie finde?«

»Nein, ich hatte nie einen Kontakt zu ihr.«

So, wie er das sagte, glaubte sie ihm nicht. »Kommen Sie schon, Sie sind mir etwas schuldig. Weil Sie mich angelogen haben.«

Kurz glaubte sie, zu ihm durchgedrungen zu sein, doch dann griff er zur Türklinke.

»Ich bin Ihnen gar nichts schuldig«, sagte er und schloss die Tür vor ihrer Nase.

»He, ich bin noch nicht fertig!«, rief sie und hämmerte gegen die Tür. Als er nicht reagierte, drückte sie noch dreimal auf die Klingel, doch er öffnete nicht mehr. Anja sah ein, dass es keinen Sinn hatte. Verärgert räumte sie das Feld.

Jedenfalls war sie inzwischen versucht, Linders Theorie zu glauben. Sie hatte nämlich etwas in seinen Augen gesehen, bevor er die Tür geschlossen hatte.

Sie hätte schwören können, dass Linder Angst hatte.

»Wer könnte etwas darüber wissen?«, fragte Anja laut, als sie wieder im Auto saß.

Und da fiel es ihr ein.

Anja hatte ihr Auto auf einem Schotterweg geparkt und stand vor einer mindestens fünf Meter hohen Hecke. Daran konnte sie sich nicht erinnern, vor ein paar Jahren war das Gelände noch offen einsehbar gewesen.

Ein Jugendstilbau eines bekannten Architekten, einst ein Künstlertreffpunkt, den Köhler günstig erstanden und dann aufwändig hatte renovieren lassen. Anja wusste, dass das Anwesen verkauft worden war, nachdem man ihn für tot erklärt hatte, konnte sich aber nicht erinnern, an wen. Zu gern hätte sie einen Blick darauf erhascht.

Anja hatte versucht, den Piloten ausfindig zu machen, der damals Köhlers Privatjet geflogen hatte, doch sie hatte lediglich erfahren, dass er ausgewandert war. Er hatte damals ausgesagt, dass er nach der Chinareise den leeren Jet zurück nach Österreich geflogen hatte. Niemand sollte davon erfahren. Wie Köhler zurückgekommen war, wusste er nicht. Später stellte sich heraus, dass ein chinesischer Geschäftsfreund ihm seinen Flieger angeboten hatte. Natürlich sei das nur dieses eine Mal passiert. Warum sie nicht nachgehakt hatten, wusste Anja nicht mehr.

Also kein Pilot. Vielleicht gab es jemand anderen, der ihr helfen konnte.

»Sind Sie hier fertig?«

Der Arzt sieht zu Anja auf. »Jeden Moment.«

Der Mediziner, ein sehr großgewachsener Mann mit grauen Haaren, zieht die Druckmanschette vom Arm der alten Frau. Aurelia Hammerstein, Bert Köhlers Haushälterin. Er behandelt sie in ihrer kleinen Bedienstetenwohnung im Erdgeschoss von Köhlers Villa, versteckt hinter einer un-

scheinbaren Tür. Anja sieht Textiltapeten und einen Röhrenfernseher. Hier scheint sich seit fünfzig Jahren nichts verändert zu haben.

Die Frau dreht sich zu Anja um. Sie sitzt kerzengerade auf einem Stuhl. »Sprechen Sie nicht so, als ob ich nicht da wäre. Das ist unhöflich.«

»Wie geht es Ihnen?«, *fragt Anja.*

Ein Zittern der Entrüstung geht durch ihren Körper. »Was glauben Sie denn? Ich bin außer mir vor Sorge!«

»Wir tun alles, was wir können, Frau Hammerstein.«

»Hammerstein-Equord, wenn Sie nichts dagegen haben.«

Anja nickt. »Tut mir leid, Frau Hammerstein-Equord, dass ich Sie schon wieder belästige, aber ich muss Ihnen noch ein paar Fragen stellen.«

»Ich sagte Ihnen doch schon, das Päckchen kam um halb elf an. Ich habe keine Ahnung, wer es geschickt hat, aber ich wusste, dass früher oder später so etwas passieren würde. Ich frage mich, was die Polizei in dieser Sache bis jetzt unternommen hat.«

»Was passieren würde?«, *bohrt Anja nach.*

»Was wir nicht alles schon hatten. Einbrecher, Paparazzi, Frauen, die sich im Garten die Kleider vom Leib rissen, bevor ich eingreifen konnte. Die Polizei hat nichts getan. Wollen Sie jetzt immer noch wegsehen?«

»Was denken Sie denn, worum es sich diesmal handelt?«

»Um eine Drohung!«, *erwidert sie ungeduldig.* »Was denn sonst? Herr Köhler hat mächtige Feinde, es war nur eine Frage der Zeit.«

Die Möglichkeit, dass der Finger Köhler gehören könnte, zieht sie überhaupt nicht in Betracht, denkt Anja.
»Wir prüfen derzeit alle denkbaren Optionen, Frau Hammerstein. Hammerstein-Equord, Verzeihung. Gerade deshalb müssten wir dringend mit Herrn Köhler sprechen.«
»Unmöglich. Herr Köhler ist auf einer Dienstreise. Das habe ich Ihnen doch schon gesagt. Wenden Sie sich an seine Sekretärin.«
Anja seufzt.
Köhlers Haushälterin wendet sich demonstrativ ab. »Sind Sie dann fertig? Ich habe zu tun.«

»Sie dürfen hier nicht parken, das ist Privatgrund.«

Anja drehte sich um. Der Typ, der vor ihr stand, war genauso groß wie sie, hatte eine Glatze und trug eine Sonnenbrille und eine graue Uniform, die an Söldner aus amerikanischen Filmen erinnerte, was auch die Idee dabei war. Anja kannte die Sicherheitsfirma, die diese Uniformen verwendete. Sie zahlten gut, doch es war extrem schwer, dort einen Job zu bekommen.

»Wirklich? Ich wollte nur ...«

»Haben Sie die Hinweisschilder nicht gesehen? Bitte verlassen Sie sofort das Gelände.«

Anja hätte ihm gern in die Augen gesehen, doch die Brille verbarg seinen Blick. Sie bemerkte, dass er einen Knopf im Ohr hatte. Sprechfunk. Wer zur Hölle wohnte in diesem Haus?

»Hinweisschilder? Wo?«

»Ich bitte Sie höflich, das Gelände sofort zu verlassen. Sonst wird Anzeige gegen Sie erstattet.«

Anja lachte. »Ein Scherz. Natürlich habe ich die Hinweisschilder gesehen. Ich bin eine Kollegin. Anja Grabner, ich arbeite bei Sec-Five. Gute Arbeit machen Sie da.«

Er grinste. Zuerst dachte sie, er würde darauf einsteigen, doch dann sah sie, dass er sie belächelte.

»Bitte, Frau Grabner. Das ist keine leere Drohung.«

»Schon gut, ich gehe ja schon«, sagte Anja mit gespielter Enttäuschung. »Darf ich Sie noch was fragen? Ich kannte den früheren Besitzer des Hauses. Wem gehört es jetzt?«

Der Typ dachte nicht daran, sie einer Antwort zu würdigen. Er stand einfach nur da und wartete. In der Ferne war auf einmal das Kreischen eines hoch drehenden Motors zu hören. Auf der Straße näherte sich ein schwarzer Punkt mit hoher Geschwindigkeit und hielt auf ein Tor in der Hecke zu, etwa hundert Meter von ihnen entfernt. Ein flacher, in der Sonne glänzender Keil. Anja vermutete, dass es ein Lamborghini war. Einmal saß sie in so einem Gefährt drin. Für ihre langen Beine war irgendwie nicht genügend Platz gewesen, und fast wäre sie nicht mehr aus dem Fahrzeug herausgekommen. Der Sportwagen raste auf das Tor zu und schien auf Kollisionskurs zu sein, bevor er scharf abbremste.

»So, Kollegin, jetzt müssen Sie wirklich gehen. Sonst

kriege ich Probleme«, sagte der Mann, der nun nicht mehr lächelte.

»Ach ja? Probleme mit wem? Wer ist Ihr Chef?«, wagte Anja einen weiteren Versuch.

Der Sportwagen war vor dem Tor, dessen Flügel sich geöffnet hatten, stehen geblieben. Der Security stieß einen unterdrückten Fluch aus.

»Ja?«, sagte er und hielt den Zeigefinger an das Ohr.

Anja erkannte, dass er sich über Funk mit jemandem unterhielt. Seine Anspannung war spürbar.

»Sie heißt Grabner, ich habe Sie gerade weggeschickt. Ich weiß nicht, was sie will.«

Nun verstand Anja. Jemand saß in dem Sportwagen und beobachtete sie. Jemand, der wissen wollte, wer die Besucherin war.

»Nein ... nein. In Ordnung.«

Der Security nahm den Knopf aus dem Ohr und reichte ihn wortlos an Anja weiter, die ihn erstaunt und mit spitzen Fingern entgegennahm. Sie hielt ihn so nah wie möglich an ihr Ohr, ohne es zu berühren. Leise drang eine männliche Stimme zu ihr.

»Mein Angestellter kann mir nicht erklären, was Sie hier suchen. Wollen Sie es mir selbst sagen?«

Der Mann am anderen Ende der Leitung sprach ruhig und mit einem Akzent, den Anja nicht zuordnen konnte. Er schien ein Mensch von Autorität zu sein, der seine Stimme nicht heben musste, um gehört zu werden.

»Wer sind Sie?«, fragte Anja. »Ihnen gehört das Anwesen, oder?«

Ein Lachen. »Das ist nicht wichtig. Deshalb sind Sie doch nicht hier.«

»Ich hatte mit dem Vorbesitzer zu tun. Köhler.«

Eine Pause entstand.

»Das dachte ich mir schon«, sagte die Stimme.

»Ich wollte eigentlich wissen, ob seine Haushälterin, Frau Hammerstein, noch hier arbeitet.«

»Leider nicht. Es ging ihr gesundheitlich nicht gut. Sie musste aufhören. Ich hätte sie gern behalten. Mein Angestellter kann Ihnen Ihre Adresse nennen.«

Dann heulte der Motor auf, und das Auto fuhr mit quietschenden Reifen durch das Tor und verschwand hinter der Hecke.

Es dauerte einige Minuten, bis der Security über Funk die Adresse von Köhlers Haushälterin erfragt hatte. Mit eisiger Stimme diktierte er Anja einen Straßennamen und eine Hausnummer in der Nähe.

Die Tochter von Köhlers Haushälterin hieß Dorothea Hammerstein. Die Sorge um ihre Mutter war ihr anzusehen. Sie war in Anjas Alter, trug eine Kellnerinnen-Uniform und wirkte gestresst, ohne dabei unfreundlich zu werden.

»Das ist wirklich keine gute Idee«, sagte sie.

»Warum?«

»Meine Mutter ist sehr alt. Als sie noch gearbeitet

hat, merkte man es nicht so sehr, aber in den letzten Jahren hat sie stark abgebaut.«

Anja sah sich um. Die Wohnung, in der sie sich befand, war erschreckend klein, viel kleiner als die Bedienstetenwohnung in Köhlers Villa, an die sich Anja noch gut erinnerte. Sie glaubte sogar, den einen oder anderen Einrichtungsgegenstand wiederzuerkennen.

»Abgebaut, Sie meinen, körperlich? Oder geistig?«

»Beides«, entgegnete Dorothea Hammerstein. »Sie ist launisch geworden, unberechenbar. Ich würde an Ihrer Stelle nicht zu ihr gehen.«

»Nur einen Moment«, bettelte Anja. »Ich werde auch ganz nett zu ihr sein.« Anja beugte sich ein wenig vor, um kleiner zu wirken, und lächelte.

»In Ordnung«, seufzte Dorothea Hammerstein. »Sie bekommt ja nicht so oft Besuch. Vielleicht ist es ja auch gut.«

Sie führte Anja zu einer Tür am Ende des Flurs. »Meine Mutter hat die Sache mit Herrn Köhler nie überwunden. Und dass sein Nachfolger sie rausgeschmissen hat, hat ihr den Rest gegeben. Nicht dass sie es nicht verdient hätte. Sie war unmöglich zu ihrem neuen Chef. Sie hat nie einen Hehl daraus gemacht, dass sie an Köhlers Rückkehr glaubte.« Sie öffnete die Tür. »Warten Sie bitte kurz«, sagte sie und schlüpfte durch den Spalt.

Anja hörte von drinnen gedämpfte Stimmen, dann kam Dorothea Hammerstein wieder aus dem Zimmer.

»In Ordnung«, sagte sie und hielt Anja die Tür auf. »Fünf Minuten. Bitte überfordern Sie sie nicht. Und eine Sache noch: Glauben Sie nicht alles, was meine Mutter sagt. Sie ist sehr schrullig geworden.«

»Warum, was sagt sie denn?«, erkundigte sich Anja.

Dorothea Hammerstein fasste sich an die Stirn. »Sie ist fest davon überzeugt zu wissen, wer Bert Köhler entführt hat.«

Der Raum, den Anja betrat, roch nach ungelüftetem Schlafzimmer. Die Vorhänge waren zugezogen. Zuerst sah Anja niemanden, doch dann konzentrierte sie sich auf den großen Lehnstuhl, der neben dem Krankenbett stand. Der Stuhl war den Fenstern zugewandt. Eine dürre Hand erschien an der Armlehne.

»Kommen Sie herein. Nur keine Scheu Ich weiß nicht, was meine Tochter Ihnen erzählt hat, aber es ist alles gelogen.« Ein heiseres Lachen ertönte.

Als Anja neben den Lehnstuhl trat, blickte sie in freundliche Augen. Sie erkannte Aurelia Hammerstein sofort, doch ihre Tochter hatte recht gehabt: Das Gesicht war knochig, das Haar strohig. Doch die Augen funkelten.

»Frau Grabner!«, krächzte Aurelia Hammerstein erfreut. »Mit Ihnen habe ich nicht gerechnet. Wie geht es Ihnen?«

Ihre gute Laune war ansteckend. Anja wusste nicht, was ihre Tochter ihr erzählt hatte, aber sie hatte den

Eindruck, dass die Alte tatsächlich genau wusste, wer sie war.

»Bestens«, lächelte Anja. »Und Ihnen? Sie sehen gut aus.«

Aurelia Hammerstein lachte erneut. Es war das Kichern eines kleinen Mädchens. »Man muss es Ihnen lassen, Sie sind höflich. Das ist eine Tugend.«

Hammerstein sah sie an, und Anja fühlte sich seltsam durchleuchtet.

»Kommen Sie zu mir, weil Sie ihn gefunden haben? Haben Sie ihn endlich gefunden?«

Anja schüttelte den Kopf. »Ich bin privat hier. Sie haben sicher gehört, dass ich nicht mehr bei der Polizei bin.«

Hammerstein nickte beiläufig, als ob das gar nicht wichtig wäre. »Allein können Sie ihn auch nicht finden. Er war so ein herzensguter Mensch.«

Anja setzte sich auf einen wackeligen Stuhl dem Lehnsessel gegenüber. »Sie waren ja schon vor Köhler Haushälterin in der Villa, nicht wahr?«

»Ich habe mein ganzes Leben dort verbracht«, sagte sie stolz.

»Damals gehörte das Haus aber noch nicht den Köhlers, oder?«

»Natürlich nicht«, erklärte Hammerstein. »Der Graf von Hausdorff hat das Haus errichtet. Er lebte dort bis zu seinem Tod im Jahre 1944. Meine Familie war den Hausdorffs seit Generationen freundschaftlich verbunden. Seit mein Urgroßvater, der Baron von Hammerstein, sein Vermögen verlor, arbeiteten wir für die Hausdorffs als Haushälter und Gärtner.«

»Aber die Hausdorffs leben nicht mehr dort. Wie kam es, dass Köhler das Anwesen kaufen konnte?«

Hammersteins Miene verfinsterte sich. »Der junge Graf von Hausdorff ist ein Versager. Er hat all sein Geld in Sportwagen investiert und außerhalb der Stadt irgendwelche modernen Betonkästen bauen lassen, die ein Vermögen gekostet haben. Irgendwann hat er sich nicht anders zu helfen gewusst und beschlossen, das Haus zu verkaufen. Was ich für einen schweren Fehler hielt.«

Anja musste sich ein Schmunzeln verkneifen. »Sie nennen ihn nach wie vor einen Grafen. Aber es gibt keine Adelstitel mehr in Österreich.«

Hammerstein funkelte sie böse an. »Ebenfalls ein Fehler, Frau Grabner.«

»Sie blieben weiterhin Haushälterin, als Köhler einzog«, fuhr Anja fort.

»Ich habe ihm gesagt, ich gehe nicht weg. Nur als Leiche.«

Was offenbar nicht passiert ist, dachte Anja. Sie vermied tunlichst, den Gedanken auszusprechen.

»Und damit war Köhler einverstanden?«

Hammerstein sah Anja in die Augen. »Herr Köhler war ein nobler Mensch. Ganz anders als der junge Graf. Köhler tat nie etwas aus niederen Instinkten heraus. Alles, was er tat, war wohlüberlegt und zum Besten aller

Beteiligten. Einmal hatten wir einen Empfang im Haus, da ist ein alter Mann umgekippt, ein Kollege von einem Kreditinstitut aus dem Osten. Es war der Kreislauf. Während alle mit ihren Sektgläsern herumstanden und nicht wussten, was sie tun sollten, lief Herr Köhler sofort zu ihm hin und fühlte seinen Puls. Mich wies er an, einen Rettungswagen zu rufen. Aber nicht, dass Sie glauben, er wäre dabei laut geworden. Er sagte es bestimmt, aber mit einem Lächeln. Das war seine Qualität, er konnte Menschen führen. Er hätte das Zeug zum Adeligen gehabt. Die Manieren, die innere Größe. Alles, was dazugehört.«

»Nur leider gibt es keinen Kaiser mehr«, stellte Anja fest. »Und nicht alle halten Köhler für einen noblen Menschen.«

»Adelige sind immer mit Neid und Missgunst konfrontiert, das ist ganz normal.«

»Mir scheint, bei Köhler ging es noch um etwas mehr.«

Hammerstein rümpfte die Nase und wandte sich ab. Sie starrte mit glasigem Blick auf die Vorhänge, als wären diese durchsichtig, als könne sie die Landschaft dahinter sehen.

»Sie haben ihn also tatsächlich geliebt«, sagte Anja behutsam. »Sie scheinen die Einzige zu sein, sonst habe ich niemanden getroffen. Nicht einmal seine Familie.«

»Vergessen Sie seine Familie«, sagte Hammerstein. »Die haben ihn nur ausgenutzt.«

Anja bemerkte, dass ihre Augen glänzten. Köhlers alte Haushälterin faltete die Hände und führte sie vors Gesicht.

»Ich bin wegen einer bestimmten Sache hier«, erklärte Anja. »Vielleicht können Sie mir dabei helfen, Sie scheinen ihn von allen Menschen am besten gekannt zu haben.« Das war Schmeichelei, aber Anja fand, dass es vielleicht sogar stimmte. »Ich glaube, dass Herr Köhler ein Geheimnis hatte.«

Aurelia Hammerstein schwieg. Fast glaubte Anja, dass sie nicht antworten würde.

»Jeder Mensch hat Geheimnisse«, sagte sie dann.

»Ich habe mir den Kopf über Köhlers Leben zerbrochen. Es war alles zu glatt, zu perfekt. Ich konnte nichts finden, bei dem ich ansetzen hätte können. Nicht die kleinste Unstimmigkeit. Ich glaube, jetzt weiß ich es. Sie wussten, dass Köhler früher von seinen Dienstreisen zurückkehrte, oder?«

Hammerstein antwortete nicht.

»Wir wussten, dass er unmittelbar vor seiner Entführung früher von einer Reise zurückkehrte. Wir konnten es uns nie erklären. Niemand schien darüber Bescheid zu wissen, außer sein Entführer. Dabei war das kein Einzelfall, oder? Er machte das öfter.«

»Was erwarten Sie von mir?«, flüsterte Hammerstein. »Selbst, wenn ich es wüsste ... Es wäre doch ein Geheimnis.«

»Aber die Sache ist doch so lange her. Wollen Sie es

nicht einfach zugeben? Ich bin keine Journalistin. Und Polizistin bin ich auch nicht mehr. Ich versuche nur, mit meiner Vergangenheit ins Reine zu kommen. Dabei könnten Sie mir helfen. Er kam früher zurück. Was tat er dann? Ging er vielleicht zu Prostituierten?«

Aurelia Hammerstein seufzte. »Es ist schwer, so etwas wie Privatsphäre zu haben, wenn man lebt, wie er es tat. Wenn er außer Dienst war, war er ein ganz anderer Mensch. Er trug billige Sachen, ging ganz anders, sprach ganz anders. Niemand auf der Straße erkannte ihn wieder. Manchmal saß er stundenlang nur auf einer Parkbank und betrachtete die Bäume.«

»Das klingt wirklich anders als alles, was ich über ihn gehört habe. Gab es etwas Außergewöhnliches, das in diesen Zeiten passiert ist? Wenn er außer Dienst war? Etwas, das ein Grund für die Entführung hätte sein können?«

Aurelia Hammerstein schüttelte heftig den Kopf. Da sah Anja, dass sie Tränen in den Augen hatte.

»Bis heute verstehe ich es nicht. All der Medienrummel, der Hass. Alle waren gegen Herrn Köhler. Er allein, irgendwo gefangen, verängstigt. War das nicht genug? Warum dann noch diese sinnlose Brutalität?«

Anja spürte, dass sie nah an der Wahrheit dran war. Nun galt es, vorsichtig zu sein.

»Was ist in diesen Zeiten passiert, wenn Köhler außer Dienst war? Es gab da diese Gerüchte, Sie wissen, was ich meine. Ein Mädchen namens Diamond.«

»Vielleicht wollten Sie ihn gar nicht finden«, sagte Hammerstein plötzlich.

Anja spürte Wut in sich aufsteigen. Sie beschloss, sich von der Alten nicht provozieren zu lassen. »Nicht nur ich habe ihn gesucht, Frau Hammerstein. Andere hatten auch keinen Erfolg. Man wird seine Leiche vermutlich nie finden.«

Hammerstein lächelte milde. »Das können Sie auch gar nicht.«

»Warum?«

»Weil er noch lebt, deshalb.«

Davor war Anja gewarnt worden. Dennoch traf sie diese Wendung des Gesprächs unvorbereitet.

»Und wo ist er dann? Angenommen, Sie haben recht?«

»In diesem Kaff, Stein. Die Leute dort haben sich gegen ihn verschworen, gemeinsam mit Leuten aus seiner Bank, und dann haben sie ihn entführt. Dort wird er nach wie vor festgehalten.«

»Die Leute in Stein«, wiederholte Anja. »Und seine Bank. Alle zusammen, oder wie?«

»Ich bin müde«, verkündete Aurelia Hammerstein. »Das Gespräch mit Ihnen hat mich ermüdet. Bitte gehen Sie, und sagen Sie meiner Tochter, ich möchte mich etwas hinlegen. Ich wünsche Ihnen noch einen schönen Tag.«

Langsam erhob sich Anja von dem Stuhl. »Ihnen auch, Frau Hammerstein. Danke für das Gespräch.«

Anja fand Dorothea Hammerstein in der Küche. »Ihre Mutter hat mich gebeten, Sie zu holen.«

»Ich hoffe, sie hat Sie nicht beleidigt?«, sagte Dorothea Hammerstein und warf einen Blick auf ihre Armbanduhr.

»Keineswegs«, lächelte Anja. »Sie war sehr höflich.«

Anja war während der Rückfahrt so in Gedanken versunken, dass sie mehrmals von anderen Autos angehupt wurde, weil sie grüne Ampeln übersah oder vergaß, die Spur zu wechseln.

Anja war sich nun sicher, dass sie recht hatte. So intensiv hatte sie das noch nie gespürt. Wenn sie nur Diamond finden konnte. Sollte sie sich das Foto von damals besorgen und in Stein herumfragen? Aus irgendeinem Grund widerstrebte ihr das. Vorher musste sie mehr wissen.

Anja stellte den Citroën ab und suchte den richtigen Schlüssel heraus, während sie auf das Gästehaus zuging. Da registrierte sie auf einmal eine Bewegung am Rand ihres Blickfelds. Sie erstarrte.

Das war unmöglich. Es musste eine Einbildung gewesen sein.

Anja beobachtete die Fenster des Gästehauses gut zwei Minuten lang, doch nichts bewegte sich mehr im Inneren.

Sie ging zur Tür, schloss auf und trat ein. »Hallo?«

Keine Antwort. Niemand war da. Natürlich nicht.

Dabei hätte sie schwören können, dass sie einen Schatten hinter den Vorhängen hatte vobeihuschen sehen.

Sie sah sich im Gästehaus um, ging in jedes Zimmer, bis sie sicher war, dass nichts fehlte und nichts verändert worden war. Sie schüttelte den Kopf, als sie sich auf die Couch setzte. Sie hatte sich alles nur eingebildet.

Es war ein anstrengender Tag gewesen. Sie überlegte, sich ein Glas Merlot einzuschenken, entschied sich aber dagegen und nahm stattdessen ihr Handy in die Hand, um einen Blick auf ihr Facebook-Profil zu werfen. Überrascht stellte sie fest, dass mehr als zwanzig Leute auf ihre Timeline gepostet hatten.

Zunächst verstand sie überhaupt nichts. Als sie sich durch die Nachrichten klickte, wurde ihr klar, was passiert war: Sie hatte Geburtstag. Anja hatte es tatsächlich geschafft, ihren eigenen Geburtstag zu vergessen.

Sie brach in schallendes Gelächter aus. Officer Colin schien ebenfalls zu grinsen.

Auch ihre neuen Freunde aus Stein hatten auf ihre Timeline geschrieben. Meist nur eine Zeile, »Alles Gute« oder »Happy Birthday«, nichtssagend, weil Facebook einen automatisch an die Geburtstage von Freunden erinnerte. Dennoch freute sich Anja. Es blieb dabei. Sie fühlte sich hier pudelwohl.

Von draußen drang plötzlich Musik herein. E-Gitarren, Schlagzeug.

Das musste das große Konzert sein, von dem List gesprochen hatte, die Vorgruppe musste eben zu spielen begonnen haben. Anja stand auf und machte sich auf den Weg. Mal sehen, was der gute List so auf die Beine stellte, wenn er motiviert war.

Als sie beschwingt auf die dunkle Felskulisse des Steinbruchs zuging, fiel ihr auf, dass im Haus doch etwas komisch gewesen war.

Der silberne Anhänger – hatte sie ihn nicht auf dem Vorzimmerschrank liegen lassen? Dort war er nicht gewesen.

Anja betrat den Steinbruch diesmal durch ein Tor, das sie letztes Mal nicht gesehen hatte. Es musste der offizielle Eingang sein. Die Band spielte, und die Bässe dröhnten so laut, dass die Baugitter klapperten. Bunte Lichter wanderten über die Felswände. Vor der riesigen Bühne waren einige hundert Leute versammelt. Über ihnen prangte in riesigen Lettern *Rock the Quarry*.

Respekt, dachte sie. Das war keine Tanzmusikband vor dem üblichen *Kirchenwirt*-Publikum. Anja drängte sich durch die Leute weiter nach vorn, um die Band besser sehen zu können. Es handelte sich um vier junge Frauen in kurzen, sackartigen Kleidern und zerrissenen Strumpfhosen, von denen eine sich die Seele aus dem Leib schrie, während die anderen ihre viel zu großen Instrumente bearbeiteten. *Epic Fail* hießen sie. Anja wurde klar, dass sie die Band tatsächlich kannte. Eine Gruppe aus Wien, die gerade ihren Durchbruch feierte und deren letzten beiden YouTube-Clips viral gegangen waren. Sie hatten kürzlich sogar ein paar Auftritte auf dem amerikanischen Kontinent absolviert. Wie List sie nach Stein gelockt hatte, war Anja ein Rätsel. Die Musik war eingängig, hatte treibende Rhythmen und gefiel ihr ausgezeichnet. Sie begann unwillkürlich mit dem Kopf zu nicken.

Ein paar Meter neben sich entdeckte sie Joesy, der eine Bierflasche in der Hand hielt und so tat, als würde er zuhören. Tatsächlich scannte er die Umgebung. Auf der Suche nach Beute, dachte Anja. Sie hörte sofort zu nicken auf und wollte etwas Abstand gewinnen, doch sie war zu langsam. Joesy hatte sie entdeckt und kam zu ihr.

»Hallo! Frau Anja!«

Sie zwang sich zu einem Grinsen. »Joesy, was machst du denn hier?«

»Rocken, was glauben Sie denn?«

Er ballte die Fäuste und vollführte eine Bewegung, die vermutlich Tanzen darstellen sollte. »Gut, oder?«, fragte er.

Anja wusste nicht, ob er seinen Tanz oder die Musik meinte. »Super Band«, sagte sie und nickte Richtung Bühne. »Ich glaube, ich muss weiter nach vorn. Will sie besser hören.«

»Wollen Sie was trinken? Ich lade Sie ein.«

Anja schüttelte den Kopf. »Gerade nicht.«

»Später vielleicht?«, fragte er voller Erwartung.

»Vielleicht«, antwortete sie und kämpfte sich durch

die Menge in der Hoffnung, dass er ihr nicht folgte. Nach etwa zwanzig Metern blickte sie sich um und stellte erleichtert fest, dass sie in Sicherheit war.

»Na, was sagen Sie?«

Anja zuckte zusammen. Sie war so in die Musik vertieft gewesen, dass sie Rudi List nicht bemerkt hatte, obwohl er direkt neben ihr stand.

»Toll«, sagte Anja und weil sie das Gefühl hatte, dass das nicht reichte: »Wirklich toll. Hab ich Ihnen ehrlich gesagt nicht zugetraut.«

Er lachte. »Sie haben getanzt. Ich hab es gesehen!«

Anja musste grinsen. »Kann sein. Finden Sie das lächerlich? Die meisten Leute hier sind ja zehn, fünfzehn Jahre jünger als ich.«

»Können wir bitte mit dem Sie aufhören? Ich bin Rudi.«

Sie ergriff seine Hand. »Anja.«

»Du bist gar nicht lächerlich. Die Jungs schauen alle dich an, ist dir das nicht aufgefallen?«

Sie schüttelte den Kopf. »So tanzen, als ob niemand zusieht. So geht doch der Spruch.«

»Das werde ich noch ein bisschen üben!«, lachte List. »Warte kurz, ich hol uns was zu trinken.«

Bevor Anja noch etwas sagen konnte, war er verschwunden. Sie sah sich um, ob Joesy irgendwo auftauchte, doch sie schien weiterhin sicher zu sein. Stattdessen entdeckte sie Fritz Kaufmann mit seiner Frau. Sie lächelten verkrampft und winkten ihr zu. Voll

Dankbarkeit, wie es schien. Anja lächelte verkrampft zurück. Neben ihnen erkannte sie Klaffer, den jungen Mann aus dem Erlenweg. Er beugte sich zu Kaufmann und flüsterte ihm etwas ins Ohr. Anja wandte sich wieder der Bühne zu, nur um auf einmal Frieda aus dem Supermarkt zu entdecken, die auf sie zukam. Sie hatte ihr Haar auftoupiert, ein wenig wie in den Achtzigern, und war stark geschminkt. Eine Duftwolke eines fruchtigen Parfüms eilte ihr voraus.

»Ich dachte gar nicht, dass Feiern etwas für Sie ist«, lachte Anja. »Da hab ich mich wohl getäuscht.«

Frieda fand das nicht lustig. »Sie brauchen gar nicht glauben, dass das was bedeutet!«, gab sie zurück.

»Was denn?«

»Dass er Sie eingeladen hat. Es gibt viele Frauen, mit denen er Zeit verbringt, das ist nichts Besonderes. Denken Sie daran, was ich Ihnen gesagt habe!«

Anja verstand nicht. »Was haben Sie mir gesagt?«

»Rudi gehört zu uns, Sie nicht.«

Da kam zum Glück Rudi mit den Getränken zurück. Er begrüßte Frieda, die sich ein Lächeln abrang und verschwand. Anja nahm ihren Wein entgegen, und sie prosteten sich zu. Zufrieden stellte sie fest, dass hier der gute Weißburgunder, der auch im *Kirchenwirt* auf der Karte stand, ausgeschenkt wurde. Sie wollte Rudi fragen, was sie ihm schuldig war, ließ es dann aber bleiben. Von Rudi konnte man sich einladen lassen, das ging in Ordnung.

»Bist du nicht müde?«, fragte sie.

»Warum?«

»Du warst heute früh auf. Was wolltest du mit der Schaufel?«

Die Musik war laut, und Rudi bedeutete ihr, sie nicht richtig verstanden zu haben. Anja wischte es mit einer Geste beiseite. Nicht so wichtig.

Und mit einem Mal stellte sie fest, dass sie sich richtig gut fühlte. So gut wie seit Jahren nicht mehr. Sie war froh, den Flug nach Sansibar verpasst zu haben. Dort wäre sie nur eine Fremde unter Fremden gewesen, es hätte sich nichts geändert. Das hier war keine von diesen Partys mit Unbekannten, die eigentlich nur Trinkpartner waren und die man nicht wirklich an sich ranlassen durfte. Das fühlte sich anders an. Sie hatte zum ersten Mal seit Langem das Gefühl, loslassen zu können.

Dabei waren die Steiner Menschen mit Fehlern. Großen Fehlern sogar. Doch das änderte nichts an ihrem Gefühl. Niemand war perfekt. Sie waren eben ganz normale Leute, und sie akzeptierten Anja, obwohl sie ihre Nase überall hineinsteckte. Nicht als eine von ihnen vielleicht, dafür war es zu früh. Aber als ganz normale Person.

Und zugegeben: Sie wussten, wie man ein gutes Rockkonzert organisierte.

Hatte Anja nicht schon darauf gewartet, loslassen zu können? Würde es jemals eine bessere Gelegenheit geben?

Nach der Band legte noch ein DJ auf. Anja und List tanzten bis in die Nacht hinein.
Als würde niemand zusehen.

8

Ich glaube, ich schaffe es nicht. Ich habe Zeitschriften gekauft und Buchstaben ausgeschnitten. Zuerst habe ich überlegt, diesmal eine E-Mail zu schreiben oder anzurufen. Aber die können inzwischen ja alles zurückverfolgen.

Der Brief liegt in meinem Schlafzimmer, aber ich komme nicht voran. Keine Ahnung, woran das liegt.

In den letzten Tagen habe ich viel geweint. Irgendwann habe ich verstanden. Es ist vorbei. Ich habe keine Kraft mehr. Alles war umsonst. Es tut mir leid. Was ich Ihnen angetan habe, tut mir leid.

Wie hart Sie sind. Dieser Blick. Sie verachten mich, ich kann es sehen. Das macht es mir leichter.

Gestern habe ich versucht, ob ich es kann. Sehen Sie? Das war ein Skalpell, es schneidet die Haut ganz leicht. Ich habe eine meiner letzten Schmerztabletten genommen. Ich habe sie dafür aufgespart. Es war nicht ernst gemeint, ich wollte nur herausfinden, ob ich dazu in der Lage bin. Es ist einfacher als gedacht. Ich muss nur die Augen zumachen. Fast hätte ich weitergeschnitten, ich fühlte mich auf einmal ganz stark. Etwas in mir wollte tiefer schneiden, immer tiefer. Doch ich habe mich zurückgehalten. Ich wollte noch einmal mit Ihnen reden. Sie sind ein Arschloch, ein schlechter

Mensch, aber ich finde trotzdem, ich bin es Ihnen schuldig, dass ich mich verabschiede.

Sie wissen, was das bedeutet. Es ist das Ende. Ich kann dann nicht mehr für Sie sorgen. Deshalb mache ich Ihnen ein Angebot: Ich kann machen, dass es schnell geht. Sie müssten nicht mehr leiden. Wollen Sie das? Sie müssen es nur sagen. Das ist mein Angebot an Sie.

Dann eben nicht. Sie sturer Teufel. Glauben Sie nicht, dass jemand Sie hier finden wird. Sie werden elendig verrecken. In Ihrer eigenen Scheiße. Eigentlich ist es besser so. Ich musste Sie trotzdem fragen. Danke, dass Sie mir die Entscheidung abgenommen haben.

Sonntagmorgen

Anja erwachte vollkommen erfrischt, als es draußen bereits taghell war. Sie hatte offenbar im Rausch noch das Fenster geöffnet, deshalb war die Luft im Schlafzimmer kühl und sauber. Erst als sie sich aufrichtete, spürte sie einen leichten Schwindel, ausgelöst vom Wein, doch sie fühlte sich dennoch großartig.

In T-Shirt und Slip tänzelte sie ins Vorzimmer, trank Wasser gegen den Durst und ging gleich weiter auf die Veranda, wo sie sich auf einen der Sessel in die Sonne setzte. Ein Radfahrer rollte vorbei und starrte sie an, wobei er beinahe von der Straße abkam.

»Guten Morgen«, grüßte Anja vergnügt und überlegte, sich doch eine Hose anzuziehen. Doch die Sonne war einfach zu angenehm.

Eine alte Frau mit einem Hut kam aus der anderen Richtung und starrte sie ebenfalls an. Anja lächelte und setzte zu einem Gruß an, bis sie feststellte, dass die Frau nicht zurücklächelte, sondern sie mit finsterem Blick betrachtete.

Anja sah an sich herab, aber sie konnte nichts Ungewöhnliches entdecken. »Noch nie eine halb nackte Frau gesehen?«, murmelte sie. »Gab es das zu Ihrer Zeit noch nicht? Sonnte man sich damals im Wintermantel?«

Anja begann zu frösteln, und sie ging wieder hinein. Da fiel ihr auf, dass es irgendwie komisch roch. Die alte Frau starrte immer noch zu ihr rüber.

Vom Sofa sah Officer Colin ein wenig ratlos zu ihr.

»Was ist nur mit den Leuten los, Colin? Wie kann man nur so verklemmt sein?«

Anja merkte, dass sie Hunger hatte. Sie hatte vergessen einzukaufen. In einem der Küchenschränke fand sie eine Dose Bohnen, die sie öffnete und den Inhalt direkt herauslöffelte.

Nach ein paar Löffeln hielt sie inne, die Dose und der Löffel fielen ihr aus den Händen, als sie aufsprang. Bohnen verteilten sich auf dem Fußboden. Barfuß lief Anja auf die Straße und drehte sich um.

Sie konnte nicht glauben, was sie sah.

Jemand hatte Schweinsfüße an die Fensterläden des Gästehauses gehängt, insgesamt fünf Stück. Daneben war ein Wort mit Blut auf die Wand geschrieben.

VERSCHWINDE

Anja versuchte verzweifelt, den Reißverschluss ihrer Reisetasche zu schließen. Warum bekam man seine Sachen am Ende eines Urlaubs nicht wieder in die Taschen, in denen man sie mitgenommen hatte?

Auf ihrem Handy waren in ihrer Abwesenheit fünf Anrufe eingegangen. Sie hatte das Gerät auf lautlos gestellt. Drei der Anrufe stammten von ihrem Nachbarn, der ihr auch auf die Mailbox gesprochen hatte, die zwei anderen von ihrem Vater.

Irgendwie schaffte sie es, den Reißverschluss zu schließen im Bewusstsein, dass er wahrscheinlich sofort aufplatzen würde. Sie klemmte sich Officer Colin unter den Arm und machte sich auf den Weg zum Auto. Als sie die Tasche auf die Rückbank warf und sich ans Steuer setzte, entdeckte sie am anderen Ende der Straße Rudi und drei weitere Männer. Rudi trug einen Anzug, in dem er umwerfend aussah, seine Begleiter hatten ebenfalls Anzüge an und Sonnenbrillen auf. Sie sahen nach Business aus und strahlten auch aus der Ferne etwas Abweisendes aus. Rudi war in ein Gespräch mit ihnen vertieft, sodass er Anja nicht bemerkte.

Anja startete den Wagen und verließ Stein.

Vielleicht für immer.

Es war gut so, dachte sie, als sie die Treppe zu ihrer Wohnung hinaufstieg. Sie war lange genug in Stein geblieben, die Situation war viel zu seltsam. Gerade Stein, gerade sie. Stein hatte seinen Zweck erfüllt. Sie war erholt, nun hatte sie die Kraft, die liegen gebliebenen Dinge anzugehen.

Sie schloss die Wohnungstür auf und holte tief Luft, um sich auf den Anblick vorzubereiten. Auf den Wahnsinn, den sie so lange verdrängt hatte.

Als die Tür aufschwang, glaubte sie zu träumen.

Das schien nicht ihre Wohnung zu sein. Der Boden glänzte, es roch nach Frischespray. Nur ein feiner Rest von Modergeruch erinnerte sie daran, dass etwas anders war als sonst.

»Papa?«

Ihr Vater hatte gleich nach dem ersten Klingeln abgehoben.

»Hallo, meine Kleine! Na, geht's dir gut? Was macht der Urlaub?«

»Papa, was hast du mit meiner Wohnung gemacht?«

»Bist du schon wieder zurück? Ich dachte, du bleibst länger! Ist alles in Ordnung?«

»Lange Geschichte. Mach dir keine Sorgen.«

»Tut mir leid, das mit Onkel Peter. Er hat es wiedergutgemacht. Es riecht vielleicht noch ein bisschen, aber das legt sich mit der Zeit.«

Nachdem sie das Gespräch beendet hatte, trat Anja auf den Balkon hinaus, dessen Tür ebenfalls repariert war. Was das wohl gekostet hatte? Sie hatte immer gedacht, Onkel Peter hätte kein Geld.

Die Ellbogen auf das Geländer gestützt sah sie in den Innenhof hinunter. Da läutete es an der Tür, dreimal schnell hintereinander. Dann wenige Sekunden später noch dreimal.

Sie konnte sich denken, wer das war. Zurück in der Wohnung sah sie sich einen Stapel Papiere genauer an, der auf einem Schränkchen im Vorzimmer lag. Ihr Vater hatte ein Post-it draufgeklebt. Sie blätterte die Papiere durch und nahm ein neues Post-it vom Block aus der Schublade. Darauf notierte sie die Polizzennummer ihrer Haushaltsversicherung, bevor sie zur Tür ging und öffnete.

Der kleine gedrungene Mann davor überschüttete sie mit einem Redeschwall in stark gefärbtem Deutsch, von dem sie kaum ein Wort verstand. Sie drückte ihm das Post-it in die Hand und knallte ihm die Tür vor der Nase zu. Er läutete noch ein weiteres Mal, dann war es still.

Anja tänzelte zurück in die Wohnung und setzte sich auf die Couch, wo sie Officer Colin an sich drückte. Ihr Handy klingelte, und sie seufzte. Es war Rudi List. Sie drückte ihn weg.

Damit konnte das Leben wieder losgehen. Der Traum war vorbei. Es war ohnehin ein sonderbarer Traum gewesen. Man suchte etwas und wusste eigentlich nicht, was. Immer schien man nahe dran zu sein, doch dann kam wieder etwas dazwischen.

Anja seufzte erneut. Dann stand sie auf und rief ihren Chef an.

»Hallo, Carlos! Wie geht's dir? Ja, ich bin zurück... Früher als gedacht, ja... Ja, es war schön. Der Strand, herrlich... Gut erholt, ja... Was, heute? Ich weiß nicht... So dringend? Na ja... Ein Bonus, aha... Gut, wenn es so wichtig ist, ich mach mich fertig... Ja, bis später.«

Anja ließ sich zurück auf die Couch sinken. Das war

ja schnell gegangen, dachte sie. Sie fühlte sich plötzlich sehr müde.

Beinahe hätte Anja die Zeit übersehen. Sie hatte den ganzen Nachmittag vor dem Laptop gesessen und Bilder und Videos von Bert Köhler gegoogelt. Sie duschte und aß ein paar Oliven, die noch im Kühlschrank waren, bevor sie ihre Arbeitsuniform aus dem Schrank nahm und sich fertig machte.

Carlos hatte sie zu einem Club am Donaukanal beordert. Sie sollte dort Eintrittsgelder kassieren und den Eingang im Auge behalten. Seit einer Viertelstunde unterhielt sie sich nun schon mit einer vielleicht Achtzehnjährigen. Das Mädchen war schwarz gekleidet, in ihrem Haar steckte eine Plastikblume, und sie hatte so dürre Beine wie ein Insekt.

»Ich hab dir schon gesagt, mein Freund ist da drin!«, erklärte das Mädchen schon zum wiederholten Mal. »Er hört sein Handy nicht, weil die Musik so laut ist. Ich brauche den Schlüssel, sonst komme ich nicht in die Wohnung.«

»Hattest du nicht letzte Woche auch schon deinen Schlüssel vergessen?«, entgegnete Anja. Sie verlor zusehends die Geduld. »Ihr verlegt alle euren Schlüssel, ich komme ganz durcheinander.«

»Willst du sagen, dass ich lüge?«, fragte sie scharf.

»Nein«, sagte Anja, »ich bin mir sogar sicher, dass du die Wahrheit sagst. Du bist angezogen, als würdest du nur schnell deinen Schlüssel holen. Das sieht man doch gleich, mit dieser Blume, sehr schön.«

»Mir reicht's«, platzte das Mädchen hervor. »Ich will deinen Chef sprechen!«

Anja musste sich das Lachen verkneifen. Es wäre angenehm gewesen, jetzt einfach laut loszulachen, doch sie wollte die Kleine nicht noch mehr auf die Palme bringen. In diesem Alter neigten die Teens dazu, dumme Dinge zu tun, wenn sie nicht ernst genommen wurden. Anja wusste das aus eigener Erfahrung.

»Zahl einfach den Eintritt wie alle anderen«, schlug Anja vor, »dann kannst du deinen Schlüssel holen. Und bevor du gehst, kannst du noch ein bisschen tanzen. Wie wär das? Und vielleicht findest du gleich einen neuen Freund, der dir einen Schlüssel für seine Wohnung gibt, statt dich allein in der Stadt rumlaufen zu lassen.«

Die Kleine schien kurz vor dem Explodieren zu sein. Sie war offensichtlich mit dieser Masche bisher immer irgendwann in die Clubs hineingekommen. Dass es diesmal nicht klappte, war eine schwere Niederlage für sie, ein harter Schlag für ihr junges Selbstwertgefühl. Sie tat Anja fast leid.

»Ich beschwere mich über dich, ich schwör's!«, kreischte sie und rauschte ab.

Anja schüttelte den Kopf.

In diesem Moment entdeckte sie rechts von sich eine Gestalt, die sie beobachtete. Noch bevor sie sich umdrehte, erkannte sie ihn an seiner Größe.

»Hallo, Anja.«

Carlos gesellte sich zu ihr. Er war einer der wenigen Männer, die noch deutlich größer waren als sie, ein durchtrainierter Hüne von mindestens einhundertzwanzig Kilo, der stolz darauf war, dass er in seiner Türsteherkarriere noch nie Gewalt hatte anwenden müssen. Auch in seinem eigenen Unternehmen sprang er immer wieder ein, wenn Not am Mann war. Sein Auftreten genügte meist, um schwierige Gäste zur Vernunft zu bringen.

»Na, wie läuft's?«, fragte er.

»Das Übliche«, erwiderte Anja. »Habe ich etwas versäumt, während ich weg war?«

Carlos legte seinen riesigen Kopf schief. Dann erzählte er ihr, dass er einen Auftrag verloren hatte, dafür waren zwei neue hinzugekommen. Zwei Kollegen bereiteten ihm Sorgen. Sie hatten jemanden tätlich angegriffen, und derjenige verklagte sie nun. Der Anwalt sagte aber, es wäre kein Problem.

»Also alles wie immer«, fasste Anja zusammen.

»Kann man so sagen. Nur dass du wieder zurück bist.«

»Hurra«, sagte Anja tonlos.

Er lachte, dann schwiegen sie eine Weile und sahen den Jugendlichen zu, die tranken, tanzten und sich verliebten oder einfach nur nicht allein nach Hause gehen wollten.

Ach, war das schön gewesen, dachte Anja. *Und anstren-*

gend. Sie war froh, dass sie das hinter sich hatte. Ab einem gewissen Alter konnte man Partys einfach viel besser genießen, fand sie.

»Anja, jetzt ganz ehrlich, was machst du eigentlich hier?«, beendete Carlos ihr gemeinsames Schweigen.

»Du hast mich doch darum gebeten«, antwortete sie irritiert.

»Ich weiß schon. Ist toll, dass du einspringst. Ich hätte nicht gewusst, was ich tun sollte. Es hat mich nur gewundert. Ich dachte nicht, dass du zurückkommst.«

»Ich hab dir doch gesagt, dass ich zurückkomme«, entgegnete Anja entrüstet.

Er zog eine Grimasse. »Trotzdem. Was willst du hier?«

»Arbeiten. Was soll ich denn sonst tun? An einem Schreibtisch sitzen?«

Carlos musterte sie von oben bis unten. Bei einem anderen Mann hätte sie vielleicht gefragt, ob er einen steifen Nacken hätte vom Hochsehen oder ob es einen anderen Grund gäbe, warum er ihr nicht in die Augen sah. Doch Carlos hatte kein Interesse an ihr, das wusste sie. Sie hatte vor Jahren spaßhalber mit ihm geflirtet, es hatte ihr keine Ruhe gelassen.

»Du weißt es selber nicht, oder?«, fragte er.

»Was?«

»Du wirst zur Polizei zurückgehen. Irgendwann.«

»Wie kommst du denn darauf?«, lachte Anja.

Warum klang ihre Stimme unsicher?

»Das ist es, was du eigentlich willst«, meinte er bestimmt.

»Ach ja?«

»Ja. Du musst nur vorher irgendwas erledigen. Keine Ahnung, was das ist. Aber wenn du fertig bist, wirst du wieder Polizistin sein. Ich bin mir sicher, die nehmen dich sofort zurück.«

»Wer bist du, mein Therapeut?«, entgegnete Anja gereizt.

»Nur ein Freund. Glaube ich.« Er zwinkerte ihr zu.

»Ich denke schon«, sagte Anja. Sie konnte sich ein Lächeln nicht verkneifen. »Danke.«

In diesem Moment kam das Mädchen mit den Insektenbeinen zurück. Sie hatte die Fäuste geballt.

»Ich hab das hier im Griff«, sagte Carlos mit einem kurzen Blick auf Anja. »Du kannst jetzt nach Hause gehen.«

»Ehrlich?«

»Ja, jetzt geh schon!«, befahl er.

Anja nutzte die Gelegenheit und zog sich zurück, bevor das Mädchen sie erreichte. Die Kleine schien bereits eine ganze Litanei von Beschimpfungen auf den Lippen zu haben. Im Gehen sah Anja noch, wie Carlos sie fragte, ob sie ein Anliegen habe. Die Jugendliche wirkte plötzlich nicht mehr so sicher und zeigte mit dem Finger auf Anja.

»Ja, du mich auch«, murmelte Anja beim Hinausgehen.

Auf dem Weg zu ihrer Wohnung sah sie auf die Uhr und stellte fest, dass es noch viel zu früh war, um nach Hause zu gehen. Sie hatte Lust, noch etwas zu trinken. Nur wo? Zuerst musste sie in ihre Wohnung, sich umziehen. Als sie gerade die Tür aufschließen wollte, stand plötzlich Rudi List neben ihr und überschüttete sie mit einem Wortschwall.

»Anja, das ist mir so peinlich. Bitte, du darfst dir das nicht zu Herzen nehmen.«

»Ach ja?«, entgegnete Anja, als sie sich gefangen hatte. Sie konzentrierte sich darauf, den Schlüssel ins Schloss zu stecken, um ihn nicht ansehen zu müssen. »Wenn dir jemand die abgeschnittenen Beine von Schweinen an die Hauswand hängt und einen Gruß dazuschreibt, während du schläfst, nimmst du dir das nicht zu Herzen?«

Rudi sah sie verzweifelt an. »Das war nicht ernst gemeint. Bitte, du musst mir das glauben. Ich weiß, wer das getan hat. Ich garantiere dir, dass das nicht wieder passiert.«

»Das waren also Freunde von dir, wie?«, entgegnete sie schnippisch. »Keine Sorge, es wird nicht wieder passieren. Weil ich nämlich fertig bin mit Stein.« Sie öffnete die Tür und war im Begriff, einzutreten und sie hinter sich zuzuknallen.

Rudi hielt eine Hand dagegen. »Ich verstehe, dass du wütend bist«, sagte er. »Du hast allen Grund dazu. Aber glaub mir, so sind die Leute in Stein nicht. Das waren nur ein paar dumme Burschen, die ihre Wut rauslassen.«

Als sie ihn ansah, so niedergeschlagen und verzweifelt, beruhigte Anja sich ein wenig. »Tut mir leid, Rudi. Ich weiß schon, dass du nichts dafürkannst. Aber ich habe deine Gastfreundschaft lange genug in Anspruch genommen. Ich muss mein Leben wieder auf die Reihe kriegen, ein paar Dinge erledigen. Es war schön in Stein, danke für das Gästehaus.«

Er ließ die Schultern hängen, und ihr wurde klar, dass ihn noch etwas anderes bedrückte. »Wie lief es mit den Investoren?«, fragte sie.

Rudi seufzte. »Gehen wir was trinken? Dann erzähle ich dir alles.«

»So schlimm?«

Er nickte.

Wenig später saßen sie in der kleinen Cocktailbar um die Ecke, wo Anja nach der Arbeit manchmal allein hinging. Der Barkeeper, mit dem sie normalerweise plauderte, beäugte Rudi kritisch.

»Tut mir leid«, sagte Anja. »Ich hätte dich warnen sollen. Ich habe dich ja noch gesehen, bevor ich gefahren bin.«

Rudi zuckte mit den Schultern. »Wahrscheinlich wäre es sowieso nichts geworden. Die waren knallhart. Denen ging es nur darum, wie viel Förderung sie bekommen. Dass ich ihnen mehrere Hektar gutes Ackerland umgewidmet hätte, war ihnen egal. Ich hätte ihnen quasi ein Bürogebäude hinstellen und sie dort mietfrei arbeiten lassen müssen, dann hätten sie es sich überlegt. Als sie die Schmierereien und die Schweineteile am Gästehaus gesehen haben, waren sie sofort weg.«

»Keine Chance mehr, oder was?«

»›Wir melden uns bei Ihnen‹«, äffte er eine nasale Stimme mit amerikanischem Akzent nach. »Heißt übersetzt: Leck mich, wir gehen woandershin. Keine Vereinbarung, kein Folgetermin. Alles umsonst.«

Rudi trank seinen Whisky leer und bestellte einen neuen. Anja hörte, wie seine Zunge schwer wurde.

»Was ich an Arbeit investiert habe in dieses Scheißkaff! Was passiert denn dort ohne mich? Nichts. Gar nichts. Und dann fallen sie mir in den Rücken. Genau die Jungen, denen ich eine Perspektive geben will. Ich habe es satt. Sie haben sich an ihr Elend gewöhnt, sie wollen nichts anderes.«

Anja nippte an ihrem Mojito. Sie hatte keine Lust, sich Rudis Tempo anzupassen. Als sie ihn betrachtete, wirkte er auf einmal sehr verletzlich.

»Das Konzert war genial«, redete sie beruhigend auf ihn ein. »Lass dich nicht unterkriegen, du bewegst etwas. Diese Aasgeier hätten dich sowieso nur ausgenutzt.«

»Das Konzert hat nur Geld gekostet, gebracht hat das überhaupt nichts.«

»Sag das nicht. Für das Image ist das wertvoll. Es wertet den Ort auf.«

Gebeugt saß Rudi an der Theke und starrte in sein Glas. »Ich hatte ein gutes Jobangebot, weißt du? Bevor ich mich der Bürgermeisterwahl in Stein gestellt habe.

Dazu haben sie mich überredet. Es kam alles so plötzlich, als der alte Gastinger einen Herzinfarkt hatte. Ich mochte ihn nicht besonders, aber er war ein guter Bürgermeister. Er hat gekämpft. Als ich die anderen Kandidaten gesehen habe, konnte ich nicht anders, ich musste das machen. Sie wollten sich abschotten. Wenn es nach ihnen gegangen wäre, hätten sie Rebhahn und die wenigen Steiner verscheucht, die etwas draufhaben. Da ging es nur um Neid. Ich konnte das nicht mit ansehen. Ich Idiot habe mir eingeredet, dass ich etwas bewirken kann. Aber alles, was ich anfasse, geht schief.«

Anja hatte das Gefühl, endlich den wirklichen Rudi List kennenzulernen. Sein Auftreten als Dorfbürgermeister war nur Fassade. Dahinter verbarg sich ein Mann, der nicht alles im Griff hatte, der aber an etwas glaubte. Er hatte ganz selbstverständlich die Verantwortung über seinen Heimatort übernommen, ohne die geringste Eitelkeit. Es war ihm einfach richtig vorgekommen. Anja stellte fest, dass ihr das gefiel.

»Na, na«, beruhigte sie ihn. »Es hat euch hart getroffen, aber es wird auch wieder aufwärtsgehen. Die Sache mit Köhler ist lange vorbei. Ihr müsst das vergessen und euer Selbstmitleid abstellen. Dann wird es gehen.«

Als er zu Anja aufsah, waren seine Augen glasig. »Danke. Du hast zwar keine Ahnung, aber danke.«

»Wofür?«

»Dass du so lange bei uns geblieben bist. Dank dir hatte ich das Gefühl, dass man es in Stein aushalten kann. Ich wollte dir zeigen, wie schön unser Ort sein kann. Ich wollte, dass du ihn mit meinen Augen siehst.«

»Das ist dir gelungen. Ich habe die Tage dort genossen. Wirklich.«

Er lächelte, obwohl er ihr offensichtlich nicht glaubte.

»Ehrlich, ich habe nicht damit gerechnet, dass ich mich in Stein so wohlfühlen würde«, beteuerte sie. »Es hat mir gutgetan. Ich bin froh, dass ich meinen Flug verpasst habe. Dass alles so gekommen ist.«

»Schon gut. Du musst mich nicht aufheitern. Ich bin schon froh, dass du mir zuhörst. Dass du mich verstehst. In Stein habe ich niemanden, so komisch das klingen mag. In Wirklichkeit bin ich dort ganz allein.«

»Kopf hoch«, sagte Anja, weil ihr nichts Besseres einfiel.

»Wir haben einiges gemeinsam«, meinte List nach einer Weile. »Köhler hat unsere Zukunft zerstört. Und jetzt versuchen wir, sie wieder auf die Reihe zu kriegen.«

Anja überlegte, ob das stimmte. Sie hatte nie gewusst, wen sie für ihr Unglück verantwortlich machen sollte, aber auf die Idee, Köhler die Schuld zuzuschieben, war sie nie gekommen. »Hm, ich glaube nicht, dass Köhler etwas damit zu tun hat. Weder mit deinen Problemen noch mit meinen.«

»Was wolltest du in Stein?«, fragte Rudi. »Ich dachte, du bist immer noch an dem Fall dran. Lässt du die Ermittlungen jetzt sein?«

Anja seufzte. »Habe ich ermittelt? Ja, vielleicht. Ich

habe nicht akzeptieren können, dass alles, was ich investiert hatte, umsonst war.«

»Warum hast du aufgehört, damals? Du hast deinen Job verloren, oder?«

»Ich dachte, du kennst die Geschichte«, sagte sie.

Er schüttelte den Kopf.

Dann erzählte sie von der SMS mit dem anonymen Hinweis, von der irrwitzigen Fahrt nach Stein, von der Auseinandersetzung mit Kaspar Deutsch auf dem verlassenen Feld.

»Danach bin ich zum *Kirchenwirt* gefahren. Als ich zur Tür reinkam, bin ich in irgendein Treffen geplatzt. Halb Stein war dort versammelt, der alte Bürgermeister, Ganster und noch ein paar andere bekannte Gesichter. Sie haben etwas besprochen, starrten mich an. Mir war völlig klar, worüber sie redeten, dass es um Köhler ging und darum, was sie machen sollten, nachdem jemand gesungen hatte. Ich habe gesagt, sie sollen aufgeben, doch sie haben nur gelacht. Da bin ich wütend geworden und habe die Kontrolle verloren.«

»Was hast du gemacht?«

»Ich habe sie mit meiner Dienstwaffe bedroht. Und als sie mich immer noch nicht ernst nahmen, hab ich einen Schuss abgegeben.«

»Ich dachte, jemand hätte dich bedroht. Mit einem Gewehr.«

»Also kennst du die Geschichte doch?«, gab Anja verärgert zurück.

»Nur Gerüchte. Ich wusste nie, was wahr ist und was nicht.«

»Ja, da war jemand mit einer Schrotflinte.«

»Also hast du dich nur verteidigt«, stellte Rudi fest.

Anja schwieg.

»Warum hast du dann deinen Job verloren?«, setzte er nach. »Das verstehe ich nicht.«

»Ich habe selbst gekündigt«, sagte Anja.

Rudi schien sich damit zufriedenzugeben. Anja war darüber glücklich, sie hatte keine Lust, mehr zu erzählen. Dass der Schuss, den sie im Gasthaus abgegeben hatte, nicht der einzige gewesen war. Wie konnte sie ihm etwas erzählen, das sie bis heute nicht verstand?

»Jedenfalls weiß ich jetzt, was ich die ganze Zeit übersehen habe«, sagte sie.

»Ach ja?«

Sie tippte nachdenklich mit dem Finger auf ihr Cocktailglas. »Nur ein Detail. Nicht die Lösung des Falls, aber etwas, das wichtig war.«

Rudi wartete. »Und?«

Anja nahm einen großen Schluck von ihrem Mojito, dann sah sie sich um, ob irgendjemand nah genug war, um mitzuhören. »Eine Sache«, fuhr sie leiser fort, »die wir nie verstanden haben, war, wie Köhler entführt werden konnte. Er hätte ja eigentlich auf Dienstreise in China sein sollen. Dann war er plötzlich weg, und wir haben erst später erfahren, dass er früher zurückgekommen ist. Ein chinesischer Geschäftsmann hat ihn in seinem Privatjet nach Wien mitgenommen. Niemand hat gewusst, wo er nach seiner Ankunft gewesen ist, nicht einmal seine engsten Vertrauten.«

»Und nun weißt du es?«, fragte Rudi.

»Nein. Was ich verstanden habe, ist, dass Köhler das öfter gemacht hat.«

Rudis Augen wurden groß. »Wie?«

»Wir konnten Köhlers Leben scheinbar lückenlos zurückverfolgen. Jeden Ort, den er besucht hat, jedes Gespräch, das er geführt hat. Wir hatten die Geodaten seines Handys, wir wussten immer, wo er sich in Österreich aufgehalten hat. Stell dir so ein Leben vor, ohne Privatsphäre, ohne einen einzigen Moment, in dem du nur für dich bist, ohne Geheimnis. Jeder Mensch hat Geheimnisse, aber bei Köhler war nichts zu finden.«

»Du glaubst, Köhler hatte Geheimnisse?«

»Andere Fragestellung: Was wäre nötig gewesen, damit Köhler Geheimnisse hätte haben können?«

Rudi dachte nach, dann schien er zu verstehen. »Du glaubst, er kam absichtlich früher von seinen Dienstreisen zurück? Ohne dass jemand davon wusste?«

Anja nickte. »Exakt. Im Ausland stand er nicht so sehr unter Beobachtung wie hier. Er konnte in seinem Büro fiktive Termine angeben und stattdessen früher zurückkehren.«

»Um was zu tun?«

Anja hob die Hände und schüttelte den Kopf. »Woher soll ich das wissen? Aber ich habe einen Verdacht.

Es gab da ja dieses Gerücht über eine Beziehung zu einer minderjährigen Prostituierten.«

»Davon hab ich noch nie gehört«, sagte Rudi.

»Es wurde auch nie weit verbreitet. Der Journalist, der darüber schrieb, wurde unter Druck gesetzt und verlor seinen Job. Wir haben die Sache damals nicht verfolgt, weil wir uns nicht erklären konnten, wann das passiert sein sollte. Köhlers Leben zu dieser Zeit war wie gesagt lückenlos nachvollziehbar. Was, wenn er deshalb früher von den Dienstreisen zurückkam?«

Rudi lachte. »Klingt nach einer guten Theorie. Die aber auch falsch sein kann.«

»Ich bin mir sicher«, erwiderte Anja gelassen. »Als Polizistin hätte ich so etwas ohne Beweise nicht behaupten dürfen. Aber ich bin keine Polizistin mehr, und mein Gefühl sagt mir, dass das die Lösung war.«

»Willst du es weiterverfolgen?«

Anja trank ihren Mojito aus und zuckte mit den Schultern. »Ich weiß es nicht. Wozu? Vielleicht hat er tatsächlich verdient, was mit ihm passiert ist.«

»Ich glaube, du warst wirklich zu lange in Stein«, grinste Rudi. »Verstehst du jetzt, warum wir ihn entführt haben?«

Anja ließ fast ihr Glas fallen. »Was hast du gesagt?«

Rudi lachte auf einmal schallend. »Tut mir leid, ich mache nur Spaß. Du hättest dein Gesicht sehen sollen!« Er schlug mit der flachen Hand auf die Theke.

Anja konnte nicht widerstehen, sie stimmte in sein

Lachen ein. Und als Rudi den Blick auf einmal nicht mehr von ihr abwandte, spürte sie, wie ihr schwindlig wurde. Angenehm schwindlig.

»Ich habe dich sofort erkannt, als du in Stein aufgetaucht bist«, begann er.

Anja schüttelte ungläubig den Kopf. »Woher? Wir kannten uns nicht.«

»Aus dem Fernsehen. Und einmal hab ich dich in Stein gesehen, als du noch ermittelt hast.«

Anja schnitt eine Grimasse. »Das ist nicht dein Ernst. Stopp, red nicht weiter!«

Rudi wandte sich schmunzelnd ab und trank von seinem Whisky.

»Hey«, sagte sie und berührte seinen Arm, »schau mich an, wenn ich mit dir rede.«

Er lächelte. »Du hattest eine solche Energie.«

»Ich war völlig fertig, kurz vor dem Burnout!«, widersprach Anja.

»Kompromisslos, völlig fokussiert. So etwas habe ich bei einer Frau nie zuvor gesehen. Ich fand das unglaublich anziehend. Aber ich dachte nicht, dass ich dich persönlich kennenlernen würde. Erzähl mir nicht, dass du nicht weißt, welche Wirkung du auf Männer hast...«

Er verfiel in Schweigen.

Anja fand seine Beteuerungen lächerlich. Sie kaufte sie ihm nicht ab. Aber etwas in ihr wollte nicht, dass er damit aufhörte. Doch er sagte kein Wort mehr, sondern sah sie nur an, ruhig und ohne einen Funken Verlegenheit. Lachfalten umgaben seine Augen, die einen warmen braungrünen Ton hatten, wie sie erst jetzt bemerkte. Sie senkte den Blick und lachte unsicher.

Jetzt komm schon, Anja, krieg dich wieder ein. Du hast Komplimente immer gehasst.

Als er seine Hand auf ihre legte, war es, als spürte sie einen Stromschlag. Sie wollte sie wegziehen, doch ihre Muskeln gehorchten ihr nicht mehr. Sie hatte den Zeitpunkt dafür verpasst.

Anja hatte überlegt, Rudi in ihrer Wohnung noch etwas zu trinken anzubieten, doch noch bevor sie die Wohnungstür geschlossen hatte, fiel er über sie her. Er küsste sie so leidenschaftlich und fordernd, dass sie völlig überrumpelt war. Sie riss sich von ihm los, um die Tür ins Schloss zu drücken, da war seine Hand schon auf ihrer Brust, während seine andere sich an ihrer Hose zu schaffen machte. Was tat sie da eigentlich? Ging das nicht alles viel zu schnell?

Ging es eben nicht. Rudi List trieb sie bis an ihre Grenzen. Und er schien genau zu wissen, wo diese Grenzen waren, überschritt sie nicht ein einziges Mal. Das gab den Ausschlag, dass sie sich völlig fallen ließ.

Als seine Hand ihren Weg in ihre Hose fand und sich unter ihren Slip tastete, entfuhr ihr ein Seufzen. Sie nahm seine Hand und zog ihn ins Schlafzimmer. Sekunden später waren sie nackt. Anja tastete unter dem Bett nach einem Kondom – hier musste noch irgendwo eines sein –, als er plötzlich ihre Beine auseinanderdrückte und mit dem Kopf dazwischen abtauchte. Als sie seine Zunge spürte, löste sich jeder klare Gedanke, den sie eben noch gefasst hatte, in nichts auf. Irgendwann fiel ihr auf, dass sie tatsächlich ein Kondom in der Hand hielt, da entriss Rudi es ihr auch schon. Auf einmal war er in ihr. Das Bett begann unter ihren Bewegungen zu ächzen, als würde es gleich zusammenbrechen. Sie dachte noch daran, ihn zu bremsen, den Moment länger auszukosten, doch da war es schon zu spät. Sie kamen gleichzeitig und schrien dabei beide auf. Als sie schließlich voneinander abließen, mussten sie lachen.

In diesem Moment brach das Bett unter ihnen zusammen.

Rudi hatte ihr sofort helfen wollen, das Bett wieder zusammenzubauen, doch Anja hatte ihn in die Küche geschickt, damit er ihnen etwas zu trinken holte. Während er davontapste, steckte sie die aus dem Leim gegangenen Teile notdürftig wieder zusammen. List kam mit zwei Gläsern Wasser zurück. Plötzlich fühlte sie sich so nackt wie seit ihrer wilden Teenagerzeit nicht mehr.

Anja, Anja, was macht dieser Mann nur mit dir?

Sie tranken einen Schluck, dann schlüpften sie wieder unter die Decke, Haut an Haut, klebrig vom Schweiß.

Anja musste über den Mann nachdenken, der sie gerade verführt hatte. Seine Worte über das Studium, das Jobangebot, fielen ihr wieder ein. Und ihr wurde klar, was er damit gemeint hatte – dass noch viel mehr in ihm schlummerte. Dass er tatsächlich viel von seinem Leben für Stein geopfert hatte.

Sie sah, dass er an die Decke starrte, mit einem Lächeln, aber doch nachdenklich.

»Es ist sicher gut, dass du gehst. Du kannst immerhin weg. Ich nicht, ich bin diesem Ort ausgeliefert.« Er wandte sich ihr zu. »Was nicht heißt, dass du nicht mehr nach Stein kommen sollst. Ich nehme dich gleich morgen mit. Wir müssen diese Jungs zur Rede stellen. Sie müssen verstehen, dass es Grenzen gibt, dass sie nicht anonym sind.«

Anja schloss die Augen. »Ich weiß nicht, ob ich das will.«

»Es ist wichtig. Und es wird dir guttun, du wirst sehen.« Er strich ihr eine Haarsträhne aus dem Gesicht.

Sie beugte sich zu ihm und küsste ihn, um ihn zum Schweigen zu bringen. Als sie von ihm abließ, fiel sein Blick auf ihre Hüfte.

»Was ist das eigentlich für ein Tattoo? Soll das ein Spatz sein?«

»Erinnerung«, sagte sie nur, »an einen Fall.« Er sah sie fragend an, doch sie zog ihn wieder an sich.

Dann liebten sie sich erneut, sanfter diesmal. Anja war oben. Sie wusste, wenn er die Kontrolle hätte, würde das Bett sofort wieder zusammenbrechen. Sie betete, dass es die nächsten Stunden überstand.

»Rudi, ich hab es mir überlegt, das ist doch keine gute Idee. Rudi, hörst du mir zu?«

Rudi List war über Nacht geblieben. Sie waren morgens in der Nähe von Anjas Wohnung noch einen Kaffee trinken gegangen, müde und wunderbar verwirrt, bevor sie mit Rudis Auto losgefahren waren. Anja hatte es versäumt, sich zu wehren. Erst jetzt, als sie den Schotterweg zum Steinbruch entlanggingen, wurde ihr mulmig zumute. Diese Burschen, von denen Rudi gesprochen hatte, interessierten sie überhaupt nicht.

»Es dauert nicht lange. Tu es für mich. Dann lass ich dich in Ruhe, versprochen«, bat er.

Zunächst schien alles ruhig zu sein, dann sah Anja drei junge Männer auf einer Steinstufe sitzen, jeder mit einer Flasche Bier in der Hand. Einer der drei war übergewichtig. Sie waren still, fast ernst. Ein Tribunal, das über die Welt richtete und über jeden, der dieses Reich betrat. Anja erkannte sofort den Jungen, den sie auf dem Plateau beim Yoga getroffen hatte, Patrick.

»Guten Morgen«, rief Rudi ihnen zu. »Schon beim Bier, oder wie? Ich hab euch jemanden mitgebracht.«

Die drei sahen auf sie herab. Der Dicke spuckte auf den Boden und flüsterte Patrick etwas zu.

»Was ist los?«, rief Rudi. »Warum so schweigsam? Jetzt ist sie da, ihr könnt ihr sagen, was ihr denkt. Warum sie *verschwinden* soll. Sagt es ihr doch ins Gesicht, das ist doch viel besser! Einmal so richtig abreagieren, das tut gut, nicht wahr?«

Eine leere Bierflasche kam geflogen und zerschellte direkt neben ihm. Anja blieb wie angewurzelt stehen, doch Rudi verlor die Beherrschung.

»Noch so eine Aktion und ich hol die Polizei!«, schrie er. »Was denkt ihr denn, wer ihr seid? Glaubt ihr, ich werde euch immer schützen? Wenn ich nicht gewesen wäre, wärt ihr schon längst vorbestraft! Wollt ihr wirklich eure Zukunft wegschmeißen?«

»Du hast hier doch gar nichts zu sagen«, gab Patrick gelangweilt zurück. »Verschwinde, lass uns in Ruhe!«

Der Dicke lachte und schlug hinter Patricks Rücken mit dem Dritten ein.

Rudi bekam einen hochroten Kopf. Anja behielt die Jungs und ihre Bierflaschen im Auge, während sie ihn am Arm fasste und sanft wegzog. Er wehrte sich nur halbherzig.

»Weiß er, was Sie getan haben? Haben Sie es ihm erzählt?«, rief einer der Burschen ihnen nach.

Anja drehte sich um. Sie wusste nicht, wer sie angesprochen hatte.

»Wovon redet er?«, fragte Rudi.

»Unwichtig«, sagte Anja und zog ihn weg.

Auf dem Rückweg schwiegen sie. Rudi hatte die Hände zu Fäusten geballt, doch es schien klar zu sein, dass er die Polizei nicht einschalten würde.

»Das ist schon okay«, sagte Anja irgendwann. »Ich bin nicht beleidigt wegen der Schmierereien. Die rebellieren, das wird schon wieder. Es gibt andere Gründe, warum ich aus Stein wegmuss. Das hat nichts mit ihnen zu tun. Und am allerwenigsten mit dir. Das weißt du doch, oder?«

»Sehen wir uns wieder?«, fragte er flehend.

Anja nickte. »Bestimmt. Ich ruf dich an.«

Niedergeschlagen ging Rudi ein paar Minuten später die Treppe zu seiner Bürgermeisterwohnung hinauf, während Anja die wenigen Meter zu ihrem Auto zurücklegte.

Nachdem Anja ihre vom Feld schmutzigen Schuhe abgetreten hat und den Kirchenwirt *betritt, weiß sie sofort, dass etwas Wichtiges im Gange ist. Am Stammtisch sitzt ein gutes Dutzend Männer in ein Gespräch vertieft, sonst ist das Lokal leer. Sie erkennt den Bürgermeister und Ganster wieder. Beide hat sie vor einiger Zeit befragt. Als die Männer sie bemerken, wird es schlagartig still, und alle sehen zu ihr.*

»Krisensitzung?«, fragt Anja. »Darf ich mitmachen?«

Ohne auf eine Antwort zu warten, schnappt sie sich einen Stuhl von einem der leeren Tische und zieht ihn zum Stammtisch, wo sie ihn zwischen die Stühle zweier Gäste zwängt. Dann klettert sie über die Lehne und setzt sich. Sie riecht den Achselschweiß der Männer neben ihr.

Als sie in die Runde blickt, sieht sie ihn – den Hass, den sie seit vielen Monaten sucht. Er steht diesen Männern in die Gesichter geschrieben. Nun weiß sie, dass sie hier richtig ist. Sie wird nicht weggehen, bevor sie Antworten hat. Die Stimmung ist so aufgeladen, dass einer von ihnen die Kontrolle verlieren und sich verraten wird.

»Macht einfach weiter«, sagt Anja in die Stille. »Lasst euch von mir nicht stören. Ihr habt gerade besprochen, was ihr mit Köhler machen wollt. So kann es nicht weitergehen, oder? Die gescheiterten Lösegeldübergaben, all die Medikamente für den Dicken, und wie der essen kann, Wahnsinn, wo doch fast nichts mehr dran ist an ihm. Das muss ein Ende haben, nicht wahr?«

Anja blickt in die feindseligen Gesichter. Sie sieht, dass ihre Worte Wirkung zeigen. Also macht sie weiter.

»Wie gut, dass ich euch gefunden habe! Wisst ihr was? Ich werde euch das Problem abnehmen. So ist es am besten, glaubt mir. Einen menschlichen Körper zu beseitigen, ist gar nicht so einfach, damit kenn ich mich aus, man findet die immer. Und umbringen müsst ihr ihn zuerst auch noch, das ist meistens eine ziemliche Sauerei, hat ja niemand Erfahrung damit. Ich mach euch einen Vorschlag: Sagt mir einfach, wo er ist, und ihr seid das Problem los. Versprochen!«

Langsam erhebt sich der Bürgermeister. »Es ist besser, Sie gehen jetzt.«

Anja sieht ihn herausfordernd an. »Sonst?«

»Wien ist weit weg, Frau Grabner«, sagt der Bürgermeister ruhig.

»Das klingt wie eine Drohung«, gibt Anja zurück. »Bitte sagen Sie, dass es eine Drohung ist. Dann kann ich Sie näm-

lich festnehmen. Das wäre so eine schöne Geschichte für die Medien. Alle würden auf Stein schauen und sich fragen, warum der Bürgermeister so nervös ist und ob er vielleicht etwas zu verbergen hat.«

»Sie nehmen hier niemanden fest«, verkündet der Bürgermeister jetzt lauter. »Justin?«

Anja realisiert, dass jemand hinter ihr steht. Sie spürt, wie sich ihre Nackenhaare aufstellen. Sie springt auf und wirbelt herum, wobei sie blitzschnell ihre Dienstwaffe zieht. Die Mündung einer doppelläufigen Schrotflinte ist auf ihren Bauch gerichtet.

Der Kerl, der ihr gegenübersteht, ist fast noch ein Kind. Er hält das schwere Gewehr an der Hüfte. Anja zielt auf seinen Kopf. Reglos stehen sie einen Moment lang da und starren sich an. Der Junge scheint Angst zu haben, doch er hält die Waffe fest in den Händen.

»Ist dir klar, was du da tust?«, fragt Anja ruhig. »Du bedrohst eine Polizistin. Lass dir erklären, wie das hier läuft: Wenn du mich erschießt, siehst du nie wieder das Tageslicht. Sie sperren dich in das letzte Loch, irgendwo weit weg, vielleicht in Wien, wo der gute Bürgermeister hier nichts machen kann. Wenn ich dich erschieße, ist es Notwehr. Ich schieße ungern auf Menschen, glaub mir, aber ich hätte längst geschossen, wenn ich glauben würde, dass du dumm bist. Also leg das Gewehr weg, ja?«

Der Junge rührt sich nicht.

»Die Waffe fallen lassen!«, schreit Anja.

Sie überlegt, ihm das Gewehr einfach zu entreißen, aber

sie ist sich nicht sicher, ob er sich dann nicht wehren würde. Stattdessen zielt sie mit der Pistole an die Wand hinter ihm, wo niemand steht, und drückt ab.

Der Schuss ist ohrenbetäubend. Klappernd fällt die Patronenhülse zu Boden, und Schwefelgeruch breitet sich aus.

Alle verharren in Schockstarre. Justin lässt erschrocken das Gewehr sinken. Mitten in die Stille hinein läutet ein Handy. Anja sieht aus den Augenwinkeln, wie der Bürgermeister in seine Hosentasche greift und sein Telefon hervorzieht. Er nimmt den Anruf tatsächlich entgegen, flüstert ein paar Worte. Anja ist völlig perplex. Irgendetwas entgeht ihr gerade.

In diesem Moment springt die Tür auf, und Kaspar Deutsch betritt den Gastraum. Er starrt erst die Schrotflinte an, dann Anja. »Was ist denn hier los?«

Er zieht seine Dienstwaffe, doch Anja bedeutet ihm, die Waffe wieder einzustecken.

»Du musst hier übernehmen«, sagt sie. Sie schiebt den Stuhl weg, drängt sich an Justin und ihrem sprachlosen Kollegen vorbei und rennt ins Freie.

Mitten auf der Straße bleibt sie stehen und blickt sich um. Im Ort ist es still, viel zu still. Als der Bürgermeister das Gespräch angenommen hat, ist es ihr klar geworden: Etwas Wichtiges passiert gerade, aber nicht im Kirchenwirt*, sondern woanders. Dort muss sie hin. Nur wo?*

Verzweiflung überkommt sie. Sie spürt, dass sie nah dran ist, so nah wie noch nie. Sie muss die Sache hier und heute abschließen, das weiß sie plötzlich. Kaspar hatte recht, diese

Ermittlung hat ihr zu viel abverlangt, sie bewegt sich am absoluten Limit ihrer Belastbarkeit. Wenn sie Köhlers Entführer jetzt nicht findet, wird etwas Schlimmes passieren. Sie wird die Kontrolle verlieren.

Der Wind trägt ein Geräusch. Die Stimme einer Frau. Sie weint.

Anja dreht sich im Kreis. Aus welcher Richtung kommt die Stimme? Anja ist sich nicht sicher, dennoch läuft sie los. Zwei Gassen weiter bleibt sie stehen und lauscht wieder. Zuerst glaubt sie, die Stimme verloren zu haben, doch dann hört sie sie erneut einen heulenden, klagenden Singsang. Von jemandem, der nicht um Hilfe schreit, sondern weiß, dass niemand ihm helfen wird.

Anja rennt weiter, und nun wird das Klagen lauter. Sie kommt an einer Seitengasse vorbei, als sie aus den Augenwinkeln eine Bewegung wahrnimmt. Sie dreht sich um und entdeckt Menschen in der Gasse. Sie sehen aus wie drei Betrunkene, die torkeln und einander stützen. Doch sie versteht, dass sie sich täuscht: In der Mitte ist eine Frau, die von zwei Männern festgehalten und mitgezerrt wird. Anja zieht ihre Dienstwaffe, dann rennt sie los.

Die beiden Männer bemerken Anja. Sie drehen sich um, und einer von ihnen hält der Frau den Mund zu.

»Halt, Polizei! Keine Bewegung!«, ruft Anja.

Der andere der beiden Männer hält plötzlich etwas Glänzendes in der Hand und presst es an den Hals der Frau. Ein Messer.

Anja bleibt stehen. Der Mann mit dem Messer stellt sich

hinter die Frau, deren Augen weit aufgerissen sind, während der andere sie loslässt und beiseitetritt. Er grinst, als wäre er neugierig zu erfahren, was nun passiert. Anjas Geist spielt fieberhaft alle Möglichkeiten durch, keine davon ist gut. Da setzen sich die drei wieder in Bewegung. Sie gehen rückwärts auf ein Haus zu.

»Lassen Sie die Frau los!«, schreit Anja, während sie versucht, den Kopf des Mannes mit dem Messer ins Visier zu bekommen.

Von da an läuft vor ihren Augen alles ab wie ein Film. Der Mann denkt nicht daran, die Frau loszulassen oder stehen zu bleiben. Der andere Mann bemerkt Anjas Hilflosigkeit und grinst noch breiter.

Ob sie den Schuss bewusst abgibt, kann Anja später nicht mehr sagen. Auch den Weg, den sie genommen hat, weiß sie nicht mehr. Sie glaubt nur, sich an den Namen der Gasse zu erinnern.

Erlenweg.

Anja bestellte ihren vierten Cocktail. Sie hatte mit dem ersten auf der Karte begonnen und bereits die Hälfte der Cocktails durch. Riesige Gummipalmen sorgten für Aloha-Stimmung in der Bar, die Anja von der Straße aus entdeckt hatte und deren ungeputzte Fensterscheiben kaum Licht ins Innere ließen. Gute-Laune-Getränke waren ihrer Meinung nach eine hervorragende Idee, wenn sich das Leben wieder einmal als vollkommen irre erwies. Wie sollte man mit billigem Fusel die absurden

Launen des Schicksals gebührend feiern? Cocktails waren dafür perfekt, fand sie.

Weiß er, was Sie getan haben?

Fünf Jahre lang hatte sie diesen Fall mit sich herumgetragen. Natürlich hatte sie, nachdem sie damals im Krankenwagen aufgewacht war, sofort nach Kaspar verlangt und ihm alles genau erzählt. Er hatte sie beruhigt, ihr geraten, sich erst einmal zu erholen. Sie hatte gefragt, ob er die beiden Männer aus der Gasse festgenommen hatte, und er hatte unbestimmt genickt. Nach einer Nacht im Krankenhaus hatte sie ein Dokument unterschrieben, das ihr erlaubte, auf eigenes Risiko entlassen zu werden, und war sofort zum Landeskriminalamt gefahren. Dort waren ihr die kritischen Blicke der Kollegen aufgefallen. Etwas hatte nicht gestimmt. Wie sich herausstellte, war Bert Köhler nicht gefunden worden.

Sie war in Kaspars Büro geplatzt und hatte ihn gefragt, was mit den Männern geschehen war. Er hatte sich gewunden, es gab etwas, das er ihr nicht sagen wollte. Schließlich hatte er ihr einen Zettel hingelegt. Es handelte sich um ihre Aussage, nur noch ihre Unterschrift fehlte. Anja hatte den Text überflogen, doch da stand nichts von zwei Männern und einer Frau. Die Aussage endete mit dem *Kirchenwirt*.

»Warum fälschst du meine Aussage?«, fragt Anja Kaspar.

»Es wird ein Disziplinarverfahren geben«, sagt Deutsch.

»Weil du in diesem Gasthaus um dich geschossen hast.«

»Ich wurde bedroht!«, verteidigt sich Anja.

»Mach dir keine Sorgen«, beschwichtigt Deutsch. »Es wird nichts passieren. Ich habe mit allen gesprochen. Man lässt dir das durchgehen.«

»Und die Frau? Was ist mit ihr?«

Deutsch zögert. »Es gibt keine Frau, Anja«, sagt er dann.

»Da war ein Mann, ich habe ihn getroffen!«

Deutsch schüttelt den Kopf. »Dann hätten wir doch Blutspuren finden müssen.«

»Da sind ganz sicher Blutspuren!«

»Wir haben keine gefunden«, sagt Deutsch. »Niemand kann deine Aussage bestätigen.«

»Du glaubst doch nicht wirklich, dass ich mir das eingebildet habe?«, erwidert Anja.

»Du hast einen Schlag auf den Kopf bekommen.«

»Ja, da war noch jemand hinter mir! In dieser Gasse, habt ihr die Gasse gecheckt?«

»Wir haben dich vor dem Gasthaus gefunden!«

Anja versucht verzweifelt, sich an den Namen der Gasse zu erinnern.

Kaspar Deutsch sieht ihr in die Augen. »Hör mir jetzt genau zu, Anja. Ich weiß nicht, was da wirklich passiert ist. Ich weiß nur, dass es keine Beweise für das gibt, was du berichtest. Nur eines kann ich dir sicher sagen: Wenn du vor der Disziplinarkommission erzählst, dass du einen Mann erschossen hast, war es das für dich. Egal, ob es stimmt oder nicht.«

Also hatte Anja am nächsten Tag unterschrieben. Alles war so gekommen, wie Deutsch gesagt hatte. Anja war mit einer Verwarnung davongekommen. Doch dann war sie krank geworden. Erst Grippe, dann Rückenschmerzen. Der Arzt hatte gesagt, es sei psychisch. Überlastungsreaktionen. Man hatte sie aufgefordert, sich in Behandlung zu begeben. Irgendwann hatte Anja dann gekündigt.

Seitdem hatte sie nie wieder mit jemandem über die Sache gesprochen. Fünf Jahre lang hatte sie alles verdrängt, ohne sich darüber wirklich im Klaren zu sein. Sie musste zugeben, dass es Vychodils – und auch Kaspars – Verdienst war, dass sie sich den Ereignissen von damals gestellt hatte.

Wenn sie ehrlich war, konnte sie nicht mit Sicherheit sagen, ob Kaspar nicht recht gehabt hatte. Dass sie die Geschehnisse nach ihrem Schlag auf den Kopf einfach geträumt hatte.

Anja war so in Gedanken versunken, dass sie die zarte Gestalt erst bemerkte, als diese direkt neben ihr stand. Sie trug einen Mantel mit Kapuze, doch Anja erkannte Diamond dennoch sofort.

Anja saß mit Diamond an einem Tisch in der hintersten Ecke der Bar. Die junge Frau hatte darauf bestanden, mit Blick zur Tür zu sitzen, die sie die ganze Zeit im Auge behielt.

»Wie haben Sie mich gefunden?«, fragte Anja.

»Journalist«, antwortete Diamond kurz angebunden.

Linder, dachte Anja. *Er hat mir also doch geholfen.* In Gedanken sandte sie ihm einen Gruß. *Nun sind wir quitt!*

»Warum haben Sie sich nie gemeldet?«, wollte Anja wissen.

Sie zuckte mit den Schultern. »Ich Angst.«

»Vor mir? Warum?«

Erneut ein Schulterzucken.

»Was wollten Sie in Stein? Wer fuhr die Limousine?«

»Kunde«, sagte Diamond.

»Ich verstehe.«

Anja überlegte, wie sie am schonendsten all die Fragen stellen sollte, die ihr durch den Kopf gingen. Doch als sie Diamond genauer betrachtete, stellte sie fest, dass sie nicht ängstlich wirkte, nur wachsam. Vielleicht war sie stärker als erwartet. Kein Wunder, bei der Kindheit.

»Was hätte ich vor ein paar Jahren dafür gegeben, mich mit Ihnen zu unterhalten. Sie wissen, was mit mir passiert ist?«

Die junge Prostituierte nickte.

»Dragan Sitka«, sagte Anja. »War er es, der nicht wollte, dass Sie mit mir reden?«

Erneutes Nicken.

»Weil Sie etwas wissen?«

Die Kleine schwieg weiter.

»Ich weiß, dass Bert Köhler ein Kunde von Ihnen war. Das war in der Zeitung. Aber Sie wissen, dass Sie keine Schuld trifft, oder? Köhler hat sich strafbar gemacht, Sie nicht.«

Gemischte Emotionen spiegelten sich im Gesicht der jungen Frau. Anja konnte unmöglich sagen, was in ihr vorging. Kurz glaubte sie, Diamond würde zu weinen anfangen, doch sie fing sich wieder.

»Ich bin außerdem keine Polizistin mehr. Sie müssen mir nichts erzählen, und ich muss es niemandem weitererzählen. Ich will nur mit meiner Vergangenheit ins Reine kommen. Die Sache mit Köhler hat mein Leben zerstört.«

Diamond riss kurz ihren Blick von der Tür los, dann nickte sie.

»Gibt es etwas, das Sie wissen? Über Köhler, über seine Entführung? Irgendetwas, das die Polizei nicht weiß?«

Diamond schien mit sich zu kämpfen, als wüsste sie nicht, wo sie anfangen sollte. Oder sie suchte nach den richtigen deutschen Worten.

»Köhler war mehrmals bei Ihnen, nicht wahr?«, fragte Anja behutsam. »Nach seinen Dienstreisen?«

Die Kleine nickte. Anja wollte fortfahren, als Diamond plötzlich redete. »Es gab andere. Wie ich.«

»Mädchen? Junge Mädchen?«

Sie nickte.

»War er vielleicht im Zeitraum seiner Entführung mit einer von ihnen zusammen?«

»Köhler böse«, sagte Diamond plötzlich.

Anja wurde hellhörig. »Wie, böse?«

»Er böse Dinge getan. Mädchen geschlagen.«
»Wie geschlagen? Hat er sie verletzt?«
Die Kleine nickte. »Eine gestorben.«
Anja atmete aus und lehnte sich zurück. Da war sie, die Lösung. Das Motiv. Der Anhaltspunkt, den sie nie gefunden hatte.

»Hat die Polizei den Fall untersucht?«, fragte sie, obwohl ihr klar war, dass das nicht passiert war. Sie selbst war zu dieser Zeit Chefin der Mordgruppe gewesen. Sie wäre es gewesen, die ermittelt hätte.

»Sie verschwunden«, sagte Diamond.

»Könnte das der Grund für seine Entführung sein?«

Die junge Prostituierte zögerte, dann stimmte sie zu.

»Aber wer hat es getan? Dragan Sitka? Einer der Zuhälter? Oder ein Freund der Toten?«

Nun schüttelte Diamond den Kopf. Mehr wusste sie nicht. Oder sie war nicht gewillt, mehr zu erzählen.

»Sind Sie ganz sicher?«

Sie nickte heftig.

Eine drückende Stille breitete sich aus. Anja wurde klar, dass Diamond wieder verschwinden würde, sobald sie hier fertig waren und das Lokal verließen. Sie würde sich in Luft auflösen.

»Danke, dass Sie mir das erzählt haben«, sagte Anja.

Kurz blitzte ein bezauberndes Lächeln im Gesicht der Kleinen auf.

»Bleiben wir in Kontakt?«, fragte Anja hoffnungsvoll. »Kann ich Sie irgendwie erreichen?«

Diamond schien kurz nachzudenken. Dann lächelte sie erneut und schüttelte den Kopf.

Das war es also, dachte Anja. Die Lösung dieses Falls zum Greifen nahe. Und sie würde sie dennoch verlieren. *Wie ich es gesagt habe. Ich bin keine Polizistin mehr. Mir geht es nur darum, mit mir ins Reine zu kommen. Habe ich das ernst gemeint? Oder habe ich gelogen? Genügt mir das?*

Anja fühlte eine tiefe Zufriedenheit. Sie verstand auch, warum sie diese neue Information so befriedigte: Sie bedeutete, dass der anonyme Hinweis tatsächlich irrelevant gewesen war. Von jemandem, der sich wichtigmachen wollte. Bert Köhler war nie in Stein gewesen. Er war irgendwo in mafiösen Rotlichtkreisen verschwunden, wo jemand sich gerächt hatte. An einem sadistischen Schwein, das minderjährige Prostituierte zu Tode prügelte.

Diamond stand auf, und auch Anja erhob sich. Vor dem Lokal gaben sie sich kurz die Hand, bevor Diamond verschwand, als hätte es sie nie gegeben.

Anja blieb zurück und fühlte sich plötzlich verloren. Sie war drauf und dran, zu ihrer Wohnung zu fahren, doch die Polizistin in ihr meldete sich zu Wort. Sie musste ganz sichergehen. Es gab vielleicht jemanden, der die Geschichte bestätigen konnte. Eine Person, die sie schon längst hätte befragen sollen.

»Schön, dass Sie gekommen sind. Sie bekommt selten Besuch. Alle haben sie im Stich gelassen, nach und nach.«

Die rundliche junge Frau mit dem weißen Pflegerinnengewand, die an der Rezeption der Rehaklinik stand, strahlte über das ganze Gesicht. Die Einrichtung befand sich, umgeben von einem weitläufigen Garten, an der Höhenstraße am Stadtrand Wiens in einem umgebauten Hotel aus den Sechzigerjahren, aus dem gute Innenausstatter mit viel Glas und Metall das Maximum an Wohnlichkeit herausgeholt hatten. Offiziell pries man die gute Luft und die vielen Therapiemöglichkeiten an. Inoffiziell war man auf chronische psychische Krankheiten spezialisiert.

»Kennen Sie sie schon lange?«, fragte Anja.

»Seit sie zu uns gekommen ist. Damals ging es steil mit ihr bergab. Normalerweise kämpfen die Leute mit Traumata, die zurückliegen und die man aufarbeiten kann. Aber sie war mittendrin, gefangen in einem Albtraum, wenn Sie so wollen. Das hat sie zermürbt. Inzwischen hat sie sich gefangen, aber nach so einer Sache ist man ein anderer Mensch.«

»Warum ist sie immer noch hier? Darf sie nicht entlassen werden oder will sie nicht?«

»Sie fühlt sich noch nicht bereit«, antwortete die Frau ernst, »und wir geben ihr die Zeit, die sie braucht. Vielleicht wird sie diese Einrichtung nie wieder verlassen.«

»Aber sonst ist sie gesund? Ich meine, bei klarem Verstand?«

»Wie man es nimmt. Sie lebt in ihrer eigenen Welt. Manche Dinge, die sie erzählt, erscheinen recht wirr.

Aber damit ist sie nicht allein. Das ist kein Grund, jemandem seine geistige Gesundheit abzusprechen. Erst wenn es für die Betroffenen oder ihre Umwelt zur Belastung wird, kommen wir ins Spiel.«

Anja nickte. Wirres Zeug also. »Ich verstehe.«

»Wer sind Sie noch mal?«, fragte die Krankenschwester, die nun offenbar doch misstrauisch wurde.

»Eine alte Freundin«, log Anja. »Ich war lange im Ausland, nun hab ich endlich Zeit für einen Besuch.«

Das schien die Krankenschwester zufriedenzustellen. »Kommen Sie mit!«

Anja folgte ihr ins Freie, und sie spazierten über den Schotterweg des prachtvollen Gartens. Gepflegte Rosenstöcke, Buchsbaum, Thujen. Es roch nach Rindenmulch, der die Erde zwischen den Pflanzen bedeckte. Weiter vorne erstreckte sich ein Gemüsegarten.

»Frau Köhler! Frau Köhler? Ich habe Ihnen Besuch mitgebracht«, rief die Krankenschwester.

Hinter ein paar mannshohen Maispflanzen bewegte sich jemand.

»Frau Köhler? Da sind Sie ja!«

Die Gestalt richtete sich auf und lugte zwischen den Maisstängeln hindurch. Der bohrende Blick eines Augenpaars traf Anja. Die Gestalt trat hinter dem Mais hervor.

Cäcilia Köhler war alt geworden. Ihr dünner Hals war faltig, das Kinn spitz, die Mundwinkel hingen nach unten. Ihr zusammengebundenes Haar war ergraut, die

Gartenhandschuhe schienen ihr zu groß zu sein. Anja konnte sehen, dass Cäcilia Köhler sie sofort erkannt hatte. Sie rechnete damit, dass ihre Lüge jeden Moment aufflog. Die Krankenschwester bemerkte den Blick ebenfalls und sah Anja vorwurfsvoll an.

»Frau Grabner«, sagte Cäcilia Köhler, »lange nicht gesehen.«

Die Krankenschwester war noch nicht überzeugt. »Ist das eine Freundin von Ihnen, Frau Köhler?«

Cäcilia Köhler schien nachzudenken, dann lächelte sie plötzlich. »Ja, ist sie. Nicht wahr, Frau Grabner?«

»Soll ich sie wegbringen?«, fragte die Krankenschwester.

»Nein, sie kann bleiben. Sie können uns allein lassen.«

Die Miene der Frau im weißen Kittel verriet, dass sie gar nichts davon hielt, doch Cäcilia Köhler wartete, und schließlich entfernte sie sich.

»Trauen Sie sich endlich hierherzukommen?«, fragte Cäcilia Köhler.

Anja trat einen Schritt näher. »Ich wusste nicht, wie es Ihnen geht.«

Cäcilia Köhler lachte. »Mitleid also. Das können Sie sich sparen. Ich bin freiwillig hier.«

»Mein Mitleid hält sich in Grenzen«, erwiderte Anja. »Es ist nur so, dass unsere letzten Gespräche wenig erhellend waren. Sie haben hauptsächlich geweint.«

»Daran erinnere ich mich kaum.«

Cäcilia Köhler wirkte stärker und klarer, als Anja vermutet hatte. Sie beschloss, direkt auf den Punkt zu kommen. »Sie sagten damals aus, Ihr Mann hätte keine Geheimnisse. Glauben Sie das immer noch?«

Cäcilia Köhler lächelte. »Dafür hätten sich viele interessiert. Journalisten.«

»Diamond. Was wissen Sie über sie?«

»Ach, Diamond«, winkte Cäcilia Köhler ab.

»Gab es noch weitere?«, wollte Anja wissen.

»Darauf können Sie wetten.«

»Ich würde auch darauf wetten, dass er sie getroffen hat, wenn er einmal früher von einer Dienstreise zurückgekommen ist. Wäre das denkbar?«

Cäcilia Köhler blieb ruhig. »Denkbar.«

»Glauben Sie, dass diese Geheimnisse etwas damit zu tun haben, was man ihm angetan hat?«, fragte Anja.

Da schüttelte Cäcilia Köhler entschieden den Kopf.

»Auch nicht, wenn diese Prostituierten minderjährig waren? Und er sie womöglich misshandelt hat?«

Cäcilia Köhler verschränkte die Arme. »Auch dann nicht.«

»Warum glauben Sie das nicht?«

»Weil es darum ging, ihn zu entfernen.«

Anja horchte auf. »Sie meinen, der Plan war von vornherein, ihn zu töten? Sie wissen doch etwas, Frau Köhler. Wollen Sie es mir nicht erzählen?

Cäcilia Köhler lachte leise. »Sie verstehen das falsch, Frau Grabner. Mein Mann lebt noch.«

»Ach ja?«

»Haben Sie denn eine Leiche gefunden?«

»Das bedeutet nichts.«

»Natürlich nicht. Aber Sie haben es sich zu leicht gemacht. Jemanden für tot erklären, einfach so. Weil man ihn nicht finden kann, weil man versagt hat.«

Anja gefiel Cäcilia Köhlers spitzer Ton nicht. Trotzdem bemühte sie sich, ruhig zu bleiben. »Ich hatte einen gesundheitlichen Zusammenbruch, Frau Köhler. Sagen Sie mir nicht, ich hätte es mir leicht gemacht, dazu haben Sie kein Recht. Wenn Ihr Gesundheitszustand eine ausführlichere Befragung zugelassen hätte, dann hätten Sie mir alles erzählen können, was Sie zu wissen glauben. Ich habe mich dagegen gewehrt, dass die Akte geschlossen wird.«

»Mag sein«, gab Cäcilia Köhler zu. »Aber Sie haben dennoch versagt. Sie haben das Naheliegende ignoriert.«

»Ach ja? Was soll das gewesen sein?«

Cäcilia Köhler lächelte. Sie schien das Spiel zu genießen.

»Ich bin hier bei Ihnen, weil ich mich wieder für den Fall interessiere«, erklärte Anja. »Ich war wieder in Stein, müssen Sie wissen. Und es gibt neue Informationen. Es kommt wieder Bewegung in die Sache.«

»Aber Sie sind nicht mehr bei der Polizei, oder?«, vergewisserte sich Cäcilia Köhler.

»Nein«, antwortete Anja.

Cäcilia Köhler nickte.

»Wenn Sie etwas wissen, sagen Sie es mir bitte«, bat Anja.

Cäcilia Köhler lächelte erneut. »Suchen Sie das Naheliegende. Dann finden Sie die Antwort.«

Anja seufzte. Das war alles nur leeres Gerede.

»Ich frage Sie«, begann Cäcilia Köhler, »wer hat am meisten vom Verschwinden meines Mannes profitiert?«

Anja überlegte. Die Erben sicher nicht, für sie war diese Situation eher ein Albtraum. »Sagen Sie es mir.«

»Wer hat die Lücke gefüllt, die mein Mann hinterlassen hat?«, präzisierte Frau Köhler.

Pechmann, dachte Anja. Darüber hatten sie und Kaspar Deutsch natürlich nachgedacht. Aber es ergab keinen Sinn. Walter Pechmann war tatsächlich Köhlers Nachfolger in der Bank geworden, aber man sagte, dass seine Ernennung intern umstritten gewesen war, es hätte alles auch ganz anders laufen können.

»Zu dünn. Das ist zu wenig«, meinte Anja. »Walter Pechmann hat den Job Ihres Mannes übernommen, das ist alles.«

»Sie wissen, wem die Villa jetzt gehört?«

Anja erinnerte sich an den Sportwagen. »Ich habe mit ihm sogar kurz telefoniert. Aber ich weiß nicht, wer er ist.«

»Raten Sie mal«, sagte Cäcilia Köhler.

Nun war Anja tatsächlich überrascht. Konnte das stimmen? Wenn, dann musste es in den letzten Jahren seit ihrer Kündigung bei der Polizei passiert sein. »Okay, angenommen, Walter Pechmann hat etwas mit der Entführung Ihres Mannes zu tun. Ich kann mir aber nicht vorstellen, dass er ihn zu Hause in seinem Keller gefangen hielt. Außerdem fehlte ihm das medizinische Know-how. Wenn, dann muss er Komplizen gehabt haben. Wie hätte das alles funktionieren sollen?«

Cäcilia Köhler sah sich um, wie um sich zu vergewissern, dass niemand in der Nähe war, der mithören konnte. »Wenn ich Ihnen die Wahrheit sage, dann müssen Sie mir versprechen, dass Sie es für sich behalten. Sie dürfen nie mit jemandem darüber sprechen.«

Anja zuckte mit den Schultern. »Von mir aus.«

»Pechmann ist ein Spion eines ausländischen Geheimdienstes. Ich werde nicht sagen, um welchen es sich handelt. Er hat die Bank infiltriert. Leute wie ihn gibt es auch in den höchsten politischen Kreisen.«

Anja fühlte sich wie vor den Kopf gestoßen. Damit hatte sie nicht gerechnet. »Und was wollen diese Leute hier? Einen Umsturz, oder was?«

Cäcilia Köhler lächelte vielsagend.

Anja seufzte. »Vielen Dank für Ihre Zeit, Frau Köhler.« Sie wandte sich um und ging enttäuscht zurück zu ihrem Wagen.

Wirres Zeug. Man konnte es der armen Frau Köhler nicht verdenken, nach allem, was sie durchgemacht hatte. Aber immerhin hatte sie einiges bestätigt, das Diamond ihr anvertraut hatte.

Als Anja nach einem schnellen Essen in einer Burgerbude zurück zu ihrer Wohnung fuhr, bekam sie eine SMS. Sie stammte von Rudi List.

Ich habe heute Abend frei. Kann ich dich sehen?

Anja wusste, dass das vermutlich eine schlechte Idee war. In vielerlei Hinsicht. Sie hielt in einer Parkbucht, um ihm zu antworten.

Bin zu Hause. Komm vorbei, wenn du magst. Hab aber nichts zu trinken.

Lists Antwort kam postwendend.

Kann nicht weg. Ich habe Wein!

Anja ärgerte sich. Schon nach einer Nacht vollkommen gefügig. Sie hasste sich selbst in solchen Momenten. Sie wendete das Auto und fuhr aus der Stadt hinaus und auf die Schnellstraße nach Stein.

Die zweite Nacht konnte schwierig sein, fand Anja. Eine Nacht mit einem Fremden, das war ganz einfach. Keine Erwartungen, niemand hatte etwas zu verlieren. Eine zweite Nacht war in vielerlei Hinsicht riskant. Man wollte das Erlebnis wiederholen und war auf einmal gehemmt – sie nicht, eher die Männer, mit denen dann meist nichts mehr anzufangen war. Auf der anderen Seite begann man unweigerlich, über eine Beziehung nachzudenken. Das ließ sich einfach nicht vermeiden.

Ersteres war bei Rudi List überhaupt kein Thema, wie sie dann feststellte. Er strahlte eine solche Selbstsicherheit aus, dass sie sich sofort wohlfühlte. Nach einem halben Glas Wein und einer guten Stunde mit ihm im Bett kreisten Anjas Gedanken um den zweiten Punkt, und sie konnte nicht aufhören, darüber zu grübeln, ob er ein Mann war, mit dem sie zusammen sein konnte.

Er lag neben ihr, schien völlig in sich zu ruhen. Sie verkniff sich, ihn zu fragen, was er gerade dachte.

»Das ist ganz schön irre«, sagte sie stattdessen.

»Kann man so sagen«, gab er zurück. »Ist das schlecht?«

Anja schüttelte unmerklich den Kopf. »Ich weiß es noch nicht.«

»Gut«, sagte er zufrieden. »Wo warst du eigentlich heute?«, fragte er in das anschließende Schweigen.

»Warum?«

»Ich habe gehört, wie du weggefahren bist.«

»Ich musste etwas erledigen«, antwortete sie ausweichend.

»Immer noch wegen Köhler?«

Anja überlegte, ihm von ihrem Gespräch mit Diamond zu erzählen. Sie entschied sich dagegen. »Ich glaube, ich weiß jetzt, was ich wissen wollte. Vielleicht bin ich jetzt zufrieden.«

Morgen wollte sie zu Kaspar gehen und ihm alles erzählen. Es war an der Zeit.

9

Gestern ist etwas passiert. Wir sind entdeckt worden. Sie müssen sich aber keine Sorgen machen, es wird nichts weiter geschehen. Ich verstehe es immer noch nicht wirklich.

Haben Sie die Türklingel gehört? Normalerweise klingelt nie jemand hier. Als ich aufmachte, stand da ein junger Mann und sah mich an. Da wusste ich es sofort. Wir sprachen kein Wort, aber wir verstanden uns. Er wusste Bescheid. Er fragte, ob er reinkommen dürfe. Ich verneinte. Ich wollte nur wissen, was er vorhatte. Da sah er sich um und sprach sehr leise. Er fragte mich, ob ich etwas brauche. Ich verstand zuerst überhaupt nichts. Er sagte, ich könne ihm vertrauen, er wolle helfen. Als ich darauf nicht reagierte, hielt er mir einen weißen Umschlag hin. Ich zögerte zuerst, dann nahm ich ihn. Was konnte schon passieren? Es war ohnehin alles zu spät. Wir waren aufgeflogen. Er sagte, er werde am nächsten Tag wiederkommen. Ich solle überlegen, was ich brauche. Dann verschwand er. Als ich die Tür schloss, zerbrach ich mir den Kopf wie eine Irre darüber, was ich jetzt machen sollte. Dann warf ich einen Blick in den Umschlag. Und wissen Sie, was da drin war? Fast tausend Euro in kleinen Scheinen. Den beigelegten Brief hätte ich fast übersehen. »Wir bewundern Sie«, stand da.

Ich war sehr skeptisch, wie Sie sich vorstellen können. Ich weiß, für Sie ist das nicht viel, aber ich muss ja uns beide erhalten. Ich dachte zuerst, dass es Falschgeld sein könnte, doch ich sah mir die Scheine ganz genau an und zählte sie dreimal durch. Es war alles echt, das war kein Scherz.

Heute kam der junge Mann zurück. Er fragte erneut, ob er reinkommen dürfe. Ich fragte ihn, warum. Er meinte, er wolle reden, und draußen könne uns jemand hören. Also bat ich ihn herein. Die Art, wie er sich in meinem Haus umsah, ließ mich schon bereuen, ihn hereingelassen zu haben. Doch als wir uns setzten, war er sehr freundlich. Ich fragte ihn, woher er es wusste. Er wollte es mir nicht sagen. Er meinte nur, dass er nicht alleine war, dass es Leute gäbe, die großen Respekt vor dem hätten, was ich tat. Und dass man mich unterstützen wolle. Welche Leute, fragte ich. Er fragte zurück, ob ich kein Internet habe. Ich verneinte und erklärte ihm, dass ich mehr Geld wolle. Er sagte, er könne für mich einkaufen gehen. Ob ich etwas Spezielles brauche. Ich antwortete ihm, dass meine Medikamente langsam ausgingen. Meine Muntermacher, Sie wissen schon. Er schrieb sich die Namen auf. Dann fragte er nach Lebensmitteln. Ich nannte ihm das eine oder andere. Zwei Stunden später stand er wieder vor der Tür. Er hatte alles besorgt.

Montagvormittag

Anja verließ Rudi Lists Wohnung gegen elf Uhr, um sich auf den Weg nach Wien zu machen. Er selbst war bereits auf Achse, hatte ihr gesagt, sie könne ausschlafen, und hatte ihr eine Nachricht hinterlassen, dass Frühstück in der Küche auf sie warte und wo sie den Schlüssel hinterlegen solle.

»Ich habe gewusst, dass der Rudi zu Ihnen passt.«

Anja hatte Gertrud Dabernig gar nicht bemerkt. Die Alte stand auf der anderen Straßenseite und strahlte über das ganze Gesicht.

»Das habe ich gleich gesehen, als Sie gekommen sind. Er hat keine andere angeschaut. Alle wollten sie ihn haben, aber er hat auf Sie gewartet.«

Anja fand das einigermaßen peinlich, konnte sich aber ein Lächeln nicht verkneifen. »Ich habe auf der Couch geschlafen«, erklärte sie.

Dabernig legte einen Zeigefinger auf den Mund, um anzudeuten, dass ihre Lippen versiegelt seien. »Ich sage nur, lassen Sie ihn nicht mehr los. So einen finden Sie heutzutage nirgends mehr.«

»Schönen Tag noch, Frau Dabernig.« Anja wartete, bis die Alte außer Sichtweite war, dann legte sie den

Wohnungsschlüssel unter einen Blumentopf. Da erst bemerkte sie Vychodil, der an einer Wand des gegenüberliegenden Hauses lehnte und auf sie wartete. Er hatte alles beobachtet.

Anja funkelte ihn wütend an. »Was wollen Sie denn hier? Sie lauern mir doch nicht etwa auf? Das geht eindeutig zu weit.«

»Frau Grabner, wir müssen reden. Sie verrennen sich da in etwas. Wir müssen ein paar Dinge durchgehen und Ihre Ermittlungen wieder auf Kurs bringen«, beschwor er sie mit zitternden Händen.

»Was jetzt, Vychodil? Sie haben selbst noch keinen einzigen Handgriff getan und wollen mir die Welt erklären?«

Die Worte trafen ihn sichtlich, aber er biss die Zähne zusammen. »Nur ein Kaffee, ich lade Sie ein. Hören Sie sich an, was ich zu sagen habe.«

Auf Vychodils Drängen hin hatte Anja ihm erzählt, wo sie am Vortag gewesen war. Die Begegnung mit Diamond verschwieg sie. Das Verhältnis mit Rudi enthielt sie ihm auch vor. Vychodil fragte nicht nach, es brauchte auch nicht viel Fantasie, um sich vorzustellen, warum Anja morgens Rudi Lists Wohnung verließ.

»Cäcilia Köhler ist verrückt, Frau Grabner. Ich habe auch schon versucht, etwas von ihr zu erfahren. Was ist mit den Hasskommentaren? Sie haben meine Unterlagen gelesen?«

»Ja, aber das bringt mich nicht weiter.« Anja erzählte ihm von dem Zusammentreffen mit Jasper.

»Jasper ist ein Idiot«, sagte Vychodil schroff. »Man kann ihn nicht ernst nehmen.«

»Keinen von denen können Sie ernst nehmen. Die glauben nicht wirklich, was sie im Netz von sich geben.«

Vychodil nickte. »Das ist es ja. Es sind ganz normale Leute. Die Anonymität des Internets enthemmt sie völlig. Deshalb ist der Fall Köhler auch so schwierig, weil Sie den Täterkreis nicht eingrenzen können. Jeder wäre im Prinzip dazu fähig.«

»Oder keiner«, meinte sie nachdenklich. »Ich weiß nicht. Das sind wirklich ganz normale Leute, die sich fast immer an die Gesetze halten und ihren Kindern Gutenachtgeschichten vorlesen. Ihnen ist gar nicht bewusst, dass ein anonymes Posting einen strafrechtlichen Tatbestand erfüllen kann, und sie haben auch kein Verständnis dafür, weil sie den Eindruck haben, dass sie niemandem schaden. Was in gewissem Sinn auch stimmt. Viele dieser Posts werden in geschlossenen Gruppen gesendet. Wem schadet das wirklich?«

Vychodil verzog das Gesicht. »Das ist nicht Ihr Ernst. Da geht es um Morddrohungen! Das können Sie nicht verharmlosen.«

Anja seufzte. »Schauen Sie sich um! Wir sind Steinzeitmenschen, die in einer Gesellschaft zusammenleben, die von Hirnwichsern gemacht wurde, verzeihen Sie den Ausdruck. Sie können nicht von jedem verlangen, ein Aufklärer zu sein. Es muss genügen, wenn die Leute die wichtigsten Regeln einhalten, meinetwegen aus reiner Gewohnheit.«

»Das dürfen Sie nicht sagen, gerade Sie!«, ereiferte sich Vychodil. »Sie waren die Vorzeigepolizistin, Sie standen für etwas. Für echte Gerechtigkeit! Es gab Leute, die an Sie geglaubt haben.«

»Hören Sie auf, Vychodil! Ich stand nie für irgendwas. Das haben Sie alles in mich reininterpretiert. Ich wurde von Freunden zur Polizeischule überredet, und zufällig war ich gut. Sonst hätte man mir meine Eskapaden nie verziehen. Ich bin Polizistin geworden, weil mir nichts anderes eingefallen ist. Und dann hat mich der Beruf zugrunde gerichtet. Mit dem Polizeidienst bin ich fertig!«

Vychodil starrte schweigend die Tischplatte an wie ein trotziges Kind.

»Und ich bleibe dabei, diese Leute wären nicht zu dem fähig, was man Köhler angetan hat«, fügte Anja hinzu. »Ich habe handfeste Hinweise, dass jemand anders dahintersteckt. Und dabei werde ich es belassen, denke ich. Die Bewohner von Stein haben damit jedenfalls überhaupt nichts zu tun, das sind ganz normale Menschen.«

»Welche Hinweise?«, fragte Vychodil.

»Eine Zeugin. Sie ist glaubwürdig, aber ich konnte ihre Aussage nicht aufnehmen. Für mich genügt es.«

Vychodil war neugierig. »Sagen Sie schon. Was haben Sie erfahren?«

»Rotlichtmilieu«, sagte Anja nur. »Jemand hat sich gerächt.«

Vychodil schnaubte verächtlich. »Das habe ich alles schon überprüft, das ist eine falsche Fährte.«

Anja zuckte mit den Schultern. »Glauben Sie, was Sie wollen.«

Vychodil dachte nach. Er war offensichtlich nicht einverstanden. »Was ist mit Sentinel?«, fragte er.

»Mit wem?« Anja brauchte einen Moment, bis ihr einfiel, wen Vychodil meinte. »Ach, das war irgendein Poster, nicht wahr?«

»Nicht nur irgendeiner. Sentinel hat behauptet zu wissen, wo Köhler sich befindet. Er will angeblich die genaue Adresse kennen.«

»Wirklich?«, entgegnete Anja. »Jasper hat ihn erwähnt.«

Vychodil wurde blass. »Wo haben Sie meine Aufzeichnungen?«

Sentinel: die menschen haben seit der erfindung des internet die welt unterschiedlich kommentiert. es kommt darauf an sie zu verändern.

Vychodil lächelte, als er die Mappe mit Anja durchblätterte. »Man erkennt seinen Stil sofort, finde ich. Immer kühl, reflektiert. Keine Wutausbrüche oder offenen Drohungen.«

> **Sentinel:** es besteht kein zweifel daran dass köhler gerechtigkeit erfährt. was mich nicht loslässt ist die frage wie wir die gerechte sache unterstützen können.
> **lederhosn15:** Wie soll das denn gehen? Wenn wir wüssten, wer dahintersteckt, könnten wir vielleicht etwas tun. Aber so?

In den Chat hatte sich jemand eingeschaltet, der nach eigenen Angaben Erfahrung als Hacker hatte. Er hatte vorgeschlagen, die Website des Landeskriminalamts zu übernehmen oder zumindest mit einer DDoS-Attacke lahmzulegen. Man kam aber schnell überein, dass das wenig Effekt hätte. Jemand schlug vor, eine Unterschriftenaktion zu starten. Aber auch da kamen bald Zweifel auf, ob es eine gute Idee war, seine Unterschrift unter eine Erklärung zu setzen, die offen eine Straftat unterstützte. Die Anonymität der Chatrooms wussten alle dann doch sehr zu schätzen.

> **lederhosn15:** Solange wir nicht mehr wissen, können wir nichts tun.
> **Sentinel:** vielleicht gibt es eine möglichkeit
> **Order666:** Weißt du etwas?
> **Sentinel:** kann sein. aber das sollten wir nicht hier besprechen.
> **Oder666:** Was weißt du? Wo er ist?
> **Sentinel:** ich mache einen sicheren chat auf.

Anja schüttelte ungläubig den Kopf. »Woher haben Sie eigentlich diese Informationen? Ich dachte, das sind versteckte Chats. Sie sind doch kein Computerexperte, der sich in die Accounts anderer Leute hackt. Hat Ihnen jemand geholfen?«

Vychodil wand sich. Er verschränkte die Hände, konnte aber das Zittern kaum kontrollieren.

»Sie haben sich als einer von ihnen ausgegeben«, erkannte Anja. »War es nicht so?«

»Es war die einzige Möglichkeit«, gab er kleinlaut zu.

»Was ist eigentlich Ihr Interesse an der Geschichte, Vychodil? Warum wollen Sie mich unbedingt da reindrängen? Es kann Ihnen doch scheißegal sein. Ihnen ist einfach nur fad, hab ich recht? Ich bin Ihr Hobby.«

Sein Gesicht lief rot an. Kurz sah es so aus, als würde er explodieren. Anja wartete gespannt darauf. Doch er beruhigte sich wieder.

»Unsinn«, sagte er.

»Sie haben immer darüber nachgedacht«, fuhr Anja fort. »Während Sie in Ihrer kleinen langweiligen Polizeiinspektion saßen. Nicht wahr? Sie wären gern ein Mordermittler geworden, aber das haben Sie sich nie getraut.«

Anja sah, dass sie einen wunden Punkt getroffen hatte. Vychodil antwortete nicht, doch das war auch nicht mehr nötig. Er wich ihrem Blick aus, doch auch so konnte sie in seinen Augen sehen, dass sie recht hatte. Sie klappte den Ordner mit den Unterlagen zu.

»Vermutlich hat Jasper gelogen«, sagte Anja. »Wir wissen es nicht.«

»Stimmt«, antwortete Vychodil, der froh war, das Thema zu wechseln. »Aber ganz abwegig klingt es auch nicht, finde ich. Leider habe ich es nicht geschafft, Sentinel zu identifizieren. Ich habe es immer wieder versucht, ohne Erfolg. Einmal war ich nah dran, ich hatte mit ihm gechattet. Er wollte mich zu den geheimen Gruppen hinzufügen. Doch dann muss er mir auf die Schliche gekommen sein. Auf einmal war er von der Bildfläche verschwunden.«

»Jasper meinte, er wisse, wer Sentinel ist. Jetzt erinnere ich mich wieder.«

Vychodil starrte sie mit offenem Mund an. »Und das sagen Sie mir erst jetzt?«

»Ich dachte nicht, dass es wichtig ist.«

»Worauf warten Sie noch? Wir verlieren hier wertvolle Zeit!«

Wenig später schloss Anja ihr Auto auf und räumte, während Vychodil auf dem Gehsteig wartete, ein paar Dinge vom Beifahrersitz auf die Rückbank – eine halb leere Wasserflasche, eine leere Pommesschachtel –, als sie Joesys Stimme hörte.

»Hallo, Frau Grabner! Hallo?«

Widerwillig drehte Anja sich um und bemühte sich um ein Lächeln. »Hallo, Joesy! Na, alles klar?«

»Wo wollen Sie denn hin?«

»Schwer zu erklären«, sagte Anja und warf Vychodil

einen Blick zu. »Aber wir haben es leider wirklich eilig.«

»Sie wollten doch mal mit mir was trinken gehen.«

»Ach ja?«

»Sie hatten es versprochen. Ich habe die ganze Zeit auf Sie gewartet.«

Anja seufzte. »Tut mir leid, wenn du das so verstanden hast, Joesy, aber ich habe dir gar nichts versprochen.«

»Ich hätte Sie nicht gewinnen lassen sollen«, murmelte er.

»Wie bitte?«

Doch Joesy machte einfach kehrt und verschwand. Vychodil bedachte Anja mit einem fragenden Blick, den sie ignorierte.

»Ich glaube nicht, dass ich mit Ihnen sprechen will. Schon gar nicht mit *dem* da.«

Sie waren mit Jasper ins erstbeste Caféhaus gegangen, das sie gefunden hatten. Im Hintergrund liefen Sportergebnisse über grün flackernde Bildschirme. Abgesehen von ihnen war das Café leer. Jasper deutete mit einem Kopfnicken auf Vychodil, ohne ihn dabei anzusehen. Vychodil hatte die Arme verschränkt und überließ Anja das Reden.

Sie funkelte Jasper wütend an. »Sie wollen wieder ins Gefängnis. Ist es das? Endlich raus aus Mamas Haus, erwachsen werden. Sich in der Gemeinschaftsdusche von den Jungs mit der Seife erklären lassen, wo die kleinen Kinder herkommen.«

Jasper bekam einen Hustenanfall. Er kramte ein Taschentuch aus seiner Hosentasche und tupfte sich den Mund ab. Dabei bedachte er Anja mit einem Blick, der unter den Tatbestand der gefährlichen Drohung fiel.

»Wofür brauchen Sie den überhaupt?«, wollte er wissen. »Hat er schon irgendwas für Sie getan?«

»Geht Sie das irgendwas an?«, fuhr Anja ihn an. »Nein. Also. Sentinel. Wer ist er?«

Da grinste Jasper. »Das wüssten Sie wohl gern. Aber warum sollte ich Ihnen meine wertvollste Information anvertrauen? Sie müssen mir schon was dafür geben. Wobei...« Er dachte kurz nach. »Eigentlich haben Sie mir schon was gegeben.« Jasper holte seine Kamera aus dem Rucksack und schaltete das Display ein. Er zeigte ihnen Fotos von einem Mann und einer Frau. »Schön, nicht wahr? Fast Druckqualität.«

Anja erkannte, dass die Bilder sie und Rudi List zeigten. Beim Tanzen, auf dem Weg zu Rudis Wohnung.

»Arschloch«, fuhr Anja ihn an. »Sie haben mich also weiter verfolgt.«

»Natürlich«, gab Jasper selbstgefällig zurück. »Die neuen Entwicklungen in Stein sind viel zu interessant, um sie undokumentiert zu lassen.«

»Dafür können Sie wieder ins Gefängnis gehen«, mischte sich Vychodil mit einer gewissen Genugtuung in der Stimme ein.

Jasper kicherte. »Immer diese Drohungen. Wissen Sie, inzwischen glaube ich, Sie haben selbst so viele Probleme, dass Sie es sich gar nicht leisten könnten, mich anzuschwärzen.«

Vychodil presste die Hände auf die Tischplatte. »Aha. Und warum glauben Sie das?«

»Dann werden wir es eben darauf ankommen lassen, nicht wahr?«, sagte Anja und stand auf.

Vychodil starrte sie entgeistert an. Er konnte nicht akzeptieren, dass sie im Begriff war, Jaspers Information abzuschreiben.

»Okay, okay«, lenkte der ein. »Sie meinen es ernst. Bleiben Sie sitzen. Sie können die Speicherkarte haben, Frau Grabner, wie letztes Mal.«

»Jasper, die blöde Speicherkarte interessiert mich einen Dreck. Ich will endlich wissen, wer Sentinel ist!«

Jasper lächelte zufrieden. »Warum, glauben Sie, will ich Ihnen die Bilder geben? Der Mann da neben Ihnen, das ist Sentinel.«

10

Na, was sagen Sie? Hab ich mir gestern gekauft. Fragen Sie nicht, was das Kleid gekostet hat. Geld spielt im Moment keine Rolle. Finden Sie, es ist zu eng? Sehe ich dick darin aus? Sie müssen nicht reden, nicken Sie nur, wenn es Ihnen gefällt. Nicht? Auch gut.

Sie sind so verkrampft, wissen Sie das? Nehmen Sie eine Tablette, täte Ihnen gut. Macht munter. Ich hatte heute schon zwei! Was haben Sie davon, wenn Sie hier Trübsal blasen? Wir sitzen beide hier fest, wir können einander das Leben so angenehm wie möglich machen.

Ich werde mich von jetzt an schön anziehen. Hier, da ist noch ein Kleid. Wollen Sie das auch sehen? Ich hoffe, es stört Sie nicht, wenn ich mich gleich hier umziehe. Sie können ruhig herschauen, das macht mir nichts aus. Glauben Sie, Sie sind der erste Mann, der mich nackt sieht? Wir kennen uns doch inzwischen sehr gut, da stört mich das überhaupt nicht.

Finden Sie, dass ich schön bin? Als ich jünger war, haben sich die Männer nach mir umgedreht. Ich war natürlich nie so schön wie meine Schwester, sie war immer die Schönere von uns beiden. Manchmal habe ich sie dafür gehasst.

Sehen Sie, dieses Kleid trägt man am besten ohne Unterwäsche, der Stoff ist so dünn. Da drückt sich jeder Gummi-

zug durch. Na, was sagen Sie? Aha. Das ist alles? Sie schließen die Augen. Sie sind ein Feigling, wissen Sie das? Sagen Sie es doch, wenn Sie mich hässlich finden. Sprechen Sie es aus. Wenn Sie nicht bald mit mir reden, schneide ich Ihnen die Zunge raus. Würde Ihnen das gefallen? Es wäre in Wirklichkeit völlig egal, Sie würden den Unterschied gar nicht merken.

Montagnachmittag

»Ist es nicht wunderschön hier?«

Anjas ganzer Körper kribbelte, heiß und kalt zugleich. Dampf stieg von ihrer nackten Haut auf, weiß im grellen Sonnenlicht. Weiß wie die Gipfel der schneebedeckten Berge im Hintergrund.

»Bist du noch da?«

»Was?«

Sie blinzelte. Rudi Lists Gesicht erschien verschwommen vor ihr, er lächelte.

»Mir wird langsam kalt. Wollen wir noch einmal in die Kräutersauna oder ins Dampfbad?«

»Ich bleib noch ein bisschen hier«, sagte sie und schloss die Augen wieder. »Das Licht tut mir gut.«

»Okay«, gab er enttäuscht zurück. »Du bist so anders heute.«

»Bin ich das?«

»Ja.«

Als sie nicht darauf einging, legte er sich auf die Liege neben ihr und schwieg.

Er merkt es, dachte Anja. Natürlich merkt er es. *Ich hätte nicht herkommen sollen. Was tue ich hier?*

Die Saunalandschaft in der Nähe von Stein war ein

Geheimtipp, wie Rudi ihr erklärt hatte. Hierher kam er, wenn er Ruhe brauchte. Ob er alle Frauen hierher mitnehme, hatte Anja gefragt. Er nehme hierher eigentlich gar niemanden mit, hatte er geantwortet.

Eigentlich hatte sie ihm absagen wollen, doch irgendwie hatte er es geschafft, ihren Ausreden den Wind aus den Segeln zu nehmen. Sie hätte zugeben müssen, dass es da ein Problem gab. Stattdessen war sie mitgekommen. Doch sie konnte ihm nichts vorspielen, er merkte genau, dass etwas nicht stimmte.

»Haben Sie es nicht insgeheim geahnt?«, hatte Jasper gesagt. »Nirgends gab es so viele Menschen, die Köhler den Tod und Schlimmeres wünschten, die offen ihre Unterstützung für den Entführer anboten, wie in Stein. Und Sie glauben wirklich, dass der Chef der ganzen Sippe, Bürgermeister Rudi List, unschuldig ist und überhaupt nichts damit zu tun hat?«

»Das sind schwere Anschuldigungen«, hatte Anja geantwortet. »Haben Sie irgendeinen Beweis für das, was Sie da behaupten?«

Da hatte Jasper breit gegrinst. »Eine IP-Adresse. Die Nachrichten wurden von seinem Rechner abgeschickt.«

»Das bedeutet nichts.«

Jasper hatte sie ausgelacht. »Haha, genau, jemand hat seinen Rechner benutzt, um ihm das unterzuschieben.«

Sie war einfach aufgestanden und gegangen. Sie wollte sich das nicht anhören. Jasper war eben ein Spinner. Es hatte nichts zu bedeuten.

Wenig später saß sie im Bademantel mit Rudi in dem kleinen Restaurant der Anlage, wo sie Kaffee tranken, und Anja musste zugeben, dass sie sich nicht mehr sicher war. Sie sollte ihn damit konfrontieren, aber etwas in ihr wehrte sich dagegen.

»Schon seltsam«, sagte List.

Anja sah zu ihm auf.

»Dass wir uns so kennengelernt haben. Wenn du deinen Fall gelöst hättest ...«

Anja wich seinem Blick aus, gab vor, die anderen Leute im Restaurant zu beobachten.

»Warum bist du eigentlich nach Stein gefahren an diesem Abend? Gab es dafür einen besonderen Grund?«

Anja griff nach seiner Hand, die auf dem Tisch lag. »Ich möchte eigentlich gerade gar nicht reden.«

»Okay«, antwortete er, um dann hinzuzufügen: »Alles in Ordnung bei dir?«

Anja nickte schnell. »Alles bestens. Es ist nur ... Es reicht, dass du hier bist bei mir. Wir müssen nicht reden.«

Später standen sie an seinem Auto und suchten nach Worten.

»Ich bringe dich nach Wien, wenn du willst«, bot er an. »Kein Problem. Wir können uns ein andermal sehen.«

Der Gedanke tat Anja weh. Sie wollte bei ihm sein, dem Dorfbürgermeister, in den sie sich hoffnungslos verknallt hatte, wie sie sich eingestehen musste. Sie sollte das Angebot annehmen und sich nach Wien fahren lassen, doch Vernunft war noch nie ihre Stärke gewesen.

Rudi war es schließlich, der das Gespräch suchte, als sie später gemeinsam auf der Couch in seiner Wohnung saßen und sie auf ihr Handy starrte.

»Irgendwas ist doch«, sagte Rudi.

»Was soll sein?«, fragte Anja, ohne aufzusehen.

»Du bist auf einmal ganz anders. So kenne ich dich gar nicht.«

»Du kennst mich doch erst seit ein paar Tagen.«

»Trotzdem. Kannst du es nicht erzählen oder willst du nicht?«

»Es ist nicht wichtig«, winkte Anja ab, »das ist alles.«

»Wenn es zwischen uns ist, ist es wichtig.«

Sie seufzte. »Also gut. Jemand hat über dich geredet.«

»Schlecht?«

»Ja. Lügen.«

»Was für Lügen?«

»Dass du irgendwelche Hasskommentare gepostet hättest.«

Er beugte sich über sie. »Ich habe nie irgendwas gepostet, klar? Warum sollte ich? Sehe ich etwa so aus?«

»Nein, natürlich nicht.«

»Wer hat das behauptet?«

»Ein Typ namens Jasper. Hat mich verfolgt. Der ist mindestens so irre wie Vychodil. He, was ist los?«

Er setzte sich wieder zurück. »Nichts, was soll sein?«

»Jetzt bist *du* aber anders.«

»Gar nicht«, lachte Rudi, beugte sich wieder über sie und küsste sie.

Danach sprachen sie nicht mehr und liebten sich bis in die frühen Morgenstunden. Jaspers Behauptungen waren auf einmal Lichtjahre entfernt.

Anja erwachte am nächsten Morgen mit dem bedrückenden Gefühl, dass etwas nicht stimmte. Etwas war ganz anders, als es sein sollte. Sie spürte, dass sie sofort etwas unternehmen sollte. Nur was? Und wogegen überhaupt?

Langsam wurden ihre Gedanken klarer. Sie blinzelte, öffnete die Augen, die vom Schlaf noch so verquollen waren, dass sie nur undeutlich sah. Sie lag im Bett der Rathauswohnung, allein, um sie wirkte alles normal. Und doch stimmte etwas nicht. Langsam wurde ihr klar, was sie gespürt hatte.

Die Tür zum Vorzimmer stand offen. Bei ihrem letzten Besuch hatte Rudi sie geschlossen, um sie nicht zu wecken, als er zur Arbeit ging. Plötzlich war sie überzeugt davon, dass jemand im Nebenraum lauerte, gleich hinter der Tür. Jeden Moment konnte er hervortreten und sie attackieren.

Da war jemand, ganz nah. Sie glaubte, seinen Atem hören zu können.

»Rudi, bist du das?«

Anja hielt es nicht länger aus. Sie sprang auf und

rannte ins Vorzimmer, wobei sie beinahe gestürzt wäre vor Schwindel.

Im Vorraum war niemand. Natürlich.

Anja stützte sich am Türrahmen ab und atmete tief durch. *Alles ist gut, Anja. Das sind nur die Nerven.*

Sie zog sich um und schlüpfte in ihre Laufsachen. Fünf Minuten später joggte sie vom Gästehaus los.

Unmittelbar nachdem sie losgelaufen war, traf Anja Frieda, die Verkäuferin aus dem kleinen Supermarkt. Sie funkelte sie von der anderen Straßenseite aus böse an. Anja konnte sich denken, warum, wollte sich aber auf kein Gespräch einlassen. Dann tauchten plötzlich ein paar Kinder auf.

Kinder. Anja hatte seit dem Besuch im Erlenweg keine mehr gesehen.

»Ich hab eins, ich hab eins!«

Ein kleines Mädchen mit blonden Locken lief ihr entgegen. Anja konnte nicht anders, sie musste lächeln. Sie entdeckte zwei weitere Kinder auf der steilen Straße, die der Kleinen hinterherrannten und nach dem schnappten, was sie in der Hand hielt.

Die kalte Luft brannte in Anjas Lunge. Es hatte über Nacht abgekühlt, Raureif überzog die Wiesen und Hecken. Wann hatte sie zum letzten Mal ein derartiges Bedürfnis nach Bewegung verspürt? Sie lief wieder in die Richtung des Bergkamms, weg aus der Enge des Tals. Ihre Oberschenkel schmerzten, doch sie behielt ihr Tempo bei.

Sie erreichte die drei Kinder. Die Kleinen liefen um sie herum, ohne sie wirklich wahrzunehmen. Anja versuchte zu erkennen, was das Mädchen mit den Locken in der Hand hielt.

»Was hast du da?«, rief Anja ihr zu.

Die Kinder erstarrten plötzlich und drehten sich zu Anja um. Sie beäugten die fremde Frau misstrauisch, ohne zu antworten.

»Na, komm, zeig schon. Was hast du Schönes gefunden?«

Die Kleine drückte das Ding an sich. Anja hockte sich hin und lächelte freundlich, was ihr auf einmal schwerfiel, ohne dass sie wirklich verstand, warum. Woher kam plötzlich diese Nervosität?

Da grinste die Kleine triumphierend und ließ Anja einen Blick auf ihren Fund werfen. Anja sprang auf und machte einen Satz nach hinten.

Das war nicht möglich.

Die Kleine drehte sich um und rannte davon, das Ding wieder fest an sich gepresst.

»Warte! Nicht weglaufen, bleib hier!«, rief Anja.

Sie sprintete los, während die Kleine bereits hinter einer Hecke verschwand. Anja sah, dass dort eine kleine Lücke zwischen zwei Thujen war, zu klein für einen Erwachsenen. Kurz entschlossen warf sie sich mit vollem Schwung in die Büsche und zwängte sich hindurch. Trotz der erhobenen Arme zerkratzten die Äste ihr Gesicht, dann war sie durch.

Anja sah sich um. Sie befand sich auf einer annähernd quadratischen Wiese wieder, die an allen vier Seiten von Hecken umsäumt wurde. Auf einer Seite stand ein stählernes Eingangstor, in einer Ecke war ein Komposthaufen, sonst war die Fläche leer.

Das Mädchen war nirgends zu sehen.

Anja ging zu dem Tor, um zu sehen, ob es offen war. Sie tat es aus Verlegenheit, die Kleine hätte niemals so schnell das Tor öffnen und schließen können. Bevor sie das Tor erreichte, sah sie etwas auf dem Boden liegen. Etwas sehr Kleines. Anja sah nackte rosa Haut.

Ihr wurde kalt.

Anja riss sich zusammen und trat näher. Da erkannte sie, worum es sich handelte. Auf dem Boden lag ein Puppenkörper ohne Arme und Beine. Da erst verstand sie, dass das Mädchen ein Puppenbein in der Hand gehalten hatte. Einen Moment lang hatte sie geglaubt, dass es sich um etwas anderes gehandelt hatte.

Anja lief um ihr Leben. So fühlte es sich an. Doch warum? Sie hatte gefunden, wonach sie gesucht hatte. Der Flug nach Sansibar wäre wieder nur Davonlaufen gewesen, weiter weg als je zuvor. Es war richtig gewesen hierherzukommen, sich mit der Vergangenheit zu konfrontieren. Sie verstand nun besser, warum damals alles so kommen musste. Und sie verstand auch, warum sie nicht hatte loslassen können.

Ich muss da jetzt durch, dachte sie. *Den nächsten Schritt machen, auch wenn es wehtut.*

Anja biss die Zähne zusammen, mobilisierte ihre letzten Reserven und rannte noch schneller. Sie erreichte das Plateau neben dem Wasserfall und stützte sich auf die Knie. In der kalten Luft des Morgens lag die Landschaft in atemberaubender Klarheit vor ihr. Sie sah sich um und entdeckte einen rechteckigen Fleck Erde, der frisch umgegraben worden war. Mit einem Mal wurde ihr schwindlig. Sie sah plötzlich Sterne, als hätte sie einen Schlag auf den Kopf bekommen.

Das war das Letzte, woran sie sich erinnerte.

»Frau Grabner, da sind Sie ja! Es geht Ihnen gut, zum Glück. Ich wollte schon die Rettung rufen.«

Anjas Gedanken waren träge. Alles schien ihr wie in dichten Nebel gehüllt. Sie wusste nicht, wo sie war oder wie sie hierhergekommen war, doch die Stimme beruhigte sie. Es war eine bekannte Stimme. Wie hieß die Frau? Gertrud Dabernig, genau. Sie hatten Kaffee getrunken, nun wusste sie es wieder.

Anja lag auf dem Sofa im Wohnzimmer von Gertrud Dabernigs Haus, mit einer Wolldecke zugedeckt. Auf dem Tisch stand ein Glas Wasser, daneben lagen ein paar Stücke Traubenzucker und eine Schachtel Aspirin. Dahinter stand Dabernig.

»Was ist passiert?«, brachte Anja hervor. Ihre Zunge fühlte sich klebrig und schwer an, sie gehorchte ihr nicht.

»Sie sind beim Laufen zusammengebrochen«, erklärte Gertrud Dabernig sanft. »Sie haben sich wohl überanstrengt. Da muss man aufpassen, selbst wenn man so jung ist wie Sie. Aber machen Sie sich keine Sorgen, das wird schon wieder.«

Nun wusste sie es wieder, der Schwindel. Ihr Kreislauf hatte sie im Stich gelassen. Es war lange her, dass ihr das passiert war. Wie hatte Dabernig sie gefunden?

»Danke«, sagte Anja nur, weil ihr für weitere Worte die Kraft fehlte.

»Bedanken Sie sich nicht bei mir. Es war Sepp, der sie hergebracht hat. Sie waren ganz unterkühlt.«

Sepp? Wer war das noch gleich?

»Er ist noch hier, warten Sie.« Gertrud Dabernig drehte sich um. »He, Sepp, sie ist wach!«

Bauer Sepp Ganster betrat den Raum. Er hatte sie also aufgesammelt. Aus irgendeinem Grund war er der Letzte, mit dem sie gerechnet hätte.

Er sah sie ernst an, beinahe feindselig. »Geht es Ihnen besser?« Seine Frage klang eher nach gezwungener Freundlichkeit als nach echtem Interesse.

»Es geht schon wieder«, antwortete Anja. »Es muss am Schlafentzug gelegen haben.«

Ganster schüttelte den Kopf. »Dass Sie immer noch hier sind. Ich verstehe es nicht. Was wollen Sie eigentlich?«

Es war eine ernst gemeinte Frage. Anja wusste nicht, was sie sagen sollte.

»Sie sind doch nicht wirklich so dumm, oder? Sie

hätten nie nach Stein kommen sollen. Glauben Sie, das ist ein Spaß? Glauben Sie, mein Sohn ist zum Spaß gesprungen?«

»Sepp«, mischte sich Dabernig ein, »das kannst du nicht sagen! Sie und Rudi ...«

Er beachtete sie nicht, richtete unbeirrt den Blick auf Anja. »Ist Ihnen das wirklich so wichtig? Die Vergangenheit?«

»Darum geht es ja gar nicht«, presste Anja hervor.

»Rudi List. Sie glauben doch nicht, dass er anders ist als wir? Er steckt auch mit drin. Wir alle.«

»Wo drin?«, fragte Anja.

»Verschwinden Sie«, flüsterte Ganster. »Lassen Sie sich nie mehr hier blicken.«

Dann stürmte er aus dem Haus, schwer fiel die Tür ins Schloss. Anja atmete aus. Sie hatte unwillkürlich die Luft angehalten. Gertrud Dabernig war Gansters Verhalten sichtlich unangenehm, sie entschuldigte sich für ihn. Anja setzte sich auf. Es ging ihr besser. Das Gespräch hatte sie aufgeregt, und das Adrenalin sorgte für einen klaren Kopf.

»Langsam«, sagte Dabernig, »Sie sind noch schwach.«

Doch Anja wollte nur weg von hier, allein sein. Die Fürsorglichkeit der älteren Frau ängstigte sie auf einmal, sie musste hier raus.

11

Es tut mir leid, ich habe Sie die letzten Tage vernachlässigt. Ich war zu durcheinander, um mit Ihnen zu reden. Aber mir ist etwas Unglaubliches passiert. Ich glaube, ich habe mich verliebt. Ist das zu fassen?

Es war alles ein Riesenzufall. Ich habe ihn beim Einkaufen getroffen. Ganz verloren ist er dagestanden, man konnte gleich sehen, dass er nicht hierhergehörte in seinem feinen Anzug. Ich habe ihn gefragt, ob er etwas sucht. Reis, hat er gesagt – können Sie sich das vorstellen? Reis. Dann haben sich unsere Blicke getroffen. Und was soll ich sagen? Es hat gefunkt! Ich konnte sofort sehen, dass er das Gleiche empfand. Bevor wir uns trennten, hat er nach meiner Nummer gefragt, einfach so. Es ging alles total schnell, aber es fühlt sich einfach richtig an. Kennen Sie das?

Nun sehe ich erst, wie schlecht es mir ging. Er hat das geändert, ich dachte nicht, dass es so schnell gehen kann. Ich fühle mich wie ein neuer Mensch. Nun bin ich mir sicher, dass ich es schaffen werde. Diesmal wird es funktionieren, ganz bestimmt. Ich brauche nur noch das Geld, dann kann ich weggehen. Mit ihm.

Dass er sich ausgerechnet für mich interessiert. Ich verstehe gar nicht, wie ich solches Glück haben kann.

Das Wichtigste wissen Sie ja noch gar nicht. Er ist Banker, wie Sie.

Dienstagvormittag

Anja hatte die Augen geschlossen. Sie dachte an die Nachricht, die all das ausgelöst hatte vor fünf Jahren. Die der Wendepunkt gewesen war, die Achse, um die sich all das hier drehte. Sie schüttelte den Kopf und öffnete die Augen.

Du bist Ermittlerin, sagte sie zu sich selbst. *Manche sagen, du bist die Beste. Dann zeig es jetzt.*

Anja stand in Rudi Lists Wohnung und sah sich um. War das die Wohnung eines vom Hass getriebenen Menschen? Der anderen den Tod wünschte, um sich abzureagieren? Jasper behauptete, Beweise dafür zu haben. Sie konnte es immer noch nicht glauben.

Sie begann, die Wohnung zu durchsuchen. Sie durchwühlte Schubladen, zog Ordner aus den Regalen und blätterte fieberhaft darin. Immer wieder hielt sie inne und horchte. Was sie tun sollte, wenn er nach Hause kam, wusste sie nicht. Sie sollte ihn zur Rede stellen, aber zuerst wollte sie Bescheid wissen.

Sie überlegte, wonach sie hier überhaupt suchte. Etwas, das sonderbar war, das nicht ins Bild passte. Ins Bild des beinahe perfekten Mannes. Der irgendwie zu perfekt war, um echt zu sein. Es musste einfach etwas geben. Anja fürchtete sich vor dem, was sie hier finden würde, doch sie setzte ihre Suche fort.

Anfangs hatte sie sich bemüht, keine Spuren zu hinterlassen, doch mit der Zeit nahm sie immer weniger Rücksicht darauf. Dann fiel ihr etwas auf.

Etwas fehlte. Dass sie nicht gleich darauf gekommen war.

Anja ging zurück zu Lists Schreibtisch.

Dort stand kein Computer.

War das möglich? War List jemand, der im Privaten offline war? Der seine Ruhe haben wollte, wenn er sich hier oben in der Wohnung aufhielt? Anja hielt das für denkbar. Doch dann fand sie unter dem Tisch erst eine SD-Karte und schließlich ein Ladegerät für einen Laptop. Einen Laptop, der nicht da war.

Es gab für Anja kein Halten mehr. Noch einmal wühlte sie sich durch jede Schublade, sah unter jeden Schrank, öffnete sogar die Küchenschränke und den Spülkasten der Toilette. Die Unordnung, die sie in der Wohnung veranstaltete, konnte sie ohnehin nicht mehr aufräumen, nun war es auch egal. Natürlich war es möglich, dass er den Laptop mitgenommen hatte. Dass er ihn für die Arbeit brauchte. Doch aus irgendeinem Grund glaubte Anja nicht daran. Und dann fand sie ihn.

Er lag ganz hinten unter dem Wäscheschrank, hinter einem Schuhkarton mit Steuerunterlagen aus dem Jahr 2010. Der Schuhkarton war mit Staub bedeckt, der Laptop nicht. Rudi List hatte seinen Laptop vor ihr versteckt.

Aufgeregt trug sie das Gerät zum Schreibtisch und lauschte noch einmal in die Stille, bevor sie ihn aufklappte. Der Bildschirm erwachte und zeigte ihr eine Maske zur Eingabe des Passworts.

Natürlich. Was hatte sie erwartet?

Sie probierte ein paar Standardpasswörter, *123456*, *Stein*, doch keines davon passte. So würde sie den Laptop nicht entsperren.

Zehn, zwanzig Minuten vergingen. Anja probierte jedes mögliche Passwort, das ihr einfiel, sogar ihren eigenen Namen in allen Variationen. Insgeheim hatte sie gehofft, dass sie sich mit einem simplen *Anja* einloggen könnte, doch der Rechner weigerte sich hartnäckig, sie ins System zu lassen.

Anja stieß einen Fluch aus, dann klappte sie das Display wieder zu. Rudi List würde sie umbringen, so viel stand fest. Konnte er wirklich dieser Sentinel sein? Gab es da nicht vielleicht eine plausiblere Erklärung?

Anja tapste durch die am Boden liegende Wäsche zurück in den Vorraum, als ihr Blick auf ein Schlüsselbrett fiel. Das Rathaus. Einer der Schlüssel musste dort passen. Sie nahm die Schlüssel einen nach dem anderen vom Haken.

Ich schätze, das war es dann mit uns, dachte sie, als sie hinunter zum Rathaus ging. *Selbst wenn du unschuldig bist, wirst du mir das hier nie verzeihen.*

Anja wusste inzwischen, dass List zwei Teilzeitkräfte im Rathaus beschäftigte, die unregelmäßige Arbeitszeiten hatten. Sie drückte die Klinke nach unten und fand die Tür verschlossen. Erst der dritte Schlüssel, den sie probierte, passte ins Schloss. Alles war ruhig, sie war allein.

Anja beschloss, hier vorsichtiger zu sein als in Lists Wohnung. Die private Wohnung des Liebhabers auf den Kopf zu stellen, war eine Sache, aber seinen Arbeitsplatz zu durchwühlen, war etwas völlig anderes. Dann würde kein Schulmädchenlächeln mehr helfen. Sie beschränkte sich also darauf, auf dem Schreibtisch liegende Papiere nacheinander mit spitzen Fingern anzuheben und durchzulesen.

Das hat keinen Sinn, Anja. Sieh zu, dass du hier wegkommst, bevor du Probleme bekommst.

Ein Dokument ließ sie innehalten.

Ein Bürger von Stein wohnte in einem Haus der Gemeinde und hatte offenbar versäumt, seine Miete zu zahlen. Dem ausstehenden sechsstelligen Betrag nach zu urteilen, hatte er für die Liegenschaft noch nie Miete bezahlt – und es handelte sich nicht um irgendeinen x-beliebigen Dorfbewohner, sondern um Steins Vorzeigebürger: Engelbert Rebhahn.

Mehrere Augenblicke lang stand sie da und überflog immer wieder die wenigen Zeilen, dachte darüber nach, ob sie sie richtig interpretierte, ob es eine andere Erklärung gab. Als ihr keine einfiel, zog sie ihr Mobiltelefon aus der Tasche und machte ein Foto von dem Dokument, bevor sie durch das Fenster spähte, um zu kontrollieren, ob jemand auf der Straße war. Dann schlich sie aus dem Rathaus.

Das Haus von Engelbert Rebhahn lag am Waldrand auf der dem Steinbruch gegenüberliegenden Seite Steins. Tatsächlich war Anja schon beim Joggen daran vorbeigekommen. Davor stand ein tiefergelegter Porsche mit Rennverkleidung, und Anja fragte sich unwillkürlich, wie er die steile Straße hochfahren konnte, ohne aufzusitzen.

An der Haustür drückte sie auf den Klingelknopf, doch nichts rührte sich. Das stimmte nicht ganz. Sie hörte Stimmen. Musik.

Anja wandte sich nach rechts und schlenderte eine hohe Hecke entlang, die am Waldrand einen Knick machte. Die Musik wurde lauter, Anja hörte Lachen. Sie folgte der Hecke in den Wald und stellte fest, dass die Mauer aus Thujen abrupt abbrach und den Blick in einen Garten mit großzügiger Rasenfläche freigab.

»Bleib da, du entkommst mir nicht!«, rief eine tiefe Stimme theatralisch.

Eine Frau kreischte. Anja erschrak, doch dann verstand sie, dass es ein Spiel war. Zwischen den Bäumen spähte sie in einen weitläufigen Garten mit einer Wiese, auf der zwei nackte Gestalten im Kreis umherliefen. Ein dicker bärtiger Mann und eine gut zwanzig Jahre jüngere, beneidenswert gut aussehende blonde Frau. Der Bärtige hielt eine Flasche mit einer durchsichtigen Flüssigkeit in der Hand. Kein Wasser, eher etwas Stärkeres, vermutete Anja. Er erwischte die Frau an den Haaren, zog sie zu sich und nahm sie in den Schwitzkasten, um ihr davon einzuflößen. Sie versuchte, sich unter seinem Arm herauszuwinden. Es sah auf einmal nicht mehr nach Spaß aus. Die Frau hustete und spuckte die Flüssigkeit aus, und Anja hatte den Eindruck, dass sie panisch wurde. Dann ließ der Bärtige sie los, und sie sank auf die Knie, wobei sie die Hände um den Körper schlang. Weinte sie? Bevor Anja sich darüber klar wurde, stand die Frau wieder auf und zwang sich zu einem Lächeln, bis ihr Blick plötzlich Anja fixierte. Ein feindseliger Ausdruck legte sich auf ihr Gesicht. Sie war nicht halb so betrunken, wie sie vorgab.

Was willst du denn hier? Du hast hier nichts verloren.

Sie schien darauf zu warten, dass ihr ungebetener Gast verschwand, doch als Anja sich nicht von der Stelle rührte, stolperte sie zu dem Bärtigen hin, der gerade gierig aus der Flasche trank.

»Engelbert, Engelbert! Hör auf, da ist jemand.«

Er sah sie an, lachte.

Sie boxte ihn auf die Schulter. »Ich meine es ernst! Da, im Wald!«

Da entdeckte auch der Bärtige, der offensichtlich Engelbert Rebhahn war, Anja.

»Störe ich?«, fragte sie.

»Was willst du hier? Das ist Privatgrund!«, grölte Rebhahn. Das letzte Wort hatte ihm Mühe bereitet.

Dass er es herausgebracht hatte, schien ihn zu amüsieren. »Der Künstler braucht seine Rrrrruhe, sonst kann er nicht arbeiten!«

Nun erst bemerkte Anja die Skulpturen, die überall im Garten verteilt waren. Weiße, filigran wirkende Objekte, abstrakt und aus irgendeinem nicht identifizierbarem Material gefertigt. Vor einer Holzhütte stand ein Objekt, das offenbar gerade in Arbeit war: Auf einem Tisch daneben lagen eine Flex und eine Bohrmaschine, alles war mit weißem Staub bedeckt.

»Wie läuft das Geschäft?«, fragte Anja.

»Prrrächtig«, lallte Rebhahn und kratzte sich zwischen den Beinen. »Der Rebhahn ist ein gefragter Mann.«

»Warum zahlen Sie dann Ihre Miete nicht? Das Haus gehört ja nicht Ihnen, oder? List hat es Ihnen vermietet.« Anja war gespannt auf seine Antwort. War er überhaupt noch in der Lage, ein Gespräch mit ihr zu führen?

Er sah sie kalt an, bevor er lachte. »Ich brauche keine Miete zu zahlen. Der Künstler muss arbeiten können! Er braucht einen Platz zum Schlafen und zum Ficken.«

Die blonde Frau, die sich im Hintergrund hielt, würdigte er keines Blickes. Sie fror sichtlich, ihr schien die Sache zunehmend unangenehm zu sein.

»Aber der Künstler hilft Stein doch finanziell aus«, setzte Anja nach. »Warum sollte er dann seine Miete nicht bezahlen?«

Rebhahn brach in schallendes Gelächter aus. »Keinen

Cent zahle ich! Ich denke gar nicht daran. Sie sollen froh sein, dass ich hier bin. In diesem Kaff!«

»Sie finanzieren Stein also nicht? Wo kommt das Geld denn sonst her?«

Rebhahn grinste dümmlich. »Stein ist tot«, sagte er feierlich. »Aber es lebt. Ein Wunder! Preiset den Herrn!«

»Wie meinen Sie das?«, drängte Anja. »Glauben Sie, dass die Finanzierung etwas mit Bert Köhler zu tun hat?«

Rebhahn wurde ernst, er verzog verächtlich den Mund. Das Gespräch schien ihn zu langweilen. »Warum fragen Sie mich das? Sie wissen es doch.«

»Wie bitte?«

»Sie waren doch schon dort. Und jetzt verschwinden Sie. Ich muss arbeiten.«

Er drehte sich um und ging in Richtung des Hauses. Die Frau stolperte hinterher.

Als Anja sich gerade abwenden wollte, fiel ihr Blick auf den riesigen Schädel eines Rindes. Und plötzlich verstand sie, woraus die Skulpturen bestanden: Sie waren aus Knochen gefertigt.

12

Ich habe etwas Dummes getan. Ich weiß noch nicht sicher, ob es wirklich dumm war, aber es musste einfach sein.

Ich habe ihm von Ihnen erzählt.

Vor ein paar Wochen dachte ich noch, ich könnte nie mit jemandem über Sie reden. Ich habe mir ausgemalt, wie es wäre, mit ihm zusammen zu sein, ohne ihm von Ihnen zu erzählen. Wie es wäre, mit ihm zu leben, Kinder mit ihm zu haben, während Sie hier im Keller liegen. Ich hätte das geschafft, glaube ich. Aber das ist jetzt hinfällig. Ich wollte mich ihm anvertrauen. Mein Bedürfnis danach war so stark, dass ich ihm alles erzählt habe. Und wissen Sie was? Er versteht mich. Ist das nicht unglaublich? Er hat gemeint, dass er gerecht findet, was ich getan habe, und dass er mich nicht verraten wird.

Und wissen Sie was noch? Er will Sie sehen. Ich habe ihm gesagt, dass das nicht möglich ist, aber er ist sehr hartnäckig. Ich glaube, ich liebe ihn wirklich. Vielleicht lasse ich ihn, ich weiß noch nicht.

Dienstagnachmittag

»Vychodil, ich habe da etwas«, flüsterte Anja ins Telefon.

»Frau Grabner, was tun Sie? Sie sind weggelaufen, ich habe Sie nirgends mehr gefunden.«

»Egal, ich musste ein paar Dinge klären. Hören Sie zu …«

»Wo sind Sie überhaupt?«

»In Stein. Ich komme gerade von Rebhahn.«

»Sie sind noch in Stein?«

»Ja, jetzt hören Sie zu: List hat mich angelogen. Er hat mir erzählt, dass Rebhahn und andere großzügige Spender Stein finanziell unterstützen. Aber das stimmt überhaupt nicht. Das Geld muss woanders herkommen. Es ist definitiv nicht Rebhahn, das hab ich überprüft.«

»Haben Sie Unterlagen, die das belegen?«

»Nein, ich habe nur ein paar Fotos mit dem Handy gemacht. Aber ich gehe später zurück ins Rathaus und hole sie.«

»Bitte sagen Sie nicht, dass Sie ins Rathaus eingebrochen sind«, flehte Vychodil.

»Ich hatte einen Schlüssel.«

»Die Fotos werden genügen. Sehen Sie zu, dass Sie von dort wegkommen.«

»Ich will sichergehen. Diese Sache hat mich so viel gekostet, ich will handfeste Beweise haben.«

»Frau Grabner, setzen Sie sich ins Auto und kommen Sie her«, befahl er mit Verzweiflung in der Stimme. »Dann können Sie mir alles in Ruhe erzählen.«

»Ja.«

»Was heißt Ja?«

»Ich muss zuerst etwas klären, dann komme ich.«

»Haben Sie in letzter Zeit einen Blick auf Facebook geworfen? Die alten Gruppen sind wieder aktiv. Es ist wirklich keine gute Idee … «

»Vychodil«, unterbrach Anja ihn, »er ist hier. Köhler ist hier. Ich weiß es jetzt. Ich rufe Sie zurück.«

Vychodil sagte noch etwas, doch Anja drückte ihn weg.

Sie war näher dran als jemals zuvor. Die Erkenntnis ließ das Adrenalin durch ihre Adern strömen. Sie hatte nicht damit gerechnet, jemals Licht in diesen Fall zu bringen.

Sie hatte es ausgesprochen: Köhler war in Stein. Und womöglich lebte er noch. Sie hatte noch keine Beweise dafür, aber fast alle Spuren deuteten darauf hin: die SMS damals, die Drohungen gegen sie, die IP-Adresse von Sentinel, die Andeutungen Rebhahns. Was Diamond erzählt hatte, passte nicht ins Bild, doch auch sie war in Stein gewesen. Wegen eines Kunden? Es hatte wie eine Ausrede geklungen. Doch welche Rolle spielte Köhlers Bank? Welche Rolle spielte Walter Pechmann, der nicht nur Köhlers Job übernommen, sondern offenbar auch seine Villa gekauft hatte?

Und da war noch etwas. Etwas, das Rebhahn gesagt hatte.

Sie waren doch schon dort.

Sie glaubte plötzlich zu wissen, was er damit gemeint haben könnte.

Anja stand am Beginn des Erlenwegs.

Bis zu diesem einen Tag damals hatte sie nie zuvor in ihrer Karriere auf einen Menschen schießen müssen. Sie wusste, dass manche ihrer ehemaligen Kollegen eine Heidenangst davor hatten. Anja hingegen war immer überzeugt gewesen, dass sie andere Lösungen finden würde, wenn es darauf ankam. Und sie war sicher, dass sie im Fall des Falles abdrücken konnte, wenn ihr wirklich jemand nach dem Leben trachtete, ohne danach völlig traumatisiert zu sein.

Auf ein Erlebnis wie jenes nach dem Warnschuss im *Kirchenwirt* war sie aber nicht vorbereitet gewesen. Nicht zu wissen, was wirklich passiert war, hatte sich als Belastung erwiesen, die ihr nach und nach die Lebenskraft geraubt hatte. Jemanden erschossen zu haben, der eine Frau mit einem Messer bedrohte, war dabei das geringere Problem. Es gab eine Sache, die sie nicht einmal Kaspar Deutsch anvertraut hatte. Einen Gedanken, den sie auch sich selbst nur in starken, wachen Momenten eingestand – Momenten wie diesem. Dass sie sich nämlich keineswegs sicher war, wen sie getroffen hatte.

Anja war überzeugt, dass Rebhahn auf die Szene in ebendieser Gasse angespielt hatte, als er meinte, sie sei schon einmal nah dran gewesen, Köhler zu finden. Falls ihr Schuss wirklich jemanden getroffen hatte, war es nur naheliegend, dass die Leute in Stein Bescheid wussten.

Anja hob den Blick zum Straßenschild.

Erlenweg.

Sie hätte schwören können, dass die Gasse, in der sie den Schuss abgegeben hatte, der Erlenweg gewesen war. Es war ihr erst Tage danach wieder eingefallen, sie hatte es Kaspar gegenüber nie erwähnt. Deshalb war ihr fast schwarz vor Augen geworden, als er diesen Straßennamen ausgesprochen hatte. Es schien zu bedeuten, dass sie immer recht gehabt hatte, dass das Erlebte von Bedeutung gewesen war. Dass vielleicht das Haus, in dem Bert Köhler gefangen gehalten wurde, im Erlenweg stand.

Nummer 16.

Etwas war komisch an dem Straßenschild. Es schien sich von dem Schild in der Hauptstraße zu unterscheiden. Anja trat näher. Es dauerte einige Sekunden, bis sie verstand, was sie so merkwürdig daran fand. Es waren die Schrauben. Das Straßenschild im Erlenweg war mit anderen Schrauben befestigt als jenes in der Hauptstraße. Die Schrauben waren verzinkt und glänzten, während die anderen alt und stumpf waren. Außerdem schienen sie zu groß zu sein – Senkkopfschrauben, die gar nicht dazu passten.

Mit zitternden Fingern kramte Anja ihr Handy hervor und suchte auf Google Maps nach dem Erlenweg.

Fünf Minuten Fußweg.

Anja rannte los.

Mit weichen Knien ging sie wenig später den Weg entlang, der das Straßenschild mit der Aufschrift Buchenallee trug. Auch dieses war mit neuen Schrauben fixiert. Der Routenplaner auf ihrem Handy zeigte allerdings etwas anderes an, laut der Suchmaschine handelte es sich hier um den Erlenweg.

Anja erkannte die Gasse sofort.

Sie ging das Sträßchen entlang, zählte die Hausnummern: 5, 6, 7 ... 14, 15.

16.

Das Erste, was Anja auffiel, waren die wild wachsenden Brombeersträucher. Sie ähnelten jenen vor dem Gästehaus, nur mit dem Unterschied, dass diese hier abgeerntet worden waren. Das Haus dahinter sah verlassen aus. Nicht verwahrlost, die geschlossenen Fensterläden waren vor einiger Zeit neu gestrichen worden, und der Putz wies keine Verfallsspuren auf. Nur der Garten war zugewuchert. Ein Haus, das instand gehalten wurde, aber in dem anscheinend niemand lebte. Oder doch?

Das war das Haus, sie war sich sicher. Anja bückte sich und strich mit den Fingern über den Asphalt.

Nichts. Natürlich war hier nichts, schon gar keine Blutspuren. Es war fünf Jahre her.

Anja richtete sich auf und sah sich um. Das Herz klopfte ihr bis zum Hals. Sie holte tief Luft, dann näherte sie sich dem Haus. Sie stieß das schief in den Angeln hängende Gartentor mit dem Fuß auf, wobei ein gedehntes Quietschen erklang, und schlich sich im Schutz der Brombeersträucher zum Haus. Die Fensterscheiben waren sehr schmutzig. Anja wischte mit dem Ärmel über die Glasscheibe eines Fensters, bis sie einen Blick ins Innere erhaschen konnte. Sie wusste nicht, ob sie erleichtert oder enttäuscht sein sollte. Sie versuchte es bei einem weiteren Fenster – das gleiche Bild.

Das Haus schien leer zu sein.

Das verlassene Haus hatte die Nummer 16. Ein Zufall war auszuschließen. Dies war natürlich nicht die Buchenallee. Jemand hatte die Straßenschilder vertauscht.

Sie musste Kaspar Deutsch davon unterrichten. Er musste das auch sehen. Außerdem bekam sie plötzlich ein mulmiges Gefühl. Bisher hatte sie die Sache nicht ernst genommen, weil ihr ohnehin niemand geglaubt hatte. Aber falls sie tatsächlich recht hatte, dann war das hier kein Spiel mehr.

Doch wie sollte sie Kaspar überzeugen? Er würde aus der Haut fahren, wenn sie ihm erzählte, dass sie trotz Verwarnung wieder ermittelt hatte. Bis sie ihm alles erklärt hätte, könnte es schon zu spät sein. Sie durfte keine Zeit mehr verlieren.

Anja sah zurück in den Garten und zur Straße. Noch hatte niemand sie gesehen. Statt zur Vordertür zu gehen, die vermutlich abgeschlossen war, begann sie, das Haus zu umrunden. Auf der Schattenseite entdeckte sie einen Trampelpfad. Grashalme waren niedergetreten.

Von wegen verwahrlost. Hier war erst vor Kurzem jemand entlanggegangen.

Der Pfad führte zur Hintertür, die verschlossen war. *Was jetzt?*

Anja tastete nach ihren Hosentaschen, in denen sie immer noch Rudi Lists Schlüssel mit sich herumtrug.

Das konnte nicht sein. Das wäre einfach zu verrückt.

Sie probierte drei Schlüssel aus. Der vierte passte.

Im Innenraum standen ein altes Sofa, ein Tisch und ein Fernseher, auf dem Boden zwei leere Bierdosen. Das Bild bestätigte den Eindruck, den sie von außen gehabt hatte. Das Haus war offensichtlich nicht dauerhaft bewohnt, aber auch nicht verwahrlost. Hier waren ab und zu Menschen. Es musste auch sauber gemacht worden sein, kein Staub bedeckte die Oberflächen. Das Haus schien eine andere Funktion zu haben. Anja durchquerte den Raum und fand sich in einer Küche wieder, aus der der Herd ausgebaut worden war. Die Schränke standen offen und waren leer. Anja drehte den Wasserhahn auf. Der Wasseranschluss funktionierte.

Die anderen Räume waren dagegen eine Enttäuschung. Sie waren leer. Anja ging noch einmal durch das ganze Haus, um sicherzugehen, dass sie nichts übersehen hatte. Da erst entdeckte sie eine weitere Tür. Diese war verschlossen.

Anja machte sich keine großen Hoffnungen, als sie abermals Lists Schlüssel hervorholte. Es gab nur einen einzigen, der zu diesem alten Schloss zu passen schien. Sie hatte sich nicht getäuscht, der Schlüssel ließ sich einfach drehen, und die Tür schwang auf.

Vor ihr wurden Stufen sichtbar, die sich in der Dunkelheit verloren. Anja fand einen Lichtschalter, und die Treppe wurde in schummriges Licht getaucht. Es fühlte sich an wie ein Déjà-vu. Die Treppe sah exakt gleich aus wie jene im Gästehaus.

Anjas Handflächen wurden feucht, und das Herz schlug ihr bis zum Hals, als sie die Treppe hinabstieg. Warum eigentlich? Was glaubte sie, dort unten zu finden? Sie warf einen Blick zurück auf die offene Tür über ihr, dann nahm sie die letzte Stufe.

In einer Ecke des Kellerraums stand eine alte Waschmaschine, die nicht angeschlossen war. Anja sah drei Türen. Eine davon war offen, der Raum dahinter leer. Eine zweite Tür ließ sich öffnen und führte in einen Heizungsraum, in dem es nach Öl stank. Bevor Anja die dritte Tür öffnen konnte, hörte sie hinter sich eine Stimme.

»Lass es, Anja. Geh nicht hinein.«

Anja wirbelte herum. Sie hatte Rudi Lists Stimme sofort erkannt.

»Fahren wir weg«, beschwor er sie. »Ich erkläre dir alles. Aber du musst gehen. Jetzt gleich.«

Sie rührte sich nicht. »Du hast mich angelogen.«

»Ja, habe ich. Das ist alles sehr kompliziert.«

»Ist es nicht«, widersprach Anja. »Du hast gelogen. Ich glaube dir nicht mehr und werde jetzt dort hineingehen.« Sie deutete auf die dritte Tür.

»Da ist ohnehin nichts.«

»Das würde ich gerne selbst sehen.«

List trat dicht zu ihr und hielt sie am Arm zurück. Als Anja seine Berührung spürte, holte sie aus und schlug ihn mit der Faust so hart ins Gesicht, dass ein Knacken zu hören war und er zu Boden ging. Dann öffnete sie die Tür.

Der Raum war abgedunkelt. Die hohen Kellerfenster waren mit Holzplatten verdeckt, nur schmale Streifen Licht fielen durch die Spalten in den Kellerraum. Anja konnte ein rostiges Krankenhausbett ausmachen, sonst war der Raum leer.

Sie fluchte innerlich. War das jenes Bett, in dem Köhler vielleicht die letzten Jahre seines Lebens verbracht hatte? Sie brauchte die Spurensicherung hier. Doch wie sollte sie das anstellen?

Plötzlich hörte sie von draußen Stimmen und das Geräusch von Schuhen auf der Treppe. Hinter ihr rappelte sich Rudi List auf und hielt sich das Gesicht.

»Es tut mir leid«, sagte er.

»Was tut dir leid?«

Er antwortete nicht mehr. Anja versuchte noch, ihn beiseitezustoßen und zur Treppe zu gelangen, doch kaum war sie durch die Tür getreten, stand sie einem Mann mit einer Wollmütze auf dem Kopf gegenüber. Er grinste sie an. Anja bemerkte aus den Augenwinkeln, dass noch jemand neben dem Türrahmen stand. In diesem Moment traf sie ein Schlag gegen den Hinterkopf, und alles wurde taub.

Anja spürte, wie etwas über ihre Augen geklebt wurde, dann wurde sie über kalten Betonboden geschleift. Ihre Hose blieb immer wieder an kleinen Unebenheiten hängen. Sie hatte einen seltsamen metallischen Geschmack im Mund und realisierte, dass es Blut war, das sie da schmeckte. Sie hatte sich auf die Zunge gebissen.

»Aus dem Weg«, sagte eine gedämpfte Stimme.
»Wohin?«
»Hier.«
Es waren mehrere Menschen, die da sprachen, eine Gruppe von Leuten. Anja glaubte, eine der Stimmen zu kennen, doch sie konnte sie nicht zuordnen. Irgendwo schwang quietschend eine Tür auf. Sie wollte nach Rudi rufen, doch sie verschluckte sich an Speichel und Blut und musste husten.

Anja verspürte keinerlei Angst. Nur ein einziges, überwältigendes Gefühl bemächtigte sich ihrer: Unglauben. Das Taubheitsgefühl war inzwischen verschwunden, ihre Sinne waren auf einmal geschärft. Jeder Laut schien klarer und lauter als sonst, der Geschmack von Blut war so intensiv, dass sie würgen musste. Doch das konnte alles nicht wirklich passieren. Es konnte einfach nicht real sein.

»Wer ist da? Kaufmann? Joesy? Seid ihr da? Was macht ihr? Ihr habt gesagt, ich bin willkommen.«

Sie wurde hart gepackt und hochgehoben. Dann spürte sie eine Matratze unter sich.

Die Angst überkam sie so plötzlich, dass Anja die Luft wegblieb. »Ihr macht das nicht wirklich«, sagte sie halb zu sich selbst. »Ihr wollt mir nur einen Schrecken einjagen.«

Als sie spürte, wie ihre Hände mit etwas Lederartigem gefesselt wurden, begann der ungläubige Teil von ihr zu verstehen, und nackte Panik erfasste sie.

Anja wollte schreien, doch in diesem Moment wurde etwas auf ihren Mund gepresst, ein breiter Streifen Klebeband. Sie konnte den Atem der Menschen um sie herum riechen. Es war der Geruch aus dem *Kirchenwirt*, Wein, Schnaps. Wer auch immer sie waren, sie hatten sich Mut angetrunken.

Sie wartete, dass jemand etwas zu ihr sagte. Etwas wie »Das hast du nun davon. Geschieht dir recht«. Eine Erklärung für das, was passierte. Doch da kam nichts, niemand sprach.

Erst als jemand ihre Hand festhielt, verstand sie, dass es tatsächlich geschah. Etwas Kaltes, Stumpfes umschloss ihren kleinen Finger. Sie überlegte noch, was es sein könnte, als der Druck an ihrem Finger in schreienden Schmerz überging. Es knirschte, dann war es vorbei. Sie hörte, wie etwas zu Boden fiel.

Anja fühlte sich unglaublich wach, verbunden mit einem Gefühl von Unwirklichkeit. Jetzt weiß ich, wie sich das anfühlt, dachte sie. Sie bemerkte, dass sie schrie. Ein erstickter Schrei.

»Ach Anja, was machen wir jetzt mit dir? Glaubst du, du bist schlau? Weil du herausgefunden hast, dass Köhler hier bei uns war?«

Die Stimme sprach langsam und deutlich, ohne jeden Akzent. Sie artikulierte jeden Laut sorgfältig. Beinahe eine schöne Stimme. Anja hatte keine Ahnung, wer der Sprecher war.

»Aber das wusste jeder. Das war nicht schlau. Schlau wäre gewesen zu verstehen, warum man es dabei belassen muss. Wir dachten, dass du klug genug bist, dass du das verstehst, wenn du nur lange genug hier bist. Aber wir haben dich überschätzt. Du warst immer ein Risiko, weißt du das? Eine traumatisierte Polizistin, die nichts zu verlieren hat. Wir wollten dir unsere Version der Geschichte näherbringen, damit du verstehst, dass es gut so ist. Manche Dinge regeln sich ohne die Gerichte, ohne die Medien. Du bist dabei auf der Strecke geblieben, das haben wir immer bedauert. Deshalb wollten wir es wiedergutmachen. Aber du wolltest unbedingt die Schlaueste sein. Du hast gedacht, du schaffst das allein gegen uns alle. Das war ziemlich anmaßend, aber so bist du eben. Nun wissen wir es.«

Anja spürte das kalte, stumpfe Ding plötzlich am Ringfinger. Sie schrie mit aller Kraft.

Nicht noch einer. Bitte. Alles, nur nicht noch einer.

»Wie schlau bist du wirklich? Willst du, dass wir weitermachen? Oder willst du, dass wir aufhören? Du musst dich entscheiden, das ist nicht einfach, selbst, wenn man so schlau ist wie du. Wir machen es so: Du nickst einfach, wenn wir aufhören sollen, ja?«

Anja nickte, sie hörte gar nicht mehr auf.

»Wirklich? Wir sollen es lassen? Gut. Dann lassen wir es. Es ist eine schlaue Entscheidung, weißt du? Andere hätten vielleicht anders entschieden. Sie hätten vielleicht gesagt, dass die Wahrheit wichtiger ist. Dass man nicht aufgeben darf. Sie wären womöglich immer wieder zurückgekommen nach Stein. Um sich zu beweisen, um das, was in aller Ruhe geregelt wurde, an die Öffentlichkeit zu zerren. Du hast nicht so entschieden, das ist vernünftig. Ich hätte es auch so gemacht. Ich bin froh, dass wir uns da einig sind.«

Anja spürte eine Bewegung. Das stumpfe Ding verschwand von ihrem Finger. Sie atmete tief durch. Sie hörte Schritte auf der Treppe, sie entfernten sich. Dann wurde es still. Man hatte sie alleingelassen. Was passierte mit der Wunde an ihrer Hand? Blutete sie noch? Anja konnte es nicht sagen.

Da spürte sie plötzlich, dass sie nicht allein war. Zuerst war es nur ein Gefühl, das sie nicht zuordnen konnte. Dann hörte sie jemanden atmen. Schwer atmen.

Eine gefühlte Ewigkeit verging, bis Anja Schritte hörte. Sie rechnete damit, dass ihre Fesseln gelöst wurden. Sie verstand, dass das hier eine Warnung gewesen war. Wenn man sie hätte umbringen wollen, wäre das längst passiert. Man würde sie losmachen, sie würde sich ins Auto setzen und erst einmal so weit wie möglich wegfahren. Um dann genau das zu tun, was man von ihr wollte: sich von Stein fernhalten, leben, lieben, ihr Leben genießen, das sie so fahrlässig riskiert hatte.

Da spürte Anja auf ihrer Brust eine Hand, die so fest zudrückte, dass sie vor Schmerz aufschrie. Während sie nach Luft rang, öffnete jemand den Gürtel ihrer Jeans.

Anja war wie erstarrt. Sie nahm wahr, wie ihre Hose nach unten gezogen wurde, dann drückte jemand ihre Knie auseinander. Sie versuchte, ihre Beine zusammenzudrücken, sich zu wehren, doch es gelang ihr nicht, er hielt sie fest gepackt.

Ich will aufwachen. Das ist ein Albtraum. Bitte nicht.

Auf einmal verharrte der Körper über ihr regungslos. Es war völlig still. Dann hörte Anja Schritte. Da war noch jemand im Raum.

Der Mann – es war zweifellos ein Mann, der sie festhielt, sie spürte es, roch es – ließ von ihr ab. Er gab ein Stöhnen von sich. Dann hörte sie ein dumpfes Klatschen. Jemand sog verwundert die Luft ein. Ein weiteres Klatschen, diesmal heftiger. Dann abermals Stöhnen,

Schritte. Anscheinend rangen zwei Männer miteinander, schlugen sich. Es wurde erneut still. Dann wurde die Tür heftig zugeschlagen.

Anja glaubte, das Stöhnen erkannt zu haben.

13

Wie konnten Sie mich so hintergehen? Nach allem, was wir gemeinsam erlebt haben?

Als ich Ihre Stimme hörte, dachte ich schon, man hätte mich entdeckt. Dass Sie es sein könnten, der da sprach, ging nicht in meinen Kopf hinein.

Ich habe gemerkt, dass er Sie unbedingt sehen wollte. Das hat mich stutzig gemacht, deshalb habe ich ihm eine Falle gestellt. Wir waren miteinander im Bett. Ich habe ihm einen geblasen, wie letztes Mal. Dann sagte ich ihm, ich würde duschen. Er weiß, dass ich dafür mindestens eine halbe Stunde brauche. In Wirklichkeit habe ich ihn beobachtet. Ich wollte wissen, was er tut. Ich glaubte immer noch, es sei nur Neugierde, als er den Keller suchte. Ich bin ihm gefolgt und habe an der Tür gelauscht. Da hörte ich Sie beide reden. Seine Liebe war nur gespielt. Keine Ahnung, wie er mich entdeckt hat. Wahrscheinlich durch ein Internetforum, wie der andere, der mit dem Geld. Wahrscheinlich weiß inzwischen jeder außer der Polizei, wo ich bin. Er hat mich benutzt. Und ich bin ihm auf den Leim gegangen wie ein naives Flittchen.

Nicht die Hellste, *so hat er mich genannt. Aber besonders hell ist er selbst nicht. Nun weiß ich Bescheid. Er hat mir einen falschen Namen genannt. Walter Pechmann, das ist sein wirklicher Name. Ein Freund von Ihnen. Er ist Ihr Stellvertreter in der Wertebank, seit Sie weg sind. Es hätte mir auffallen müssen. Er kam mir gleich bekannt vor. Er sagte, dass es der Bank gut gehe, dass er sich keine Sorgen machen müsse. Sie hatten Angst, dass ich es durchschauen könnte. Sie sind schlauer als er, das wundert mich nicht. Er will mich aus dem Weg räumen, aber das kann er sich abschminken.*

Er hat noch nicht die Polizei gerufen. Er will vorher ein paar Dinge regeln, hat er gesagt. Das wird er bereuen.

Was soll ich jetzt tun? Ich bin so wütend, ich kann nicht klar denken.

All die Jahre ... Warum haben Sie nie mit mir gesprochen? Wie können Sie nur so grausam sein?

Mittwochmorgen

Anja saß in ihrer Wohnung in Wien auf der Couch und starrte in den ausgeschalteten Fernseher. Sie hatte sich in ihre Kuscheldecke gewickelt und hielt Officer Colin fest an sich gedrückt.

Sie war in ihrem Auto erwacht, am Ausgang der Schlucht vor Stein, kurz vor der Schnellstraße. Wie sie dorthin gelangt war, wusste sie nicht. Sie konnte sich noch erinnern, dass zwei Männer sich geschlagen hatten, danach war nichts mehr. In ihrem Auto hatten jedenfalls ihre restlichen Sachen aus dem Gästehaus gelegen. Eine unmissverständliche Botschaft. Der Zündschlüssel hatte gesteckt, sie hatte ihn gedreht und war direkt nach Wien zu ihrer Wohnung gefahren. Das Schalten war ihr schwergefallen, immer wieder stieß sie sich an der sorgfältig verbundenen Wunde. Die Hand sah ungewohnt aus ohne den kleinen Finger. Die pochenden Kopfschmerzen spürte sie kaum.

Zu Hause hatte sie geduscht, bis sämtliches Warmwasser verbraucht und ihre Haut ganz aufgeweicht gewesen war. Sie hatte den Verband vorsichtig geöffnet und die Wunde begutachtet, die jemand fachmännisch genäht hatte, soweit sie das beurteilen konnte. Kurz hatte sie überlegt, ins Krankenhaus zu fahren, sich aber dagegen entschieden. *Du musst ins Krankenhaus.* Doch was hätte sie sagen sollen? Stattdessen war sie zur Apotheke gegangen, um Verband und Desinfektionsmittel zu kaufen.

Nun saß sie hier und fragte sich, wie sie sich fühlte. Sie hatte geweint, aber nur kurz. Es würde noch dauern, bis sie wirklich weinen konnte. Ihr war, als wäre sie nur Zuschauerin gewesen, als wäre es einer Fremden passiert. So etwas passierte nur anderen Menschen, Opfern in Fällen, in denen sie oder Kaspar ermittelt hatten, aber doch nicht ihr.

Rudi Lists Verrat verblasste dagegen. Nur ein weiterer Mann auf ihrer Liste. Sie fühlte keinen Zorn gegen ihn, nur eine tiefe Leere. Die gemeinsame Zeit hatte keine Bedeutung. Sie war auf einer Lüge aufgebaut gewesen, eine Illusion, nicht echt.

Das Unglaubliche war: Die Drohung hatte gewirkt. Anja hatte für sich entschieden, dem Rat des Mannes im Keller zu folgen. Sie würde sich von Stein fernhalten, ein neues Leben anfangen. Sie hatte das irgendwie als fair empfunden. Alles hatte seine Richtigkeit gehabt, auf eine absurde Art und Weise.

Aber nun nicht mehr. Nicht nach dem, was danach passiert war. Sie hatte immer noch das Gefühl, alles nur geträumt zu haben.

Er. Der Mann, der sie vergewaltigen wollte. Das fette Weichei mit dem zu großen Bizeps. Joesy.

»Wir machen sie fertig, Colin.«

Anja fuhr mit überhöhter Geschwindigkeit auf der Schnellstraße und überholte ein Auto nach dem anderen, rechts, links, wo immer sie eine Lücke fand.

Sie hätte früher draufkommen sollen. Ein Ort, der eigentlich tot war, der von Spendern am Leben erhalten wurde. Warum? Wenn Linder recht hatte, gab es da jemanden, der ihr das sagen konnte. Sie konnte es nicht erwarten, ihn damit zu konfrontieren.

Anja parkte ihren Citroën vor dem Gebäude des Landeskriminalamts und stellte den Motor ab. Sie hatte keinen Plan, wie sie es anstellen sollte, ins LKA zu gelangen, und Kaspar wollte sie nicht anrufen. Er würde sofort wittern, dass etwas faul war. Sie hatte keine Zeit mehr für taktische Spielchen. Sie würde einfach hineingehen und sehen, was passierte.

Anja wollte gerade aussteigen, als etwas völlig anderes geschah. Sie sah ein Auto, das aus der engen Einfahrt des historischen Polizeigebäudes kam, einen dieser typischen unscheinbaren und dunkel lackierten Dienstwagen, mit denen Beamte fuhren.

Am Steuer saß Michael Hacker.

Anja reagierte sofort und ließ den Motor an. Zuerst überlegte sie, ihn zu verfolgen, doch das war viel zu unsicher. Dafür war keine Zeit. Also parkte sie aus und schnitt ihm den Weg ab. Er musste scharf bremsen, um einen Zusammenprall zu vermeiden, und hupte wütend.

Anja stieg aus, und als er sie erkannte, hörte er auf zu hupen und öffnete ebenfalls die Autotür.

»Anja, bist du wahnsinnig? Ich hätte dich fast gerammt! Pass doch auf!«

Als sie mit schnellen Schritten zu ihm ging, verstand er, dass es Absicht gewesen war. Er stieg nicht aus dem Auto, sondern zog den Kopf ein.

»Steig aus, wir müssen reden«, forderte sie.

Ärgerlich sah er zu ihr auf. »Was, jetzt? Ich habe einen Termin!«

»Interessiert mich einen Dreck«, antwortete sie.

Hacker schien zu verstehen. »Lass mich nur das Auto parken, okay?«

Anja stieg wieder in ihren Citroën, dessen Motor immer noch lief, und fuhr ein Stück zurück, damit er rangieren konnte. Kurz fürchtete sie, er könnte davonrasen, doch er fuhr in die nächstgelegene Parklücke. Als er ausstieg, war Anja schon bei ihm.

»Du hast die Ermittlungen zu Köhler boykottiert«, kam sie ohne Umschweife zur Sache. »Warum?«

Er sah sie zuerst entgeistert an, dann lachte er. »Ist nicht dein Ernst. Ich habe die Ermittlungen boykottiert? Wie denn? Wann denn?«

Anja zeigte mit dem Zeigefinger ihrer gesunden Hand auf ihn. »Ich habe eine glaubwürdige Quelle, die das bestätigt.«

»So glaubwürdig kann sie nicht sein, deine Quelle«, gab er trocken zurück. »Ich habe gar nichts getan.«

»Wie ist dann zu erklären, dass immer noch nichts passiert ist? Stein schwimmt im Geld! Ist das schon einmal irgendwem aufgefallen? Woher haben sie das wohl?«

»Keine Ahnung!«, fuhr er sie an. »Bin ich bei der Finanzpolizei?«

Beide hatten sie die Stimme erhoben. Es war nur eine Frage der Zeit, bis ihr Streitgespräch die Aufmerksamkeit von Kollegen des Landeskriminalamts erregte. Anja war das egal. Ob es Hacker auch egal war, wollte sie nur zu gern herausfinden.

Hacker lachte ungläubig. »Wer bitte behauptet, dass ich etwas vertuscht hätte? Was ist denn das für ein Blödsinn?«

»Gib es zu«, setzte sie nach. »Jeder weiß, dass du kein Interesse an neuen Ermittlungen hast!«

»Ist es Kaspar, der diese Dinge über mich behauptet?«, fragte Hacker. »Ich will das jetzt wissen!«

»Nein«, sagte Anja. »Eine Quelle.«

»Eine Quelle«, äffte er sie nach. »Bist du noch ganz dicht?«

Anja spürte ihre Selbstsicherheit schwinden. Hacker war von ihren Vorwürfen völlig unbeeindruckt. »Ich konnte selbst sehen, dass du keine neuen Ermittlungen willst!«, gab sie scharf zurück.

Er sah auf einmal müde aus. »Wegen unseres Gesprächs? Ich will nur *dich* nicht bei Ermittlungen dabeihaben, Anja, hast du das nicht kapiert? Weil du völlig übergeschnappt bist! Schau dich an! Und selbst wenn – was soll das denn bringen? Mehrere gute Polizisten haben sich an dem Fall die Zähne ausgebissen, nicht nur du. Was glaubst du, warum ich diesen Job bekommen habe? Kramminger konnte nicht mehr, der war fertig! Die Sache hat Unmengen an Ressourcen gebunden. Und wofür? Selbst wenn Bert Köhler noch leben sollte, was willst du denn retten? Das bisschen, das von ihm noch übrig ist? Ein lebender Beweis für das Versagen der Polizei in allen Medien der Welt?«

»Also stimmt es?«, fragte Anja.

»Was stimmt?«, fuhr er sie an. »Dass ich keine neuen Ermittlungen in Auftrag gebe, solange es keine konkreten Hinweise gibt? Ja, das stimmt! Ich gebe es dir schriftlich, wenn du willst.«

»Und sonst?«

»Was sonst?«

»Was hast du noch getan?«

Er sah sie fassungslos an. »Du hast sie ja nicht mehr alle«, murmelte er.

Anja wollte ihm sagen, dass er auswich, dass sie ihm eine Frage gestellt hatte. Sie hatte nur ein Problem: Sie glaubte ihm. Er hatte die Ermittlungen nicht absichtlich verschleppt und wusste nichts von einer Intrige.

In diesem Moment glitt sein Blick zu ihrer verbundenen Hand. »Was hast du da?«

»Das ist gar nichts«, sagte Anja und ging zurück zu ihrem Wagen.

Anja hatte das Gefühl, dass die Lösung in greifbarer Nähe war. Sie konnte den Gedanken noch nicht ganz fassen, aber etwas zeichnete sich ab. Nun musste sie aufs Ganze gehen. Keine Kompromisse mehr.

Hacker stellte sich dümmer, als er war. Er wollte es nicht sehen. Sie alle hätten verstehen müssen, dass es in diesem Spiel nur eine Person gab, die über genügend finanzielle Mittel verfügte, ein ganzes Dorf zu finanzieren.

Anja fuhr von der Schnellstraße ab. Vor ihr wurde die Silhouette des Wolkenkratzers der Bank sichtbar, schwarz und drohend.

Hier würde sie Antworten finden.

Anja schritt weit aus in ihren hohen Schuhen. Sie trug die schwarzen High Heels nur selten, aber sie konnte darin gehen. Ihre ohnehin langen Beine wurden in den Schuhen zu einem Blickfang, der niemanden kaltließ. Arbeitskollegen, die sie nur in Turnschuhen kannten, fiel immer die Kinnlade herunter, wenn sie damit auftauchte. Die meisten brachten dann nur mehr Gestammel hervor.

Das schwarze Kleid mit dem tiefen Beinschlitz bis zu den Oberschenkeln hatte sie erst einmal getragen. Nicht weil es ihr nicht stand. Eher weil sie das Gefühl hatte, dass sie darin nicht sie selbst war. T-Shirt und Jeans, darin fühlte sie sich wohl. Das Kleid dagegen fühlte sich an wie eine Verkleidung.

Die rechte Hand hatte sie zur Faust geballt. Das schmerzte, aber so fiel fast nicht auf, dass ihr kleiner

Finger fehlte. Kurz hatte sie mit dem Gedanken gespielt, etwas in den Verband zu stecken, das aussah wie ein Finger, eine Attrappe. Schließlich hatte sie den Verband in den Müll geworfen und ein simples Pflaster über den Stumpf geklebt. Männer sahen nicht auf die Hände. Nicht bei Frauen, die so aussahen wie jene im Spiegel vor ihr.

Nun wartete sie.

»Herr Pechmann, Herr Pechmann!«, rief Anja.

Die getönte Seitenscheibe des BMW wurde heruntergelassen. Sein markantes Gesicht erschien. »Ja?«

Anja setzte ihr bestes Lächeln auf, das sie vor dem Spiegel geübt hatte. »Dragan schickt mich. Hat er Ihnen nicht Bescheid gesagt?«

»Nein, ehrlich gesagt nicht.«

Er sah noch genauso aus wie damals. Nur das Haar an den Schläfen war grauer.

Das war der entscheidende Moment. Würde er sie erkennen? Sie hatte vom Klebeband einen Teil ihrer Augenbrauen eingebüßt und das zum Anlass genommen, sie neu nachzuziehen. Als sie sich im Badezimmerspiegel betrachtet hatte, war sie sich fremd vorgekommen.

Walter Pechmann schien zu grübeln.

Wenn er Sitka anruft, fliege ich auf. Aber dass er nachdachte, bedeutete, dass sie richtig gepokert hatte. Sitka hatte natürlich nicht nur Köhler beliefert, auch sein Nachfolger war in den Genuss gekommen.

Jetzt komm schon. Willst du mich beleidigen? So wie ich aussehe, muss das Blut längst von deinem Hirn weiter nach unten geflossen sein.

»Was sagst du, Frank?«, fragte Pechmann seinen Fahrer. »Sollen wir sie mitnehmen?«

Anja hörte ein Lachen. Die Antwort verstand sie nicht.

»Na dann«, sagte Pechmann, »steigen Sie ein.«

Anja hatte sich von ihm in ein kleines, charmantes japanisches Restaurant einladen lassen. Sie hatte nichts zu essen bestellt und trank mit der Linken. Die Rechte hielt sie unter dem Tisch versteckt, wo der Stumpf schmerzhaft vor sich hin pochte trotz der Schmerztablette, die sie genommen hatte. Sie hätte ihre Hand gern hochgehalten, damit sich das Blut nicht darin sammelte, doch sie ließ sich nichts anmerken, sondern schenkte ihm weiterhin ihr bestes Lächeln.

Der Plan war einfach. Und doch wieder nicht. Wie unangenehm die Sache wurde, hing allein von ihm ab.

Jedenfalls schien er die Sache unangenehm machen zu wollen. Pechmann redete ununterbrochen, er sprach gern über die Arbeit.

»Ja, es war eine schwierige Zeit«, erklärte er mit einem aufgesetzten Stirnrunzeln, das die Handschrift eines teuren PR-Coaches trug. »Das wurde in den Medien nie so dargestellt, aber auch für die Kollegen war es sehr hart. Die Ungewissheit und natürlich auch das organisatorische Chaos. Er war ja die zentrale Figur, alles ging über ihn. Aber besonders schockiert hat uns dieser Hass der Menschen. Das hat uns nachdenklich gemacht. Wir mussten in uns gehen und vieles ändern. Auch Dinge, die Bert so entschieden hatte. Das war besonders schwierig, diese anzugreifen. Aber es hat die Bank stärker gemacht.«

Viel habt ihr nicht geändert, dachte Anja.

»Darf ich Sie noch auf ein Glas in mein Penthouse einladen?«, fragte er irgendwann nach einem schier endlosen Monolog.

Anja seufzte innerlich. *Spar dir deinen Charme! Mit Nutten springst du sonst auch nicht so höflich um. Was für ein Langweiler.*

Sie lächelte keck, dann ließ sie sich von ihm an der linken Hand zum Lift führen.

Anja hatte sofort das Gefühl, das Penthouse wiederzuerkennen, doch sie kam nicht dahinter, woher. Zuerst achtete sie nur darauf, ob noch jemand anders anwesend war – bei Typen wie ihm war sie sich da nicht ganz sicher. Sie stellte erleichtert fest, dass sie allein waren in dem riesigen offenen Appartement. Erst als sie das Bild an der Wand entdeckte, wurde ihr klar, wo sie sich befand. Es war ein echter Rebhahn, jenes Gemälde, das Cäcilia Köhler bei ihrem Gespräch vor Jahren hatte aufhängen lassen. Es glich einer Kinderzeichnung in grellen Ölfarben. Walter Pechmann hatte tatsächlich nicht nur Köhlers Villa, sondern auch sein Penthouse übernommen.

Ihr lief ein kalter Schauer über den Rücken. Sie war hier auf der richtigen Spur. *Jetzt nur konzentriert bleiben.*

Während sie noch darüber nachdachte, hörte sie, wie Pechmann den Schlüssel im Schloss der Eingangstür umdrehte.

Okay, nun wird es interessant.

Anja kreuzte unwillkürlich die Arme vor ihrem Körper, als Pechmann zu ihr kam. Er legte ihr beschwichtigend die Hände auf die Schultern, dann zog er sie ins Schlafzimmer. Also doch kein Getränk.

Er schubste sie auf das große, runde Bett und schob ihr Kleid nach oben. Anja zuckte zusammen. Das ging viel zu schnell, darauf war sie nicht vorbereitet. Sie hatte Kratzer und ein paar Blutergüsse am Schenkel, von dem Erlebnis im Keller. Nicht groß, aber sichtbar. Wenn er es bemerkte, schien es ihn nicht zu stören. Pechmann machte sich an ihrem Slip zu schaffen, während Anja nach ihrer Handtasche langte, die mit ihr auf dem Bett zu liegen gekommen war. Keine ungewöhnliche Geste, Pechmann musste glauben, dass sie ein Kondom herauszog. Stattdessen griff sie nach den Handschellen, einem Andenken an ihre Polizeikarriere, packte blitzschnell Pechmanns Arm und drehte ihn so weit nach hinten, dass dieser aufschrie. Anja schrie ebenfalls, in ihrer rechten Hand explodierte der Schmerz. Sie fesselte eine Hand des perplexen Bankers an das Kopfende des Bettes, drehte ihn auf den Rücken und setzte sich breitbeinig auf ihn, wobei sie ihren Slip zurechtrückte. Sie sah, dass ihre rechte Hand blutete, aber das war ihr egal. Sie ließ das Blut auf Pechmanns Bettdecke tropfen.

Pechmanns Verwunderung hielt nicht lange an, nun lachte er. »Ich habe Sie sofort erkannt. Ich konnte nicht widerstehen, als ich Sie so gesehen habe.«

»Ganz schön dumm von Ihnen«, erwiderte Anja.

»Ich weiß, dass Sie in Stein waren, dass Sie in der Gegend herumschnüffeln. Sie haben nach mir gefragt.«

»Weil ich weiß, dass Sie etwas mit der Geschichte zu tun haben«, sagte Anja.

»Ach ja? Was wissen Sie denn?«

»Sie überweisen Geld nach Stein. Ich will wissen, warum.«

»Was ist denn mit Ihrer Hand passiert?«, fragte er.

Er wirkte nicht überrascht. Anja holte mit der Linken aus und schlug ihm mit der Faust ins Gesicht. Er schrie auf, aber es schien ihm zu gefallen. Also griff sie mit der rechten Hand nach seinem Gesicht, schmierte das aus ihrer Wunde tropfende Blut auf seine Stirn und Wangen. Er versuchte, sich abzuwenden, doch Anja ließ nicht locker, bis sein ganzes Gesicht voller Blut war. Er stierte sie wütend an.

»Steht Ihnen gut«, meinte Anja mit gespielter Anerkennung. »Jeder Banker sollte hin und wieder in Blut baden.«

Pechmann hatte Blut in den Mund bekommen und spuckte aus.

»Das Geld«, sagte Anja. »Wer hat die Zahlungen veranlasst? Und wofür?«

»Dafür gehen Sie ins Gefängnis«, fauchte er. »Mit Ihrer Vorgeschichte haben Sie keine Chance.«

»Nicht wenn ich die Wahrheit herausfinde.«

Plötzlich lachte Pechmann wieder. Sein Gesicht verzerrte sich zu einer Fratze. »Die Wahrheit wird Ihnen einen Dreck nutzen. Es gibt Geheimnisse, die niemand wissen will! Die Leute sind der Sache längst überdrüssig. Haben Sie schon überlegt, dass Köhler vielleicht nicht befreit werden *wollte*? Dass Sie ihn darum nie gefunden haben?«

»Ach so. Er wollte, dass ihn der Entführer Stück für Stück auseinandernimmt? Wollen Sie das vielleicht auch? Ich kann Ihnen helfen, warten Sie.«

Anja sprang auf und eilte in die Küche. Sie nahm ein großes japanisches Küchenmesser aus einer Scheide aus Zeitungspapier und kehrte zurück ins Schlafzimmer, wo Pechmann inzwischen versuchte, sich von den Handschellen zu befreien. Als er das Messer sah, hielt er inne. Auf seinem Gesicht spiegelte sich eine Mischung aus Verachtung und Angst. Anja sprang wieder auf ihn und hielt das Messer zwischen seine Augen gerichtet.

»Ich frage Sie nur einmal. Wo ist er?«

Pechmanns Augen funkelten böse.

Anja führte das Messer näher an sein Gesicht, bis die Spitze seine Nase berührte. Er versuchte, mit dem Kopf nach hinten auszuweichen.

»Sie haben Köhler aus dem Weg geräumt. Die Steiner haben Ihnen dabei geholfen. Und jetzt bezahlen Sie dafür, dass sie stillhalten.«

»Ich dachte nicht, dass Sie so dumm sind«, sagte er. »Dass Sie trotzdem weitermachen. Sie verstehen immer noch nicht, in welcher Gefahr Sie sind.«

»Glauben Sie, dass man mich umbringen wird, wenn ich zurück nach Stein gehe? So wie Köhler?«

Pechmann lachte.

»Also ist er nicht tot?«, fragte Anja.

»Glauben Sie, ich würde den Steinern so viel Geld schicken, wenn er tot wäre?«

»Wo finde ich ihn?«

»Sie dringen nie zu ihm durch. Die beschützen ihn mit ihrem Leben. Sie werden ihn nie finden.«

Anja ließ das Messer sinken und versetzte ihm einen Faustschlag, den sie selbst bis in die Schulter hinauf spürte. Pechmann verlor das Bewusstsein. Dann rammte sie das Messer neben ihm in die Matratze und verließ das Penthouse.

Anja saß in ihrer Wohnung vor dem Computer. Hier konnte sie nicht bleiben. Sie wusste, dass bald jemand kommen würde, um sie zu holen.

Sie las eine E-Mail, die Vychodil ihr vor einigen Stunden geschickt hatte, unmittelbar nach dem Gespräch, in dem er sie davor gewarnt hatte, noch einmal nach Stein zu fahren. Die Mail war voller Tippfehler.

Vychodil hatte Screenshots einer geheimen Facebook-Gruppe angehängt.

Nun ging es nicht mehr um Köhler. Die Gruppe hieß *WegMitDerGrabner*. Einige der Nicknames kannte Anja bereits: *derwutbürger* war wieder dabei, ebenso *ledahosn15*. Und auch *fußball_versteher* beteiligte sich. Anja war nicht überrascht. **man sollte ihr eine lektion erteilen**, postete *derwutbürger*. **was glaubt die eigentlich wer sie ist?!?**

Die ist hartnäckig, schrieb *ledahosn15*. **So leicht wirst du sie nicht einschüchtern können.**

wer redet denn von leicht?, gab *derwutbürger* zurück. **also mir fallen da ein paar sachen ein, die ich gern mit der blöden schlampe machen würde. damit sie es sich merkt. so ein finger ist schnell ab, die wird sich zweimal überlegen, ob sie wiederkommt.**

Ich hab da eine andere Idee, verkündete *ledahosn15*.

Anja fröstelte. Ihr wurde klar, dass in dieser Gruppe alles penibel geplant worden war. Vor ihrem inneren Auge sah sie noch einmal die Ereignisse im Keller. Zu gern hätte sie nun gewusst, wer sich hinter den Nicknames verbarg, doch sie konnte Vychodils Aufzeichnungen nicht mehr finden. Sie lagen vermutlich immer noch in Stein. Diese Screenshots wären sicher auch für die Polizei interessant, insbesondere dann, wenn sie von dem Angriff auf sie berichtete. Aber Anja wusste auch, dass es Tage dauern konnte, bis ihre ehemaligen Kollegen wirklich verstanden, wovon sie da redete. Und selbst dann war keineswegs sicher, dass man ihr glauben würde. In Stein waren bestimmt sämtliche Spuren beseitigt worden.

Anja spürte, wie sie immer zorniger wurde. Das war nicht der Zorn, den sie kannte. Ihr Zorn war so intensiv, dass sie Angst hatte, die Kontrolle zu verlieren, wenn sie ihn zuließ. Er gab ihr eine Kraft, wie sie sie nie zuvor gespürt hatte.

Damit kannst du nicht leben. Du musst das jetzt zu Ende bringen, was es auch kostet.

Anja schloss die Screenshot-Dateien und öffnete Facebook. Auf ihrer Timeline hatte niemand in den letzten Stunden etwas gepostet. Anja überlegte kurz, dann klickte sie auf neuen Beitrag und tippte: **Liebe Bürger von Stein, ich werde jetzt zu euch fahren, ein letztes Mal. Vor der Kirche werde ich warten. Und dann werde ich zu Bert Köhler gehen. Wer mich begleiten will, soll mich dort treffen. Bis gleich.** Sie ließ ihre Hand kurz über der Enter-Taste kreisen, dann drückte sie mit dem Zeigefinger auf die Taste.

Anja zog sich an, drückte Officer Colin zum Abschied und verließ ihre Wohnung.

14

Ich bin fertig mit Ihnen. Ich könnte Sie umbringen, einfach so. Ich habe eine Spritze, es wäre ganz leicht. Ich wüsste nur nicht, was ich dann mit Ihrem fetten Körper machen sollte. Ich würde es tun, wenn ich es wüsste, im Ernst.

Wollten Sie mir wirklich in den Rücken fallen? Pass auf, haben Sie gesagt, sie wird es merken. *Ich könnte Ihnen dafür die Zunge herausschneiden, wie fänden Sie das? Mit mir sprechen Sie ja ohnehin nicht. Ich werde nicht zulassen, dass Sie noch einmal hinter meinem Rücken mit jemand anderem reden. Aber ich werde noch warten. Ich bin verhandlungsbereit. Wenn er zahlt, lasse ich Sie frei. Aber er muss ordentlich zahlen. Wissen Sie, was ich sonst tue? Das trauen Sie mir nie zu. Ich stelle mich. Ich erzähle der Polizei einfach, wo Sie sind. Ich habe die Nummer von dieser Polizistin. Anja Grabner. Ein Wertkartenhandy habe ich auch extra gekauft. Ich werde ihr schreiben. Wir könnten uns auf dem Maisfeld neben der Schlucht treffen. Dann kann er sich seinen Deal in die Haare schmieren. Es ist mir inzwischen egal, ob sie mich erwischen. Wissen Sie, wie viele Leute das gerecht finden, was ich getan habe? Vielleicht gehe ich eine Weile ins Gefängnis. Aber wenn ich rauskomme, werde ich ein Star sein. Ich werde in Fernsehsendungen eingeladen werden, man wird meine Geschichte verfilmen. Dann wird jeder wissen, was er getan hat. Dass er wusste, wo Sie sind. So wird das laufen.*

Was ist, freuen Sie sich nicht? Sie kommen endlich frei.

Mittwochabend

In Stein dämmerte es. Es hatte abgekühlt in den letzten Stunden, erstmals in diesem Winter fiel das Thermometer unter null. Anja sah ihren eigenen Atem, als sie in den Lichtkegel der Straßenlaterne vor dem Kirchenportal trat. Sie hatte keine warme Jacke mitgenommen, aber es war ihr egal. Sie wusste, sie würde nicht lange warten müssen. Es begann zu schneien, in feinen, leichten Flocken.

Anja behielt recht. Schon nach wenigen Minuten bemerkte sie eine Bewegung auf der anderen Straßenseite. Rudi List trat aus dem Schatten.

»Dass du es wagst«, sagte Anja. »Fürchtest du dich gar nicht? Vor ein paar Jahren habe ich nicht weit von hier Schüsse abgefeuert. Damals hatte ich weniger Grund auszurasten.«

»Ach, Anja. Ich wollte das nicht, bitte, glaub mir.«

»Was wolltest du denn, Süßer? Dass ich euren Wahnsinn annehme, wenn ich nur lange genug hier bin? Dass ich eine von euch werde?«

»Vielleicht wollte ich wirklich, dass du uns verstehst. Wir sind ganz normale Menschen. Wir sind nicht schlecht! Es gibt so viel Gutes in Stein.«

Anja lachte heiser. »Davon kann ich ein Lied singen.« Sie hob die rechte Hand, wobei sie ihre übrig gebliebenen vier Finger bewegte.

»Du hättest gehen sollen, wie Patrick und seine Jungs es dir geraten haben«, entgegnete List mit einer Kälte, die sie noch nicht bei ihm gespürt hatte. »Wenn man Menschen unter Druck setzt, tun sie manchmal verrückte Dinge. Das ändert nichts daran, dass sie gute Menschen sind.«

»Er ist immer noch hier«, gab Anja zurück. »Ich weiß es jetzt sicher. Ich habe mit Walter Pechmann geredet.«

List antwortete nicht.

»Bring mich zu ihm«, forderte sie.

»Nein«, sagte List. »Du verstehst immer noch nicht, worum es hier geht. Du hast gewonnen, du hattest immer recht. Aber wenn du jetzt nicht gehst, wird das nicht gut ausgehen. Ich kann für nichts garantieren. Nimm deinen Sieg und geh nach Hause.«

Anja schüttelte ganz langsam den Kopf. »Keine Chance. Ich gehe nicht, bevor ich ihn nicht gesehen habe.«

»Es geht ihm gut.«

»Das will ich lieber selbst beurteilen.«

»Sie werden dich umbringen«, antwortete List besorgt.

»Dazu fehlt ihnen der Mut.«

»Lassen Sie ihn«, sagte plötzlich eine Stimme neben ihr. »Ich bringe Sie zu ihm.«

Es war Ganster.

»Sepp, tu es nicht«, flehte List.

»Es muss sein. Sie wird sonst nie Ruhe geben.«

List schwieg. Ganster nickte Anja zu, dann gingen sie los.

Obwohl es früher Abend war, waren die Fenster der Häuser im Dorf dunkel. Waren die Leute nicht zu Hause? Hatten sie sich in Sicherheit gebracht vor dem, was nun kommen würde? Allmählich verstand Anja, dass es ganz anders war. Hinter einem Fenster sah sie eine Bewegung in der Dunkelheit. Da waren Menschen hinter diesen dunklen Scheiben, Menschen, die sie beobachteten. Die sich nicht auf die Straße trauten. *fußball_versteher*, *derwutbürger*, Kaufmann mit seiner Frau und seinen Kindern. Sie beobachteten Ganster und sie, ohne einzugreifen. Die Stille im Ort war bedrohlich, doch Anja war ganz ruhig. Sie folgte Ganster, der ebenso wie sie wusste, dass das, was nun passieren würde, unausweichlich war. List folgte ihnen in einigem Abstand. Ihr Marsch durch das leere Dorf hatte etwas Feierliches, wie eine Begräbnisprozession.

Nach wenigen hundert Metern näherten sie sich einem Haus, hinter dessen Fenstern Licht brannte. Es war ein Haus, an dem sie oft vorbeigegangen war, ein unscheinbares Einfamilienhaus neben beinahe identischen Nachbarhäusern. Davor parkte die große Limousine, die Anja zuvor gesehen hatte.

Es passierte wirklich. Sie musste Kaspar alarmieren.

Anja holte heimlich ihr Handy hervor und schrieb ihm eine SMS, während Ganster vor ihr zur Haustür ging und klingelte.

komm nach stein – schnell!

Anja fügte die GPS-Koordinaten ihres derzeitigen Standorts hinzu und drückte in dem Augenblick auf Senden, als die Haustür geöffnet wurde. Hastig ließ sie ihr Handy in der Hosentasche verschwinden.

Die Frau kam Anja entfernt bekannt vor. Sie trat zur Seite und ließ Ganster und Anja ein. Im Flur stand eine Tür offen. Anja sah, dass sie in den Keller führte.

»Kommen Sie, da entlang.« Ganster deutete auf die Stufen und ließ sie vorausgehen. Anja tastete sich die schmale Kellertreppe hinunter. Je tiefer sie kam, desto mehr roch es nach Menschen.

Der Kellerraum, den Anja betrat, war warm. Die Wände waren mit Teppichen verkleidet. Von der Decke hing ein alter Kronleuchter, auf einem Tischchen stand ein Fernseher. Auf dem Boden saß ein Dutzend Kinder. Anja entdeckte die drei Kinder, die sie beim Joggen getroffen hatte. Sie saßen ganz still da und starrten sie an. An der Wand lehnte ein Mann, den Anja kannte. Sie hatte sein Gesicht in ihrem Traum gesehen, auf seiner Stirn zeichnete sich eine große Narbe ab. Er lächelte sie unergründlich an.

Es war der Mann, den sie angeschossen hatte.

»Guten Abend. Wollen Sie sich zu uns setzen?«

Anja drehte sich zu einem weiteren Mann um, der sie

angesprochen hatte. Er saß auf einem Lehnsessel, über seinen Schoß war eine Decke gebreitet. In einer Hand hielt er ein Kinderbuch.

Sie brauchte einen Moment, um zu verstehen, dass er es wirklich war. Er sah ganz anders aus, alt und kraftlos, mit hängenden Wangen. Nur seine Stimme hatte immer noch Autorität.

Anjas Blick glitt zu der Person, die neben dem Lehnsessel hockte. Die junge Frau nickte ihr zu. Sie hielt seine Hand, die unter der Decke hervorragte.

Diamond.

Auch sie wirkte völlig verändert, ihr Lächeln war selbstsicher. In diesem Moment verstand Anja, dass Diamond gelogen hatte. Die Misshandlungen hatte es wohl nie gegeben. Es war alles nur ein Ablenkungsmanöver gewesen.

»Wir wollten gerade mit der Geschichte beginnen«, sagte Bert Köhler.

Anja versuchte das Bild zu verstehen, das sie vor sich hatte. Eine Stimme in ihrem Kopf schrie, dass das nicht sein konnte.

»Kennen Sie mich?«, zwang sie sich, ihn zu fragen. »Mein Name ist Anja Grabner. Ich war Polizistin und habe Sie jahrelang gesucht.«

Bert Köhler lächelte unsicher. »Wirklich? Ich war die ganze Zeit hier.«

»Ich komme, um Sie zu befreien«, sagte Anja.

Diamond lächelte.

»Ich wollte den Kindern gerade etwas vorlesen«, sagte Köhler. »Setzen Sie sich doch. Es geht um eine Ente, die ihre Freunde verlässt. Eine traurige Geschichte. Aber die Kinder lieben sie.«

Anja trat einen Schritt auf ihn zu. »Herr Köhler, es ist vorbei. Die Polizei wird bald hier sein. Sie sind frei. Es tut mir so leid, dass wir Sie nicht früher finden konnten.«

Er lächelte, doch sein Lächeln wirkte nicht natürlich.

»Sie wurden entführt«, fuhr Anja fort. »Erinnern Sie sich nicht?«

»Nein, tut er nicht«, sagte jemand hinter ihr. Rudi List hatte unbemerkt den Raum betreten. Er stellte sich neben sie, und sie sahen zu, wie Köhler zu lesen begann.

»Er ist freiwillig hier«, stellte Anja fest, nicht, weil sie glauben konnte, was sie da sagte, sondern um den Klang der Worte zu hören – ihre Ungeheuerlichkeit.

»Es geht ihm inzwischen viel besser«, sagte List leise, um Köhler nicht beim Lesen zu stören. »Als sie ihn aus dem Keller holten, war er hysterisch. Sie glaubten zuerst, er würde sterben. Sie haben ihn hierhergebracht, zurück in die Dunkelheit, in einen von festen Mauern umgebenen Kellerraum. Da beruhigte er sich langsam. Es dauerte ein volles Jahr, bis er zu sprechen begann. Es waren die Kinder, die den Unterschied machten. Sie lieben ihn, er ist ihr Onkel Bert.«

Sie unterhielten sich flüsternd, während Köhler gekonnt die Geschichte vorlas. Die Kleinen waren gefesselt, einigen von ihnen standen die Münder offen. Es war ein idyllisches Bild.

»Aber Pechmann zahlt doch«, sagte Anja.

»Pechmann zahlt, damit alles weiter seinen Gang gehen kann«, erklärte List.

»Das verstehe ich nicht.«

List seufzte. »Ich habe diesen Deal nicht ausgehandelt. Gastinger war das, mein Vorgänger. Ich habe lange gezögert, Bürgermeister zu werden, die Geschäfte weiterzuführen. Aber ich habe verstanden, dass es besser so ist.«

»Besser so?«, wiederholte Anja ungläubig.

List warf ihr einen Blick zu. »Ich möchte dich etwas fragen: Was ist das Wertvollste auf der Welt? Was ist mehr wert als alles andere?«

»Glück?«, riet Anja.

Er lachte. »Glaubst du, dass ein Mensch glücklich sein kann, nach dem, was er erlebt hat?«

»Vielleicht nicht, nein.«

»Wirklich wichtig ist ein Ort, an dem man Frieden finden kann.«

»Frieden? Hier in Stein? Er?« Anja deutete fassungslos auf Bert Köhler.

»Die Jahre in Gefangenschaft haben ihn verändert. Er konnte nicht zurück in sein altes Leben. Die Medien hätten sich auf ihn gestürzt. Bert braucht Ruhe und eine gewohnte Umgebung. Hier hat er beides.«

»Was ist mit der Entführung? Wer steckt dahinter? Und warum?«

»Ist das noch wichtig?«

Anja ließ nicht locker. »Die Frau, die ich in der Gasse gesehen habe. Die bedroht wurde. Wer ist sie?«

»Du musst eines verstehen«, sagte List. »Es gibt in dieser Geschichte keine Opfer, die du schützen musst. Alle haben bekommen, was sie verdient haben.«

»Du glaubst also tatsächlich, dass es gerecht war, was mit ihm passiert ist?«

»Was ich glaube, spielt keine Rolle. Er ist jetzt hier. Du hast ihn gefunden. Glückwunsch! Geh nach Hause, leb dein Leben. Und lass uns hier unseres leben.«

»Das genügt mir nicht«, erklärte Anja. »Deshalb bin ich hier. Ich will wissen, was passiert ist. Wer ist die Frau, die ich gesehen habe?« Sie sah zu dem Mann mit der Narbe auf der Stirn.

List machte ein enttäuschtes Gesicht. »Eine belanglose Geschichte. Eine Anhäufung dummer Zufälle.«

»Am Tag der Entführung«, ließ Anja nicht locker, »wo war Köhler da?«

List und Diamond tauschten einen Blick, bevor List antwortete: »Was denkst du? Bei ihr natürlich.« Er deutete mit der flachen Hand auf Diamond. »Sie hat immer noch für Sitka gearbeitet zu dieser Zeit. Er hat ihr versprochen, dass er sie da rausholt. Dann ist leider alles anders gekommen.«

»Die Frau aus der Gasse. Hat sie ihn entführt?«

List seufzte. »Sie wollte sich stellen. Sie hat dir eine SMS geschrieben. Du warst schon auf dem Weg. Die Steiner mussten etwas tun.«

Eine Frau, dachte Anja. Die Frau, die sie im Erlenweg gesehen hatte, war die Entführerin. Sie hätte früher draufkommen müssen.

»Warum etwas tun? Was denn? Hier hasst man Köhler doch. Wie ist das möglich?«

»Diesen Hass darfst du nicht für voll nehmen«, meinte List beschwichtigend. »Die Wahrheit ist doch, dass gerade die Menschen, die am lautesten schreien, in Wirklichkeit Verständnis haben. Es sind jene, die selbst genau das Gleiche tun würden. Als die Steiner Bert Köhler entdeckten und Walter Pechmann zusagte, sie finanziell zu unterstützen, wenn ihm nichts passierte, war der Hass schnell verflogen. Man kam zur Vernunft. Es sind die leisen Menschen, die gefährlich sind, nicht die lauten. Berts Entführerin hatte nicht einmal einen Internetzugang.«

»Was ist mit ihr geschehen?«, wollte Anja wissen. »Wer war sie?«

»Heike Trabic, eine OP-Krankenschwester. Sie machte Bert Köhler offensichtlich für den Tod ihrer Schwester verantwortlich. Die hatte in einer Filiale der Wertebank gearbeitet und wegen mehrerer Verfehlungen ihren Job verloren. Berts Entführerin konnte das nie akzeptieren und suchte jemanden, dem sie die Schuld geben konnte.«

Eine böse Ahnung überkam Anja. HT. Der silberne

Anhänger, den sie auf dem Plateau gefunden hatte. Sie bekam weiche Knie. *Da war sie, die Wahrheit.*

»Es ging ihr gar nicht ums Geld?«

»Nicht primär. Das Lösegeld forderte sie erst, als ihre Ersparnisse knapp wurden.«

»Wo ist sie jetzt?«

»Sie hat die Gerechtigkeit bekommen, die sie sich immer gewünscht hat. Bei dir ist das anders. Bei dir müssen wir uns entschuldigen.«

»Dafür?«, fragte Anja und hob ihre Hand mit dem fehlenden Finger.

Er antwortete nicht. Stattdessen wandte er den Blick ab und nickte jemandem hinter ihnen zu. Anja drehte sich blitzschnell um. Sie erwartete, angegriffen zu werden, doch die Frau, die ihr die Tür geöffnet hatte, wandte sich nur um.

»Holt ihn!«, rief sie die Treppe hinauf. Poltern war zu hören, dann sah sie Stifter, den Frührentner aus dem *Kirchenwirt*, wie er einen gefesselten Mann vor sich herschob. Über den Kopf des Mannes war ein schwarzer Sack gezogen worden. Anja erkannte ihn dennoch an seinen Oberarmen. Ein Teil von ihr wollte zu ihm stürmen und ihm die Faust in den Magen rammen, doch sie tat nichts dergleichen.

»Worauf wartest du? Sieh es als Zeichen der Versöhnung.« List lachte. »Ich kann dir auch einen Bolzenschneider bringen lassen. Niemand würde davon erfahren.«

Anja konnte nicht erkennen, ob List das ernst meinte. Sie hörte Joesy unter der Kapuze wimmern.

»Ein Finger von dir, und wir können darüber reden«, sagte sie zu List.

»Ich wollte es verhindern!«, rechtfertigte er sich. »Erinnerst du dich? Was glaubst du, wer dich im Keller vor Joesy beschützt hat?«

Als sie ihn so sah, wütend und uneinsichtig, stieg Ekel in ihr auf. In diesen Mann hatte sie sich tatsächlich verliebt. Sie konnte es nicht fassen.

»Was ist mit der Entführerin passiert?«, fragte Anja erneut. »Wurde sie umgebracht?«

»Du kannst einfach nicht loslassen, oder?«, sagte er traurig.

»Wie könnt ihr so leben? Ihr haltet den Mann hier fest, der euren Ort zerstört hat. Nun fließt Geld, und auf einmal ist alles gut?«

»Du wirst die Polizei informieren«, stellte er fest.

Anja wusste, dass Leugnen keinen Sinn hatte. Sie nickte.

»Vielleicht muss es so sein«, sagte List. »Irgendwann wirst du uns verstehen. Wir alle suchen diesen Ort, wo es Frieden für uns gibt. Glück werden wir alle nicht mehr finden, auch du nicht.«

15

Ich will Ihnen eine Geschichte erzählen. Keine Angst, diesmal nicht aus einem Kinderbuch.

Wollen Sie auch ein Glas Wein? Nicht? Stur wie immer.

Also, es war einmal eine pragmatische Frau. Sie hatte eine Schwester, die sehr sensibel war. Sensible Menschen müssen Glück haben. Sie empfinden alles viel stärker. Wenn sie im Leben Glück haben, ist das sehr schön. Sie sind leidenschaftlich und geben ihr Glück weiter. Wenn sie im Leben aber Pech haben, leiden sie mehr als andere. Sie können daran zugrunde gehen. Die Schwester der pragmatischen Frau hatte leider Pech. Sie arbeitete als Bankangestellte. Die Arbeit gefiel ihr, sie konnte gut mit den Menschen. Doch irgendwann verschwand Geld von den Konten ihrer Kunden. Niemand konnte sich das erklären, aber natürlich fiel der Verdacht auf die Schwester der pragmatischen Frau. Weil man keine andere Lösung fand, wurde sie entlassen. Sie konnte nichts dafür, es war einfach Pech.

Sie suchte einen neuen Job, aber das mit dem verschwundenen Geld hatte sich herumgesprochen und niemand wollte sie einstellen. Zu dieser Zeit ging sie kaum mehr aus dem Haus und weinte viel.

Die Schwester der pragmatischen Frau war schön, des-

halb wurde sie eines Tages von einem freundlichen Mann angesprochen. Er ließ sie in seiner Limousine mitfahren und sagte ihr, er wolle Fotos von ihr machen lassen. Er hielt sein Versprechen, in einem Studio mit weißen Wänden fotografierte er sie, in wunderschönen teuren Kleidern. Dann bat er sie, sich auszuziehen. Die Schwester der pragmatischen Frau war stolz, darum gebeten zu werden, keine teuren Kleider, nur ihr Körper. Er sagte ihr, sie habe das Zeug zum Model. Sie bekam Geld dafür und war sehr glücklich. Doch dann hörte sie wochenlang nichts von dem freundlichen Mann. Bald war das Geld aufgebraucht. Sie ging also wieder zu ihm und fragte ihn, ob er mehr Fotos machen wolle, sie würde sich auch wieder ausziehen. Er antwortete, dass er keine neuen Fotos von ihr brauche, aber dass es da eine andere Möglichkeit gäbe.

Zwei Jahre lang arbeitete sie für ihn. Manchmal glaubte sie, es nicht zu schaffen, dann gab er ihr Tabletten. Eines Tages fand ihre Schwester sie tot in dem Zimmer, in dem sie gearbeitet hatte. Es waren die Tabletten gewesen. Pech. Neben ihr stand ein Paket, in buntes, mit Herzchen bedrucktes Geschenkpapier gewickelt. Die pragmatische Frau und ihre Schwester hatten sich jedes Jahr solche Päckchen geschickt. Ihre Geburtstage lagen nur drei Tage auseinander. Sie schenkten sich meist Unsinn, früher Sexspielzeuge, als sie noch bei der Bank arbeitete, später Tassen mit lustigem Aufdruck und solche Dinge. Die pragmatische Frau hatte sich schon Sorgen gemacht, denn das Paket ihrer Schwester verspätete sich. Hatte ihre Schwester vergessen, es abzuschicken, oder war etwas passiert? So fand sie die Arme. Neben ihr stand das Paket mit den Herzchen, das die pragmatische Frau ihr geschickt hatte. Ihre Schwester hatte es nicht mehr öffnen können.

Die pragmatische Frau wartete ab, was passieren würde. Vielleicht würde man den bösen Mann zur Rechenschaft ziehen. Ein Jahr verging, doch nichts geschah. Die pragmatische Frau wurde daraufhin sehr nachdenklich. Sie fragte sich, ob nicht böse Menschen auch ab und zu Pech haben sollten. So begann sie, den bösen Mann zu beobachten.

Sie beobachtete, welche Wege der böse Mann nahm, welche Menschen er traf. Sie sah viele seiner Kunden und fragte sich, welcher von ihnen auch bei ihrer Schwester gewesen war. Manche waren groß und dick, manche klein und muskulös. Manche hatten Boxernasen und sahen gefährlich aus. Je mehr von ihnen die pragmatische Frau sah, desto sicherer war sie sich, dass etwas passieren musste.

Eigentlich war die pragmatische Frau ganz friedlich. Sie sah bei ihrer Arbeit im Krankenhaus zwar viel Blut, sägte Knochen durch und sah Patienten sterben. Sie hatte nie auch nur einer Fliege etwas zuleide getan. In diesem Fall aber hatte sie das Gefühl, etwas tun zu müssen.

Eines Tages sah sie, wie der böse Mann sich mit jemandem unterhielt, der ihr bekannt vorkam. Derjenige trug einen Hut, den er tief in die Stirn gezogen hatte, und einen einfachen grauen Mantel. Die pragmatische Frau war alarmiert, ohne zu wissen, warum. Also folgte sie ihm. Er ging in ein kleines Gasthaus, wo er zu Mittag aß, und danach in ein billiges Hotel, wo er mehrere Stunden verbrachte. An seinem Akzent erkannte sie, dass er offensichtlich aus der Stadt stammte. Dann fiel ihr plötzlich ein, dass sie ihn aus dem Fernsehen kannte: Er war der Chef jener Bank, bei der ihre Schwester gearbeitet hatte. Die pragmatische Frau verstand nicht, warum er sich so versteckte, denn offensichtlich hatte ihn in den einfachen Kleidern sonst niemand erkannt, weder auf der Straße noch im Gasthaus. Doch sie verstand, dass es kein Zufall war, dass sie auf ihn gestoßen war. Es gibt im Leben keine Zufälle, alles hat seinen Sinn. Und als die pragmatische Frau ihn so sah, dick und zufrieden, stieg eine unbändige Wut in ihr auf, wie sie sie in ihrem ganzen Leben noch nicht gespürt hatte. Es war, als hätte ihre Wut über den Tod ihrer Schwester bisher kein Ziel gehabt. Bei seinem Anblick wurde sie freigesetzt und brach hervor. Da wusste die pragmatische Frau, dass es passieren musste. Das Schicksal hatte ihr einen Wink gegeben. Er konnte nichts dafür, dass die Schwester der pragmatischen Frau so sensibel gewesen war, dass sie den Verlust ihres Jobs nicht ertragen hatte. Ebenso wenig wie diese etwas dafürkonnte, dass das Geld von den Konten verschwunden war. Es war einfach Pech. Die pragmatische Frau entschied spontan und entführte den Chef der Bank. Sie folgte ihm in einen Park, wo er sich auf eine Bank setzte. Sie betäubte ihn im Vorbeigehen mit einer Spritze und holte das Auto. Es war riskant, damit durch den Park zu fahren, doch alles war ruhig, und niemand schien sie zu bemerken. Von der Parkbank zerrte sie ihn direkt in den Kofferraum – die Handgriffe kannte sie von der Arbeit im Krankenhaus. Sie fesselte ihn und brachte ihn zu sich nach Hause. Als er wieder zu sich kam, bedrohte sie ihn mit einem Küchenmesser und führte ihn in den Keller, wo sie ihn zwang, sich auf ein Krankenbett zu legen, und ihn daran festband. Dann überlegte sie die ganze Nacht, was sie tun sollte. Sie sah sich Zeitungsberichte und Interviews mit ihm an, las alles, was sie über ihn finden konnte. Dann entschied sie, ihren ursprünglichen Plan umzusetzen und das zu tun, was sie am besten konnte.

Was halten Sie von der Geschichte? Ich hätte sie Ihnen schon vor langer Zeit erzählen sollen. Diesmal müssen Sie nicht weinen, sehen Sie? Es gibt ja auch keinen Grund. Sie haben nur Pech gehabt. Genau wie meine Schwester.

Jetzt lachen Sie. Das ist gut. Ich habe mich schon gefragt, ob Sie noch Gefühle haben.

Mittwochnacht

Als Anja das Haus verließ, war auf der Straße niemand zu sehen. Sie wunderte sich, Kaspar Deutsch musste ihre Nachricht längst bekommen haben. Sie beschloss, ihm entgegenzufahren. Sie wollte keine Sekunde länger in Stein bleiben.

Anja rannte zurück zum Auto und kramte zugleich in ihrer Tasche nach dem Autoschlüssel, fand ihn aber nicht. Hatte sie den Schlüssel stecken lassen? Ihre Nervosität stieg.

Als sie ihren Wagen erreichte, hörte sie eine Stimme. »Hallo, Anja.«

Sie wandte sich um und sah in das Gesicht von Kaspar Deutsch, der hinter einer Hausmauer gewartet hatte und aus der Dunkelheit trat. Er wirkte angespannt.

»Du kennst das Prozedere. Machen wir es uns so leicht wie möglich, okay? Bevor Journalisten auftauchen.«

Kaspar Deutsch war in Zivil, zwei weitere Beamte, die ihn begleiteten, trugen schwere Kampfanzüge. Einer kam auf sie zu, packte sie am Arm und legte ihr Handschellen an, während der andere seine Glock schussbereit vor sich hielt.

»Ich hatte recht«, sagte Anja. »Kaspar, hörst du? Ich hatte immer recht. Deshalb habe ich dich hergerufen. Ich muss dir etwas zeigen.«

Doch Kaspar Deutsch ignorierte sie. Er öffnete die Fahrertür des Citroën und zog den Schlüssel aus dem Zündschloss.

»Hörst du, Kaspar? Wir müssen gleich gehen, bevor sie ihn wegbringen können.«

Deutsch schloss den Kofferraum auf und öffnete die Klappe, die sein Gesicht verdeckte.

»Kaspar! Kaspar? Hör mir zu, verdammt!«

Der Typ mit dem Kampfanzug verstärkte seinen Griff um Anjas Oberarm.

»Was ist los? Was wollt ihr mit meinem Auto?«

Als Kaspar Deutsch wieder auftauchte, hatte er weiße Gummihandschuhe angezogen. Er hielt ein Handy zwischen den Fingerspitzen, das er in einen durchsichtigen Plastikbeutel gleiten ließ und einsteckte.

»Ach, Anja«, seufzte er.

An seinem harten Gesichtsausdruck sah sie, dass etwas nicht stimmte. Hier ging es nicht um Köhler. Anja entdeckte weitere Polizisten, die begannen, die Straße abzusperren.

»Ich versprech dir, ich tu, was ich kann, okay?«, versicherte Kaspar Deutsch ruhig. »Wir vergessen nicht, was du als Polizistin geleistet hast. Ich besorg dir einen guten Anwalt.«

Als der Mann im Kampfanzug Anja abführte, begann

sie zu schreien. »Wovon redest du? Kaspar, hör mir zu! Köhler ist hier! Ein paar Häuser weiter, ich kann dich zu ihm bringen. Ihr müsst dort hingehen, Kaspar!«

Doch niemand hörte ihr zu. Verzweiflung überkam sie. Was war in diesem Kofferraum? Mit einer blitzschnellen Bewegung entwand sie sich dem Griff des Polizisten und rannte zu ihrem Auto. Sie kam nicht weit, bevor alle umstehenden Beamten sich auf sie stürzten und zu Boden rangen. Zuvor hatte sie eine Millisekunde lang einen Blick in ihren Kofferraum werfen können. Es hatte ausgesehen, als hätte jemand eine lebensgroße Marionette dort hineingeworfen. Arme und Beine waren unnatürlich verdreht. Die Kleidung war an manchen Stellen aufgerissen und hatte sich an anderen rot gefärbt. Und mittendrin hatte sie ein lebloses Gesicht im Licht der Kofferraumbeleuchtung klagend angestarrt: das Antlitz von Rolf Vychodil.

Dunkle Fenster starrten Anja entgegen, als sie in ein Polizeiauto gesetzt wurde, das mit Blaulicht davonfuhr.

16

Ich habe es getan. Ich habe dieser Anja Grabner geschrieben, dass sie mich auf dem Maisfeld treffen soll. Ich werde mich stellen. Morgen wird in allen Zeitungen stehen, was Walter Pechmann getan hat. Und was ich getan habe. Ich schätze, das bedeutet, dass wir Abschied nehmen müssen. Sie werden mir fehlen. Ich weiß, das klingt verrückt, aber es ist so. Vielleicht war falsch, was ich getan habe. Vielleicht hat meine Schwester auch verdient, was passiert ist. Es ist jetzt nicht mehr wichtig, es liegt nicht in meiner Hand. Bald sind Sie frei. Ich bin sicher, Sie werden noch erfolgreicher sein als vorher. Sie sind der stärkste Mensch, der mir je begegnet ist.

Alles Gute, Herr Köhler. Leben Sie wohl.

Donnerstagmorgen

Ein Bett, ein Tisch, ein Stuhl, ein Schrank, ein Papierkorb. Ein Fenster, sechs Gitterstäbe.

Anja wusste nicht, wie lange sie schon hier war. Es kümmerte sie nicht. Ihre Gedanken waren wie zäher Teig. Es strengte sie an, sich auf irgendetwas zu konzentrieren. Sie bekam Frühstück, Mittagessen und Abendessen, das sie langsam und vollständig aufaß. Sonst saß sie auf dem einzigen Stuhl und starrte geradeaus auf die Wand. Der weiß gestrichene Putz wies winzige Strukturen auf. Da klebte ein Haar, das offenbar in die Farbe geraten war, an manchen Stellen waren die Pinselstriche dicker.

Ein Bett, ein Tisch, ein Stuhl...

Anja war zur Ruhe gekommen. Nach all den Jahren der Hyperaktivität, der Partys, der Affären, mit denen sie die nie zu füllende Leere in sich zu bekämpfen versuchte, schaffte sie nun also das, was ihr nie gelungen war: nichts tun, an nichts denken, einfach nur sein. Sie hatte zu lange gekämpft, nun konnte sie nicht mehr, wollte nicht mehr. Was jetzt passierte, lag nicht mehr in ihrer Hand. Fast fühlte sie sich befreit.

...ein Schrank, ein Papierkorb...

In Stein war sie der Ruhe nähergekommen, doch es war eine trügerische Nähe gewesen. In Wirklichkeit war Stein die Quelle ihrer Unruhe gewesen. Sie hatte versucht, mitten in einem Wirbelsturm ihr Zelt aufzuschlagen. Ihr hätte auffallen müssen, wie verrückt das war. Nun war passiert, was passieren musste.

Ein Fenster, sechs Gitterstäbe.

Anja saß in Untersuchungshaft wegen des dringenden Tatverdachts, Rolf Vychodil ermordet zu haben.

Sie war völlig ruhig.

Donnerstagmittag

»Guten Morgen.«

Der Mann war stark übergewichtig, trug einen Anzug, der ihm nicht passte, und schleppte eine Tasche aus schwarzem Leder.

Anja befand sich in einem Besucherraum der Justizanstalt Wien-Josefstadt. Die anderen sieben Tische waren unbesetzt, nur ein Justizwachebeamter war noch im Raum und verfolgte alles aus einer erhöhten Position.

Der Mann im Anzug blieb vor ihr stehen und streckte ihr die Hand hin. »Mein Name ist Scharrer, ich bin Ihr Anwalt. Wie geht es Ihnen?«

Als Anja seine Hand nicht ergriff, setzte er sich mit einem Nicken ihr gegenüber und öffnete seine Tasche. Darin waren mehrere orangefarbene Mappen.

»Ich habe schon gehört, dass Sie es vorziehen, nicht zu sprechen. Das ist in Ihrer Lage eine gute Entscheidung. Der Fall ist einigermaßen kompliziert. Solange wir keine Strategie haben, ist es klug, die Aussage zu verweigern. Das könnte uns helfen, auf Unzurechnungsfähigkeit zu plädieren. Ich habe gehört, dass es bei Ihnen einen Aktenvermerk wegen psychischer Probleme gibt. Auch das könnte sich als hilfreich erweisen.«

Er legte einen großen Notizblock auf den Tisch.

»Es wäre gut, wenn wir mit Ihrer Version der Geschichte beginnen. Ich werde mir dazu noch keine Notizen machen, und das Gespräch wird auch nicht aufgezeichnet. Wie Sie wissen, bin ich an die anwaltliche Schweigepflicht gebunden. Sie können also offen reden. Mir ist wichtig, dass Sie verstehen, dass ich Ihnen helfen will. Das ist meine Aufgabe. Wir wollen in Ihrer schwierigen Situation die beste Lösung finden. Beginnen wir mit dem Wichtigsten: Was ist gestern passiert?«

Er musterte sie und wartete auf eine Reaktion. Als sie schwieg, fuhr er mit beleidigter Stimme fort: »Ist Ihnen klar, in welcher Lage Sie sind? In Ihrem Kofferraum hat man eine Leiche gefunden. Der Mann wurde als Rolf Vychodil identifiziert, mit dem Sie erwiesenermaßen etliche Male Kontakt hatten in den letzten Wochen. Schweigen wird Sie nicht retten. Sie müssen schon mit mir zusammenarbeiten.«

Er spielte mit seinem Kugelschreiber und gab vor, sie nicht zu beobachten.

»Okay, wie Sie möchten. Ich werde abwarten, was die Sachverständigen zu Ihrem Geisteszustand sagen. Tun Sie mir bitte nur einen Gefallen: Lassen Sie die Sache mit Köhler aus dem Spiel. Wir sollten uns auf die Überlastungssymptome konzentrieren und eine damit verbundene vorübergehende Unzurechnungsfähigkeit.

Wenn Sie auf der Geschichte mit Köhler beharren, wird man Sie einweisen lassen. Es ist Ihre Entscheidung.«

Er sah den Schlag nicht kommen. Dafür war sie viel zu schnell.

Freitagvormittag

Ein Fenster, sechs Gitterstäbe. Ein Tisch, ein Schrank, ein Bett, ein Buch auf dem Tisch.

Anja saß auf dem Bett, den Stuhl hatte man ihr weggenommen. Die weiße Wand war nun weiter entfernt und sah ein wenig anders aus. Das Haar war nicht mehr sichtbar, dafür großflächige Schattierungen, die sich veränderten, wenn sich draußen eine Wolke vor die Sonne schob.

Das Buch auf dem Tisch hatte sie nicht angerührt. Ein Justizwachebeamter, der sie ansah, als würde er sie kennen, hatte es ihr gebracht. »Anleitung zum Unglücklichsein« von Paul Watzlawick.

Der Anwalt hatte den Polizisten erklärt, sie habe ihn umbringen wollen, und ihnen die Blessuren gezeigt, die der Stuhl in seinem Gesicht hinterlassen hatte. Zu dritt hatten sie sie festgehalten, während ein vierter Beamter sich am Boden krümmte, nachdem er Anjas Ellbogen abgekriegt hatte.

Man hatte sie in ihre Zelle geschleppt, seither hatte sich niemand mehr in ihre Nähe gewagt.

Ein Tisch, ein Schrank, ein Bett, ein Buch auf dem Tisch.
Zwei junge Justizwachebeamten.

Sie hatte sie nicht kommen hören. Die beiden schienen eingeschüchtert und näherten sich ihr vorsichtig, geduckt und mit kleinen Schritten.

Ihre Angst war unbegründet. Anja leistete keinen Widerstand, als man sie in den Besucherraum brachte. Dort wartete Kaspar Deutsch auf sie. Sie wurde an den Tisch gesetzt, während Kaspar stehen blieb. Er schwieg lange und starrte auf den Boden.

»Scharrer will zum Glück keine Anzeige erstatten«, sagte er schließlich. »Er war der Beste, den ich auf die Schnelle auftreiben konnte. Ich weiß nicht, was ich jetzt tun soll. Eigentlich müsste ich den Fall sofort wegen Befangenheit abgeben. Aber der Staatsanwalt sagt nichts. Noch nicht. Wir stehen alle hinter dir.«

Kaspar Deutsch suchte Blickkontakt zu Anja, doch sie starrte an ihm vorbei ins Leere.

»Wie ist es passiert?«, fragte Kaspar Deutsch. »War es ein Unfall? Die Zeugen gaben zu Protokoll, du hättest Rolf Vychodil überfahren, aber sie konnten nicht mit Bestimmtheit sagen, ob es Absicht war. Du hast ihn in den Kofferraum gelegt, das konnten sie sehen, aber bitte sag mir, dass es ein Unfall war! Sag, dass du ihn nicht mit Absicht überfahren hast!«

Als Anja wieder nicht antwortete, kniff er die Augen zusammen. »Weißt du, es interessiert mich eigentlich nicht, in was für einen Wahn du dich in den letzten fünf Jahren hineingesteigert hast. Aber ich hätte doch angenommen, dass du lange genug bei der Mordgruppe warst, um zu wissen, wie man jemanden so aus dem Weg räumt, dass niemand etwas mitkriegt.«

Erneut wartete Deutsch vergeblich auf eine Reaktion ihrerseits. »Okay, es reicht. Du willst nicht reden, das respektiere ich. Dann kann ich dir auch nicht helfen. Ich rufe jetzt den Staatsanwalt an, er soll jemand anderen mit der Ermittlung beauftragen. Leb wohl, Anja.«

Als er bei der Tür war, drehte er sich plötzlich um. »Es gibt da jemanden, der dich sehen will. Bitte versuch nicht, ihn anzugreifen, ja? Schaffst du das?«

Als Deutsch keine Antwort bekam, trat er zur Seite und machte Platz für den Gast.

»Ach, Anja. Was machst du denn?«, sagte ihr Vater. Er trat ein paar Schritte näher, wahrte aber respektvollen Abstand zu ihr. »Die Polizisten sagen, du warst nie in Sansibar? Ich hätte es wissen müssen. Es kam mir gleich so komisch vor, als wir telefoniert haben. Warum hast du mich angelogen?«

Wie Kaspar Deutsch wartete auch Nik Grabner vergeblich auf eine Antwort.

»Sie sagen, du hast Wahnvorstellungen. Warum hast du nie etwas gesagt? Wir hätten sicher eine Lösung gefunden.« Seine Stimme zitterte. Er sog tief die Luft ein. »Ich habe mich so gefreut, als es dir besser ging. Aber ich habe mich getäuscht. Hätte ich es nur früher bemerkt. Es hätte nicht so enden müssen.«

Er schluchzte leise, dann wischte er sich energisch mit der Hand über die Augen.

»Ich werde dich besuchen«, sagte er. »Wann immer ich kann, hörst du? Das wird schon wieder.«

Doch man sah ihm an, dass er seine eigenen Worte nicht glaubte.

Dienstagmittag

Alles nahm seinen Lauf.

Am Montag hatte ein neuer Anwalt Anja besucht. Er war sehr freundlich gewesen, ganz anders als Scharrer. Hinter der Glasscheibe hatte er gesessen und ihr langsam Fragen gestellt, die Anja nicht beantwortet hatte. Geduldig hatte er nach jeder Frage gewartet, dann genickt und schließlich etwas auf einem Block notiert. Nun war sie wieder in ihrer Zelle, wo sie ihre Mahlzeiten einnahm und die meiste Zeit verbrachte, wenn sie nicht gerade Besuch bekam.

Ein Fenster, sechs Gitterstäbe. Ein Tisch, ein Schrank... Ein Familienfoto, sie mit ihrem Vater auf einem Berg.

Ihr Vater war wiedergekommen, wie er es versprochen hatte. Er hatte sich gefasst, behandelte Anja ganz normal, mit derselben väterlichen Liebe wie immer. Er erzählte ihr verschiedene Dinge, die Anja kaum wahrnahm. Am Ende hatte er ihr das Foto dalassen dürfen. Es hatte einen Rahmen aus weichem Plastik und ohne Glasscheibe.

Ein Berg, irgendwo beim Hochschwab. Ihr Vater, der widerwillig mit ihr dorthin fährt, der beim Aufstieg erbärmlich schnauft, aber beständig weitergeht, bis sie die Baumgrenze erreichen und erstmals die Aussicht über das ganze

Tal genießen. Das Glück in seinem Gesicht, kein Schnaufen mehr. Am Gipfel ein Selfie, das den Moment einfängt.

Der Gedanke an den Berg erzeugte in Anja ein Wohlgefühl, wie ein Traum von einer besseren Zeit.

Es wurde Anja schlagartig klar. Tagelang hatte sie an nichts gedacht, waren alle rationalen Gedanken wie gedämpft gewesen. Nun fraß sich ein Gedanke bis in ihr Bewusstsein durch.

Ein Fenster, sechs Gitterstäbe.

Sie würde ihre Wohnung nicht wiedersehen. Die nächsten Jahre würde sie in einer Zelle wie dieser verbringen.

Anja versuchte, sich wieder auf die Wand zu konzentrieren. Wo war dieses Haar gewesen? Sie konnte es nicht mehr finden.

Sie spürte, wie es ihr den Hals zuschnürte. Sie musste dieses Haar wiederfinden, doch sie sah nur die Pinselstriche. Hatte sie es sich eingebildet?

Sechs Gitterstäbe.

Kaspar Deutsch, der wild gestikulierte.

Er stand ihr im Weg, verstellte den Blick auf die Wand. Hier musste das Haar irgendwo sein. Wenn sie nur dieses Haar fand, konnte sie auch die Ruhe wiederfinden. Das war die einzige Chance. Doch Kaspar ließ nicht locker, er schnippte vor ihrem Gesicht mit dem Finger. Sie konnte sich nicht konzentrieren. Er machte sie wahnsinnig. Sie schob ihn beiseite, doch er packte sie an den Schultern.

»Anja, jetzt komm schon, wach auf! Du musst mir zuhören!«

Anja wollte nicht zuhören, aber er zwang sie dazu. Sein Gesicht war so dicht an ihrem, dass sie seinem Blick nicht ausweichen konnte. Er brach ihren Widerstand. Als sie ihm in die Augen sah, war seine Erleichterung groß, aber da war noch etwas anderes. Etwas stimmte nicht.

»Gibt es jemanden, den wir anrufen können?«, drängte er.

»Wozu?«, fragte sie tonlos.

Er rang verzweifelt die Hände wie jemand, der einem Schwachsinnigen etwas zum fünften Mal erklären muss. »Jemanden, der dich abholen kann!«

Sie starrte ihn an, als hätte er Sanskrit gesprochen. Er seufzte tief, sein Gesicht verzog sich zu einer schmerzerfüllten Grimasse.

»Anja, es tut mir so leid. Ich war so ein Idiot.«
Was war hier los?
Das kann jetzt nicht dein Ernst sein, dachte sie. »Was willst du damit sagen? Sag schon.«

»Es war alles ein Irrtum«, presste er hervor. »Du kannst gehen.«

Anja wurde aus ihrer Lethargie gerissen. Ihre Gefühle kamen zurück: Erstaunen, Ärger, Zorn.

Erleichterung?

Noch nicht, dafür war sie zu wütend.

Er wartete auf ihre Reaktion, doch sie war noch nicht in der Lage, das Gehörte zu verarbeiten.

»Soll ich dich fahren?«, bot er mit flehender Stimme an.

Sie schlang die Arme schützend um ihren Körper. »Lasst mich einfach alle in Ruhe.«

Deutsch rief ihr noch etwas nach, doch sie wollte einfach nur hier raus. Als sie bemerkte, dass man sie nicht festhielt, fing sie an zu rennen.

Auf dem Weg nach draußen rauschte sie an Justizwachebeamten vorbei. Kaspar, der ihr hinterherlief, bedeutete ihnen, Anja durchzulassen. Sie kam an einem Gittertor zum Stehen, das sich nicht öffnen ließ. Sie hämmerte mit den Fäusten dagegen, bis ein Beamter mit einem Schlüsselbund herbeieilte und das Tor aufschloss. Mehrmals musste Anja warten, bis sie endlich am Ausgang angelangt war. Man versuchte, sie aufzuhalten, damit sie ein Dokument zu ihrer Entlassung unterschrieb, doch Anja ignorierte all das. Ihre ganze Aufmerksamkeit konzentrierte sich auf die Tür ins Freie, die endlich aufging.

Der Platz vor der Justizanstalt war bis auf ein paar parkende Autos verlassen. Die Beamten blieben am Eingang stehen, während Anja schnell einen Fuß vor den anderen setzte.

»Kann ich irgendwas für dich tun?«, fragte Kaspar, der sie einholte, aber nicht wagte, sie zu berühren.

Anja drehte sich nicht zu ihm um.

Du hast mich fallen lassen. Von dir will ich nie wieder etwas.

Anja irrte durch die Stadt. Sie hatte kein Ziel, wollte einfach nur gehen. An roten Ampeln blieb sie nicht stehen, sondern überquerte die Straße. Autos hupten. Wenn sie an eine Hauswand kam, wandte sie sich nach links oder rechts. Etwas in ihr glaubte immer noch, dass jeden Moment jemand käme, um sie festzuhalten und ihr wieder Handschellen anzulegen, doch da war niemand. Die Leute beäugten skeptisch oder fasziniert die offensichtlich verwirrte Frau mit den wirr nach allen Seiten abstehenden Haaren, doch sie sprachen sie nicht an und unternahmen nichts. Sie war in einem Land, wo so etwas erlaubt war. Man durfte verrückt sein, das war völlig in Ordnung. Irgendwann ließ die tiefe Beklemmung, die Anja verspürte, nach. Sie war müde und durstig. Niemand würde sie erneut einsperren, sie konnte sich beruhigen. Als sie ein Lokal passierte, drehte sie um und kehrte ein. Es handelte sich um eine schwach beleuchtete Wirtsstube mit einem Kachelofen. Sie bestellte ein Glas Wein, vor dem sie dann einfach so saß, ohne es anzurühren.

Der Mann hinter dem Tresen betrachtete sie mitleidig. »Hey, das sind doch Sie!« Er zeigte auf einen Flachbildschirm an der Wand.

Im Fernsehen lief eine Nachrichtensendung ohne Ton. Ein Bild von Rudi List wurde eingeblendet. Am unteren Bildrand lief ein Ticker mit Schlagzeilen durch.

Breaking News – Bürgermeister von Stein packt aus.

Anja trank ihr Glas in einem Zug leer und verließ das

Lokal. Sie hatte es plötzlich eilig, zurück in ihre Wohnung zu kommen.

Zu Hause verriegelte sie die Tür, stieg über einen Stapel Werbematerial und Postsendungen, die durch den Briefschlitz geworfen worden waren, und ließ sämtliche Rollos herunter. Sie fühlte sich plötzlich so erschöpft, dass sie nur noch schlafen wollte. Danach wollte sie aufwachen und alles sollte wieder so sein wie vorher. Dass es nicht so sein würde, war ihr im Moment völlig egal. Sie zog sich aus und schlüpfte unter die Decke. Noch im selben Moment döste sie ein.

Kurz darauf schreckte sie hoch. Ihr Puls raste. Da war ein Traum gewesen, sie war gerannt, doch es war wahnsinnig anstrengend gewesen. Wer sie verfolgt hatte, hatte sie nicht ausmachen können. Nur was den Ort anging, hatte sie keinerlei Zweifel gehabt. Welche Gasse es war, konnte sie nicht genau sagen, nur dass sie sich in Stein befunden hatte. Sie sah auf den kleinen Digitalwecker und stellte fest, dass sie nicht einmal fünf Minuten geschlafen hatte.

Eine Weile blieb sie liegen, doch ihr Herz klopfte wie wild. An Schlaf war nicht mehr zu denken.

Anja setzte sich auf die Couch und schaltete den Fernseher ein. Sie sah ein Bild, das ihr bekannt vorkam. Der Ton war so leise, dass sie nicht verstand, was gesagt wurde. Sie musste ihn irgendwann während einer Werbeunterbrechung leiser gemacht haben. Sie sah ein hübsches Gebäude, das von der Sonne beschienen wurde.

Im selben Moment erkannte sie, dass es sich um das Rathaus von Stein handelte. Panisch drückte sie auf der Fernbedienung herum, um den Sender zu wechseln. Danach zappte sie mechanisch durch die Kanäle, doch überall liefen dieselben Bilder. Auf sämtlichen Kanälen wurde ein verwackeltes, unscharfes Handyvideo gezeigt. Ein Mann wurde von Rettungssanitätern in einem Rollstuhl aus einem Einfamilienhaus geschoben. Mehrere Menschen versuchten, ihn abzuschirmen, was nur mäßig erfolgreich war. Der Mann im Rollstuhl war zugedeckt. Die Sanitäter hatten beinahe einen auf der Straße abgestellten Rettungswagen erreicht, als sich ein Typ mit einer großen TV-Kamera ins Bild drängte. Jemand wollte ihn zur Seite ziehen, kam aber zu spät. Der Kameramann hatte einen Zipfel der Decke zu fassen gekriegt. Als man ihn wegstieß, wurde die Decke vom Rollstuhl gerissen. In diesem Moment hatten vier Fotografen gleichzeitig abgedrückt. Es waren diese Bilder, die um die Welt gingen, gemeinsam mit der Sensationsmeldung, dass Bert Köhler befreit worden war.

Anja schaltete den Fernseher ab. Sie sah auf ihr Handy, das neben ihr auf der Couch lag und verdächtig ruhig war. Erst da realisierte sie, dass es natürlich ausgeschaltet war. Sie beließ es dabei.

Ohne Fernseher und Handy starrte sie ins Leere. Sie konnte das inzwischen gut. Man musste sich nicht immer ablenken. *Einfach nur sein, ganz im Moment.* Yoga-Philosophie. Anja betrachtete ihr Wohnzimmer.

Ein dunkler Fernseher. Ein Tisch. An der Wand ein altes Foto von ihr und ihrem Vater am Meer. Ein Tisch. Ein Fenster.

Anja blinzelte.

Wo waren die Gitterstäbe? Nein, da waren keine Gitterstäbe. Sie war nicht mehr im Gefängnis, sie war in ihrer Wohnung.

Anja sprang auf und ballte die Fäuste. Sie nahm die Verteidigungshaltung ein, die sie in der Ausbildung für den Sicherheitsdienst gelernt hatte. Doch da war niemand, den sie bekämpfen musste. Nur sie selbst, in ihren eigenen vier Wänden. In Sicherheit.

So konnte es nicht weitergehen.

Anja ging ins Badezimmer, um sich kaltes Wasser ins Gesicht zu spritzen. Dann ging es ihr etwas besser.

Als sie wieder ins Vorzimmer trat, sah sie dort auf dem Boden, zwischen mehreren Werbesendungen von Baumärkten und Möbelhäusern, einen schlichten Umschlag, auf den mit sauberer Handschrift ihre Adresse geschrieben war. Anja drehte ihn um und stellte überrascht fest, dass er vom Reiseveranstalter der Sansibarreise stammte. Sie öffnete den Umschlag, der den Stempel eines Express-Botendienstes trug, mit dem Finger. Darin befand sich ein Brief, der laut Unterschrift vom Geschäftsführer persönlich stammte. Er entschuldigte sich für das Verhalten der Fluglinie und erklärte, dass sie ihre Reise selbstverständlich zu einem beliebigen, von ihr gewählten Zeitpunkt erneut antreten könne. Eine

Aufstockung auf ein Erste-Klasse-Ticket sei selbstverständlich inbegriffen. Der Briefkopf zeigte das heutige Datum.

Kurz entschlossen ging Anja zurück ins Wohnzimmer und schaltete ihr Handy ein, um einen einzigen Anruf zu tätigen.

Zwei Wochen später

Der Sand war warm, doch wenn man den Fuß nur ein wenig hineingrub, wurde er kühl und feucht. Man musste das Loch dann wieder zuschütten und das Bein bis zum Knie mit warmem Sand bedecken. Wenn die Fußsohle zu kalt oder die Wade zu warm wurden, zog man den Fuß wieder aus dem Sand und wiederholte das Spiel. Das wurde nicht langweilig, auch wenn man es stundenlang immer wieder machte.

Anja hatte keine Eile. Oben beim Weg, der zum Hotel führte, stand der Hotelmanager und winkte, weil er vermutlich wieder einen Anruf für sie entgegengenommen hatte. Sie winkte zurück und ignorierte seine Gesten. Anrufe standen nicht auf ihrer Agenda. Irgendwann würde sie hungrig werden, dann würde sie im Bungalow des Restaurants mit Gemüse gefüllte Samosas essen und dazu einen Cocktail trinken, vielleicht auch zwei. Abends würde sie im immer noch warmen Sand liegen und zu den Sternen hinaufschauen. Sie hatte herausgefunden, dass das völlig genügte, um glücklich zu sein. Andere Dinge – Bücher lesen, mit dem durchtrainierten amerikanischen Touristen aus dem benachbarten Bungalow flirten – machten auch Spaß, aber für sie kam das Glück gerade woanders her. Woher genau, das verstand sie nicht, aber es war auch nicht so wichtig. Sie würde jedenfalls fürs Erste hierbleiben, solange der Zustand anhielt. Erst danach würde sie einen Rückflug nach Wien buchen, von welchem Ort aus, das wusste sie noch nicht. Vielleicht blieb sie auch hier in Sansibar.

Anja fand den Gedanken, vor sich selbst davonzulaufen, mittlerweile gar nicht mehr so schlecht. Vielleicht funktionierte es ja, wenn man weit weglief, mit Stil. Die Entscheidung zu verreisen war richtig gewesen, so viel wusste sie inzwischen.

Das Handy lag immer noch auf der Fensterbank im Schlafzimmer, wo sie es nach ihrer Ankunft hingelegt hatte. Inzwischen war es von einer feinen Sandschicht überzogen. Würde man es hochheben, bliebe eine freie Stelle umgeben von sandigem Staub zurück. Nicht dass sie das vorgehabt hätte. Sie wusste, dass sie eine ganze Reihe Anrufe von Linder, dem Journalisten, finden würde. Einmal hatte sie den Fehler gemacht ranzugehen.

Sie konnte es ihm nicht einmal verdenken. Linder hatte in dieser Sache Federn lassen müssen und wollte nun Schadensbegrenzung betreiben. Bestimmt konnte er gutes Geld für seine Story bekommen. Doch Anja war noch nicht bereit für ein Interview.

Der Manager des Resorts, ein zuvorkommender, fast überfürsorglicher junger Mann, erhielt außerdem ständig Anrufe von Kaspar Deutsch, der versuchte, sie zu erreichen. Aber auch mit ihm wollte sie nicht sprechen.

Warum musste man immer erreichbar sein? Es war erstaunlich, in welchen Stress manche Leute gerieten, wenn man nicht jeden Anruf innerhalb von drei Sekunden entgegennahm. Anja verspürte eine seltsame Genugtuung bei der Vorstellung, wie Linder und Kaspar neben ihren Telefonen langsam den Verstand verloren.

Rudi List hatte dagegen noch nicht versucht, sie zu erreichen. Nicht dass sie rangegangen wäre.

List wartete in Wien auf seinen Prozess. Er konnte ein glimpfliches Urteil erwarten, schrieben die Medien, weil er sich gestellt und mit den Behörden kooperiert hatte. An den schlimmsten Dingen war er nicht direkt beteiligt gewesen.

Für Anja war das nicht entscheidend. Es war viel persönlicher.

Zugegeben, sie wünschte sich, dass er sich meldete. Sie würde ihn natürlich abblitzen lassen, aber dennoch spielte ihr Geist dieses Szenario immer wieder durch. Vielleicht wüsste sie gern, dass er an sie dachte.

»Miss Grabner«, sagte eine Stimme in stark afrikanisch gefärbtem Englisch, »he won't hang up. He's waiting for you!«

Anja drehte den Kopf und sah den Manager an, der neben ihr stand. Er war zwischen sie und die Sonne getreten. In der Hand hielt er ein altes Mobiltelefon. Der Himmel war immer noch strahlend blau, doch kurz hatte Anja geglaubt, dass eine dunkle Wolke vorbeizog.

»He will wait for a long time.«

»Please Miss Grabner, don't you want to know who it is?«

»Do I?«, fragte sie.

Er nickte ihr aufmunternd zu. »Yes, I think so.«

Anja setzte sich auf und sah ihn fragend an.

»It is your father.«

Fast zwei Stunden telefonierte sie mit ihm. Sie hatte sich davor gefürchtet, zum ersten Mal mit allem konfrontiert zu werden, was passiert war. Doch nun kamen ihr die Worte ganz leicht über die Lippen. Sie erklärte ihrem Vater, der aus den vielen Zeitungsberichten nicht schlau geworden war, wie alles zusammenhing. Anja hingegen hatte die Zusammenhänge schnell verstanden, insbesondere nach der Vernehmung durch Kaspar Deutsch. Er hatte sie nicht fliegen lassen, bevor das nicht erledigt war. In einem Hinterzimmer der Flughafenverwaltung hatte sie einsilbig auf seine Fragen geantwortet.

»Ich werde mir das nie verzeihen«, hatte Kaspar beteuert.

Sie hatte nur stumm genickt. *Ich brauche noch Zeit*, hatte sie ihm antworten wollen, doch kein Wort herausgebracht. Kaspar hatte herzzerreißend geseufzt, als sie sich schließlich ohne Gruß abgewandt hatte.

Seither hatte sie das Wissen in einer Schublade ihres Gehirns verschlossen. Sie wusste, dass sie Jahre verbringen konnte, ohne sich ein einziges Mal damit zu befassen. Damit hatte sie Erfahrung. Doch ihr Vater durchbrach ihren Schutzwall viel schneller, als sie es für möglich gehalten hatte. Und ja, es tat gut, über alles zu reden. Ein paar Informationen fehlten ihr, die steuerte ihr Vater bei.

Gemeinsam entwarfen sie am Telefon ein Bild der schockierenden Vorgänge in Stein. Die zentrale Quelle an glaubwürdigen Informationen zu dem undurchsichtigen Gespinst an Verschwörungen und Verbrechen war Rudi List. Er hatte umfassend gestanden. Sein Vergehen war die Mitwisserschaft bei einem Mord, was er auch Anja gegenüber im Keller angedeutet hatte: Bert Köhlers Entführerin Heike Trabic, eine ehemalige OP-Krankenschwester, deren Schwester einst in einer Filiale der Wertebank gearbeitet hatte und später als Prostituierte für Dragan Sitka, hatte sich der Polizei stellen wollen und war von mehreren Steinern zu Tode geprügelt worden, versehentlich, wie List beteuerte. Sie habe den neuen Plan nicht akzeptieren wollen. List nannte explizit Franz Stifter und Joesy, der mit vollem Namen Josef Obermaier hieß. Die beiden saßen in Untersuchungshaft, leugneten die Tat jedoch. List hatte ausgesagt, man hätte Heike Trabics Leiche auf dem Plateau vergraben. Das hätten im Grunde alle Dorfbewohner gewusst und Stillschweigen bewahrt. Nachdem Anja dort jenen Silberanhänger mit Trabics Initialen gefunden hatte, hatte List Heike Trabics sterbliche Überreste wieder ausgegraben und im Komposthaufen des Rathauses zwischengelagert. Der Anhänger selbst tauchte nicht mehr auf.

List hatte außerdem ausgesagt, dass er nach seiner Wahl zum Bürgermeister von Stein versucht habe, die Dorfgemeinschaft davon zu überzeugen, Köhler freizulassen, doch niemand habe ihn darin unterstützt. Und er habe sich selbst überzeugen können, dass Köhler äußerst labil war und sich in dem dunklen Keller inzwischen einfach am wohlsten fühlte – eine Aussage, auf die sich die Presse mit Empörung stürzte. Dabei deutete tatsächlich alles darauf hin, dass Rudi List genau das versucht hatte, was er auch Anja gegenüber beteuert hatte: Er wollte in die Zukunft schauen und dem Dorf Stein eine Perspektive geben. Doch die Steiner hatten lieber weiterhin das Geld der Bank kassiert, das man brüderlich aufteilte. So waren große Plasmafernseher, teure Uhren und neue Orgeln finanziert worden. Etwas mit den geflossenen Geldern zu tun zu haben, war übrigens das Einzige, was List leugnete. Anja konnte nur spekulieren, warum.

Am Mord an Rolf Vychodil war List allen Erkenntnissen nach unschuldig. Auch beteuerte er, nicht zu wissen, wer den pensionierten Polizisten auf dem Gewissen hatte. Die Aussagen der Zeugen, die Anja gesehen haben wollten, wie sie Rolf Vychodil überfuhr, hatten sich als falsch erwiesen. Gegen einen von ihnen, der sich in besonders abstruse Widersprüche verwickelt hatte, wurde sogar Anklage erhoben. Die Ermittlungen ergaben, dass Vychodil nicht mit Anjas, sondern mit Stifters Auto überfahren worden war. Stifter beharrte weiterhin auf seiner Unschuld.

Rolf Vychodil selbst wurde zunächst als Verdächtiger geführt, zumindest Mitwisser bei der Entführung Bert Köhlers gewesen zu sein. Vor allem, nachdem herauskam, dass er Mitglied der Chat-Gruppen gewesen war, in denen Sentinel Unterstützer der Entführerin rekrutiert hatte. Schließlich stellte sich heraus, dass Vychodil kurz vor seinem Tod in den Chats enttarnt und mit Morddrohungen überhäuft worden war. Spätestens da war klar gewesen, dass Vychodil ein Opfer war, kein Täter.

Wer indes hinter dem Namen Sentinel steckte, hatten die Behörden bislang nicht klären können. Manches deutete darauf hin, dass Sentinels Posts von List stammten, aber der endgültige Beweis, den Jasper zu haben behauptete, fehlte. Jedenfalls war es Sentinel gewesen, der sich damit gebrüstet hatte, Köhlers Aufenthaltsort zu kennen, und die Adresse im Erlenweg gepostet hatte. Diese Information hatte der Verfassungsschutz dann an Deutsch weitergegeben, und so war Anja wieder in den Fall hineingezogen worden.

Das Handy, von dem die folgenreiche SMS an Anja stammte, war bei Vychodils Leiche gefunden worden. Es musste Heike Trabic gehört haben. Wie es in Vychodils Besitz gelangt war, konnte nicht geklärt werden. Damit war jedenfalls klar, dass Trabic sich tatsächlich hatte stellen wollen.

Der Fall schien damit gelöst, doch nun ergab sich eine neue Wendung. Davon wusste Anja noch nichts, und sie lauschte aufmerksam den Erklärungen ihres Vaters: Josef »Joesy« Obermaier hatte ebenfalls ein Geständnis abgelegt. Kaspar Deutsch gegenüber hatte er zugegeben, er sei es gewesen, der das Auto gelenkt habe. Außerdem sei er für Anjas Misshandlung verantwortlich, die ihm sehr leidtue. Wie das mit Anjas Version zusammenpasste, die von mehreren Tätern festgehalten worden war, konnte er nicht erklären. Zudem widersprach er Lists Version in vielen Punkten.

Was er zu Protokoll gab, klang auch nicht wie die Beichte eines reumütigen Dorfproleten, sondern eher wie das Gemeinschaftswerk einer Gruppe von Menschen, die tierische Angst hatte und die Vergehen möglichst einer einzelnen Person in die Schuhe schieben wollte. Kaspar jedenfalls kam Joesy so eingeschüchtert vor, dass er ihm in Aussicht stellte, ins Zeugenschutzprogramm aufgenommen zu werden, falls er doch lieber die Wahrheit sagen wollte. Joesy blieb bei seiner Version. Er wurde in Untersuchungshaft genommen und wartete momentan auf die Anklage, während Stifter und List wieder auf freien Fuß gesetzt wurden.

Inzwischen ermittelte Kaspar Deutsch auch gegen den Bankier Walter Pechmann, wie Anjas Vater erfahren hatte. In der medialen Berichterstattung spielte er bisher seltsamerweise keine Rolle.

Bert Köhler wurde von seiner Familie von der Öffentlichkeit abgeschirmt. Er verschwand von der Bildfläche. Sein Aufenthaltsort wurde geheim gehalten, was zu unzähligen Spekulationen in den Medien führte. Die gängigste Theorie war, dass Köhler nun bei seiner Tochter lebte. Auch Anjas Vater glaubte das. Ihr hingegen ging eine andere Theorie nicht aus dem Kopf: Köhler war zu dem einzigen Ort zurückgebracht worden, wo er es aushielt – nach Stein.

»Ist es schön in Sansibar?«, fragte ihr Vater am Ende ihres langen Telefonats.

Anja sah auf den weißen Sandstrand und das Meer, hinter dem sich die tiefrote Sonne gerade dem Horizont näherte.

»Schätze schon«, sagte sie.

»Du hattest recht, ich sollte wirklich auch einmal wegfahren. Nicht so weit. Kroatien vielleicht.«

»Das klingt gut«, antwortete Anja, die plötzlich sehr gerührt war. »Vielleicht fahre ich ja mit.«

Sie verabschiedeten sich, und Anja bereute zutiefst, dass sie ihn nicht umarmen konnte. Sie hätte eine Umarmung jetzt gebraucht.

»Miss Grabner? Miss Grabner!«

Anja zog die Beine aus dem Sand und drehte sich um. Es war erneut der Manager. Diesmal handelte es sich nicht um einen Anruf.

»There is something for you, Miss Grabner.«

Das Päckchen, das er Anja überreichte, war erstaunlich leicht. Sie schüttelte es, doch sie konnte nicht sagen, was sich darin befand.

Die Sonne verschwand hinter dem Horizont. Die

Luft schien auf einmal abzukühlen und wurde schwer, sodass Anja Mühe hatte zu atmen. Die Brandung schien leiser zu werden, als hielten die Wellen inne.

Anja stellte das Päckchen vor sich in den Sand und starrte es an. Sie verspürte den Drang, es in hohem Bogen ins Meer zu werfen. Doch sie wusste auch, dass sie hier keine Ruhe mehr finden würde, wenn sie das tat. Also zog sie es wieder zu sich heran und löste mit zitternden Fingern die bunte Schleife, mit der es verschnürt war. Als sie den Deckel öffnete, schlug ihr ein durchdringender Gestank entgegen. Sie wandte sich ab und griff mit den Fingerspitzen nach der Grußkarte, die obenauf lag.

Danke für alles!, stand dort in silbernen Lettern. Ein Standardmotiv aus einem Papiergeschäft. Anja drehte die Karte auf die Rückseite, doch dort stand nichts. Sie legte die Karte in den Sand, hielt die Luft an und beugte sich langsam über die Schachtel.

Als sie das kleine verschrumpelte Ding darin sah, sprang sie auf und rannte zum Wasser. Knöcheltief in der Brandung stehend, erbrach sie sich.

Abends saß sie lange bei einem einzigen Cocktail. Die Schachtel lag auf einem Tisch in ihrem Bungalow. Sie zögerte, dorthin zu gehen. Irgendwann fragte der Kellner, ob er das Getränk abräumen dürfe, er mache jetzt Schluss. Da erwachte Anja aus ihrer Trance und trank den warm gewordenen Cocktail aus. Sie ging zurück zu ihrem Bungalow, nahm die Schachtel und trug sie zum Rezeptionsgebäude, wo es einen Safe gab. Dort bat sie den Nachtportier, das Päckchen aufzubewahren. Die restliche Nacht lag sie wach im Bett.

Am nächsten Tag buchte sie an der Rezeption die Bootsrundfahrt, die sie schon vor Tagen hatte machen wollen, und ließ sich das Päckchen aushändigen. Als sie weit draußen auf dem Meer waren und niemand sie beobachtete, holte sie die Schachtel aus ihrer Umhängetasche. Sie hob den Deckel an und leerte ihren abgetrennten kleinen Finger ins Wasser, dann warf sie die Schachtel hinterher.

Als sie wenig später an Deck in der Sonne saß, musste sie plötzlich vor Erleichterung laut lachen, sodass sich die anderen Gäste nach ihr umdrehten.

Sie betrachtete ihre Hand mit den vier Fingern und musste an das denken, was Kaspar damals bei der Weihnachtsfeier gesagt hatte. War sie eine Gerechtigkeitsfanatikerin? War diese Hand nicht der Beweis dafür? Sie verstand es immer noch nicht ganz. Sie wusste nur, dass sie manchmal einfach nicht in der Lage war, den Schwanz einzuziehen. Sie war nicht fähig, sich etwas einzureden, von dem sie wusste, dass es nicht stimmte. »Köhler ist tot« – vielleicht hätte sie es nur oft genug laut aussprechen müssen. Kaspar schien zu so etwas in der Lage zu sein. Vielleicht schützte er so seine Familie vor dem Wahnsinn da draußen. Hatte sie deshalb keine Familie? Weil sie das nicht konnte?

Anja spürte die Wärme der Sonne auf ihrer Stirn und

auf ihren Schultern. Bald würde es zu heiß werden, und sie würde unter das Sonnensegel gehen, um sich noch ein Getränk aus der Kühlbox zu nehmen. Aber für den Moment war alles gut.

Anja spürte ihr Handy in ihrer Tasche. Sie holte es hervor und schaltete es ein. Durch eine Flut von Nachrichten brummte das Gerät. Entgangene Anrufe, SMS und Updates ließen das Gerät gar nicht mehr zur Ruhe kommen. Anja legte es zur Seite, bis es aufhörte zu brummen, dann rief sie eine Nummer an, die sie schon lange nicht mehr gewählt hatte.

Kaspar Deutsch meldete sich verschlafen. »Anja? Ich dachte, du bist auf Sansibar...«

Sie ging nicht darauf ein. »Das mit dem Polizeidienst«, sagte sie, »ist das noch aktuell?«

Kaspar brauchte ein paar Sekunden, bis er ihre Frage verstand. »Das Angebot steht«, antwortete er. »Hacker hat es mir hoch und heilig versprochen. Du kannst zurückkommen, wann immer du willst.«

»Danke«, entgegnete sie knapp. »Ich überlege es mir.« Sie legte auf, bevor er noch etwas sagen konnte.

Zurück an Land ging sie zum Hotelmanager. Sie wollte ihn fragen, ob es hier irgendwo einen guten Tätowierer gab. Nach einer Geschichte wie dieser war eindeutig ein neues Tattoo fällig.

Dank

Mein Dank gilt:
Christine Wiesenhofer, Lars Schultze-Kossack und Nadja Kossack, Kerstin Schaub, Petra Barta und dem Team der »Wasnerin« in Bad Aussee (in deren wunderschönem Hotel ein Teil dieses Romans entstand), Gernot Reiter, Tina Reiter, Romy Supp, Bettina Riedler, Ulli Silberschneider, Joe Fischler, Andreas Gruber, Isabella Straub, Jenny Wind, Oberst Mimra und dem Landeskriminalamt Wien, Ralph Griehser, Inken Papenbroock, Evelyn Dorfmeister sowie Andreas und Maria Kleindl.

Ohne euch hätte ich es nicht geschafft! Und falls doch, hätte es bestimmt nur halb so viel Spaß gemacht.

Unsere Leseempfehlung

416 Seiten
Auch als E-Book erhältlich

512 Seiten
Auch als E-Book erhältlich

512 Seiten
Auch als E-Book erhältlich

Anwältin Evelyn Meyers aus Wien und Kommissar Pulaski aus Leipzig – ein eher ungewöhnliches Team, das doch der Zufall immer wieder zusammenführt. Gemeinsam ermitteln sie in drei ungewöhnlichen Fällen und folgen den Spuren perfider Serienmörder quer durch Europa …

www.goldmann-verlag.de
www.facebook.com/goldmannverlag

GOLDMANN
Lesen erleben